빛의 구역

빛의 구역

김준녕 장편소설

다산책방

차례

CAUTION!

이 두꺼운 책을 읽기 전, 이곳을 보실 분들께 미리 주의의 말씀을 드린다. 힘들 것이다. 『막 너머에 신이 있다면』과 달리 이야기는 나아가지 못하고 빽빽하게 한 점을 중심으로 돌아간다. 그러나 그 빽빽함이 끝에 다다라 매끈하게 돌기 시작했을 때, 이야기가 여러분에게 주는 쾌감은 상상 그 이상일 것이다. 더운 여름날, 뜨거운 햇볕 아래 물 한 모금 마시지 못하고 땀을 뻘뻘 흘리며 오랜 시간 등산을 하다가 마침내 하산해 도착한 숙소에서 맥주 한 잔을 마시는 심정과 가깝다고 해야 할까.

속는 셈치고 이 젊은 소설가를 한번 믿어보시길 바란다.

'생존 혁명'에 관한 붉은 구역 마름의 기록 서문

우리에게 세상은 둘로 구별됐다.

있음과 없음, 빛과 어둠, 생존과 죽음, 과다와 결핍, 사랑과 증오, 포만감과 굶주림, 경계선 안과 밖, 너의 것과 나의 것.

당신은 그렇지 않다고 말할 것이다. 당신이 사는 세상에서는 두 극단 사이에 회색 지대가 자리 잡고 있으며, 그곳에서 인간들이 행복감에 젖어 살고 있을 테니까. 만약 당신이 그를 토대로 당신의 세상이 진보하는 중이라고 믿고 있다면 그것은 명백한 착각이다.

멀리서 보길 바란다. 당신의 세상은 우리의 세상에서 많은 것을 끌어다 썼다. 당신이 느꼈던 행복은 모두 우리에게서 빌려 온 것이었다. 당신은 포만감을 위해 필요 이상으로 식물과 동물을 길러 먹었으며, 안락함을 위해 거리낌 없이 오염 물질을 공기 중에 배출하며 살았다.

광석을 캐낸 만큼 갱도가 깊어지듯이, 그리하여 세상은 우리에 이르러 망가졌다. 평균 기온이 상승하며 빙하가 녹고 해류가 변하면서 자연재해는 일상이 되었고, 식량 생산량은 급감했다. 우리는 생존을 위해, 아니 절멸할 것을 알면서도 조금이라도 더 오래 살아남기 위해 구역을 나누어 노동 생산력을 높였고, 한데 모여 살며 자원을 아끼려 했다.

하나가 많아지면, 필연적으로 다른 하나는 적어진다.

그것은 오래전 '과학자'라 불리던 집단이 '열역학'이라는 이름으로 밝혀낸 사실이다. 나는 과거 기록을 찾아본 후에 당신을 증오하는 데 거리낌이 없어졌다. 당신은 알면서도 행동하지 않았다. 나는 이 기록이 당신에게 닿지 않을 것을 안다. 당신의 세상은 우리의 세상으로부터 아주 멀리 떨어진 과거니까. 그럼에도 나는 쓴다.

현재 나는 붉은 구역에서 살고 있다. 이곳 주민들은 평생 안전장비 하나 없는 갱도 속에서 죽음을 일상처럼 여기며 활성탄을 캐낸다. 그에 대한 보상은 하루 한 끼, 묽고 검은 죽과 개미굴 같은 숙소에서의 쪽잠이 전부다.

붉은 구역에서 혁명은 반복해서 일어났다. 멀리서 보면 비슷한 양상이었으나, 세밀한 부분에서는 제각기 달랐다. 가장 큰 변화는 작은 변화에서 시작되었다. 눈에 보이는 큰 변화는 정부 측에서 가지치기를 할 수 있었지만, 작은 변화들은 그 존재조차 감지해 낼 수 없었기 때문이다. 고요함이 일상이 되어버린 어느 순간에 모든 우연이 맞물리며 폭발했고 세상은 뒤집혔다.

붉은 구역의 1세대는 처음으로 시스템의 병폐를 보았다. 과도한 규제와 고된 노동으로 혁명이 잠시 일어나기는 했으나, 장대비 속에서 타오른 불처럼 금방 잦아들었다. 구역화 이전부터 살아온 그들은 개인의 이익을 위해 움직여 왔고, 그들 자신도 그 사실을 알고 있었다. 그들은 후세대에 대한 죄책감으로 시스템을 받아들였다. 그 덕에 시스템은 효과적으로 기능했다. 그와 동시에 인류의 생존 가능성도 높아졌다. 그들은 일을 하고 또 하다가 죽었다.

2세대는 후세대에 대한 죄책감보다 앞선 세대에 대한 증오심에 초점을 두고서 혁명을 일으켰다. 이들은 절대로 신념을 굽히지 않았다. 파도처럼 혁명이 시작되었다가 물러나기를 반복했으나 혁명의 불씨는 언제든 불타올랐다. 이들은 죽음도 불사했고, 대부분의 구역에서 혁명에 성공했다. 그러나 시스템은 그들이 도저히 도달할 수 없는 영역에 있었고, 이들은 혁명의 성공이 곧 자신들의 죽음임을 깨닫고는 내분을 일으켜 절멸 직전까지 갔다가 다시 시스템의 품으로 돌아갔다.

3세대는 강력한 시스템의 규제로 혁명이라는 단어를 잃어버리고 말았다. 혁명은 점차 신화가 되어 후대로 전해지기 시작했다. 4세대는 3세대를 암흑 세대라며 조롱했지만, 그들은 보이지 않는 곳에서 시스템에 맞서왔다. 마치 게릴라 작전을 펼치듯이. 후대를 기약하며 시스템에 발각되지 않을 정도로 천천히, 그리고 미세하게 혁명을 준비하기 시작했다. 이들의 혁명에 관한 의지는 우리 4세대로 전달되었다.

혁명이 종료된 현재, 나는 기록의 필요를 느낀다.

당신과 달리 우리는 부디 다음 세대가 우리처럼 살지 않기를 바라니까.

1부

부러진 구역

페달

페달은 빠르게 돌아갔다. 지구가 태양을 돌듯이. 아니, 우리를 감시하는 인공위성이 우리 머리 위를 쫓아다니듯이 그것은 매끄럽게 제자리를 찾아갔다.

우리의 인생과도 크게 다르지 않았다.

오늘 채운 할당량은 내일이면 원점으로 돌아간다. 각자가 환경을 오염시킨 만큼 페달을 밟아 오염 물질을 제거해야 하는데, 일하다가 사람이 죽으면 그 수만큼 새로운 사람이 바로 이곳, 붉은 구역으로 왔다.

우리는 페달을 밟고, 또 밟아야 했다.

헛구역질이 솟구쳐 고개를 떨구어 보면 바닥은 땀으로 흥건했다. 정부에서는 조금이라도 더 생산 효율을 올리기 위해 우리에게 '클릿 페달'을 사용하라 명령했다. 클릿 페달은 일반 페달과 다르게 바닥에 홈이 있어서 신발이 페달에 결합되는 형태였다. 둘이 워낙 단단하게 결합되어 있는 탓에 우리는 페달에서 함부로 발을 뗄 수가 없었다. 숨이 차서 도저히 더 밟을 수 없을 것만 같아도, 종아리에 쥐가 나도 할당량을 채울 때까지 계속해야 했다. 동시에 우리를 감시하는 정부의 개 '마름'의 눈도 신경 써야 했다. 그의 눈 밖에 나면 가차없이 처벌을 받았다. 처벌은 대개 사형이었다.

자전거 핸들 위에 매달린 모니터에서 선전물이 나오기 시작했다. 과거의 영상들이었다. 과거의 인간들, 즉 우리의 선조들이 바퀴 달린 기계를 타고서 매끈하게 뻗은 오염 물질 덩어리 위를 오갔다. 기계 아래에 달린 파이프에서 검은 연기가 나왔다. 연기는 바로 거대한 굴뚝으로 이어졌다. 불이 뿜어져 나오며 엄청나게 쌓여 있는 쓰레기를 태웠다. 검은 연기가 사방으로 흩어졌다. 타지 않는 쓰레기들이 해변에 널려 있었다. 조상들은 먹고, 또 먹고, 마땅한 이유도 없이 나무를 자르고 태웠다. 검은 연기가 사방을 뒤덮었다.

우리는 스스로가 만들어낸 오염 물질뿐만 아니라 지금껏 인간이 만들어낸 모든 오염 물질까지 함께 정화하고 있었다. 페달을 밟으면 오염 물질 정화 장치가 작동되어 공기 중에 퍼져 있는 오염 물질을 빨아들이고, 그렇게 빨아들인 오염 물질은 우리가 캐낸 활성탄에 붙어 제거되는 방식이었다.

선전물을 보며 나는 적의를 느꼈다. 조상들에게 따지고 싶었다. 해변가 파라솔 아래 누워 햇볕을 즐기고, 형형색색의 선명한 빛들이 실내를 쓸고 다니는 그곳에서 화장지를 뽑아대며 춤을 추고 노래를 부르는 그들을 보면 페달에 닿아 있는 발에 힘이 실렸다.

과거 영상이 끝나자 올림머리를 한 넓은 이마에 땀방울 하나 없이 말끔한 아나운서가 정장이라는 것을 입은 채 말을 이어갔다. 매일 보던 것이라 지겨웠지만, 힘에 부쳐 고개를 숙일 때면 영상은 자연스레 눈에 들어왔다. 소리도 무척이나 커서 돔 안을 울려댈 정도였다.

"불과 수백 년 만에 지구 기온이 큰 폭으로 상승했고, 기후 변화는 재앙으로 다가왔습니다."

아나운서는 믿지 못하겠다는 듯이 고개를 저었다.

"우리는 생존과 멸망 중에서 선택해야 했습니다. 생존하기 위해 무엇이든 해야 했습니다. 과거와는 다른 선택이 필요했습니다. 오염 물질이 하늘을 뒤덮었고, 기온은 급격하게 오르내렸으며 식량 생산량이 크게 줄었습니다. 우리는 최대한 효율적으로 살기로 했습니다."

희가 아나운서의 대사를 받아서 말했다.

"개 같은 조상들과는 다르게요."

물론 원본에는 욕이 섞여 있지 않았으나, 그 누구도 뭐라 하지 않았다. 윗세대를 만날 수만 있다면 우리처럼 살아보라 이야기하고 싶었으니까. 다행히 마름도 정부에 대한 욕까지는 문제 삼지 않았다. 아나운서가 이어서 말했다.

"지구의 생산 구역은 크게 네 구역으로 나뉘어 있습니다. 초록 구역은 농업을, 푸른 구역은 식수 관리를, 흰 구역은 공산품 제작을, 그리고 붉은 구역은."

또 누군가가 외쳤다.

"좆같은 광산업을 맡았지."

모두가 웃었다. 그러나 마냥 웃을 수만은 없었다. 웃는 것에도 힘을 잘 배분해야 했다. 페달을 밟는 동안에는 조금이라도 무리하면 쓰러지기 일쑤였다. 영상에 잠시 버퍼링이 일었다. 아마 각 구역에 맞는 영상을 동시에 송출하느라 그런 것 같았다.

"이 영상을 보고 있는 여러분은 붉은 구역의 자랑스러운 주민입니다. 오염 물질 정화 장치에 쓰이는 활성탄은 인류에게 없어서는 안 될 존재입니다. 명심하세요. 여러분이 무너지면 시스템이 무너지며, 시스템이 무너지면 인류가 무너집니다."

아나운서는 비장한 표정으로 주먹을 쥐고는 흔들었다.

"여러분, 조금만 더 힘냅시다. 인류를 위해 조금만 더 다리에 힘을 주고 페달을 밟읍시다."

아나운서가 카메라를 향해 그윽한 눈길을 보냈다.

"저는 여러분을 존경합니다."

그 대사가 들리자 모두가 바닥에 침을 뱉고 욕설을 해댔다. 누구도 아나운서의 말을 믿지 않았다.

"지랄하지 말라고 그래."

희가 다시 욕설을 내뱉었다. 그는 나와 같은 4-3세대였다.

그들은 말로만 우리를 존경한다고 했다. 우리는 시체가 되지 않는 이상 구역 밖으로 나가지 못했다. 평생 이곳에서만 살아야 했다. 조금이라도 구역을 벗어나면 지구를 돌고 있는 수백 개의 인공위성 중 하나에서 레이저가 발사되어 사람을 형체도 남기지 않고 없앴다.

나는 수없이 많은 이들이 레이저에 의해 죽는 것을 보았다. 이유는 다양했다. 밤중에 화장실을 가다가 구역 경계를 보지 못해서, 갱도를 잘못 파서 지상으로 나왔는데 그곳이 경계 밖이어서, 바람에 날린 배급표를 주우려다가 등등. 그들의 죽음에는 거대한 빛줄기가 늘 함께였다. 마치 태양이 지구에 떨어지는 것만 같았다.

"존경하기는 개뿔."

희가 가래침을 뱉었다. 바닥에 진득하게 들러붙은 그것처럼 정화 장치의 터빈 도는 소리가 귀에 오래 남았다. 선전물은 아직 끝나지 않았다. 아나운서가 다시 나와서 환하게 웃으며 우리에게 말했다.

"좋은 소식을 하나 전해드립니다!"

아나운서의 신난 말투와 달리 나는 전혀 신나지 않았다. 날짜를 세어보니 드디어 그날이 왔구나 싶었다. 아나운서가 두 팔을 크게 벌리면서 말했다.

"자, 다들 기대하는 표정이네요."

그의 말과는 달리 누구도 다음 말을 기대하지 않았다. 오히려 침울해했다.

"곧 새로운 세대인, 4-4세대가 구역에 찾아옵니다!"

다들 손가락으로 또 얼마나 배급량이 줄어들지 셈하고 있었다. 우리 입장에서 새로운 세대란 얼마 없는 식량을 좀먹는 존재였다.

마름

할당량을 모두 채운 후에 밖으로 나섰다. 다리가 후들거려서 금방이라도 주저앉을 것만 같았다. 허벅지가 터질 듯 부풀어 올랐고, 종아리는 힘을 주지도 않았는데 근육끼리 뭉치더니 이내 빳빳해졌다. 살이 떨어져 나가는 듯한 느낌이었다.

벽에 기대어 오랫동안 숨을 고르자 차츰 몸이 진정되었다. 눈을 감고서 햇살을 맞았다. 따스했다. 바람이 불어와 땀에 젖은 얼굴을 쓸고 갔다. 이런 자유도 이제 3개월뿐이었다. 3개월 후면 열일곱 살이 된다. 나는 갱도 쪽을 보았다. 곡괭이 소리가 들려오고 있었다. 서로 다른 박자의 소리가 무수히 쌓여 거대한 소리로 다가왔다.

희도 할당량을 끝냈는지 건물 밖으로 나왔다. 여전히 내부에서는 할당량을 마치지 못한 이들의 숨소리가 들려왔다. 그다지 멀리 떨어져 있지도 않았는데, 희는 다리를 후들거리며 나를 보지 못하고 지나쳐 가다 뒤늦게 내 쪽으로 고개를 확 돌리며 말했다.

"이아, 맞지?"

숨소리만 냈는데도 희는 나의 존재를 알아차리고는 내 옆에 쓰러지듯 누웠다. 희는 예전에 경계면 근처에서 같이 놀던 한 아이가 레이저에 맞아 죽는 것을 보았다고 했다. 눈이 아릴 정도로 번쩍였던 그 빛을 가까이에서 목도한 이후, 희의 시력은 나날이 떨어지고 있었다.

"그럴 줄 알았어."

희는 눈을 감았다. 얼굴에 햇살이 가볍게 내려앉았다. 하늘에는 구름 한 점 보이지 않았다. 평소보다도 훨씬 높아 보였다.

과거, 가을이라고 불렸던 계절이 있었다고 했다. 덥지도 춥지도 않은 계절인데, 한 해 농작한 쌀을 수확하는 시기라 무척이나 풍족했다고. 우리 조상들은 모여서 새로 난 쌀로 밥을 짓고, 떡을 하고, 술을 빚고, 과자를 만들기도 했다. 지금은 상상도 못 할 그 파티는 추석이라 불렸다. 모두가 배부르게 먹었고, 온종일 놀았다고 했다.

앞으로 옷을 몇 겹이나 껴입어야 할지 갈피가 잡히지 않았다. 날이 갈수록 겨울은 더 겨울다워지고, 여름은 더 여름다워졌다. 극단으로 치닫는 기온을 감당하기가 점점 어려웠다. 그런 의미에서 오늘 같은 날은 일 년 중 하루나 이틀 정도 되는 귀한 날이었다. 나는 오늘을 한껏 즐기려 했다. 그런데 희가 거친 숨을 몰아쉬면서 하늘을 향해 외쳤다.

"개새끼들."

나도 하늘을 보며 욕했다.

"개 같은 놈들."

물론 우리 둘 다 개를 직접 본 적은 없었다.

저 푸른 하늘 어딘가에 지옥이 있다고 들었다. 누구는 구역화 이전에 지구에서 죽은 사람들이 모두 지옥에 갔다고 했다. 그들은 생명의 순환 고리에서 벗어나 다른 생명을 먹고 죽이며 살아왔으니까, 응당 그래야만 했다. 정부에서는 구역화 이후, 그러니까 지금의 우리가 죽으면 진정한 의미의 천국에 간다고 말했다. 선조들과 다르게 우리는 생명의 순환 고리 안에서 참회하며 살아가고 있으니까.

가끔 정말 그렇기를 바랐다. 우리가 천국에 가기보다, 조상들이 지옥에 있기를 말이다.

나는 희의 눈을 보았다. 한없이 맑고 투명했다. 보이는데 보이지 않는다고 거짓말하는 건 아닐까 의심이 들 정도였다. 희에게 눈이 얼마나 보이냐고 물어보려다 말았다. 보는 것이 적잖이 힘들어지면, 먼저 내게 말하지 않을까 싶었다. 희가 부탁만 한다면 희의 할당량을 내가 감당해 줄 수도 있을 정도로 우리는 가까운 사이였다.

우리가 허공에 뱉은 욕설은 금세 흩어져 버렸다. 나는 하늘을 지그시 바라보았다. 우리 둘 다 페달을 밟느라 진이 빠져 대화를 이어나가지는 못했다. 가만히 하늘을 바라보자 낮에 뜨는 달처럼 허연 물체들이 곳곳에 떠 있는 것이 보였다. 인공위성들이었다. 얼굴이 심하게 일그러졌다. 우리 머리를 향해 정확히 레이저를 겨누고 있는 것 같았다. 금방이라도 내 위로 레이저가 쏟아져서 머리가 터져버릴 것만 같았다. 아마도 한순간일 것이다. 아프지만 않으면 좋겠다고 생각했다. 이러면 안 되는 걸 알면서도, 인공위성을 볼 수 없는 희가 부러웠다. 밤이 되면 인공위성은 별처럼 밝게 빛나며 우리 머리 위를 맴돌았고, 나는 그 빛이 무서워 땅을 보며 걸어야 했다.

희가 물었다.

"3개월 후에도 살아남을 수 있을까?"

희는 마치 눈으로 인공위성을 좇고 있는 것처럼 보였다. 나는 일부러 힘찬 목소리로 대답했다. 약해 보이기 싫었다.

"당연하지."

"저기로 가야 하는데?"

희는 갱도를 가리켰다.

열일곱 살이 되면 붉은 구역의 주민들은 광산에 들어가 매일 120 킬로그램 이상의 활성탄을 캐야 했다. 그러고는 식량을 담았던 포대 자루에 활성탄을 가득 채우고서 지상으로 끌고 올라와야 했다. 4-3세대인 우리보다 두 세대 앞선 4-1세대로 구성된 감독관들이 포대 자루를 열어 활성탄이 아닌 것들을 골라내곤 저울에 무게를 쟀다. 할당량보다 적으면 주민들을 다시 갱도로 보냈다. 물론 감독관들도 페달은 함께 밟아야 했다. 우리처럼 똑같이 클릿 페달을 신고서, 선전물을 들으면서 말이다. 그 일을 죽을 때까지 반복해야만 했다. 끔찍했으나 별수 없었다. 오염 물질 수치가 조금이라도 더 높아지면 모두가 죽을 것이라고 정부에서 말했기 때문이다.

갱도에서 캐낸 쓸모없는 돌들은 한곳에 모아두지 않고 잘게 부수어 바닥에 뿌렸다. 만약 부수지 않고 그냥 내버려두면 지상은 온통 돌들로 가득 찰 것이었다. 그것들은 점차 쌓여 하나의 큰 층을 이루었다. 우리도 그처럼 쌓여갈 따름인가 싶었다. 어찌 보면 환경을 정화하기 위해 환경을 파괴하는 행위였다. 땅을 파내면 파낼수록 그나마 주변에 살고 있던 이끼 같은 식물들이 서서히 죽어갔다. 나는 희의 등에 누렇게 말라붙어 있는 이끼의 잔해를 보며 생각했다.

'이미 지구는 돌이킬 수 없는 임계점을 넘어섰고, 우리는 조금이라도 늦게 죽기 위해 이렇게 살고 있는 것이 아닐까? 애초에 우리가 없었다면 이 짓을 할 필요도 없지 않았을까?'

아니다. 그렇게 생각하면 안 됐다. 우리는 조상들 때문에 이렇게 살고 있는 것이다. 그들이 그때 일을 하지 않았기 때문에 우리가 하루의 절반 이상을 광석을 캐고, 페달을 밟는 데에 쓰는 것이다. 혼돈의 양은 늘 정해져 있는데, 그것을 조상들이 외면한 채 살아온 탓이다. 아, 우리는 왜 지금 태어났을까? 왜 이토록 불공평한 걸까? 대체 우리가 태어난 이유가 뭘까? 단순히 당신들의 노동을 대신 하기 위해서? 나는 알지 못한다. 이런 질문에 무슨 의미가 있을까?

그들을 원망한다고 해서, 증오한다고 해서 내일 내가 페달을 밟아야 할 시간은 줄어들지 않는다. 불평한다고 해서 선조들이 살아 돌아와 미안하다면서 머리를 긁적이며 페달을 대신 밟아주는 것도 아니다. 우리는 늘 이렇게 살아가겠지. 다음 세대도, 그다음 세대도 말이다. 그들이 최소한의 죄책감은 가지고 살다 갔기를 바랄 뿐이었다. 희가 말했다.

"혁명이라도 일어났으면."

나는 희의 입을 빠르게 막고는 주변을 살폈다. 혹시나 누가 들었을까 두려웠다. 희는 답답하다는 듯이 자기 입을 막은 내 손을 떼어내고는 말을 이었다.

"왜? 전부 알고 있잖아."

"야! 아무리 그래도 그렇지."

나는 희의 귀에 대고 속삭였다.

"마름이 듣고 있다고."

마름은 정부가 지정한 붉은 구역의 수장이자 감시자였다. 그는 붉은 구역에서 벌어지는 모든 일을 알고 있었다. 집무실은 붉은 구역의 가장 높은 곳에 있었다. 그 누구도 집무실 내부에 무엇이 있는지 알지 못했지만, 반대로 마름은 붉은 구역 내 모두의 이름과 최근의 행적을 알고 있었다. 식당에서 마주치는 모든 사람에게 그는 그가 도저히 알 수 없을 법한 이야기를 꺼내놓았던 것이다.

한번은 박 씨 아저씨가 광산 갱도에서 화장실이 급해 그 자리에 소변을 보았는데, 마름은 그것마저도 알고 있었다. 박 씨 아저씨는 식당에서 마름과 이야기를 나누자마자 사색이 되더니 몸을 떨었다. 마름이 떠난 후 사람들이 그에게 왜 그러냐 묻자, 그는 자기가 그때 막장에 있었는데 주변에 자신 말고는 아무도 없었다고 했다.

아마 집무실에는 우리의 일거수일투족을 보여주는 모니터들이 가득할지도 몰랐다. 1인당 하나씩, 혹은 사각지대를 대비해 두 대나 세 대씩. 마름은 카메라로 우리를 감시하고 있는 것이다. 다시 말해 정부는 우리의 모든 것을 감시하고 있었다. 내가 방금 어디를 다녀왔는지는 물론, 어쩌면 무얼 생각하는지까지 알고 있을지도 몰랐다. 그렇다면 왜 혁명을 바라는 우리에게 마름이 처벌을 내리지 않는지, 가끔 의문이 들었다.

반항심이 터져 나올 때면 나는 혁명에 대해 일부러 생각하고 또 생각했다. 선전물 속 아나운서의 머리통을 곡괭이로 내려찍는 상상을 했다. 피가 사방에 튀고, 그는 더는 우리를 존경한다고 말하지 못한다. 피범벅이 된 손으로 나는 소리를 지르며 끝내 카메라를 부순다. 이런 상상을 하다가 눈을 슬쩍 감았다. 무언가 일어날 것만 같았지만, 아무런 일도 벌어지지 않았다. 나는 희에게 떨리는 목소리로 말했다.

"마름이 전부 알고 있을 거야."

이 대화도 그가 듣고 있을지 몰랐다. 알면서 모르는 척하는 것 같았다. 자연스럽게 주변을 살폈다. 그러자 희가 내 귀에 속삭였다.

"그리고 막을 수 없다는 것도 알고 있을 테고."

"대비를 하고 있겠지."

희가 말했다.

"여기서 어떻게 대비한다는 건데? 우리를 전부 죽일 거야? 사람이 전부 죽으면 일은 누가 해?"

"그런 네 말 때문에 실패할 수도 있어."

희는 집무실과 갱도를 번갈아 보다가 나를 보았다. 분명 앞이 제대로 보이지 않을 텐데 무언가를 꿰뚫어 보고 있는 것 같았다.

"일어날 일은 일어나게 되어 있어."

희는 그리 말하고는 숙소로 돌아가 버렸다. 나는 혁명, 두 글자를 손바닥에 쓰고는 주먹으로 감싸 쥐었다. 과연 여기서 얼마나 더 달라질 수 있을까 싶었다.

혁명은 세대마다 일어났다. 정부는 우리를 4-1세대, 4-2세대, 4-3세대라고 부르며 구별하려 했으나, 우리에게는 명확한 공통점이 하나 있었다.

붉은 구역의 주민들은 한 세대도 빠지지 않고 이 빌어먹을 시스템에 저항했다. 그 과정에서 많은 이들이 다치고 죽었다. 각 세대원이 몇 명인지를 보면 대략 그 전 세대에 얼마나 많은 사람이 죽었는지 알 수 있었다. 특히나 붉은 구역은 늘 새로 온 아이들로 북적거렸다.

우리가 같은 부모를 가지고 있는 것도 아닌데, 붉은 구역에 들어서면 모두의 피가 더욱 붉게 변하는 것 같았다. 활성탄 때문일지도 몰랐다. 활성탄 냄새를 맡으면 코를 톡 쏘며 심장이 빠르게 뛰었다. 그 감각이 우리를 혁명으로 이끄는 것일 수도 있었다. 다른 구역 소식은 전혀 알 수 없으니 그들이 우리와 같은 생각을 하는지, 그들도 혁명을 꿈꾸는지, 혹은 벌써 혁명에 성공했는지는 알지 못했다.

어쩌면 인류라는 종 자체의 피가 우리처럼 붉게 변해버렸을지도 모른다.

가장 최근 혁명은 4-1세대 주도 아래 4-2세대가 함께 일으킨 '3일 혁명'이었다. 지금 우리와 함께 일을 하는 사람들도 그 속에 있었다. 4-1세대가 붉은 구역에 도착했을 때는 아무도 없었다고 했다. 애초에 사람은 물론 생명체가 살기 어려운 메마른 광산이어서, 그들은 우리가 지금 사용하는 숙소와 오염 물질 정화 장치 등을 포함한 생활 전반의 시설을 만들고 갱도를 팠다. 우리보다도 더욱 가혹한 환경에서 그들은 살고 있었다. 제대로 된 집이 없어 밤이면 추위에 몸을 떨었고, 낮에는 너무 더워서 쉽게 탈수증에 걸렸다. 정부에서는 기본적인 물품만 보냈을 뿐 나머지는 무너진 건물을 몇 번이나 다시 지어가며 그들이 일구어낸 결과물이라고 했다.

어느 정도 살 만해졌을 때, 4-2세대가 왔다. 문제는 그만큼 보급품이 늘지 않았다는 점이다. 오히려 할당량만 점차 늘어났다. 버티고 버티다가 끝내 4-1세대는 4-2세대가 열일곱 살이 되던 해에 반기를 들었다.

초기에 혁명은 성공적이었다. 그들은 당시 마름을 죽이고 붉은 구역을 점령했다. 활성탄 공급을 중단함과 동시에 인공위성을 피해 갱도로 숨어들었다. 다른 구역으로 가기 위해 갱도를 파고 또 팠다고 한다. 이들이 끝내 흰 구역에 다다랐을 즈음에 커다란 기계장치들이 나타났다.

"탱크라고 했어."

유일하게 살아남은 4-1세대인 하마 아저씨는 아직도 그날에 살고 있는 것처럼 눈을 가늘게 뜨고는 또박또박 혁명사를 말했다. 식당에 주민들이 바글거리는 와중이었다. 모두들 하마 아저씨의 이야기에는 전혀 관심을 두지 않은 상태로 목구멍에 검은 죽을 쏟아부었다. 아무런 맛도 나지 않았다. 맛은 고려하지 않고 그저 열량만 최대로 뽑아낸 음식이었으니까. 그마저도 양이 부족해 사람들은 그릇을 핥아댔다. 하마 아저씨는 다른 사람들과는 다르게 아주 천천히 죽을 마시면서 말을 이어갔다.

그것은 강철로 된 몸체에 거대한 바퀴가 달려 있다고 했다. 바퀴의 크기는 웬만한 사람보다도 컸다. 그것은 어떤 생명체보다도 빨랐고, 파괴적이었으며 제아무리 험난한 지형이라도 쉽게 넘고, 단단한 벽도 가볍게 부순다고 했다. 혁명의 날, 그것들은 한꺼번에 붉은 구역을 향해 몰려왔다. 어떤 날카로운 도구로도 그것의 몸체를 뚫을 수가 없었다. 혁명 정신으로 무장한 혁명 단원들은 용감하게 달려들었으나 의미는 없었다. 그들은 강철판을 손바닥으로 두들기다가 거대한 바퀴에 깔려 죽었다.

끝내 갱도로 피신한 사람만이 살아남았다. 당시에는 갱도를 판 지 얼마 되지 않아 야트막했다. 사람들은 살아남기 위해 그 좁은 틈에 몸을 욱여넣었다. 남의 멱살을 잡아채고는 밖으로 내던지기도 했다. 피신에 성공한 이들이 운이 좋았다고만은 할 수 없었다. 그들은 어렵게 세워놓은 건물이 무너지는 것은 물론, 자신의 동지들이 죽어가는 광경을 마주해야 했다.

4-1세대원들은 갱도에서 오랫동안 생활했으며, 트레일러가 오고 나서야 갱도 밖으로 나갈 수 있었다. 그중 하마 아저씨는 가장 오랫동안 갱도에서 생활한 사람이었다. 사람들이 혁명이 끝났다며 나오라고 해도 하마 아저씨는 새로 뽑힌 마름이 직접 설득에 나서기 전까지 갱도에서 나오지 않았다. 최근까지도 자주 숙소에서 빠져나와 갱도에서 잠을 잤다. 벽에 기대어 선잠을 자는 그를 깨우면 그는 '탱크!'라고 소리치면서 몸을 떨었다. 우리는 탱크를 본 적이 없으니 그를 짜증 섞인 눈빛으로 바라볼 따름이었다. 누구는 하마 아저씨가 갱도 내 모든 길을 파악했다면서 다른 구역으로 가는 길을 알고 있다고 주장했다. 그러나 탱크를 외치며 공포에 떠는 그가 여태 붉은 구역을 떠나지 않은 것을 보면 뜬소문에 불과했다.

하마 아저씨의 탱크 이야기를 들을 때면 무기력함이 함께 몰려왔다. 만에 하나 우리가 아무리 힘겹게 혁명을 시작한다고 해도, 그 정도의 존재가 나타난다면 모든 것이 의미 없는 행동이 될 것 같았다.

✶

해가 완전히 넘어가지도 않았는데, 벌써부터 코 고는 소리가 숙소 안을 가득 채웠다. 침대마다 틈이라고는 없었다. 상하좌우로 말이다. 모든 침대들이 다닥다닥 붙어 있어서 어깨를 완전히 펴지 못한 채 코앞까지 내려온 천장을 마주하고는 잠에 들어야 했다. 금방이라도 무너져 내릴 것만 같았지만 별수 없었다. 아침에 머리를 자주 천장에 박았다. 효율적으로 살아가기 위한 최선의 수단이었다. 모두가 좁은 곳에 한데 모여 살고, 같은 것을 먹고, 같은 일을 해야 했다. 삶이 단순해질수록 오염 물질은 적게 배출됐다. 살아남기 위해서는 어쩔 수 없었다.

침대 아래에서 여느 밤과 같이 하마 아저씨의 목소리가 들려왔다.

"그것들은 모든 걸 휩쓸었어. 거대한 몸체로 사람들을 하나씩 깔아뭉갰어. 정확히 혁명의 주요 인물들만 골라서 말이야."

목소리는 사정없이 떨리고 있었다. 그는 아직도 탱크 이야기에 사로잡혀 있었다. 듣기가 싫어 귀를 막아야만 했다. 그때 내 옆옆 자리에서 싸늘한 반응이 터져 나왔다.

"좀 닥쳐요. 잠 좀 자게."

4-2세대원인 민이었다. 민은 그리 말하고는 듣기 싫다는 듯이 돌아누웠다. 하마 아저씨는 겁에 질렸는지 입을 꾹 다물고는 눈을 감았다.

4-2세대도 3일 혁명의 당사자였다. 그들 또한 혁명의 중심에 있었기에 4-1세대원들이 무참하게 죽어가는 것을 보았다. 혁명이 처참히 실패한 후, 뒷수습은 오롯이 살아남은 4-2세대에게 넘

어갔다. 그들은 죽은 4-1세대들의 시체를 치웠고, 일할 사람이 보충될 때까지 죽은 이들의 몫까지 감당해야 했다. 그래서 그런지 일부 4-2세대원들은 하마 아저씨를 비롯한 4-1세대원들을 좋게 보지 않았다. 그들이 조상들과 뭐가 다르냐고 물었다. 후대를 전혀 생각하지 않고, 이겨내지도 못할 혁명을 왜 했느냐면서 말이다. 특히나 그들은 하마 아저씨만 보면 욕을 하고 무시했다.

"너나 닥쳐. 시끄러우니까."

건너편에서 누군가가 거칠게 말했다. 민이 자리에서 일어나려 하자, 또다시 무거운 말들이 튀어나왔다.

"내일부터 페달 못 밟아서 굶어 뒤지고 싶으면 일어나."

민과 같은 4-2세대원이자 혁명 수장인 상이었다. 상이 몸을 일으키자 엮여 있던 침대 전체가 흔들렸다. 지진이라도 난 것만 같았다. 난간이 없어 서로의 팔을 꼭 쥐고 있어야 했다. 내 옆에 누워 있던 희가 낮은 목소리로 속삭였다.

"뭔 일 나는 거 아니야?"

그러나 민은 무언가를 말하려다 숨을 크게 내쉬고는 다시 자리에 누웠다. 그렇다고 하마 아저씨가 다시 입술을 떼지는 않았다. 그는 가만히 누워 입을 굳게 다물고서 무언가를 우물거리는 소리를 냈다. 상이 침대에 눕자 또다시 침대가 흔들렸다. 얼마 지나지 않아 상의 코 고는 소리가 사방을 울려댔다.

상은 붉은 구역에 있는 그 누구보다도 몸집이 거대했다. 그 탓에 그의 주변에 있는 사람들은 어깨를 움츠리고 잠에 들어야 했다. 유아기 때부터 이곳에서 자란 민과 달리 상은 3일 혁명 이후에 추가된 인원이었다. 본래 다른 구역에서 자랐다고 하는데, 그는 그곳이 어떤 곳인지는 말해주지 않았다. 상과 같이 3일 혁명 이후 죽은 4-1세대원을 대체하기 위해 투입된 4-2세대원은 기존 4-2세대원과 달랐다. 그들은 신 4-2세대원이라 불리며 혁명을 원했다.

상을 비롯한 신 4-2세대원이 붉은 구역에 도착했을 때는 구 4-2세대원이 죽은 4-1세대원의 몫까지 일하고 있었다. 둘은 같은 4-2세대원이었음에도 서로를 이해하지 못했다. 한쪽은 혁명의 전 과정을 보았고, 다른 한쪽은 혁명의 끝을 보았으니 말이다.

둘 간의 분쟁은 지극히 예견된 일이었으나, 영양 상태가 훨씬 좋고 키도 컸던 신 4-2세대원이 구 4-2세대원을 압도하는 양상은 어쩔 수 없었다. 상은 그중에서도 유별나게 몸집이 컸다. 이상하게 먹는 것도 비슷하면서 키가 다른 어른들보다 한 뼘이나 더 컸고 근육도 많았다. 그는 혼자서 두 명분의 일을 했다. 아픈 사람의 일까지 대신 해주며 먹을 것을 나누어 주기까지 했다.

더불어 내가 알고 있는 모든 조상들의 이야기는 상이 들려준 것이었다. 그 역시 자신과 같은 윗세대원에게 들은 이야기일일 터였다. 그의 묘사에 4-3세대원의 마음에는 혁명을 바라는 염원이 싹트기 시작했고, 무능한 조상들에 가슴을 쳤다. 자연스럽게 상은 혁명파를 결속하는 구심점인 혁명 수장이 되었다.

나는 상의 코골이가 들리는 쪽으로 고개를 돌렸다. 그의 모습이 보이지 않았음에도 그 공간에서 뿜어져 나오는 거대한 무언가를 느낄 수 있었다. 그것은 세상을 바꿀 수 있는 어떤 힘처럼 느껴졌다.

'상이라면.'

그와 함께라면 무엇이든 가능할 것만 같았다. 분명 그라면 페달처럼 반복되는 우리의 세상을 바꿀 수 있었다.

나는 그를 믿었다.

꿈

3시간마다 한 번씩 정문 쪽 스피커에서 애인가(愛人歌)가 흘러나왔다. 대략 인간이 이제껏 저지른 죄를 참회하고, 자연에 순응하며 살자는 그런 내용의 노래였다. 유일하게 스피커를 통해 들을 수 있는 곡이었다. 여러 가지 소리들이 한데 뭉쳐 장대하고 장엄했다. 금방이라도 하늘이 갈라지며 신, 아니 정부의 심판이 내려질 것만 같았다. 아주 느린 박자로 노래는 이어졌다.

속죄하라! 조상의 죄들을.
얼마나 많은 것들이 희생되었는가?
속죄하라! 우리의 생존을.
얼마나 많은 죄들을 저질러 왔는가?
부디 우리를 구원하소서.

노래가 들려오면 모두가 제자리에 멈춰 서서 고개를 숙였다. 우리는 노래가 계속되기만을 바랐다. 그 순간이 어떤 숭고한 마음을 다잡는 순간이라서보다는, 모두가 잠시 쉬어 가는 시간이기 때문이었다. 노래가 끝나면 고장 난 시계가 고쳐진 것처럼 모두가 다시 일제히 움직였다.

애인가를 제외하고 우리가 들을 수 있는 노래라고는 식당에서 머리가 돌아버린 하마 아저씨가 식탁 위에 올라 가끔 불러대는 '혁명가'가 전부였다. 반주도 없이 식탁을 주먹으로 두들기며 부르는 노래였는데, 3일 혁명 당시 만들어졌다고 했다. 하마 아저씨의 목소리는 곡괭이 같은 연장으로 긁어대는 것처럼 걸걸했다. 야유가 쏟아졌다. 주로 4-2세대원인 '반혁명파'가 그랬다. 그들은 혁명과 조금이라도 관련된 것이라면 무엇이든 지독하게도 싫어했다. 반면에 나를 비롯한 혁명파는 함께 식탁을 쳐대며 노래를 함께 불렀다.

우리는 앞으로 나아가네.
뒤로는 절대로 가지 않네.
희망을 좇아서 굴을 파고,
페달을 밟지.
우리는 앞으로 나아가네.
뒤로는 절대로 가지 않네.

마름은 함께 식당에 있으면서도 우리를 말리지 않았다. 표면적으로는 가사가 혁명적이지 않았기 때문일 수도 있다. 오히려 앞으로 나아간다는 점에서, 애인가의 뒤를 이어 인간의 어떤 희망을 표현한다고도 볼 수 있었다.

가끔은 마름이 노래를 따라 부르는 것도 볼 수 있었다. 그는 혁명이 절대로 일어나지 않을 것이라 믿는 모양이었다. 나를 비롯한 아이들은 그가 우리와 함께 식탁을 치며 노래를 불러대는 모습을 보고는 더욱 핏대를 세웠다. 이 혁명적인 화음에서 마름의 목소리는 제거하고 싶은 불협화음이었다.

스피커에서 노래가 끝나고 아나운서의 목소리가 들려왔다.

"우리는 속죄해야 합니다. 우리 조상들이 저지른 죄에서 우리는 벗어날 수 없습니다. 우리 아이들은 제발 이런 세상에서 살지 않기를 바랍니다. 여러분, 조금만 더 힘냅시다. 우리는 할 수 있습니다."

우리 아이들이라니. 우리는 아이를 낳지 않는데.

모두가 비슷한 생각이었다. 그래, 정부에서 우리를 낳아준 것은 맞았다. 그것 때문에 우리는 정부를 증오한다. 이렇게 살 줄 알았으면 태어나지 않았을 것이다.

우리는 이곳 붉은 구역에서 길러졌다. 배급으로 나오는 음식이라고는 무엇이 들었는지 모를 검은 죽뿐에다 열 살 때부터 죽을 때까지 하루에 12시간 동안 페달을 밟아야 했고, 열일곱 살부터는 광산에서 활성탄까지 캐야 했다. 붉은 구역의 주민들은 그렇게 살아왔다.

우리는 증오로 하루하루를 살아갔다. 혁명만을 바라면서 말이다. 혁명이 아니었다면, 우리는 차라리 모두 혀를 깨물거나 얼마 없는 식량을 독식하기 위해 서로를 죽였을 것이다. 정부는 왜 우리를 낳았는가? 선조들이 저지른 죄를 묻기 위해서? 누군가는 해야 하니까? 스피커 속 저 남자에게 묻고 싶었다. 그는 작업복을 입어본 적은 있을까? 페달을 밟아보기는 했을까? 스피커에 주먹질을 하고 싶었으나, 참아야 했다. 기물이 파손되면 이틀 동안 음식을 배급받을 수 없었다.

방송이 끝나고 숙소로 돌아가려 하는데, 스피커에서 종소리가 들려왔다. 가장 반가우면서도 두려운 소리였다. 모두의 시선이 정문 쪽으로 향했다. 내 혀 아래에는 본능적으로 침이 고였다. 이

번에는 무엇이 왔을지 궁금했다. 거의 매일 같은 것임에도. 나는 페달을 밟느라 후들거리는 다리를 이끌고 정문으로 향했다.

정문에는 정부에서 보낸 트레일러가 도착해 있었다. 군데군데 녹이 슬기 시작했으나, 전체적으로 기능하는 데에는 전혀 문제가 없어 보였다. 사람들은 곧장 트레일러에 올라가 잠긴 문을 열어젖혔다. 화물칸은 식량들로 가득했다. 식량이 담긴 포대 겉면에는 소, 돼지, 닭과 같은 그림이 그려져 있었다. 혀 아래로 침이 그득하게 고였다. 희가 내게 말했다.

"빨리 나르자고."

짐을 나르려 하는데, 다음 화물칸을 보고는 고였던 침이 한 방에 달아나 버리고 말았다. 트레일러에는 식량이나 식수만 적재되어 있는 것이 아니었다. 다른 한 칸에는 아이들이 바글거리고 있었다. 적어도 수십 명은 되어 보였다.

그들의 손가락은 식량통에서 나온 쌀벌레처럼 작고 귀여웠으나, 귀여움보다는 징그러움으로 다가왔다. 온전히 자라기 전까지, 그들은 하등 쓸모없는 인원이었다. 더군다나 식량도 부족한 마당이니 우리의 것을 빼앗아 먹는 존재로 보이기도 했다.

4-4세대는 아니었다. 몇 주 전 갱도가 무너져 사람 몇이 죽었고, 빈 인원수를 채우기 위해 정부에서 아이들을 보낸 것이었다. 상과 같은 보충자들이었다. 트레일러를 둘러싼 우리를 보고는 한 아이가 울먹이기 시작했다. 울음소리가 그대로 귀에 꽂혔다. 어지러웠다. 이어서 아이들이 한꺼번에 훌쩍거렸다. 정화 장치의 소음보다도 듣기가 싫었다. 다른 사람도 나와 마찬가지인 듯했다. 그들은 아이들을 보고 귀여워하거나 반기지 않고 얼굴을 찡

그리며, 한숨을 쉬었다. 나와 같은 4-3세대원인 무기가 손가락으로 아이들의 머리를 셌다. 아이들은 서서히 울음을 그치고는 서로 눈치를 보면서 고개를 푹 숙였다.

"다섯, 여섯, 일곱……."

동시에 그의 눈길은 따라온 식량 포대를 향하고 있었다. 입이 느는 만큼 식량도 함께 늘어야 하는데, 최근 둘 간의 불균형이 심해졌다. 포대가 대충 세 개 정도는 부족했다. 무기는 세는 것을 그만두었다. 우리를 처음 마주했던 4-2세대원도 이와 같은 심정이었을까 싶었다.

모두가 일사불란하게 움직였다. 누가 명령을 내리지도 않았는데, 일제히 식량 더미를 등에 둘러메고는 중앙 식량 보관소로 날랐다. 그곳에 있는 큰 깔때기에 내용물을 모조리 부어버리면 음식물 조리 장치로 연결되어 검은 죽을 만들어냈다. 잠시라도 실온에 놔두면 금방 굳어버리는 음식이었다. 그것마저 아까워서 손으로 깨끗이 긁어내고는 그릇까지 핥아 먹어야 했다. 정부 쪽 설명으로는 조금만 먹어도 포만감을 준다고 했는데, 거짓말이었다. 아무리 먹어도 배가 차지 않았다.

나는 아이들을 책임자에게 데려다주기로 했다. 아이들의 이름표에는 각자의 이름과 함께 기존 세대원의 이름이 적혀 있었다. 대부분 4-2세대원들의 이름이었다. 이들은 책임자가 되어, 아이들이 열일곱 살이 될 때까지 삶의 기본적인 방식을 알려주는 '부모' 역할을 하게 된다. 그러나 역할일 뿐이지 진짜 부모가 되는 것은 아니었다. 책임자라고 해서 딱히 무언가 책임져야 하는 것도 아니었다. 아이가 이곳에 적응할 수 있도록(적응이라고 해봤자 그저 일을 가르치는 것뿐이지만) 옆에서 지시하는 것이 전부였다.

내 책임자처럼 말이다.

내 책임자는 내가 죽기를 바랐다.

책임자

한번은 엄청 아팠던 적이 있다. 그저 단순 감기였는지, 아니면 지독한 열병이었는지는 알지 못한다. 처음에는 몸만 떨리던 것이 몇 시간이 지나자 헛것이 보일 정도로 고열이 심해졌다. 이가 덜덜 떨릴 정도로 추위를 느꼈다. 이불이나 껴입을 것이 없어, 희를 비롯한 친한 아이들이 자기 옷을 벗어 주었다. 이를 너무 심하게 맞부딪쳐서 금방이라도 다 닳아버릴 것만 같았다. 더운 여름이었음에도 사방에서 찬바람이 몰아치는 것 같다고 느꼈다.

그러나 내 책임자는 나의 이 지독한 증상에도 아무 조치를 취하지 않았다. 그는 오히려 열로 정신이 없는 나를 억지로 식당에 끌고 가서는, 내 식판에 담긴 죽을 반 정도 덜더니 다른 이들에게 주었다. 죽을 덜자마자 그들은 허겁지겁 식판을 핥기 시작했다. 내가 책임자를 원망 섞인 눈으로 올려다보자 그가 말했다.

"일한 사람이 더 먹는 게 당연한 거야."

먹는 것에는 늘 예민했다. 그러나 그에게 한마디도 하지 못했다. 너무 어이가 없어서, 분명 사람인데도 사람이 아닌 것만 같아서 말문이 막혔다. 반만 덜었을 뿐인데 식판에는 아무것도 담겨 있지 않은 것처럼 느껴졌다. 살기 위해서는 남은 것이라도 먹어야 했다. 나는 단숨에 식판을 들고는 목구멍에 죽을 들이부었다. 맛도 느껴지지 않았다. 살아남기 위한 본능에 가까웠다.

당시에 아직 페달을 밟아야 할 나이가 아니어서 다행이었다. 만약 그로부터 5개월만 더 늦게 아팠더라면, 페달을 밟다가 건강이 더 안 좋아졌을 것이고, 끝내는 죽었을 것이다. 그러나 다행이라 생각하는 것이 이상할 만큼 상태는 점점 더 심해졌다. 헛것이 보이기 시작했다. 가본 적도 없는 갱도가 보였고, 갱도 안에서 형체 없는 온갖 존재들이 나를 향해 다가왔다. 눈을 감고 해를 바라보면 보이는 무늬 같은, 그런 실체 없는 모습이었다.

끝내는 스스로 살아남아야 했다. 날 도와줄 사람은 어디에도 없었다. 나는 비틀거리며 숙소 밖으로 나갔다. 다리에 힘이 없어 몇 번을 쉬었다가 걸어야 했다. 열을 식힐 만한 장소를 찾기 위해 주변을 둘러보다가 갱도 앞에 도착했다. 인부들이 나를 이상한 눈으로 쳐다보았으나 말을 걸지는 않았다. 비일비재한 일이었고, 도와줄 수도 없었으니까.

마침 갱도 안쪽에서 시원한 바람이 불어오고 있었다. 나는 갱도 근처 그늘진 자리에 기대어 앉아 바람을 느꼈다. 땀이 마르면서 열을 서서히 내려주었다. 그렇게 오래도록 있었다. 인부들이 모두 갱도에서 빠져나오고, 해가 지고, 이윽고 밤이 될 때까지 말이다. 그리고 내 책임자가 내게 다가와 말을 걸었을 때, 휴식은 끝이 났다. 그가 내 앞을 지나치며 말했다.

"죽는 게 좋았을 텐데."

그는 그렇게 말하고 식당으로 가버렸다. 식당에서 그는 어김없이 사람 좋은 미소를 지으며 모두에게 말을 걸었다. 다른 이들이 자신을 어떻게 생각하는지는 모르고 말이다.

열이 점차 내리고, 얼마 지나지 않아 몸도 제대로 움직일 수 있게 되었다. 다행인지는 모르겠지만, 그에게 엿을 먹이고 싶다는 생각이 나를 버티게 했다.

그에게 이름은 없었다. 직책으로만 불릴 따름이었다.

그는 마름이었다.

문제는 마름이 내게 왜 그런 말을 했는지 점차 이해되기 시작했다는 것이다. 추호도 그에게 어떤 연민을 느끼거나 그의 마음을 헤아리는 일은 절대 없을 거라고 굳게 마음을 먹었건만, 당시 마름의 표정과 목소리 그리고 이어졌던 말들이 무슨 의미였는지 서서히 이해되기 시작했다. 그럴 때마다 그는 우리의 적이며 우리의 혁명을 가로막는 존재임을 상기하려 했지만, 서글퍼지는 것을 막을 수는 없었다.

책임자를 기다리는 새 아이들에게도 알아서 살아남으라 말해주고 싶었다. 물론 입 밖으로 내지는 않았다. 새로 도착한 수십 명의 아이 중 하나가 눈에 띄었다. 몸집이 또래보다 컸다. 이름표를 보니 '최'라 적혀 있었다. 최는 어깨를 구부정하게 하고서 허리를 숙이고 있었다. 최대한 다른 아이들과 몸집을 맞추려는 것처럼 보였다. 생명체의 본능인지, 머리가 영리해서 그런 것인지는 알 수 없었다. 아이러니하게도 최의 책임자는 혁명 수장인 상이었다.

"가자."

나는 책임자를 확인하자마자 최의 손을 끌었다. 최는 아무런 말도 하지 않고 나를 따라왔다. 상은 아마 갱도에서 활성탄을 캐고 있을 것이었다. 다른 사람의 일까지 도맡는 그였으니, 남들보다 더 열심히 그리고 오래 일해야 했다. 갱도 앞으로 가자 곡괭이 소리가 경쾌하게 들려왔다. 머리를 울려대는 소리의 크기와 끊이지 않는 박자로 보아 틀림없이 상의 것이었다. 나는 벽에 기대어 상을 기다렸다. 최는 여전히 고개를 숙이고 있었다.

"떨려?"

최는 나를 힐끔 보더니 고개를 끄덕였다.

"괜찮아. 여기도 사람 사는 곳이야."

"붉은 구역이요?"

묘하게 기분이 나빴다. 나는 최에게 가까이 다가갔다. 최는 어깨를 더욱 움츠렸다. 나이 차이가 다섯 살 정도 나는데도, 나와 키가 비슷했다. 시간이 조금 더 지나면 나보다 훨씬 더 클 것만 같았다. 초장에 기를 잡아버리기로 했다.

"누가 뭐라고 그래?"

최는 눈알을 빠르게 굴려댔다. 내가 아무런 말도 하지 않고 계속 바라만 보고 있자, 조금씩 입을 열었다.

"아카데미에서…… 애들이 죽으러 간다고…… 혁명이란 걸 할 때마다 사람이 죽는대요. 그래서 저희도 죽을 거라고."

붉은 구역 주민들은 정부가 부여한 세대로 나뉘기도 하지만, 출신 성분에 따라 크게 둘로 나눌 수 있었다. 나나 희같이 다섯 살이 되기 전 붉은 구역에 도착한 이들과, 최처럼 '아카데미'라는 기관에서 유소년기를 보내고 온 아카데미 출신들로 말이다. 그들은 나와 희 같은 기존의 주민들이 예상치 못한 사고나 병으로 죽어 결원이 생길 경우 그 자리를 채우는 일종의 보충역이었다.

처음에는 아카데미 출신의 아이들이 열차에서 내리자마자 우는 이유를 알지 못했다. 내가 이곳에 도착했을 때는 구역에 대한 정보가 전혀 없었다. 내 기억의 시작점에 있는, 당시의 어른들은 우리의 질문에 어떤 대답도 하지 않았다. 그저 그들의 손바닥이 넓고 매웠으며, 우리는 손바람에 흔들리는 여린 불처럼 두려움에 떨며 열차 한 량에 몰아서 타야만 했던 것을 기억한다. 어둠 속에서 아이들은 벌벌 떨었다. 그러나 울음은 열차 소리에 파묻혀 들리지 않았다. 보이지도 들리지도 않는 상황에서 감각들은 예민해져 갔다. 따로 음식을 넣어주지 않아 손가락만 빨며 울다가 잠에 들었다. 나중에는 어쩔 수 없이 곡물이 들어 있는 포대 끝부분을 긁어내 생쌀을 한 알씩 훔쳐먹으며 버텨야 했다. 날카로운 껍질에 베여 혀의 감각마저 무디어질 무렵, 열차는 멈췄다. 대부분의 아이들은 기절 직전이었다. 눈을 떠보니 어른들이 우리를 내려다보고 있었다. 온몸에 붉은 흙먼지를 한가득 안고서.

그때 나는 붉은 구역이 어떤 곳인지 알지 못했다. 그래서 버티기 더 쉬웠던 걸지도 몰랐다. 던져지듯 태어났고, 주어진 대로 살아왔을 뿐이었으니까. 최에게 물었다.

"아카데미는 어떤 곳이야?"

상을 비롯, 3일 혁명 후 붉은 구역에 도착한 신 4-2세대원들도 아카데미 출신이었지만 그곳에서 있었던 일은 절대 말해주지 않았다. 붉은 구역과는 다른 구역의 삶이라니. 늘 의문이었는데, 이제야 풀 수 있을 것만 같았다.

최는 우물쭈물하며 말을 할지 말지 고민하는 것 같았다. 나는 방금 전과 마찬가지로 침묵을 유지했다. 마침내 최가 말했다.

"매일 똑같았어요. 아침에 일어나서 선전물 보고, 학교에 가고."

최는 손을 허벅지에 가져다 댔다. 땀으로 바지가 축축했다.

"그리고 페달을 밟았어요."

머리가 아찔했다. 열 살도 되기 전에 페달을 밟게 하다니. 오염이 막을 수 없는 수준까지 이르렀나.

'그러니 식량도 줄었겠지.'

최근 정부에서 보내는 식량이 눈에 띄게 줄어들고 있었다. 이제는 정말 한계점에 다다랐는가 싶었다. 나는 표정을 풀고서 다시 최에게 물었다.

"여기는 어떻게 오게 된 거야?"

시험이나 추첨으로 배정이 되는 줄 알았다. 최의 말대로라면 붉은 구역은 운이 나쁘거나 머리가 나쁠 경우에 오게 되는 곳일 터였다. 그러나 최가 내놓은 답은 내 예상을 완전히 벗어난 것이었다.

"정해져 있었어요. 하나부터 열까지 전부 다요. 이미 전 태어날 때부터 붉은 구역으로 가기로 정해져 있었어요."

"전부 다? 그러다 예상했던 인원이 달라지면?"

혁명이라는 말이 목구멍에까지 올라왔으나, 애써 삼켰다.

"남는 아이들은……."

최와 이야기를 더 나누려 했으나, 최는 갑자기 말을 멈추고는 위를 올려다보았다. 뒤를 돌아보니 상이 갱도에서 나오고 있었다. 내가 지금껏 최와 나눈 이야기를 상이 들었을까 봐 마음을 졸였다. 상은 최에게 성큼성큼 다가가더니, 이름표를 보고서 최에게 말했다.

"최. 한마디만 할게."

긴장감이 감돌았다. 최는 잔뜩 겁먹은 표정을 지었다. 상이 말했다.

"말 아껴. 안 그럼 일찍 죽으니까."

그리 말하고는 최를 데리고 식당으로 가버렸다.

이후로 최는 아카데미에 관해서 말하지 않았다. 죽어갈 때까지도 말이다. 목이 타고, 위장에 흙먼지만 가득 들어찬 최에게 나는 마지막으로 초과된 아이들이 어떻게 되었느냐고 물었으나, 그는 대답하지 않았다. 입을 다물고 눈을 아래로 내리깔았다. 눈조차 마주치지 않는 그가 지독했다.

결국 초과된 아이들이 어떻게 됐을지는 지레짐작할 따름이었다. 어디로 갈지 지정되어 있었기에, 붉은 구역에 갈 아이들은 곡괭이질을 배웠을 것이고 초록 구역에 갈 아이들은 농사와 관련된 무언가를 배웠을 것이다. 또 다른 아이들이 무얼 배웠을지는 정확히 모르겠지만 결국에는 우리처럼 인류 보전을 위한 하나의 부품이 되기 위해 노력했겠지. 심지어 아카데미의 어린아이들마저도 살아남기 위해 정화 장치를 돌렸으니까.

탈락한 개체들은 모두 다 사용하고 난 활성탄처럼 어딘가에 버려졌을 것이다. 아마 그들에 비하면 우리는 조금이라도 더 일찍 태어나 운이 좋은 사람들일지도 모른다. 예상 배치 인원보다 초과된 이들에게 주어지는 자리는 없을 테고, 그들은 운과 경쟁을 통해 생존이라는 좁디좁은 문을 한 단계 더 통과해야 했을 테니 말이다. 마름의 말처럼 오히려 죽는 게 더 나은 선택일지도 몰랐다.

다행히 최를 비롯해 새로 온 아이들은 붉은 구역에 금방 적응했다. 페달을 밟고, 선전물에다 욕을 하고, 밥을 먹고, 좁디좁은 침대에서 잠을 잤다. 아이들은 그렇게 삽시간에 붉은 구역의 주민이 되었다. 마치 우리에게서 나온 아이들처럼, 혹은 본래 이곳에 있었던 사람들처럼 말이다.

'죽는 게 좋았을 텐데.'

아이들을 볼 때마다 마름의 말이 머릿속을 스쳐 갔다.

바늘

혁명은 우리의 열망에서 시작된 것이 아니었다.

물집을 터뜨리려면 바늘로 찔러야 하듯이, 우리 스스로가 일으킨 것이 아니라 다른 존재가 우리를 혁명으로 이끌었다. 바늘은 어이없게도 단지 '혁명'이라는 단 두 글자였다.

그날도 종소리가 울렸고, 모두 정문으로 가서 트레일러가 싣고 온 식량 포대들을 중앙 식량 보관소로 옮기고 있었다. 이번에는 아이들이 오지 않아서 다행이었다. 새로운 아이들도 우리와 함께 묵묵히 포대를 날랐다. 큰 깔때기에 모든 것을 쏟아붓고서 트레일러로 돌아갔을 때, 사람들이 한데 모여 있었다. 내가 무리에 가까이 다가가자 희가 식량 포대가 있던 자리를 가리키며 내게 말했다.

"혁명이야."

포대가 있던 자리에 정확하게 '혁명'이라는 글자가 쓰여 있었다. 화물칸 바닥 전체를 메울 만큼 거대한 두 글자였다. 기계로 찍어낸 것이 아니라 누가 급조해서 휘갈겨 쓴 것 같았다. 흰 가루로 쓰여 있었는데, 침을 뱉은 후 발로 훑으니 사라져 버렸다. 누구는 그것을 손가락으로 찍어 먹어보곤 짠맛이 난다고 했다. 사람들은 저마다 추측을 이어갔다.

"분명 다른 구역에서 온 글씨야."

"어째서?"

"소금이 나는 곳이겠지. 짠맛이 났으니까."

"다른 구역도 혁명을 준비하고 있는 거야."

"우리도 함께하자는 거지."

"이게?"

"트레일러가 여기만 돌겠어? 초록 구역에서 식량 싣고서 애들 태우러 다른 구역에 갔다가, 우리한테 활성탄을 받아서 또 다른 구역으로 가겠지."

다른 구역에서도 우리의 혁명을 알고 있는 것 같았다. 그전까지 혁명이 실패한 것은 다른 구역과 연대하지 못한 탓도 있었다. 모두가 일제히 혁명을 일으킨다면 이번에는 다를지도 몰랐다. 처음으로 다른 구역과 연결된 트레일러를 통해 온 메시지에, 모두가 흥분을 감추지 못했다. 이는 금방 싸움으로 번졌다. 흥분한 혁명파와는 다르게 반혁명파 사람들은 기를 쓰고서 혁명에 반대했다. 민이 트레일러에 올라타서 물었다.

"그래서, 혁명을 하겠다고?"

"당연하지."

혁명파의 외침에 민이 고개를 저었다.

"불가능해."

"해보지도 않고 어떻게 알아?"

"너희들이 탱크를 못 봐서 그래. 우린, 절대 이길 수 없어."

민은 '혁명'이라는 단어를 지우기 위해 발로 바닥을 문지르려 했다.

"내려와, 당장!"

외침이 들려왔다. 혁명파와 반혁명파 간에 몸싸움이 벌어졌다. 반혁명파는 민을 그대로 두려 했고, 혁명파는 민을 끌어내리려 했다. 폭력 사태가 일어날 것 같았다. 그때 중앙 식량 보관소에서 돌아온 상이 외쳤다.

"뭐 해!"

상의 외침에 사람들은 쭈뼛거리며 한 발짝 물러섰다. 그러나 민은 그러지 않았다. 발로 글자를 헤치다가, 심지어 엎드려서 손으로 바닥을 긁어대기 시작했다. 상은 곧장 트레일러 위로 뛰어오르더니 민을 발로 차버렸다. 억, 하는 소리와 함께 민은 바닥으로 떨어졌다. 눈을 까뒤집은 것이 정신이 나간 듯했다. 상은 트레일러 위에서 민을 내려다보며 상태를 잠시 살피더니 주위 사람들에게 말했다.

"뭘 봐! 빨리 일해."

방금 전까지 서로의 멱살을 잡고 죽일 듯이 노려보던 이들이 함께 트레일러에 활성탄을 싣기 시작했다. 활성탄 포대가 조금씩 혁명이라는 글자를 뒤덮었다. 아마도 상은 마름이 보기 전에 빨리 글자를 가리고 싶었던 것 같았다.

활성탄이 모조리 담긴 트레일러는 사람들의 추측과 함께 다른 구역으로 나아갔다. 저 글자는 모든 구역을 돌아다니며 혁명을 말할 것이었다.

우리도 그들과 함께해야 했다.

그러나 혁명은 일으키고 싶다고 해서 일어나는, 손바람 같은 것이 아니었다.

장애물은 우리 주변 곳곳에 솟아 있었다. 그중 눈에 가장 밟히는 존재는 바로 반혁명파와 마름이었다. 구 4-2세대원들은 상이 어떻게 제압을 한다고 해도, 붉은 구역에서 오랜 기간 노동을 하며 잔뼈가 굵은 4-1세대원들은 그렇지 않았다. 이들은 마름에게서 감독관 직책을 받아 명목적으로는 갱도 내 주민들을 관리하여 생산량 증대를 목표로 했으나, 실제로는 혁명파를 감시하는 것을 주 임무로 삼았다.

그들을 이해하기 어려웠다. 혁명을 일으켰던 사람들이, 그리고 자신의 친구들이 죽는 것을 두 눈으로 본 사람들이 왜 혁명을 방해하는 걸까? 알 수 없었다. (물론 하마 아저씨는 혁명파, 반혁명파 어디에도 속하지 않았다. 하마 아저씨는 혁명 자체에 그다지 관심이 없었다.)

"우리가 머릿수로는 더 많아."

희는 갱도로 내려가는 감독관들을 보며 말했다. 정확했다. 감독관이라는 직책에 맞게, 그 수가 우리보다 적었다. 구 4-2세대원들 역시 앞선 혁명에 의해 상당수가 죽은 상황이었다. 반면에 내가 속한 혁명파는 신 4-2세대원과 4-3세대원까지 포함해, 수적으로 우위에 있었다. 희가 덧붙여 말했다.

"그리고 우리에게는 상이 있잖아."

저 떡 벌어진 어깨와 도드라진 근육들, 거대한 손가락들은 어떠한 사람의 머리라 할지라도 곡괭이에 정통으로 맞은 활성탄처럼 반으로 갈라버릴 것만 같았다. 상이 있다면 혁명은 성공적으로 끝날 것이었다. 희는 내 얼굴을 바라보았다. 내 속에 움트고 있는 의문을 알아차린 듯했다. 희에게 물었다.

"그 사람을 부정하는 건 아니야. 그런데 그 사람 하나만으로 될까?"

희는 내 어깨를 두드리더니 가만히 내 눈을 마주했다. 어젯밤 상이 우리에게 보였던 눈빛이 희의 눈에서도 느껴졌다.

"친구를 죽여야 할 수도 있어."

어제 새벽녘, 우리 침대로 성큼 다가온 상이 말했다. 그의 눈빛에는 살기가 있었다. 대의를 위해서라면 그 누구라도 죽일 수 있다는 그런 눈빛. 이전까지 나는 상을 누구보다도 혁명을 성공시킬 수 있는 '리더'라고만 생각했다. 그러나 그렇게 믿었던 존재가 돌아서는 순간 우리의 목을 쉽게 조를 수 있다는 사실을 깨닫자 심장을 조여오는 듯한 강한 압박감이 느껴졌다. 천장이 금방이라도 무너져 내릴 것만 같았다. 그럴 때는 눈을 감고 손가락으로 귀를 막고 숨을 참아야 했다. 희와 나는 서로의 귀를 막아주고는 숨을 참았다. 그러면 희의 따스한 손을 제외하고는 아무것도 느껴지지 않았다. 그 순간만큼은 주변에 어떤 존재도 없는 것처럼 느껴지고, 혁명을 위해서라면 무엇이든 할 수 있다고 생각하게 되었다.

"우린 할 수 있어."

희의 말에 가슴 한 부분이 달아오르는 것이 느껴졌다. 우리는 거대한 물줄기 한가운데에 자리 잡고 있었다. 우리에게는 할 일이 있다. 상이 어젯밤 우리에게 직접 지시한 일이었다.

'무너지더라도, 함께 무너지리라.'

머릿속에서 전날 밤 들은 상의 목소리가 들려오는 것 같았다.

상은 혁명과 관련된 계획을 차근차근 세워가고 있었다. 우선 트레일러를 부수고, 활성탄 생산을 멈춰 오염 물질 정화 시스템을 마비시킬 것이라 했다. 만약 3일 혁명 때처럼 '탱크'라는 정부 무기가 동원된다면 하마 아저씨의 증언을 바탕으로 그것이 들어오지 못하는 갱도 속으로 몸을 피해 정부가 협상에 나설 때까지 기다릴 것이라 했다.

"자기들도 죽고 싶지는 않겠지."

가장 중요한 부분은 무기였다. 정부뿐만 아니라 우리는 마름을 비롯한 반혁명파를 상대해야 했다. 상은 자기 침대 머리맡에 숨겨놓은 흑요석을 꺼내며 말했다.

"혁명은 피 위에서 시작돼."

흑요석은 활성탄과 함께 채굴되는 대표적인 광물로, 쉽게 부러진다는 게 단점이지만 매우 날카로워 조금만 스쳐도 살이 벌어지고 피가 솟구쳤다. 현재 상황에서 무기로 사용하기에 적합했다. 톱니바퀴처럼 아귀가 맞아떨어지는 상의 해답들을 보며 나는 눈에는 보이지 않지만 분명히 존재하는 어떤 힘이 나를 이끌고 있다고 믿었다. 나는 희에게 말했다.

"그래, 우리도 우리가 해야 할 일을 해야지."

희도 고개를 끄덕였다. 둘 모두 옷 속에 손을 넣은 채였다. 희가 말했다.

"가자."

우리는 다른 세대원들이 모두 갱도로 향할 때, 4-3세대 아이들과 함께 정화 장치가 있는 돔 안으로 들어갔다. 아이들은 이내 한숨을 내쉬곤 종아리와 허벅지 근육을 풀며 페달 밟을 준비를 시작했다. 돔 내부에 어른들은 없었다. 우리가 할당량을 모두 채우고 나면, 그제야 갱도에서 돌아와 페달을 밟기 시작할 것이었다.

전과 다름없이 우리도 페달을 밟기 시작했다. 숨이 찼고, 종아리가 당겼다. 얼마 지나지 않아 자전거 위 화면에 선전물이 나왔다. 머리를 세우고 정장을 입은 아나운서가 이야기를 막 시작할 때, 희와 나는 움직임을 멈추고는 동시에 옆에 있던 아이의 귀에다 속삭였다.

"혁명에 동의하면 고개를 끄덕여."

아이가 고개를 끄덕이자, 나는 품에 숨겨놓았던 쇠붙이를 그에게 건네며 속삭였다.

"물어보고 아니라고 하면 바로 목을 찔러버려."

마름과 반혁명파에게 들키지 않을 유일한 방법이었다. 희와 나로부터 시작된 이 작은 혁명의 물결은 한 아이에게서 다른 아이에게로 넘어가며 곧 전체로 퍼졌다. 아이들의 작은 귀와 작은 입으로 혁명이라는 단어가 거침없이 오갔다. 마음이 흔들렸다. 반대하는 아이가 있을까 봐 걱정이 됐다. 상의 음성이 다시 들려왔다.

'친구를 죽여야 할 수도 있어.'

상은 그 말과 더불어, 어떻게 구했는지 모를 아주 작고 날카로운 쇠붙이 두 개씩을 우리에게 건넸다. 아마도 트레일러에서 녹이 슨 부분을 떼어낸 것 같았다. 아무리 낡았다고 해도 워낙 단단하게 붙어 있었을 텐데, 어떻게 떼어냈을까 싶었다. 손잡이 부분과 날카로운 날이 잘 나뉘어 있어 누가 의도를 가지고 만든 무기가 아닌가 하는 의문이 들기도 했다.

나는 남은 쇠붙이 하나를 주머니 속에서 감아쥐고 친구들을 보았다. 나와 같은 4-3세대원들이었다. 우리는 원하지도 않았는데, 함께 태어나 함께 살아가는 중이었다. 더는 이렇게 살 수 없었다. 그러므로 혁명을 위해서 반혁명파는 처리해야 했다. 아무리 친구라 해도 말이다.

다행히 모두가 고개를 끄덕였다. 아나운서는 늘 그렇듯 우리를 존경한다고 말하며 선전 영상을 마치려 하고 있었다. 우리는 페달 밟는 것을 잠시 멈추고는 서로 눈을 마주쳤다. 가슴속에서 무언가 차오르는 것 같았다. 그것은 내 속에 있는 모든 것을 녹여버릴 정도로 무척이나 뜨거웠다.

그 순간만큼은 우리는 하나였다.

나는 상에게 이 사실을 어떻게 전해야 할지 생각했다. 상이 내린 임무를 완수했다는 사실이 기쁘기도 했지만, 그의 살기 어린 눈빛을 다시 마주해야 한다는 두려움 또한 느껴졌다. 그때, 한 아이가 눈에 밟혔다. 남들은 자랑스러운 표정을 짓고 있는데 그 아이만큼은 다소 떨떠름한 표정이었다. 작은 키에, 눈은 거의 보이지 않을 정도로 옆으로 찢어진 아이였다. 그의 이름은 제이였다.

나는 당장이라도 제이에게 다가가 왜 그런 표정을 짓느냐고 묻고 싶었으나, 내 발을 붙들고 있는 클릿 페달 때문에 그러지 못했다. 페달을 밟으면서 제이를 계속해서 힐끗힐끗 쳐다보았다. 제이는 평소와 같이 숨을 헐떡이며 고개를 숙이고 페달을 밟아댈 따름이었다. 오래도록 그를 노려보았으나 그의 표정에서 어떤 감정 변화를 찾을 수는 없었다. 혼란스러웠다. 모두가 다소 고양된 표정이었는데 제이만큼은 얼굴을 찌푸리고서 고개를 아주 미묘하게 끄덕이고 있었다. 페달을 밟느라 생긴 반동으로 볼 수 있을 정도였다. 손바닥에 땀이 차서 몇 번이고 쇠붙이를 다시 움켜쥐었다.

제이를 주시해야 했다.

✶

혁명 간부들은 간부들만의 방식으로 혁명에 임했다. 그들은 무기로 사용될 흑요석을 구하기 위해 갱도로 들어섰다. 아직은 갱도 안에 들어갈 수 없는 나와 희는 갱도 입구 쪽을 바라보았다. 주민들이 줄지어 갱도에서 나왔다. 활성탄으로 가득 찬 포대를 바닥에 질질 끌면서 말이다. 감독관들도 예외는 아니었다. 그들 역시 포대를 끌고 저울 앞으로 와서는 각자의 포대를 검사했다. 흑요석을 골라낸 뒤 무게를 달고, 목표치에 못 미친 감독관들은 추후에 다른 주민들과 함께 다시 갱도로 들어갔다.

이윽고 혁명 간부들의 차례가 되었다. 모두 감독관 앞에 일렬로 서서는 포대 자루를 내려놓았다. 희가 말했다.

"오줌 마려."

나도 그랬다. 걱정이 오줌보에 차오른 것만 같았다. 처음부터 혁명이 어그러질지도 몰랐다. 감독관들은 혁명 간부들의 포대 자루를 풀어헤쳤다. 표정이 좋지 못했다. 감독관 하나가 간부에게 물었다.

"왜? 뭐 문제라도 있어?"

간부는 고개를 저었다.

"아뇨. 그냥 몸이 안 좋아서요."

"여기서 몸 좋은 사람이 있어?"

간부의 표정이 사정없이 구겨졌다. 감독관은 기분 나쁘게 할 의도는 아니었는지, 헛기침을 하더니 포대를 마저 풀어헤치고 자루 안에 섞여 있던 흑요석을 골라냈다. 하나둘 개수가 많아질 때마다 희와 나는 계획이 실패에 가까워지고 있다고 믿었다. 바닥에 버려지는 흑요석의 무게만큼 무거워진 우리의 고개도 따라서 내려갔다.

흑요석을 골라내자 포대의 3분 1 정도가 비었다. 평소와 그다지 다르지 않은 정도였다. 감독관은 자신을 노려보는 혁명 간부에게 다시 갱도로 돌아가라고 말했다. 다음은 상의 차례였다. 상의 포대를 저울에 단 감독관은 바닥에 널브러진 흑요석 더미를 바라보며 말했다.

"저렇게 빼냈는데도 할당량을 다 채웠네. 괴물이야, 괴물."

그는 상에게 처음보다 크기가 훨씬 줄어든 포대를 건넸다. 나와 희는 상의 계획이 실패했다고 믿었다. 희망이 멀리 달아나는 듯해 눈앞이 아찔해졌다. 상은 말없이 활성탄 보관 창고에 포대를 넣었다. 다른 혁명 간부들도 갱도를 오가며 하나둘 통과했다. 할당량을 채우지 못한 몇은 반복해서 갱도로 내려갔다.

그런데 그때 상이 우리를 향해 눈짓했다. 희와 내가 상을 따라 숙소로 들어가자, 검수에서 통과한 이들이 숙소에 모여 있었다. 이들 대부분은 인상을 쓰며 침대에 쓰러졌다. 짧은 바지를 걷어 올리자 드러난 허벅지에 무수히 많은 흑요석 덩어리들이 박혀 있었다. 날카롭고 뾰족한 흑요석의 특징을 살려 피부 아래에 밀어 넣은 것들이었다. 어찌나 예리하게 박혀 있던지 빼기 직전까지 피도 새어 나오지 않았다. 혼자서 흑요석을 뽑아내기는 어려웠다. 자칫 부러지기라도 하면 피가 쏟아져 나와 목숨이 위험해질 수도 있었다. 간부들은 우리의 도움을 받았다. 그들의 몸에 무수히 박혀 있던 흑요석 덩어리를 조심스럽게 빼내자 피가 흘러나왔다. 고여 있던 피는 붉지 않았다. 오히려 활성탄처럼 검었다.

신음하고 있는 그들을 보자 눈물이 날 것만 같았다. 희는 앞이 잘 보이지 않아 아무런 도움을 주지 못하는 자기 자신을 원망하며 울먹거리면서도 간부들의 머리가 움직이지 않도록 꽉 붙잡았다. 상은 옷으로 가릴 수 있는 거의 모든 피부에 흑요석 덩어리를 찔러 넣은 상태였다. 그럼에도 상은 다른 간부들의 몸을 붙잡고서 그들이 피부 아래에 품고 온 흑요석 덩어리를 뽑는 것을 도왔다. 그는 마지막이 되어서야 자기 몸에서 흑요석을 뽑았다. 오래 걸리지는 않았다. 상은 조금도 움직임이지 않고 우리의 손을 받아들였다.

상처에는 어떤 조치도 할 수 없었다. 벌레에 물렸을 때처럼 자기 침을 바르거나 내버려두는 것이 전부였다. 옷이 검정색이라서 다행이었다. 피로 물들어도 티가 나지 않았다. 간부들은 4-3세대원들에게 흑요석 덩어리를 숙소 침대 아래에 숨기라고 지시했다. 그러고는 쉴 틈도 없이 페달을 밟으러 갔다.

그날 밤에 회의는 없었다. 간부들 모두가 말이 없었고, 누구도 그들에게 먼저 말을 걸지 않았다. 간간이 신음이 들려올 따름이었다. 다음 날, 돔 바닥에는 피를 닦은 듯한 흔적이 남아 있었다.

버려지는 것

흑요석 확보 작전은 계속되었다. 무뎌진 것인지, 참는 것인지 모르겠지만 간부들은 점차 많은 양의 흑요석을 피부 아래에 숨겨 숙소로 가져왔다. 가져온 흑요석은 즉시 혁명파 전원에게 분배됐고, 모두가 안쪽 허벅지에 흑요석을 찔러 넣었다. 나도 마찬가지였다. 피가 나지 않게 아주 신경 써서 찔러 넣어야 했다. 살

갖이 찢어지며 고통이 밀려왔으나, 참아냈다. 누구 하나라도 무기를 들킨다면 혁명은 물거품이 될 것이었다.

그러다 한 명이 죽었다. 아침에 숙소에서 일어나지 못한 것이다. 얼굴이 하얗게 질려 있었는데, 침대 바닥을 보니 핏자국이 말라붙어 있었다. 흑요석을 피부 표면에 제대로 찔러 넣지 못한 것 같았다. 힘껏 욱여넣다 보니 혈관을 건드렸고, 혈관이 터지는 바람에 과다 출혈로 죽은 것이었다.

나는 그의 표정을 아직도 기억한다. 웃지도, 찡그리지도 않은 얼굴이었다. 혼란스러웠다. 지옥을 마주했더라면 인상을 썼을 것이고, 천국을 마주했더라면 웃었을 텐데, 둘 다 아니었다. 무표정이라고도 할 수 없었다. 미묘한 표정이었다. 슬픔도 행복도 없는 그런 세상에서 지을 법한 표정 말이다. 어찌 보면 천국도 지옥도, 그 무엇도 없는 세상이 우리를 기다리고 있을지도 몰랐다.

상은 흑요석을 제거한 시체를 다른 4-3세대원에게 넘겼다. 시체는 트레일러에 실어 보내는 게 원칙이었다. 활성탄을 보내듯이, 우리는 시체가 생기면 포대에 넣어 트레일러에 실었다. 그것은 화물처럼 트레일러와 함께 어딘가로 갔다. 정부 측 설명으로는 어떤 사인으로 죽었는지 부검하기 위해서라고 했다. 그러나 누구는 그것들이 우리가 먹는 식량의 비료로 사용된다고 했다.

사람들은 시체를 정문 가까이에 두었다. 핏기 없는 얼굴이 햇빛을 받자 더욱 하얗게 질려 보였다. 사람이 아닌, 어떤 조각처럼 보이기도 했다. 상은 그 큰 손가락으로 시체의 눈을 감겨주고, 가만히 바라보더니 사람을 시켜 활성탄을 담는 포대에 시체를 넣어 활성탄 창고에 두었다.

그곳에 오래 살면 그곳 자체가 된다고 했다.

이곳, 붉은 구역에 너무 오래 살아서 그런지 우리도 저 활성탄 덩어리들과 크게 다를 바 없는 존재가 되어가는 것만 같았다.

갈등의 불씨가 점차 커져가고 있었다. 대다수의 4-2세대원과 내가 포함된 4-3세대원, 그리고 4-1세대원과 소수의 4-2세대원 간에 말이다. 한쪽은 혁명을 일으키려 했고, 다른 한쪽은 혁명을 막으려 했다. 반혁명파는 입에 혁명이라는 단어를 올리는 것조차 두려워했다. 그들은 늘 주변을 살피며 마름이 어디서든 자신들을 지켜보고 있다고 했다. 그러나 상의 말대로 혁명은 일으키느냐 마느냐의 문제가 아니었다. 언제 일어나느냐의 문제였다.

언젠가부터 식당에 잘 보이던 마름도 나타나지 않았다. 우리가 오기 전에 밥을 먹고 가는 것인지, 혹은 아예 먹지 않는 것인지 알 수 없었지만 모두가 어떤 일이 곧 벌어지리라는 분위기는 느끼고 있었다. 식당에서는 잡담 하나 들리지 않고 달그락거리며 숟가락으로 그릇 바닥을 긁는 소리만 들렸다.

혁명 회의가 전처럼 자주 소집되지는 않았다. 오히려 전보다 더욱 간헐적이었고, 단체로 만나기보다 상과 간부 개개인이 만나 이야기를 나누는 시간이 많아졌다. 희와 나도 마찬가지였다. 우리 둘은 4-3세대원을 대표하여 상과 이야기를 나누었다. 보통 혁명 사상과 정신에 관한 내용이었다. 한밤중에 갑자기 상은 우리를 불러놓고는 말했다.

“정부는 인간의 생존을 위한다고 하지만, 실은 인간의 삶에 관심이 없어. 통제 속에서 우리는 인간이 아니라 가축처럼 길러지고 소모되는 거야. 이대로 두면 앞으로 더욱 심해질 거야. 생존만 있고 삶은 없어지는 거지. 우리는 이런 폭력적인 행태를 막아야 해. 후대를 위해서 말이야."

상은 갱도처럼 사방이 막혀 있는 침대 위가 아니라, 내가 경계면 너머로 보았던 넓은 평야에 앉아 있는 것처럼 보였다.

"생존이 자유를 앞설 수는 없어."

희와 나는 상의 이야기를 4-3세대원에게 퍼트렸다. 주로 4-3세대원끼리 모여 정화 장치를 돌릴 때, 선전물이 재생되는 동안이었다. 상에게 배운 그대로 아이들에게 이야기하는데 눈물이 나올 것만 같았다. 줄곧 혁명의 순간이 다가오기만을 기다려왔다. 아이들은 나와 비슷한 반응을 보였다. 모두가 혁명을 꿈꾸었다. 더 나은 삶을 위해서 말이다. 모두가 하나가 되었다. 우리가 뭉치기만 한다면 무엇이든 할 수 있을 것만 같았다. 그런데, 누군가가 비아냥거리며 시비를 걸어왔다.

"죽고 나면?"

제이였다. 일순간 사방이 찬물이 끼얹은 것처럼 싸해졌다. 역시나, 라는 말이 절로 나왔다. 얼굴에는 심술이 가득했다. 내가 그의 물음에 대답하지 않자, 제이는 더욱 구체적으로 물었다.

"죽고 나면, 자유가 쓸모 있어?"

난 제이에게 되물었다.

"넌 계속 이렇게 살고 싶어? 매일 페달을 밟고, 곧 있으면 갱도에서 활성탄을 죽을 때까지 캐야 하는데? 그러고 싶어?"

제이가 고개를 저었다.

"아니."

"거봐, 그런데 왜 그래?"

내 말에 제이는 팔짱을 끼고서 공격적으로 대답했다.

"원하지 않아. 그런데 죽고 싶지도 않아."

기분이 나빴다. 나는 제이에게 외쳤다.

"넌 혁명이 일어나면 죽는다고 생각해?"

아이들의 시선이 제이에게로 쏠렸다. 제이는 주변 눈치를 살피더니 답을 하지 못했다. 나는 기세등등하게 그를 밀어붙이기 시작했다.

"너, 반혁명파야?"

제이는 대답하지 않으려 했다. 옆에서 희가 거들었다.

"대답해."

희는 클릿 페달만 아니라면 제이에게 달려들 기세였다. 거기 있는 모두가 그랬다. 그렇게 해서 조금이라도 역사에 자신의 흔적을 남기고 싶어 했다. 그때는 다들 정신이 혁명에만 치우쳐 있었다. 혁명이야말로 유일하게 희망을 찾을 수 있는 수단이라서 그랬다. 나는 상의 말을 머릿속으로 되뇌었다.

'친구를 죽여야 할 수도 있어.'

언제든, 거대한 목표를 방해하는 녀석이 있다면 처리해야 했다. 다만 내가 준비되어 있는지는 알지 못했다. 땀에 젖은 손으로 주머니 속 쇠붙이를 움켜쥐었다 예전에 상이 준 것이었다. 제이는 심상치 않은 분위기에 우물쭈물 말을 풀어놓았다.

"아니…… 내 말은 그런 게 아니라……."

제이의 눈에 눈물이 고였다. 그 모습을 보자 쇠붙이를 움켜진 손에 힘이 빠졌다. 제이에게 말했다.

"다음부턴 생각하고 말해. 죽기 싫으면."

한 번만 더 기회를 주기로 했다. 제이에게 주는 마지막 기회였다.

✦

'죽음에 익숙해져야 해.'

상은 혁명이 일어나면 많은 사람이 죽을 것이라고 했다. 그러니 혁명과 함께 죽음이 따라오리라고 생각했는데, 착각이었다. 죽음은 늘 우리 곁에 있었다. 이번에는 흑요석 때문에 생긴 사고가 아니었다. 죽은 이는 혁명파가 아니라 반혁명파로 구 4-2세대원이었다.

그는 모두가 잠든 새벽에 자기 옷으로 매듭을 만들어 침대 프레임 기둥에 목을 매달아 죽었다. 아침이 되어서야 그와 함께 침대를 쓰던 사람이 그 모습을 발견했다. 구 4-2세대원은 목을 매단 그를 보며 볼멘소리로 말했다.

"내가 들었어."

그는 상을 비롯해 혁명 간부들이 있는 쪽을 쳐다보며 말했다.

"곧 혁명이 일어날 거라며, 그게 무섭다고 했어."

이 정도로 준비가 되었으면 모르는 사람이 없는 것이 오히려 당연했다. 다만 완벽한 물증이 없었기에 우리는 필사적으로 모른 척을 했다. 상은 표정 변화 없이 혁명 간부들을 이끌고 갱도로 향했다. 혁명과 관련된 일에 상은 겉으로는 철저하게 무관심해 보였다. 남아 있던 사람들이 혓바닥을 축 늘어뜨린 채 죽은 시체를 보며 말했다.

"또 배급량이 줄겠네."

감독관이 마름에게 상황을 보고했고 마름은 감독관을 통해 모두에게 배급량을 줄인다고 통보했다. 앞으로 일주일 동안 본래 먹던 양보다 반으로 줄어든 양이 배급된다고 했다. 더불어 할당량도 조금씩 늘었다. 죽은 이의 할당량을 모두가 공평하게 나눠 가지게 되었다.

자살에 대해서 정부는 강경했다. 자살한 이에게는 어떤 추모도 허락되지 않았다. 오히려 욕을 하고 무시했다. 그의 시체는 그대로 오염 물질 정화 장치의 꼭대기에 매달렸다. 다음 트레일러가 올 때까지 그렇게 매달려 있어야 했다. 악취가 심하지는 않았다. 정화 장치가 냄새까지 제거했기 때문이었다. 그렇게 꼭대기에 매달린 주민의 시체는 빳빳하게 굳어 미라가 되어갔다.

이 일에 관해서도 반혁명파와 혁명파 간의 생각이 달랐다. 반혁명파는 혁명파가 죽음의 원인을 제공했다며 살인자라 비난했고, 혁명파는 반혁명파의 공포심 조장과 과대망상 때문에 그가 죽었다며 반대로 그들을 살인자라 비난했다. 물리적인 충돌도 생겨나기 시작했다. 숙소에서 밤중에 서로를 향한 집단 린치가 발생했던 것이다. 어둠 속에서 비명이 난무했다. 흑요석 무기로 그들을 찌르고 싶다는 생각이 들었으나, 상은 아직은 시기가 아니라고 했다. 린치는 상대를 가리지 않고 이어졌다. 결국 반혁명파는 반혁명파대로, 혁명파는 혁명파대로 보초를 세우고서 잠에 들어야 했다. 그럼에도 언제 다시 충돌이 일어날지 몰라 안심할 수 없었다.

불씨

점과 점이 찍혀 있고, 그 사이에 선이 그어진다. 선은 요동치지만 끝내 점에 도착한다. 그 점의 이름은 종말이다. 우리가 그 선에서 벗어날 방법은 없다.

무슨 일이든 우리가 진정으로 원해서 일어난 일은 맹세코 하나도 없었다. 태어난 순간부터 모든 것이 이렇게 될 운명으로 정해져 있었다는 생각을 한다. 다른 사람의 것을 빼앗거나, 심지어 다른 존재를 먹지 않으면 아무도 살아남지 못하는 세상에 우리가 태어났으니, 그 끝은 정해져 있었다.

"우리는 인류를 구원하고 있어."

상의 목소리가 메아리쳤다. 상과 이야기를 나누기 전까지 나는 무엇도 아니었다. 그저 붉은 구역에 던져지듯 태어나 평생토록 일만 해야 하는 여느 다른 이들과 다르지 않았다. 조상들의 방종에 의한 피해자일 따름이었다. 그러나 상을 만나고 달라졌다. 나는, 아니 우리는 인류를 구원하는 유일한 구원자이자 큰 변화를 이끄는 물결이었다.

상의 이야기는 밤마다 끊임없이 이어졌다. 그는 우리가 왜 혁명을 해야 하고, 혁명을 통해 무엇을 얻으려 하는지를 명확히 하려 했다. 그의 이야기를 듣는 일이 페달을 밟는 것처럼 점차 일상이 되어갔다. 혁명은 당연한 것이 되었다. 인간의 역사는 혁명으로 나아갔다고 했다. 그러나 정작 당사자들은 그 사실을 알지 못했다면서, 앞으로 우리에게 다가올 어떤 종류의 고통이라도 시간이 지나면 역사적인 기록이 될 것이라고 했다. 나는 무엇이든 할 수 있어야 했다.

"우리가 나설 차례야."

상은 그렇게 말하면서 쇠붙이를 쥔 내 손을 힘주어 잡았다.

그는 내가 쇠붙이를 휘두르지 않기를 바랐을까, 휘두르기를 바랐을까?

잔인하게 해야 했을까? 친구의 목에 쇠붙이를 겨눠야 했을까? 그 정도로 나는 괴물이 될 수 있었을까?

무엇이라도 할 수 있을 것만 같았다. 당장이라도 혁명의 물결에 뛰어들어 이 썩어빠진 세상을 바꾸고 싶었다. 그에 반대하는 이들을 무찌르고, 마름을 죽이고 싶었다. 죽어가는 마름 앞에서 묻고 싶었다.

'당신이 바라는 게 이거 아니었냐고.'

혁명을 위해서라면 내 목숨 하나쯤은 바칠 수 있었다. 모든 인류를 위해서 말이다. 나는 이토록 혁명에 관해서는 열성적이었다. 그런데, 왜 상은 하필 내가 아닌 희에게 모든 일을 맡긴 것일까? 그때는 알지 못했다.

✦

아주 쨍한 여름 오후였다. 이틀만 더 지나면 4-3세대원도 열일곱 살이 되어 갱도 안으로 들어가야 했다. 나는 절대 그 지옥 같은 곳으로 들어가고 싶지 않았다. 족쇄라도 찬 것처럼, 늘 그곳에 들어가 일을 해야 한다고 생각하니 치가 떨려왔다. 나는 혁명의 날만 손꼽아 기다렸다. 새벽마다 희가 여기저기 돌아다니기에 무슨 일이 생긴 건지 물었으나, 희는 화장실에 갔다 왔다면서 별일 아니란 듯이 말했다.

일어나야 할 혁명이 오랫동안 일어나지 않자 반혁명파에서도, 혁명파에서도 그간 아무런 충돌이나 마찰도 없었다는 듯이 태연하게 매일 페달을 밟고 땅을 파는 것에만 신경을 쓰기 시작했다. 마치 옷이 너무 늘어나면 다시는 돌아오지 않는 것처럼, 혁명에 대한 긴장감이 늘어진 상태 그대로 지속되는 것 같았다.

여느 날과 다름없이 페달을 밟으려는데 스피커에서 종이 울렸다. 우리는 반사적으로 정문 쪽으로 달려 나갔다. 트레일러가 정문에 도착해 있었다. 떨리는 마음으로 문을 열어젖혔다.

다행히 4-4세대원은 없었다. 나는 전보다도 줄어든 식량 포대를 중앙 보관소로 옮기려 했는데, 아무도 트레일러 쪽으로 접근하지 않았다. 무언가 이상했다. 나는 눈치를 보다가 포대를 바닥에 내려놓았다. 트레일러에서는 활성탄을 실으라며 경고 방송을 해댔지만, 그 누구도 활성탄 창고로 가지 않았다.

식량 포대는 바닥에 그대로 방치되어 있고, 활성탄은 트레일러에 채워지지 않았다. 상황을 파악하기 위해 주위 사람들에게 무슨 일이냐고 물었으나, 그 누구도 대답해 주지 않았다. 페달을 밟을 시간이 다가와 오염 물질 정화 장치가 있는 돔으로 가보았지만 아이들도 역시 일하지 않고 바깥쪽에 서 있었다. 갑자기 희가 돔 안에서 튀어나와 내게 말했다.

"이제 시작이야."

나는 돌아가지 않는 페달을 가리키며 물었다.

"네가 한 거야?"

희가 고개를 끄덕였다.

"제어 장치 안에 활성탄을 끼워 넣었어."

희가 가리킨 곳의 바닥이 뒤집어져 있었다. 수많은 톱니바퀴가 맞물려 있는 가운데, 까만 활성탄 한 덩어리가 가장 큰 톱니바퀴에 정확히 맞물려 있는 것이 보였다. 제어 장치는 끼긱거리는 소리를 내며 사방으로 활성탄 파편을 뱉어내더니, 이내 움직임을 멈췄다. 모두 희가 벌인 일이었다. 그럼에도 나는 다시 한번 확인해야 했다.

"네가?"

내 물음에 희는 자랑스럽다는 듯이 웃으며 말했다.

"상의 명령이야."

순간 기분이 나빴다. 희가 그런 일을 저질렀다는 것보다, 상에게 명령을 받은 사람이 내가 아니라 희라는 점 때문이었다. 나도 제어 장치를 망가뜨리는 일은 충분히 할 수 있었다. 오히려 앞이 잘 보이지 않는 희보다도 더 나았을 것이다. 그런데 왜? 상은 왜 내가 아니라 희에게 일을 시켰을까? 알 수 없었다. 희에게 물었다.

"그래서, 상이 이제 뭐 하래?"

희는 고개를 저었다.

"나도 몰라. 신호를 기다리래."

어색했다. 한 번도 이렇게 쉬어본 적이 없었다. 모두가 페달을 밟고 있어야 할 시간이었다. 아이들은 가만히 바닥에 앉아 아무 말 없이 정적을 즐겼다. 정화 장치가 돌아가지 않으니 처음으로 정적이라는 것을 느낄 수 있었다. 그러나 거대한 무언가가 바로 코앞에서 우리를 향해 다가오는 듯한 느낌은 지울 수가 없었다. 그때, 나와 희를 향해 제이가 다가와 소리쳤다.

"뭐 하는 짓이야?"

나는 상에게 받은 쇠붙이를 주머니 안에서 만지작거렸다. 희가 멈춘 제어 장치를 보며 제이에게 말했다.

"왜? 쉬니까 좋지 않아?"

제이는 도무지 이해할 수 없다는 표정을 지었다.

"사람이 죽으면? 너 때문에 굶어서 죽으면? 네가 책임질 거야?"

"어쩔 수 없어."

희는 냉정했다. 무표정한 얼굴로 담담하게 말했다. 제이는 도저히 받아들이지 못하겠다는 듯이 말했다.

"어쩔 수 없는 건 없어. 무고한 사람이……."

"우리 세상에 무고한 사람은 없어."

희의 말에는 확신이 있었다. 제이는 어이가 없다는 표정을 지었다. 마치 '무고한 사람이 없다니. 누구는 원해서 이리 살아간다는 거야?'라고 묻는 것 같았다. 희는 당당하게 정화 장치를 손바닥으로 두들겨댔다. 텅텅거리는 소리가 사방에 퍼졌다. 희가 외쳤다.

"지금 이게 살아 있는 거야? 우리가 살아 있는 거냐고! 이건 죽은 것과 다름이 없어. 매일 죽어라 일하고, 또 일하고. 대체 우리 삶은 어디 있는 건데?"

제이는 희에게 삿대질을 해댔다.

"그렇다고 그게 사람이 죽어야 할 이유는 되지 않아."

"아니, 이제는 돼. 난 생존이 아니라 삶이 필요해. 다르게 살고 싶다고. 이대로 산다면 매일 똑같이 페달을 밟고, 또 밟고, 광석을 캐다 죽겠지. 넌 그렇게 살고 싶어?"

나는 속엣말로도 답하지 못했다. 그렇게 살고 싶지 않은 것만은 명백했다. 누구라도 그럴 것이다. 매일같이 벗어나고 싶었으나, 마땅한 방법이 없었다. 그러나 죽고 싶지 않는 것도 분명한 사실이었다. 제이는 고개를 젓더니 말했다.

"그래도 이건 아니야."

"모두가 나서지 않으면 각자의 삶을 쟁취할 수가 없어. 우린 그런 시대, 그런 세상에서 살고 있어. 모두가 나서야 해."

제이는 말이 통하지 않는다고 느꼈는지 자리를 떠나려 했다. 나는 제이를 막아섰다. 제이가 거칠게 날 밀쳤다.

"비켜."

"어딜 가려고?"

제이는 눈을 치켜뜨고서 내 주머니를 힐끔 보더니, 얼굴을 굳히고는 눈알을 이리저리 굴렸다. 아이들이 제이를 에워싸고 있었다. 나는 제이에게 한 발자국 다가갔다. 그러자 제이는 한 발자국 뒤로 물러났다.

"미쳤어?"

제이는 구석으로 뒷걸음질 치다가 벽에 부딪히고는 바닥에 주저앉았다. 나는 주머니 안에서 쇠붙이를 계속해서 만지작거리다가 이내 뽑아 들었다. 날카로운 끝이 제이의 목을 뚫는 상상을 했다. 누구도 말리지 않았다. 희는 오히려 날 가만히 지켜보고 있었다. 증명해야 했다. 내가 얼마나 혁명에 진심이고, 혁명을 원하는지를 말이다. 그러면 상에게 인정받을 수 있을 것만 같았다. 나는 서서히 제이에게 다가갔다. 제이는 다른 아이들을 향해 외쳤다.

"야! 얘 좀 말려봐!"

그러나 다가온 아이들은 오히려 제이를 붙잡았다. 제이는 빠져나오려 했으나, 아이들이 워낙 강하게 잡고 있어 꼼짝도 하지 못했다. 스스로 자초한 일이었다. 나는 제이 앞에 섰다. 그는 겁에 질린 표정으로 날 보고 있었다.

'찔러야 해.'

제이가 가만히 내 눈을 바라보았다. 나는 할 수 있었다. 저기 목에다 쇠붙이를 가져다 대고 힘만 주면 됐다. 제이의 목에 쇠붙이를 댔다. 심장 박동이며 숨결이며 모든 것이 쇠붙이를 통해 느껴지는 것 같았다. 그의 눈에 고인 눈물이 아래로 떨어졌다. 몸이 심하게 떨렸다. 제이를 잡고 있던 아이 하나가 외쳤다.

"해!"

그러나 그럴 수 없었다. 쇠붙이를 쥔 손에 힘을 주려 했으나 힘이 들어가지 않았다. 내 손으로 한 생명체의 목숨을 끊는다고 생각하니 도저히 할 수가 없었다. 손이 덜덜 떨려 제대로 들고 있기조차 힘들었다. 나도 모르게 뒤로 한 발자국 물러섰다. 그런데 누군가 갑자기 다가와 내 손에서 쇠붙이를 낚아채더니 제이를 향해 휘둘렀다. 나는 눈을 감았다. 비명이 들리지는 않았다.

눈을 뜨자 제이의 얼굴 옆에 쇠붙이가 박혀 있는 것이 보였다. 그 앞에 희가 서 있었다. 놀랐는지, 제이는 그만 오줌을 지려버렸다. 아이들은 더럽다며 제이에게서 멀어졌다. 그중 한 아이가 희에게 말했다.

"그것도 못 맞히냐? 병신이야?"

희는 곧장 그리 말한 아이의 얼굴을 향해 주먹을 날렸다. 아이는 고통 속에 몸부림치며 얼굴을 감쌌다. 희는 몇 번이고 아이를 발로 차고 때렸다. 민을 공격하던 상의 모습과 닮아 있었다. 희는 큰 표정 변화 없이 몇 번이고 쓰러진 아이를 짓밟았다. 아이가 신음조차 내지 못할 정도로 입술이 터지고 피를 쏟아내고 나서야 희는 발길질을 멈추고는 아이들을 향해 말했다.

"미안해. 내가 앞이 잘 안 보여서."

그 말에 놀란 아이들이 제이를 잡고 있던 손을 풀었고, 제이는 밖으로 달아나려 했다. 희가 제이를 향해 외쳤다.

"어디 가려고? 잘 선택해. 우리는 여기에 갇혀 있어. 빠져나갈 곳이 없다고."

문을 향해 달려가던 제이는 멈춰 서더니 벽을 잡고 주저앉았다. 희는 의식을 잃은 아이를 두 번 더 걷어차고는 내게 말했다.

"아, 이아. 아까 마름이 너 찾더라."

희의 모습은 몇 번 잠깐 머릿속에 떠올랐다 사라졌다. 아이를 때리는 모습이 잔인하거나, 이상하다고 느껴지기보다 나는 왜 그러지 못했을까, 하는 자책이 더 심하게 들었다. 집무실로 향하는 동안에는 '마름이 왜 나를 불렀을까?' 하는 의문과 함께 그가 내게 내릴 처벌에 대한 걱정들이 떠올랐다. 물론 내가 정화 장치를 망가트린 것은 아니다. 사람을 찌르거나 혁명을 주도적으로 준비하지도 않았다. 그러니 마름이 나를 해칠 것 같지는 않았으나, 계속해서 좋지 못한 쪽으로 생각이 기우는 것은 어쩔 수 없었다. 집무실에 다다랐을 무렵, 내가 문을 열기도 전에 마름이 튀어나왔다. 나는 당황해 말을 더듬고 말았다.

"절, 절 보자고 하셨다고."

"응? 그런 적 없는데?"

그럴 리가 없었다. 희가 거짓말을 할 이유가 없었다. 마름은 내 얼굴을 보더니 한 번 웃고는 말했다.

"누가 장난을 쳤나 보네."

마름은 상황의 심각성을 전혀 인지하지 못하는 것 같았다. 나는 그대로 고개를 숙이고 자리를 피하려 했다. 그런데 집무실 안쪽에서 알 수 없는 소리가 들려왔다. 사람 목소리 같았다. 마름은 잠시 집무실을 향해 귀를 기울이더니 내게 말했다.

"오염 물질 정화 장치가 망가졌다는구나. 갱도로 가서 감독관들에게 한동안 배급이 없을 거라고 말해주렴."

별일 아니라는 식의 표정이었다. 조금이라도 당황해할 줄 알았건만, 예상과 다른 그의 말투와 태도에 나는 표정을 제대로 숨길 수가 없었다. 그에게 말하고 싶었다.

'당신은 이제 죽었어. 곧 혁명이 시작될 거야. 그러면 이곳은 전쟁터가 되겠지. 당신이 도망칠 곳은 없어. 당신도 이제는 알게 되겠지. 우리가 어떻게 살았는지를.'

그러나 입 밖으로 꺼내지는 않았다. 대신 다른 것을 물었다.

"그걸 왜 저한테……?"

평소라면 묻지 못했을 것이다. 붉은 구역에서 유일하게 정부를 대신하는 대변인이자 나의 책임자인 마름이 시키는 일에 반문은 허용되지 않았다. 혁명이 아니었더라면 분명 감독관들이 날 찾아와 할당량을 늘리거나, 식량 배급량을 줄이는 등 벌을 줬을 것이다. 마름은 당연하다는 듯이 말했다.

"내가 네 책임자잖니. 어쩌면 네가 다음 마름이 될지도 모르고."

그는 내 머리를 한 번 쓸고 다시 집무실로 들어갔다. 나는 한동안 마름이 사라진 문을 보면서 가만히 서 있었다. 말로 표현하기 힘든 감정들의 총합이었다. 저 문을 뚫고 들어가고 싶은 욕망과 얼른 갱도로 뛰어가고 싶은 욕망이 동시에 휘몰아쳤다. 나는 가까스로 몸을 돌려 갱도를 향해 달려갔다.

갱도 안은 어두웠다. 한밤중처럼 한 치 앞도 보이지 않았다. 아래에서 찬바람이 불어오는 듯했으나, 입구에서 멀어지자 그마저도 멎었다. 갱도에 관한 내 예상이 완전히 부서지고 있었다. 현실은 그 이상이었다. 이런 곳에서 일을 하다니. 먼지가 자욱하게 피어올라 숨 쉬기가 힘들었다. 이런 곳에는 잠시라도 있고 싶지 않았다.

불빛 하나 없이 아래로 내려갔다. 곡괭이 소리가 들렸다. 저 멀리, 내 새끼손가락보다도 작은 불빛이 보였다. 아주 작은 전등 하나에 수십 명의 사람이 의지해 광석을 캐고 있었다. 쇠와 활성탄이 마주치며 불꽃이 사방에 튀었다. 개중 머리에 띠를 맨 최고 감독관을 찾아내기는 어렵지 않았다. 머리띠가 그 미미한 빛에도 반짝이고 있었기 때문이었다. 그에게서는 가장 오래 갱도에서 일해 온 티가 분명하게 났다. 곡괭이질 한 번에 남들보다 배로 많은 활성탄을 캐냈다. 어떤 리듬이 있어 경쾌하게 느껴지기까지 했다.

반면 나는 숨을 미친 듯이 헐떡이고 있었다. 페달이 있는 돔보다도 훨씬 열악한 환경이었다. 숨을 한껏 들이쉬어도, 반만 쉬어지는 듯한 느낌이었다. 코와 입 근처를 닦자 까만 활성탄 가루가 묻어 나왔다. 잠시 넋을 놓고 있는 나를 감독관이 발견하고 물었다.

"네가 여기 왜……?"

"마름이 보냈어요."

나는 그에게 가까이 다가가 갱도 안 사람들이 다 들을 수 있게 일부러 크게 말했다.

"기계가 망가져서 오늘부터 배급이 없다고 전하라 했어요."

내 말이 끝나자마자 감독관이 놀란 표정으로 외쳤다.

"뭐? 배급이?"

그의 말에 순식간에 모든 곡괭이질이 멈췄다. 인부들의 거친 숨이 만들어낸 훈기가 삽시간에 식어버렸다. 급속도로 공기가 냉각되는 순간이었다. 최고 감독관도 무언가 잘못된 것을 느낀 듯 뒤를 돌아보았다. 사람들의 눈빛이 번쩍였다. 분명 빛이라고는 간신히 서로의 형체만 분간하게 돕는 전등빛이 전부였는데, 그들의 눈에는 푸른빛이 서려 있었다. 감독관은 침묵으로 이들과 대치했으나, 균형은 금방 무너졌다.

내가 빛이 사라지기 직전에 본 마지막 장면은 감독관을 향해 달려드는 혁명 간부들이었다. 기억은 이어지지 않는 순간순간으로 남았다.

"혁명이다!"

누군가가 달려들어 전등을 깨버렸다. 그러자 그 작은 불빛이 얼마나 많은 공간을 비추고 있었는지가 체감되었다. 비명이 난무했고, 몸과 얼굴에는 따뜻하면서도 기분 나쁜 액체가 튀었다. 빛을 반사하던 감독관들의 머리띠가 하나둘 바닥에 떨어졌다. 쩍. 쩍. 둔기에 의해 무언가가 갈라지는 듯한 소리가 들려왔다. 사람들은 혁명파와 반혁명파를 가리지 않고 모두 뒤섞여 입구를 향해 내달리기 시작했다. 나도 마찬가지였다.

내가 가장 위쪽에 있었기에 제일 먼저 밖에 도착했다. 갑자기 사방이 환하게 밝아지며 순간적으로 앞이 보이지 않았다. 눈이 다시금 빛에 적응되었을 때, 갱도 입구를 향해 도열해 있는 4-3 세대원들이 보였다. 아이들은 손에 흑요석 칼을 쥐고서 입구 쪽을 겨누고 있었다. 그들의 표정을 확인할 틈도 없이, 아이들은 내 얼굴을 보자마자 어깨를 잡고는 자기네들 뒤쪽으로 밀었다. 나는 그대로 바닥에 고꾸라졌다. 곧이어 나오는 혁명파 몇도 나처럼 뒤로 보내졌으나, 반혁명파 인사들은 빠져나오지 못했다.

아이들은 반혁명파가 보이자마자 그들에게 달려들었다. 흑요석 칼로 사람을 난도질하는 손짓에 주저함이라고는 없었다. 갱도에서 나온 반혁명파는 앞이 보이지 않는 상황에서 공격을 당했다. 혁명파와 반혁명파를 구분하기는 쉬웠다. 모두 얼굴을 아는 사람들이었다. 매일 함께 페달을 밟고, 밥을 먹고, 잠을 같이 자는 이들이니 얼굴 정도야 손쉽게 구분할 수 있었다.

쓰러지지 않는 사람에게는 둘, 셋이 달려들어 한데 엉켜서 배와 심장, 그리고 목에 어떻게든 칼을 찔러 넣었다. 반혁명파는 혁명파의 기습에 속절없이 쓰러졌다. 아이들은 살려달라는 그들의 외침에도 멈추지 않았다. 이미 죽은 것 같은 시체에 올라타 계속해서 찌르고 또 찔렀다.

갱도 안에 있던 반혁명파는 바깥의 상황이 이상하게 돌아가고 있음을 느끼고 나오지 않으려 했다. 이번에는 상을 필두로 한 혁명파 간부들이 갱도 안에서 그들과 맞붙었다. 상의 목소리가 들렸다.

"다 들어와!"

이어서 희가 아이들에게 말했다.

"띠 맨 사람 제외하고 다 죽여!"

아이들이 갱도 안으로 쏟아져 들어갔다. 나도 무기를 들고 안으로 뛰어들려 했으나 발이 떨어지지 않았다. 주먹으로 다리를 쳐대고 나서야 가까스로 움직일 수 있었다. 갱도 입구 쪽에서 안을 내려다보았다. 띠들이 반짝이고 있었다. 혁명 간부들은 감독관들을 모두 죽이고 띠를 벗겨내 자신들의 머리에 썼다. 반혁명파 사람들은 앞과 뒤에서 동시에 공격을 받으며 반항 한번 제대로 못 하고 쓰러졌다.

물론 모두가 죽지는 않았다. 민을 비롯한 일부 반혁명파는 자신들이 열세에 몰렸음을 확인하자마자 손을 들어 올린 채로 바닥에 납작 엎드리며 무조건적인 항복을 외쳤다. 민은 흑요석 칼날이 박힌 오른 다리를 바닥에 끌면서 상에게 기어갔다. 바람이 살짝 흩날리며 상의 몸에 잔뜩 묻은 피에 모래가 달라붙었다.

"살려주세요."

민은 몸을 떨며 상의 다리를 붙잡고 흐느끼기 시작했다. 상은 거친 숨을 몰아쉬었다. 손에 쥔 곡괭이 끝에 고여 있던 피가 바닥으로, 그리고 민의 얼굴 위로 떨어졌다. 상이 곡괭이를 민의 얼굴 쪽으로 들이밀었다. 민은 눈을 감았다.

"앞으로 입 닥치고 있어. 아무것도 하지 말고."

곡괭이가 민의 얼굴에 핏자국을 남겼다. 민이 고개를 끄덕이자, 상은 그를 떨쳐내고 저벅저벅 발소리를 내며 내게 다가왔다. 가까이서 보니 온몸이 피로 범벅이었다. 피비린내가 진동했다. 나는 본능적으로 뒤로 물러났다. 상은 곡괭이를 흔들며 피와 엉켜 있는 것들을 훑어내고 내게 말했다.

"집무실로 안내해."

나는 상을 물끄러미 바라보았다. 그는 집무실 쪽으로 발걸음을 옮기며 이어 말했다.

"네 책임자가 마름이니, 잘 알고 있겠지."

상은 내가 마름을 만나고 왔다는 사실을 알고 있었다.

명령과 복종

상이 앞서가고, 내가 따르는 양상이었다. 뒤로는 혁명 간부들이 손에 흑요석 칼을 들고서 눈을 벌겋게 뜨고 있었다. 마름이든 아니든, 상의 명령만 내려진다면 혁명에 반대하는 모든 이들을 당장이라도 죽일 것만 같았다. 몸과 얼굴은 아직 닦아내지 않은 피들로 흥건했다. 그들은 그 흔적을 마치 전리품처럼 드러내고 있었다.

나머지 혁명 단원에게는 시체 처리와 현장 정리를 맡겼다. 아이들은 갱도에서 시체를 꺼내 포대에 넣었다. 현장에 가득했던 피는 창백한 피부를 뚫을 듯이 강렬한 햇빛에 빠르게 말라가기 시작했다. 청소를 할 수는 없었다. 물이 매우 부족한 상황이었다. 살인을 저지른 아이들은 이상하리만큼 무표정했다. 상은 혁명파, 반혁명파를 가리지 않고 부상자들을 한데 모아 치료하라고 했다. 물론 치료라고 해봤자, 그저 숙소 침대에 눕혀서 상처를 손으로 눌러 지혈하는 것이 전부였지만 말이다. 다친 이들의 절반은 혁명이 끝나기 전에 죽었다.

안내하라던 말이 무색할 만큼, 상의 발걸음은 나보다 훨씬 빨랐다. 나는 그를 따라잡기 위해 뛰다시피 걸어야 했다. 숨이 차올랐다. 묻고 싶은 질문을 애써 삼켜냈다.

'왜 내게 미리 말해주지 않은 걸까?'

상에게 묻고 싶었다. 희를 비롯한 다른 아이들은 혁명의 순간을 이미 알고 있었다. 트레일러가 도착했을 때, 아무도 짐을 내리지 않은 것을 보아 나를 제외한 대부분의 혁명 단원들이 알고 있었다고 봐도 무방했다. 서운함이 몰려옴과 동시에 부끄러웠다.

대체 상은 왜 내게는 비밀로 한 것일까? 내가 누구도 죽이지 못할 것을 알고서 그랬을까? 나는 이제껏 단 한 사람도 죽이지 못했다. 심지어는 제이를 죽일 수 있는 상황이었음에도 그러지 못했다. 방금 전 갱도에서도 나는 민을 죽일 수 있었지만 그러지 못했다. 질문에 대한 답은 스스로 찾아낸 셈이었다. 상은 이런 내 상태를 미리 알고서, 혁명을 숨기고 희를 시켜 내게 마름의 동태를 살피게 한 것이었다.

나는 상을 따라잡기 위해 보폭을 크게 하고, 발을 빠르게 굴렀다. 집무실에 관해 자세하게 아는 바는 없었다. 그래도 무엇이든 해야 한다는 의지가 앞섰다. 집무실 근처에 도착한 상은 내게 물었다.

"잠금장치는?"

"몰라요."

그러자 상은 곡괭이로 문 쪽을 가리키며 말했다.

"가봐."

나는 천천히 집무실 쪽으로 걸어갔다. 혁명을 위해 무엇이든 할 수 있다는 마음가짐이었지만, 왠지 다가가기가 꺼려졌다. 억지로 등을 떠밀리는 듯한 느낌이었다. 발을 떼기가 어려웠지만, 한 번 더 상을 실망시키고 싶지 않았다. 문 앞에 도착해 심호흡을 크게 한 번 하고는 귀를 기울였다. 집무실 너머는 고요했다. 마름은 혁명이 일어난 사실조차 모르는 게 아닐까 하는 생각이 들 정도였다. 문에 손을 올리려는 순간, 상이 나를 말렸다.

"그만. 안전하군."

상이 다가와 손으로 밀자, 문은 갈라지는 듯한 소리를 내며 젖혀졌다. 어이없게도 집무실은 누구나 금방 열고 들어갈 수 있도록 설계되어 있었다. 그 흔한 잠금장치도 없었고, 내부에서 잠글 수 있는 아주 간단한 보안장치도 없었다. 그저 손으로 가볍게 밀기만 하면 됐다. 내가 집무실 안으로 따라 들어가려 하자, 상이 내 어깨를 잡고서 뒤로 밀쳤다. 바닥에 넘어진 나는 상의 발목을 붙잡고서 말했다.

"저도 같이 가게 해주세요."

상은 나를 물끄러미 바라보았다. 그 눈빛에 짓눌려 나는 상의 발목을 슬며시 놓았다. 그는 그렇게 혁명 간부들과 함께 집무실로 들어갔다.

나는 갱도 쪽으로 가지 못하고 집무실 밖에서 그들을 기다렸다. 정화 장치가 돌아가지 않아서 그런지 구역은 매우 고요했다. 집무실을 향해 귀를 기울여도 비명이나 싸우는 소리는커녕 작은 말소리조차도 들려오지 않았다. 아까 일어났던 혼란과 혁명의 과정이 모두 꿈처럼 느껴졌으나, 갱도 근처 바닥에서 말라가는 핏자국이 모두 실제 벌어진 일임을 계속해서 상기시키고 있었다.

늦은 오후가 되도록 그들은 집무실 밖으로 나오지 않았다. 무슨 문제가 생겼나 싶었지만, 상의 매서운 눈빛이 떠올라 도통 안으로 들어갈 엄두가 나지 않았다. 집무실 앞에서 내가 할 수 있는 일은 없었다. 돌아서야 했다. 마침 밥때가 되었다. 신경이 쓰여 그런지 배가 고프지는 않았으나, 달리 갈 곳이 없어 식당으로 향했다. 그러나 그곳에 아이들은 없었다. 모두 나와 비슷한 상태인 것 같았다. 일을 하지 않아서인지, 아니면 갱도에서의 살인과 온몸을 뒤덮은 피비린내 때문에 입맛이 떨어진 것인지는 알지 못했다. 아마 둘 다였을 것이다. 나는 아이들을 찾아 돌아다녔다. 다행히 갱도 주변에서 그들을 찾을 수 있었다.

4-3세대 아이들은 난생처음으로 일을 하지 않고 있었다. 원래대로라면 페달을 밟아야 했지만, 오염 물질 정화 장치는 망가졌고 갱도 주변에서 죽은 시체들을 모두 포대에 정리하고 나니 할 일이 없었던 것이다. 아이들은 어색함을 느꼈다. 아무도 쉬는 방법을 몰랐다. 그저 말없이 가만히 누워 있을 따름이었다. 이제는 피비린내마저 익숙해졌다. 물이 귀한 상황이라 피를 닦아낼 수조차 없었기 때문이다. 아이들은 얼굴과 몸에 묻은 피를 모래로 문질러 닦아내려 했다. 그러나 문지르면 문지를수록 피부가 붉게 변하기만 할 뿐, 피를 완전히 닦아낼 수는 없었다. 아이들은 피 묻은 서로의 얼굴을 보지 않았다. 고개를 돌리고 벽을 보거나 하늘을 보았다. 서로에게서는 답을 찾을 수 없다는 듯이 말이다.

희도 마찬가지였다. 희는 저녁이 되어 모두가 갱도 앞을 떠나고 난 뒤에도 줄곧 바닥에 앉아 있었다. 시선은 혁명 간부들이 들어간 집무실을 향한 채였다. 눈도 잘 보이지 않으면서 왜 그쪽을 보고 있는 건지 몰랐다. 나는 그 옆에 앉았다. 분명 내가 옆에 온 것을 알아챘을 텐데도, 희는 아는 척하지 않았다. 나는 괜히 말을 걸었다.

"알고 있었어?"

희는 고개를 고정한 채로 말했다.

"뭘?"

"오늘 혁명이 일어난다는 거."

희가 고개를 끄덕였다. 내게 조금이라도 귀띔을 해주지 않은 것에 마음이 상해 나는 불만 가득한 목소리로 물었다.

"왜 나한테 말 안 해줬어?"

"상이 말하지 말라고 했어."

"왜?"

희는 그제야 내 쪽으로 고개를 돌렸다. 눈빛이 심장을 파고드는 것만 같았다. 나도 지지 않고 희의 눈을 마주 보았다. 희는 당연하다는 듯이 말했다.

"네 책임자가 마름이잖아."

어이가 없었다. 속이 어그러지며 화가 치솟았다. 희에게 말했다.

"책임자는 무슨. 마름은 내가 죽기를 바랐어."

"우리도 알고 있어."

알고 있으면서 내게 말해주지 않다니. 그보다 '우리'라는 표현이 거슬렸다. 그 속에 나는 없는 것 같았다. 나는 금방이라도 싸울 것처럼 희를 몰아붙였다.

"내가 너보다 더 잘할 수 있었어. 상이 날 믿어줬더라면……."

"정말? 정말 그렇게 생각해?"

희는 모든 것을 다 알고 있다는 듯이, 내가 그러지 못할 것까지 알고 있다는 듯이 내 얼굴을 빤히 바라보다가 고개를 돌렸다. 나는 대답하지 못했다. 누구보다 내가 잘 알고 있었으니까. 희가 말했다.

"상은 너한테 기회를 이미 많이 줬어. 넌 그걸 못 했고, 난 해냈어. 눈이 보이지 않는 것과는 상관없어. 넌 혁명과 맞지 않는 사람이야. 네 실수로 얼마나 더 많은 사람이 죽었을지를 상상해 봐."

더 듣기 싫었다. 귀를 막고 싶었다. 차라리 희에게 말을 걸지 말걸 그랬다. 애초에 희와 친해지지 않았더라면, 과거 레이저에 맞았다는 아이가 희였다면, 하고 바라기까지 했다. 자리를 뜨려 했으나 희는 끝까지 내 속을 긁어댔다.

"혁명 수장이 곧 너에게 마지막 기회를 줄 거야."

나는 비아냥거리는 말투로 말했다.

"만약 시키는 대로 안 하면?"

희는 차가운 목소리로 대답했다.

"그럼 죽는 거지."

그 순간, 집무실 문이 열렸다. 거리가 있기는 했으나 집무실에서 뿜어져 나오는 불빛 때문에 잘 보였다. 상이 앞서 나왔다. 이어서 혁명 간부들이 뒤따랐고, 마지막으로 마름이 집무실에서 맨발로 걸어 나왔다.

예상과는 다르게 마름은 묶여 있지도, 어디를 다치지도 않았다. 갱도에서 죽은 반혁명파의 시체들과 비교되는 모습이었다. 집무실에서 반나절 동안 무슨 일이 있었는지는 알 수 없었지만, 상이나 혁명 간부들의 표정은 집무실에 들어가기 전과 크게 다르지 않았다. 마름도 혁명이 일어나기 전과 별반 다르지 않게 행동했다. 오히려 얼굴에는 아주 미묘한 미소까지 띠고 있었다. 자기가 곧 무슨 일을 당하게 될지 모르는 것 같았다.

마름과 혁명 간부들은 갱도 앞에 도착했다. 붉은 구역의 모든 사람들이 한자리에 모였다. 저녁이라 어두웠으나, 그날따라 밝은 보름달이 우리를 비추고 있었다. 상이 손짓하자 혁명 간부들이 활성탄들을 가져와 한곳에 쌓았다. 그리고 마름에게 그 위를 가리키며 명령했다.

"올라가."

마름은 활성탄 더미 위에 올라갔다. 나는 앞 열에서 마름을 올려다보았다. 다소 특이한 점은, 그의 몸이 젖어 있다는 것이었다. 겉으로는 괜찮은 척 온화한 표정을 짓고 있지만 실제로는 식은 땀을 흘릴 만큼 겁먹은 것 같았다. 침묵이 이어졌다. 아무리 혁명이 일어났다고는 해도, 마름은 마름이었다. 누구도 선뜻 나서지 못했다. 상은 아무 말도 없이 가만히 우리를 보았다. 그와 내 눈이 마주친 것 같다고, 나는 느꼈다.

'혁명 수장이 곧 마지막 기회를 줄 거야.'

희의 목소리가 떠올랐다. 나는 외쳐야 했다.

"죽여라!"

마름과 눈이 마주쳤다. 그는 내게 무엇도 바라지 않는 것 같았다. 그저 눈길만 주었을 따름이다. 무척 뜨거우면서도 서늘한 눈빛이었다. 내 이름을 부르지도, 나에게 변호를 요구하지도 않았다. 이런 일을 미리 경험한 사람처럼 덤덤했다. 그런 모습이 나를 더욱 긁었다.

나의 외침과 함께 사람들이 한꺼번에 마름에게 욕을 쏟아내기 시작했다. 역시나 결론은 마름을 죽이자는 쪽으로 기울어졌다. 나는 악다구니를 썼다. 마름이 그간 내게 했던 말들과 그로부터 느낀 감정들을 쏟아냈다. 정부의 불합리함과 내가 페달을 밟으며 느꼈던 고통을 그대로 돌려주고 싶었다. 그러나 마름의 표정은 크게 변하지 않았다. 사람들은 욕만 해댈 뿐, 상의 눈치를 살피며 마름을 어쩌지 못하고 있었다. 마름은 사람들의 욕설이 잠잠해질 때까지 기다렸다가 말했다.

"내가 사람을 죽인 적 있나?"

뒤쪽에서 희가 소리쳤다.

"네가 사람들을 죽였어. 아파서 하루만 일을 못 해도 굶기고, 굶어서 더 아프고, 악순환에 빠져서 전부 죽었지."

"누구지?"

마름은 군중 속에서 희를 찾기 위해 까치발을 하고 고개를 들었다. 사람들은 길을 터서 희를 앞으로 보냈다. 마름이 말했다.

"아, 너구나. 눈은 괜찮니?"

마름은 희를 기억하고 있었다. 동시에 마름에게 향하던 희의 걸음이 다소 느려졌다. 머뭇거리는 희의 발걸음을 보며 마름이 말을 이었다.

"옛날에 레이저 때문에 눈을 다쳤다고 들었는데, 안타깝구나."

"시끄러워. 얼른 사과해."

"무얼?"

"사람들을 죽인 걸."

마름이 희의 눈을 똑바로 바라보았다. 그러고는 공기 빠지는 소리를 내며 웃었다. 주변에서 마름을 향해 삿대질을 해댔다.

"그게 나 때문이라고?"

나는 도저히 참을 수가 없었다. 마름에게 외쳤다.

"시끄러워! 우리가 일하는 동안 넌 뭘 했지? 집무실에 앉아서 우리를 감시하기만 했어. 한 번이라도 우리 심정을 이해해 본 적이 있어?"

순간 마름의 표정이 굳어졌다.

"그럼, 너희들은? 너희들은 나를 이해하려 한 적이 있나?"

사람들은 자기들끼리 열을 내다가 결국 참지 못하고 마름에게 달려들었다. 특히나 희는 화가 단단히 나서는 마름의 배를 걷어

찼다. 마름은 그대로 쓰러졌으나, 혁명 간부들에 의해 다시 바로 세워졌다. 상이 손을 들고서 사람들을 진정시켰다. 마른기침을 해대던 마름은 상과 귓속말을 나누고는 잠시 숨을 고르더니 우리에게 말했다.

"죄송합니다."

마름은 말을 마치자마자 고개를 숙였다. 표정이나 다른 모든 것이 거짓 같지는 않았지만, 속이 시원해지지도 않았다. 희도 마찬가지였는지 몸을 떨면서 씩씩거렸다. 마름은 고개를 숙인 상태에서 외쳤다.

"여러분은 꼭 살아남으시길 바랍니다."

그리 말하고는 상을 향해 고개를 끄덕였다. 상은 다시 마름에게 다가가 무언가 이야기를 나누더니, 흑요석 칼을 들고서 마름의 목 부위를 찔렀다.

마름은 그렇게 처형당했다.

살아남은 4-1세대원들은 어디 갔는지 보이지 않았다. 분명 언제 나타날지 모를 탱크를 두려워하며 침대맡에 머리를 묻고 있을 것이었다. 아니면 우리 손에 의해 대부분 죽었거나.

혁명 수장은 마름을 공중에 묶어두고는 4-2세대부터 차례로 한 번씩 찌르게 했다. 붉은 구역 주민들 모두가 한 번씩 그를 흑요석 칼로 찔렀다. 마름이 비명을 지르지는 않았다. 상이 먼저 성대를 잘라버렸기 때문이었다. 사람들은 기꺼이 그를 찌르고 얼굴에 침을 뱉고 발로 걷어찼다. 끝내 내 차례가 되었을 때는 이미 그의 숨통이 끊어진 뒤였다. 성한 곳이 없었다. 피부가 드러난 곳이라면 전부 상처로 가득했다. 그 상처들에서 흐르는 피에 속이 울렁거렸으나, 행동하지 않는다면 눈앞의 시체가 내가 될 수도 있었다. 상은 내게 칼을 건넸다. 새끼손가락만 한 작은 칼이었다. 피로 범벅이 되어 있었다. 상이 내게 속삭였다.

"보여줘."

칼을 받아 들었다. 손에 힘이 빠져 그만 떨어뜨릴 뻔했다가, 간신히 다시 잡아 들고는 마름을 보았다. 그는 얼굴이 하얗게 질린 채로 매달려 있었다. 발바닥 아래로 피가 줄줄 흘러내리다가 굳은 자국이 보였다. 사람들의 시선이 나를 향하고 있었다. 그들은 갱도 앞에 쓰러져 있을 때 마름이 내게 말을 건넸던 순간이며, 식당에서 마름과 이야기를 나누는 내 모습을 지켜보았다. 그들은 나를 의심하고 있었다. 내가 마름을 얼마나 원망했는지도 알지도 못했으면서. 과연 찌를 수 있을까, 절대 하지 못할 것이다, 아마도 이렇게 생각하고 있을 것이었다. 만약 내가 해내지 못하면 얼마든지 잡아먹을 준비를 하고 있었다. 그들의 눈이 붉게 빛나고 있었다. 증명해야 했다.

마름을 마주한 채, 그가 나를 향해 쏟아낸 말들을 떠올렸다. 시간이 얼마 없었다. 뒤로는 사람들이 기다리고 있었다. 잠시 주저하기는 했으나, 나는 보란 듯이 그의 심장을 칼로 찔렀다. 생각보다 칼은 잘 빠지지 않았다. 억지로 빼내려 힘을 주자, 칼끝이 부러지며 피가 흘러 나왔다. 순간 모든 것이 붉게 보였다. 다리에 힘이 풀려서 넘어지려던 순간, 누군가가 날 붙잡았다. 상이었다. 그의 눈에서는 불이 치미는 것 같았다. 도대체 마름과 무슨 말을 나누었을까? 의문은 해소되지 못한 채 휘발되고 말았다. 그는 내 손을 잡고 치켜올렸다. 사람들의 환호성이 들렸다. 피 냄새와 함께 들려온 환호성은 내게는 너무 자극적이었다.

처형식이 끝나고 사람들은 마치 이해한다는 듯이 내 어깨를 두드렸다. 나는 아무렇지도 않은 척해야 했다. 아무도 없는 곳으로 가서 먹은 것을 전부 게워냈다. 마름의 시체는 몸과 머리를 따로 분리했다. 머리는 상이 직접 오염 물질 정화 장치 위로 올라가 자살한 이의 시체를 바닥에 내던지고는 꼭대기에 매달아 놓았다. 마름의 시선은 하늘을 향하고 있었다. 정부가 과연 이 광경을 어떻게 보고 있을지 궁금했다.

마름의 몸을 트레일러 정면에 매단 상은 내게 남은 뒤처리를 맡겼다. 아직까지 그의 신임을 완전히 얻지는 못한 모양이었다. 나는 아이들과 함께 미처 처리하지 못한 다른 시체들을 힘겹게 포대에 담아 트레일러에 실었다.

아이들을 숙소에 보내고는 나 혼자서 트레일러 내부를 샅샅이 살폈다. 신기하게도 우리가 죽인 반혁명파 시체의 무게와 본래 트레일러에 실어 보내야 했던 활성탄의 무게가 비슷했다. 활성탄 몇 개만 더 던져 넣으면 트레일러가 움직일 것 같았다. 나는 마지막으로 머리 없는 마름의 시체를 향해 가운뎃손가락을 들어 올렸다.

활성탄을 트레일러에 던져 넣으려던 순간, 시체 더미 사이에서 신음이 들려왔다. 주변을 둘러보았으나 다른 사람들은 보이지 않았다. 시계를 보니 때마침 식사 시간이었다. 나는 시체 더미에 조심스럽게 다가가 보았다. 신음은 점차 커졌다. 포대를 걷어내자 신음의 주인이 보였다. 하마 아저씨였다. 그는 숨을 아주 조금씩 나눠 쉬고 있었다. 배를 찔렸는지 아래로 피가 흥건했다. 나는 그를 편하게 보내주려 주머니 속 쇠붙이를 잡아 쥐었다. 그런데 그는 내 손을 잡고는 끌어당겼다. 쇠붙이를 놓쳐버리는 바람에 순간적으로 두려움이 엄습했다.

"이거……."

그런데 하마 아저씨의 손에는 이상한 무언가가 들려 있었다. 찢어진 천 위에 그려진 작은 지도였다. 여러 갈래로 길이 갈라진 게, 한눈에 봐도 갱도 지도 같았다. 무척이나 자세하게 그려져 있었다. 지도 가장 아래쪽에 있는 폐광산 구역이 내 눈길을 끌었다. 다른 구역과 달리 유독 그곳만 붉은색으로 물들어 있었다. 아무래도 피 같았다. 하마 아저씨에게 물었다.

"이게 뭐예요?"

하마 아저씨가 낮은 목소리로 말했다.

"갱도…… 하늘…… 선들……."

"그게 뭔데요?"

마지막 말은 폐에서 숨이 빠져나가는 소리 같았다.

"가……."

그리 말하고는 하마 아저씨는 숨을 거두었다. 이해할 수 없었다. 갱도로 가라니. 그곳에서 벗어나기 위해 우리가 얼마나 많은 일을 저질렀는데.

하마 아저씨는 반혁명파는 아니었으나, 동시에 혁명파도 아니었기에 다른 이들과 함께 처형당한 것이었다. 혁명파가 아닌 사람들은 모두 처리해야 할 대상이었으므로. 그에게 동정심을 느끼지는 않았다. 그가 조금 더 전체를 생각하는 사람이었더라면 혁명을 도왔을 것이다. 그것이 자기가 살 수 있는 길인지도 모르고 거부한 그에게, 달리 해줄 말이 없었다. 지도를 트레일러에 던져 넣으려다 말았다. 굳이 그럴 필요까지는 없을 것 같았다. 전리품처럼 여겨지기도 했다. 지도를 주머니에 쑤셔 넣고 포대 위로 활성탄 덩어리 몇 개를 던져 넣자, 무게를 인식한 트레일러가 움직이기 시작했다. 트레일러는 무엇이 실려 있든 상관하지 않고 나아갔다.

우리는 전쟁을 준비해야 했다.

일기(日記)

단단해 보이는 것은 무너진다. 마치 모래 더미처럼 말이다.

물러 보이는 것은 절대 무너지지 않는다. 마치 하나의 모래 알갱이처럼 말이다.

혁명은 무너졌으나 개인은 살아남았다.

혁명사라는 말보다는 생존 일기라는 표현이 더 맞았다.

첫째 날에는 탱크 같은 것이 올 테면 오라는 심정으로 갱도 근처에 높게 장애물을 쌓았다.

둘째 날에는 정문 근처에 서서 탱크를 기다렸다. 너무나도 고요했다.

셋째 날에는 무엇인가 잘못되었다는 생각이 서서히 들기 시작했다.

넷째 날에는 오히려 간절한 마음이 들었다. 저 멀리서 그렇게나 두렵게 느껴졌던 탱크의 꽁무니라도 보였으면 했다. 정부로부터 어떤 응답도 받지 못할 것이라는 생각에 무서웠다.

다섯째 날에 우리는 물과 식량이 얼마 남아 있지 않다는 사실을 깨닫고는 서로 눈치를 보기 시작했다.

여섯째 날. 이날부터 우리는 혁명의 가장자리를 보게 되었다.

✦

혁명이 시작됐고 마름이 죽었지만 일을 하지 않는 천국이 곧장 찾아오는 것은 아니었다. 우리는 우리가 할 수 있는 모든 것을 준비해야 했다. 정문을 활성탄 포대로 막고, 식량 보관 창고를 부숴서 배급량을 다시 정했다. 평소 먹던 양보다도 크게 줄여야 했다. 시위가 얼마나 지속될 수 있을지 예측하기 어려웠다. 물론 정부도 활성탄이 필요할 테니 오래 버티지는 못할 것이었다.

나는 정문에서 하마 아저씨가 밤마다 중얼거리던 탱크를 떠올렸다. 커다란 바퀴가 달린 기계가 모든 것을 부수며 온다고 했다. 우리를 부숴버리기 위해 얼마나 많은 탱크가 올는지 알 수 없었다. 하지만 내 머릿속에서는 이미 거대한 탱크가 모래바람을 일으키며 다가오고 있었다.

우리는 활성탄으로 방책을 쌓고 또 쌓았다. 그러나 창고에 쟁여놓은 활성탄을 모조리 꺼내 쌓았는데도 그리 높지 않았다. 저 거대한 철문도 곧장 밀어버렸다는 탱크 앞에서, 이 정도 방책은 아무 쓸모가 없을 것 같았다. 그러나 사람들은 열심히 쌓아 올린 활성탄을 보며 그것이 우리를 지켜줄 것이라고 믿었다. 그러지 않으면 자기가 했던 모든 행동이 아무런 쓸모가 없어질까 봐. 우리가 하는 이 모든 일이 한순간에 무너질까 봐.

우리가 살아남기 위해 어떤 일까지 저질렀는데.

나는 혁명이 시작된 이후로 쉽게 잠들지 못했다. 어둠이 두려웠다. 저 어둠 속에서 무언가 튀어나올 것만 같았다. 다른 아이들도 마찬가지인 듯, 전보다 서로에게 몸을 더 가깝게 붙이고 잠에 들었다. 분명 정화 장치가 멈춰 있었으나, 윙윙거리는 소리가 어디선가 들려오는 듯했다. 도저히 잠을 잘 수가 없어 숨을 참고 귀를 막았다. 내 심장박동이 크게 들려오는 것도 잠시였다. 다시 소음이 찾아들고, 그렇게 뜬눈으로 밤을 지새웠다. 나와 같은 경우가 많았는지 낮에 경계 근무를 서면서 꾸벅꾸벅 조는 아이들이 많아졌다. 그 모습을 본 혁명 수장은 우리가 일을 하지 않아 몸이 덜 피곤해서 그런 거라고 말했다.

얼마간은 죄책감을 느꼈으나 배가 고파지면서 죄책감은 다른 감정으로 바뀌었다.

누구 때문에 이러고 있는데.

원망이 조금씩 싹트기 시작했다.

혁명 이후 붉은 구역의 낮은 마치 아무런 일도 없다는 듯이 평온했다. 하늘에는 구름 한 점 없었고, 정화 장치가 돌아가지 않으니 늘 귀를 때려대던 소음도 없었다. 다만, 우리 배 속에서는 천둥이 치고 있었다. 먹은 것이 없어 다들 힘이 없었다. 그러나 누구 하나 선뜻 페달을 밟으려 하지 않았다. 그러면 스스로 무덤을 판 것과 다름이 없어지니까. 바람이 옅게 불며 우리의 푹 파인 볼을 스쳤다. 꼬르륵거리는 소리가 불규칙적으로 여러 군데에서 들려왔다.

식량이 거의 바닥났고 식수도 부족해졌다. 목이 타고 속이 쓰릴 정도로 아팠다. 정화 장치 쪽으로 자꾸만 눈길이 갔다. 페달을 밟으면 다시 먹을 것을 얻을 수 있지 않을까 싶었다. 그러나 우리의 그런 충동을 알고 있다는 듯이 혁명 수장을 비롯한 간부들이 자력갱생을 외치며 입구를 막고 서 있었다. 처음에는 팔을 높게 쳐들고서 간부들의 구호를 따라 하던 아이들도 점차 바닥에 누워 있거나, 어딘가 구석에 박혀 있는 경우가 많아졌다.

아무것도 하지 않고 하루를 보내는 사람들이 많았다. 아무것도 먹지 못했기 때문이었다.

사람들은 목을 축일 수만 있다면 무엇이든 마시려 했다. 건조한 날씨에 모래바람이 몰아치는 이곳에서 물을 구할 수는 없었다. 오줌을 마시는 이들이 가장 많았다. 처음에는 그 모습을 보고 한두 명이 헛구역질을 해댔지만, 얼마 지나지 않아 그것마저 간절해졌다. 아이들은 자기 오줌을 받아내기 위해 오랫동안 바지를 내리고 있었다. 마신 게 없으니 당연히 오줌은 나오지 않았다.

장치를 돌리는 순간 혁명은 실패할 거라고 경고했음에도, 끝내 굶주림을 이기지 못한 사람들은 어떻게든 페달을 밟고자 했다. 물론 그런 일은 벌어지지 않았다. 상은 건재했고, 붉은 구역에서 그를 이길 사람은 없었다. 시도한 자는 다른 사람들이 생각도 하지 못하도록 그 자리에서 목을 졸라 죽이고 입구 쪽에 그대로 방치해 두었다.

다행히 그의 몸은 하나였다. 어느 날, 혁명 간부들이 보이지 않았다. 우리처럼 굶주림에 지쳐 어딘가에 힘없이 누워 있는 것 같았다. 아이들은 혁명 수장의 눈을 피해 음식이 있을 만한 곳을 이 잡듯이 찾아다녔다. 나도 마찬가지였다. 이렇게 가만히 누워 있다가는 죽을 것만 같아서 자리에서 일어났다. 희가 물었다.

"어디 가?"

나는 대답하지 않았다. 나눠 먹고 싶지도 않았다. 희도 그걸 아는지 더는 묻지 않았다.

아이들 몇이 식당에서 식판을 들고 기다리고 있었다. 그러나 정화 장치가 멈춰서인지 식판을 아무리 배급 장치에 올려놔도 음식은 나오지 않았다. 아이들은 멈춰버린 배급 장치를 손으로 쳐댔다. 그래도 아무런 반응이 없자, 장치를 발로 차고 흔들어댔다. 영락없이 떼를 쓰는 어린아이들이었다. 여럿이서 한 번에 달려들자 배급관이 조금씩 뒤틀리기 시작하더니, 끝내 부서졌다. 남아 있던 죽이 한꺼번에 바닥에 쏟아졌다. 모두가 바닥으로 달려들었다. 식판도 던져두고서 손으로 죽을 쓸어 입에 밀어 넣었다. 그때 우리의 머릿속에 혁명이란 없었다. 생존이니 인류의 발전이니 진보니 하는 것들은 배가 부르고 난 후에 가능했다.

아이들은 그간 굶주린 것을 보상받겠다는 듯이 죽을 먹고 또 먹었다. 부상자들이나 혁명 간부들, 그리고 혁명 수장에 대해서는 생각하지 않았다. 얼마 지나지 않아 배급관 내부는 텅텅 비어버렸다. 어림잡아 약 일주일 치 분량을 한 번에 다 먹어버린 것만 같았다. 처음으로 느껴보는 포만감에 아이들은 미소를 지었지만, 그리 오래가지는 못했다.

"다른 사람들 밥은 어쩌지?"

누군가의 말에 아무도 대답하지 않았다. 텅 비어버린 배급관을 보며 우리는 이 일을 다른 사람들에게 이야기하지 않기로 했다. 아이들은 마치 약속이라도 한 듯이 배급관을 다시 빠진 곳에 끼우고 바닥을 치웠다. 우리는 누가 명령이라도 내린 것처럼 일사불란하게 움직였다. 아무도 모르면, 없는 일이 되는 것이었다.

죄책감을 느끼지는 않았다. 오히려 분노가 치밀었다. 식량이 있었음에도 우리에게 숨긴 상에게 처음으로 적의를 느꼈으나, 돔 앞쪽에 널브러져 있는 시체들을 보고 함부로 속마음을 바깥으로 내비칠 수는 없었다.

*

7일째가 되었을 때, 상도 힘이 부치는지 자주 정신을 놓았다. 눈을 까뒤집고는 소리를 질러댔다. 마치 눈앞에 탱크라도 있는 것처럼 말이다. 누구는 상이 식인을 했다고 말했다. 새벽에 입구 쪽을 보니 그가 무언가를 먹고 있었다고 했다. 실제로 광장에 널려 있는 몇몇 시체의 귀와 눈알이 없었다. 상이 아니더라도 배고픔을 이기지 못한 누군가가 그랬을지도 몰랐다.

일부는 갱도로 내려갔다. 그렇게 들어가고 싶지 않았던 곳으로 다시금 도망친 것이었다. 혁명에서 답을 찾을 수 없었기 때문이었다. 희망은 빠르게 사라지고 있었다. 혁명 이전처럼 곡괭이를 집어 들고 아래로 내려간 이들은 점차 어둠 속에 삼켜졌다. 얼마 지나지 않아 일정한 박자로 곡괭이 소리가 들려왔다. 전과는 다르게 무척이나 약한 소리였다. 예전으로 돌아간 것만 같았다. 눈을 감고서 과거를 떠올리다가, 차라리 이대로 잠들어 다시는 깨지 않기를 바랐다. 혁명 이전으로 돌아가고 싶지도, 이대로 살고 싶지도 않았다. 길을 잃어버린 것만 같았다.

그런데 갑자기 갱도 쪽에서 환호성이 들려왔다. 모두가 놀라서 갱도 입구를 바라보았다. 연이어 사람들의 환호성이 들리더니, 이윽고 몇몇이 지상으로 올라오는 것이 보였다. 그들은 양손

가득 흙을 들고 있었다. 그중 누군가가 옷을 벗어 바닥에 깔자 사람들은 가져온 흙을 그 위에 올리고는 양쪽 끝을 서로 맞잡아 들어 올렸다. 그러고는 빨래를 짜듯이 있는 힘껏 비틀었다. 한 사람이 그 아래에서 입을 벌렸다. 혓바닥은 붉은 구역의 지상처럼 쩍쩍 갈라져 있었다. 이슬에 가까운 것들이 서서히 옷 중앙에 몰려들더니, 끝내 물 한 방울이 혓바닥 위에 떨어졌다.

물을 받아 마신 이는 물론이고 마시지 않은 이들도 몰려오는 행복감에 소리를 질러댔다.

희망

살 수 있었다. 희망이 보이기 시작했다. 모두가 고양되었고, 웃음기가 사라진 사람들의 얼굴에 사명감이 가득 들어찼다. 덩달아 우리도 어깨를 펴고서 혁명에 조금이라도 도움이 되기 위해 방책을 더 쌓아 올리고, 혁명 간부들을 따라다니며 잔심부름이라도 하려 했다. 물 한 방울이 이렇게 많은 것을 바꿔놓을 줄은 미처 몰랐다.

그러나 모두가 양껏 마시기에는 구할 수 있는 물의 양이 무척이나 부족했다. 물이 있다는 소식을 들은 사람들은 상이 명령을 내리기 전부터 곡괭이를 챙겨 들고는 갱도로 향했다. 모두들 한 자리씩 잡고서 굴을 파기 시작했다. 나와 같은 4-3세대원도 마찬가지였다. 어린 세대원이라고 해서 사정을 봐주지는 않았다. 나는 친구들과 함께 윗세대원의 눈치를 보며 탄광으로 들어갔다.

열일곱 살이 된 지 6일째였다.

결국 우리는 이 지독한 운명에서 벗어날 수가 없었다. 심지어 우리는 배가 고픈 상황에서, 조금이라도 수분을 잃을까 봐 누구도 입을 열지 않는 상황에서 곡괭이질을 배워야 했다. 손에는 금방 물집이 잡혔고, 나는 그것을 터트리지 않으려 애써가며 일을 했다. 혁명 간부가 갱도 아래로 내려가며 말했다.

"어딘가에 물길이 연결되어 있다. 젖은 흙이 그 증거지. 그런데 정확히 어디가 어떻게 연결되어 있는지 모르니, 전부 두드려 봐야 한다. 무식하지만 현재 우리에게 남은 방법은 그것뿐이다."

이윽고 다가온 어둠에 그의 모습은 가려졌다. 목소리는 점차 낮아지며 일그러졌다. 이 세상이 아닌 다른 세상의 사람이 우리에게 속삭이는 것 같았다.

"살 수 있다!"

이 말만이 갱도 안을 메아리치며 우리 가슴을 울렸다. 팔에는 절로 힘이 들어갔고, 무엇이든 깨부술 수 있을 것만 같았다. 혁명 간부의 마지막 말을 끝으로 목소리는 더 들리지 않았고 벽을 곡괭이로 두들기는 소리만이 가득 들어찼다.

그러나 이런 희망은 여름철 물방울처럼 금방 증발되어 버렸다.

아침부터 밤까지 누구도 요령 피우지 않고 단전에서부터 힘을 짜내어 벽을 때렸다. 모두 아무 말도 없었다. 평소라면 들렸을 농담이나 노동요에 가까운 노랫소리도 전혀 들리지 않았다. 페달을 밟으며 할당량을 채우던 나날보다 노동의 강도가 더욱 가혹했다. 땀을 최대한 흘리지 않기 위해 애를 쓸 필요조차 없었다. 마신 것이 없어 땀이 거의 나지 않았기 때문이다. 픽 하고, 누군가 저기 멀리서 쓰러지면 처음에는 갱도 밖으로 데려갔으나 점차 많은 사람이 쓰러지기 시작하면서부터는 그 자리에 그대로 내버려두었다. 지상까지 끌어올릴 힘조차 없었다. 그들이 어떤 표정을 짓고 있는지, 살았는지 죽었는지 알려고 하지도 않고 어둠 속에 그냥 두었다.

한번은 누군가가 소리를 질렀다. 다른 사람이 무슨 일이냐 물으니, 쓰러진 사람을 곡괭이로 내려찍었다고 했다. 그 탓에 곡괭이질이 멈췄으나 그마저도 잠시였다. 누가 죽고 누구를 죽인 건지 알 수 없었다. 혁명이 끝난 후 간간이 갱도에서 백골 사체들이 발견되었다.

"조금만 더!"

상의 목소리가 들려왔다. 어둠에 가려져 그의 모습은 보이지 않았으나, 입구 쪽에서 불어오는 바람과 함께 탄광 벽을 타고 메아리치는 그의 목소리는 우리로 하여금 다시금 움직이게 했다.

"여러분 손에 혁명의 성공과 실패가 달려 있습니다!"

과거였다면, 혁명을 시작했을 때의 순간이었더라면, 그것이 불과 3일 전이었더라면 우리는 따라서 함성을 질렀을 것이다. 그러나 모두 상의 말에 답하지 않고 침묵했다. 얼마 지나지 않아 간헐적인 곡괭이질 소리가 이어지더니 이내 아무 일도 없었다는 듯이 모두가 곡괭이질에 몰두했다.

희와 나를 비롯한 4-3세대원은 지상에서 얼마 떨어지지 않은 구역에 배치되었다. 물이 나올 만한 부분은 모두 윗세대원이 떡하니 자리를 차지하고 있었다. 그들은 조금이라도 축축한 흙이나 돌이 나오면 바로 입을 가져다대고는 핥아댔다. 우리에게는 그럴 기회조차 없었다. 그나마 다행인 점은 우리가 위치한 장소가 누가 누구를 죽였는지 모를 아주 깊숙한 곳이 아니라, 입구를 통해 들어오는 빛으로 서로의 실루엣 정도는 볼 수 있는 곳이라는 점이었다. 적어도 서로를 때려죽일 일은 없을 것 같았다.

멀리서 4-3세대원 중 하나가 희를 향해 말했다.

"저 병신. 제대로 때리질 못하네."

희는 타점을 맞히지 못했다. 그의 시력으로는 희미한 실루엣조차도 볼 수 없는 모양이었다. 이윽고 희의 손에서 곡괭이가 미끄러졌고, 희는 벽에 머리를 들이박았다. 내가 다가가자 그는 갈라진 목소리로 울먹였다.

"씨발……."

나는 희를 일으키려다가 말았다. 잠시 그렇게 쉬었으면 했다. 그러나 희는 곧장 일어나서 씩씩거리더니 다시 곡괭이로 벽을 사정없이 내려찍었다. 물론 힘은 한곳에 집중되지 못하고 흩어져 여러 곳에 작은 상처만 남겼을 뿐이었다.

이후로도 희는 몇 번이나 쓰러졌다. 초반에는 내가 계속해서 일으켜 세웠으나, 이제는 한계였다. 아래에서 물 냄새가 은근하게 풍겨오고 있었다. 그것은 내 몸을 휘감아 아래로 끌어당겼다. 몽롱한 정신으로 벽을 때리고 있는데 다른 친구가 내게 소리쳤다.

"저리 가!"

정신을 차리고 보니 내가 있던 곳에서 한참은 아래로 내려와 있었다. 나는 고갯짓으로 미안하다고 인사하고는 다시 위로 올라갔다. 희는 완전히 땀에 젖은 채로 의미 없는 곡괭이질을 이어가고 있었다. 나는 희의 손에 흐르는 피를 보고 깜짝 놀라서 다가갔다.

"그만해."

희는 거칠게 내 손길을 뿌리쳤다. 나는 희의 손을 잡아챘다. 손바닥 피부가 절반쯤 벗겨져 있었다.

"이러다 진짜 죽어."

희는 나를 밀치고는 곡괭이를 다시 집어 들었다. 나는 소리쳤다.

"그만하라고!"

왜 못 알아듣는 걸까? 원망스러웠다. 희가 내게 무언가를 말하려는 순간, 어디선가 목소리가 들려왔다.

"눈깔 등신 새끼. 뭐 하나 제대로 하지도 못하네."

위에서 울렸는지, 아래에서 솟아오른 말인지 알지 못했다. 우리에게 한 말이 아닐 수도 있었다. 저기 다른 누군가에게 한 말일 수도 있고, 혹은 속으로 계속 생각해 온 말이 환청이 되어 들려온 것일 수도 있었다. 그러나 그때 우리에게 무언가를 제대로 판단할 정신은 없었다. 희는 하려던 말을 삼키고는 다시 곡괭이를 잡아 들었다. 희의 피가 바닥에 흩뿌려졌다. 그것을 핥고 싶은 충동이 들었다. 목이 너무나도 말랐다. 어쩌면 갱도 아래에서 사람들이 마신 물이 다른 사람의 피일지도 모른다는 생각이 들었다. 정신이 번쩍 든 나는 희에게 낮게 소리쳤다.

"그만하라고."

희의 곡괭이를 뺏으려던 내 손이 허공을 갈랐다. 희는 순간 나를 향해 곡괭이를 내려찍으려 했다. 나는 가까스로 오른쪽으로 굴러 피할 수 있었다. 희가 말했다.

"두 번은 말 안 해. 나 말릴 힘 있으면 땅이나 더 파."

내가 가만히 희를 보고 있자, 그는 곡괭이를 다시 머리 위로 치켜들었다. 무시하고 지나치면 그만이지만 물러나기 싫었다. 그러면 지는 것 같아서, 상에게 혁명도 전에 내쳐졌다는 사실을 인정하기 싫어서. 그게 아니라면 본래 우정이라고 느꼈던 감정이 사실 동정이었던 걸지도 몰랐다. 동정이란 보통 자기보다 낮은 위치에 있는 사람에게 내비치는 감정이다. 희는 나를 향해 다시 한 번 곡괭이를 내리쳤고, 곡괭이는 아슬아슬하게 내 팔뚝을 스쳤다. 넘어진 내게 희는 눈길 한번 주지 않고 계속해서 곡괭이를 휘둘렀다.

✶

사람들은 혁명이 일어나기 전보다 빨리 잠들었고 깊이 잤다. 저녁 어스름이 내릴 즈음의 붉은 구역은 탱크가 휩쓸고 간 것처럼 보였다. 피가 낭자하고, 두려움에 질린 사람들이 갱도 속에서 입을 움켜쥐고 있는 처절한 지옥이 다시 이곳에 재현된 것이었다.

10일째 밤에 익숙한 목소리가 들려왔다.

"죄송합니다!"

숙소 바깥에 나가보니, 오염 물질 정화 장치 위에 누군가가 서 있었다.

"제가, 저 때문에, 죄송합니다!"

혁명 간부 중 하나였다. 그는 다른 혁명 단원과 마찬가지로 하늘을 향해 팔을 벌리고서 용서를 빌고 있었다. 달빛을 받은 그는 춤을 추는 것처럼 몸을 흐느적거렸다. 그의 외침에 사람들은 잠에서 깨어 숙소 밖으로 나왔다. 모두가 그 모습을 올려다보았다.

우리는 혁명이 말미로 접어들고 있음을 뼈저리게 느끼고 있었다. 혁명을 위해서라면, 인류를 위해서라면 친구를 죽이고 스스로도 죽을 수 있다는 다짐은 생존 앞에 무너져 내리고 말았다. 나는 그리 멀지 않은 곳에서 혁명 수장을 보았다. 전에는 그렇게 커 보였던 그가 무척이나 작아 보였다. 키가 줄어든 것도 아닌데.

나는 상이 그 혁명 간부에게 어떤 처벌을 내릴지 궁금했다. 규칙을 어긴 사람에게 해온 것처럼 주먹으로 때릴까? 아니면 마름처럼 아주 잔혹하게 죽일까? 이미 사람들 마음속에서 상은 리더가 아니었으나, 상이 배고픈 사람들에 의해 죽지 않은 것은 단순히 그가 힘이 가장 셌기 때문이었다. 그를 죽이려 했던 이들은 모두 상에 의해서 죽었다. 그것도 될 수 있는 한 처절하고, 잔인하게.

그러나 상은 미쳐버린 혁명 간부를 내버려두었다. 신경조차 쓰지 않는 것처럼 침묵하고 있었지만, 그 서늘한 눈빛은 분명 우리를 향하고 있었다.

시체는 한곳에 쌓아두었다. 원칙대로라면 트레일러에 담아 정부로 보내야 했으나, 트레일러가 가동되지 않고 있었다. 사람들은 시체를 어떻게 처리해야 할지 몰라 가만히 두었다. 하루가 채 지나지 않아 썩은 냄새가 나기 시작했다. 사람들은 코를 막고서 상에게 방법을 물었다. 상은 만 하루 동안 고민하다가, 갱도 하나에 시체를 몰아넣고는 일부러 굴을 무너뜨렸다. 이것으로 그들은 평생 광산에 머물게 되었다.

죽은 사람의 수가 그리 많지는 않았으나, 물을 찾는 작업이 지체되는 바람에 사람이 더 투입되어야 했다. 작업에 투입될 이들은 얼마 전에 붉은 구역에 도착한, 최를 포함한 아이들이었다. 신기하게도 혁명 과정에서 죽은 사람의 수와 최근 도착한 아이들의 수가 같았다. 그 사실을 모두가 알면서도 모른 척했다. 우리는 우리의 의지로 혁명에 이른 것이어야 했다. 치밀하게 계획된 정부의 계산 아래 벌어진 것이 아니라.

아이들은 책임자들 손에 이끌려 갱도 앞에 일렬로 섰다. 그사이에 조금은 키가 자란 듯 보였으나, 모두가 아직 한참은 어렸다. 혁명 간부들은 그들에게 돌을 나르는 일을 맡겼다.

"어이! 거기!"

간부가 가리킨 곳에는 다른 아이들보다 키가 머리 하나 정도는 더 큰 최가 있었다. 간부가 손가락을 까딱이자 최가 부리나케 달려왔다. 아직까지는 긴장한 것처럼 보였다. 간부는 최를 아래위로 훑어보더니, 바닥에 놓여 있던 곡괭이를 최에게 건넸다.

"넌 갱도로 가."

최는 곡괭이를 받지 않고 간부들과 이야기를 나누고 있는 상을 한 번 보았다가, 갱도를 향해 걸어가려는 나를 한 번 쳐다보았다. 차마 눈을 마주칠 수가 없어 고개를 돌려야 했다. 트레일러에 모두가 올라탄 채로 막장을 향해 전속력으로 달려가고 있는 것 같았다. 잠깐 맛보았던 희망은 뜨거운 열기와 부족한 공기 속에서 모조리 증발해 버렸다.

결국 모든 아이들이 광산에 투입되었다. 아이들은 곡괭이를 제대로 다루지 못했다. 머리 위로 들어 올리는 것도 힘들어했다. 가까스로 곡괭이를 치켜들어도, 아주 가볍게 벽을 때릴 따름이었다. 많은 아이들이 숨을 쉬기가 어렵다며 목을 부여잡거나 휘청거리며 쓰러졌다. 우리는 쓰러진 아이들을 자리에 그대로 놔두었다. 밖으로 나를 수는 없었다. 그럴 힘이 없었다. 나도 한계에 다다랐다. 희의 손과 마찬가지로 내 손도 피투성이였다. 곡괭이를 내려찍을 때마다 울리는 진동이 살갗을 모두 찢어버리는 것만 같았다. 희가 소리쳤다.

"왜!"

그는 갑자기 광분하며 벽을 사정없이 내리치더니, 곡괭이를 내던졌다. 부러진 파편들이 사방으로 흩어졌다. 일부는 내 얼굴로도 튀었다. 조금만 엇나갔더라면 눈을 다칠 수도 있었다. 뭐라고 말할 힘도 없었다. 희를 피해 멀리 떨어진 곳으로 자리를 옮겼다.

얼마나 시간이 흘렀을까? 멀리서 흥분한 희의 환호성이 들려왔다. 그리고 물 냄새가 진하게 퍼져 나갔다. 나도 모르게 희가 있는 곳으로 발걸음을 내디뎠다. 희는 벽에다 얼굴을 대더니 혀를 내밀어 핥고 있었다. 주변에 있는 다른 사람들도 마찬가지였다. 나도 빨리 가서 물을 마시고 싶었다.

그때, 콰광- 하는 폭발음과 함께 갱도가 심하게 흔들렸다. 희와 나는 그 충격에 자리에서 넘어져 버렸다. 아래에서 먼지와 함께 강한 바람이 빠르게 우리를 향해 휘몰아쳤다. 귀가 너무나도 아팠다. 만져보니 피가 나고 있었다. 희가 가장 혼란스러워했다. 그는 두 팔로 얼굴을 감싸며 도와달라고 외쳤다. 그러나 나는 눈에 먼지가 들어간 척 눈을 감았고, 귀도 들리지 않는 척했다.

'죽는 게 좋았을 텐데.'

잠시 마름의 말을 떠올렸다. 서늘한 음성이었음에도 내 속을 더욱 끓게 만드는 목소리였다. 하늘에 대고 소리를 지르고 싶었으나, 혹시나 누군가가 나를 보고 있을까 봐, 혹은 보려다가 다칠까 봐 아무런 행동도 하지 못하고 땅을 발로 쳐댈 뿐이었다. 모래먼지가 흩날렸고, 바지 밑단이 누렇게 변했다. 감정은 쉽게 수그러들지 않았다. 이어서 우지끈하고 무언가 무너져 내리는 듯한 소리가 들려왔다. 갱도의 가장 깊은 곳에서 난 소리였다. 나는 어둠 속을 가만히 보다가 외쳤다.

"도망쳐!"

엄청난 물줄기가 우리를 향해 다가오고 있었다. 우리를 살리던 그것이 한순간에 우리를 위협하는 존재가 되었다. 물은 벽을 타고 휘감으며 아래에 있던 아이들을 삼켰다. 나는 희의 목을 잡아끌었다. 희도 다가오는 물줄기를 느꼈는지 뒤를 돌아 달려가기 시작했다. 어디서 그런 힘이 나왔는지 모르겠다. 온몸에 힘을 주고서 있는 힘껏 내달렸다. 숨이 차는 것도 느껴지지 않았다. 살아야 한다는 집념뿐이었다. 갱도 입구에 다다라서야 물이 차오르는 속도가 확연히 줄어든 것을 보았다. 나는 곧장 찰랑거리는 물을 마시려고 바닥으로 고개를 숙였다. 한껏 들이켜려는 순간, 눈앞에 무언가 떠오른 것이 보였다.

아이의 시체였다.

물과 시체

나는 곧장 입에 머금었던 물을 토해내고서 갱도 밖으로 뒷걸음질 쳤다. 토할 것도 없는데 헛구역질이 나왔다. 땅에서 모래를 한 줌 집어 입안에 넣고 완전히 물을 흡수할 때까지 굴렸다.

아이는 눈을 감지 못한 채 둥둥 떠 있었다. 금방이라도 움직일 것만 같았다. 그러나 사람들은 물 냄새를 맡고서 무지막지하게 달려오더니 입을 대고 허겁지겁 마시기 시작했다. 시체도 건지지 않고 말이다. 물에 뛰어드는 이들도 많았다. 혁명 간부들도 마찬가지였다. 그들은 사람들을 밀치고 물 안으로 들어가서 한껏 들이켰다. 물로 목구멍을 막을 것처럼 말이다.

"그만해요!"

나는 필사적으로 외쳤으나 그들은 듣지 않았다. 모두들 사정없이 물만 들이켤 뿐이었다. 눈이 뒤집힌 상태로 물을 마시는 그들과 물에 떠다니는 시체를 구별할 수가 없었다. 갑자기 누군가가 사람들을 거칠게 밀어내더니 뛰어들었다. 물결이 크게 일면서 사방에 물이 튀었다. 상이었다. 그는 고개를 처박고서 물을 들이켜고 있었다.

"뭐야!"

그제야 누군가가 시체를 보고는 소리를 질러댔다. 사람들은 비명에 일말의 관심조차 주지 않다가, 어느 정도 목을 축이자 고개를 들어 시체를 보고는 그처럼 소리를 질렀다. 몇몇은 마셨던 물을 토해내기도 했으나, 시체를 보고도 계속해서 물을 삼키는 사람이 대다수였다.

상도 마찬가지였다.

✶

사람들이 전부 목을 축이고 난 후에야 시체를 꺼내 올렸다. 그는 나와 같은 4-3세대원이었다. 그새 물에 퉁퉁 불은 얼굴은 인간처럼 보이지 않았다. 분명 앳된 얼굴이었을 텐데. 우리와 함께 태어났을 것이나, 지금의 저 모습은 전혀 다른 종류의 생명체 같았다. 절대 죽고 싶지 않다는 생각이 가장 먼저 들었다. 나는 아예 고개를 돌려버렸다.

이것으로 큰 고비는 넘겼지만 사람들은 웃지 못했다. 목마름이 해소되자 이제는 배고픔이 크게 느껴지기 시작한 것이다. 위에서 천둥 치는 것 같은 큰 소리가 들리더니, 불이라도 머금은 것처럼 속이 뒤집어졌다. 물을 마시며 그려졌던 미소는 금방 일그러졌다. 오히려 한순간 맛본 청량감에 흔들리는 사람들이 많았다.

물에서 건진 시체들은 평소 하던 대로 정문에 늘어놓았다. 죽은 이는 총 10명 남짓이었다. 실종된 이들도 있었다. 사람들은 자기 친구가 그 사이에 있을까 싶어 기웃거렸다. 찾지 못한다 해도 어쩔 수 없었다. 수몰된 갱도 안으로 뛰어들어 시체를 건져 올릴 수는 없었다.

한 아이가 눈을 뜬 채로 죽어 있었다. 얼마 전에 새로 온, 아카데미 출신의 아이 중 하나였다. 아이의 눈은 초점 없이 흐릿했다. 그간 시체를 많이 봐왔지만, 이번에는 느낌이 달랐다. 금방이라도 자리에서 일어나 뛰어놀 것만 같았다.

'어디를 보고 있었을까? 어딘가에 있다는 지옥을 보고 있었을까?'

사람들은 늘어진 시체를 한 번 보고 하늘을 한 번 보았다. 여전히 인공위성은 구름처럼 하늘을 천천히 떠돌고 있었다. 정부가 이 현장을 보았으면 했다. 모두가 나와 같은 생각인지, 사람들은 하늘을 보다가 시선을 떨구어 상을 비롯한 혁명 간부들을 바라보았다.

서서히 혁명 중단을 원하는 반혁명파의 목소리가 힘을 얻기 시작했다. 물론 오염 물질 정화 장치 꼭대기에 걸려 있는 마름의 머리를 힐끔댈 뿐, 나서서 말하지는 못했지만 혁명에 관한 불만이 점차 늘어나고 있음을 누구나 다 알 수 있었다.

나는 끝까지 물을 마시지 못했다. 목이 타들어 갈 것 같았지만, 물을 마시려 할 때마다 수몰된 아이들의 얼굴이 계속해서 떠올랐다. 얼굴이 크게 부풀어 있었고, 몸에서는 힘이 완전히 빠진 채로 물에 빠진 흙먼지처럼 물결을 따라 움직였다.

그런 환상은 오래가지 않았다.

나는 물을 마시려 했다. 목이 마른 것도 있었지만, 그보다는 다른 이유에서였다.

물을 마신 이들은 얼마 지나지 않아 모두 환각을 보았다. 거대한 탱크가 몰려오고 있다거나, 레이저가 붉은 구역에 쏟아진다는 등의 환각이었다. 몇몇은 상이 굶주린 나머지 모든 사람을 먹어 치울 것이라며 두려워했다. 하나같이 몸을 벌벌 떨었고 눈에 초점이 없었다. 열이 뻗치는지 한시도 가만히 있지 못했다.

그나마 갱도에 차오른 물도 하루아침에 어딘가로 사라져 버렸다. 또다시 닥쳐올 목마름에 두려워진 사람들은 처벌을 내려달라며 간청하기 시작했다. 애걸할 수 있는 모든 곳에 말이다. 오염 정화 장치 위는 물론이고, 마름이 있던 집무실 위, 멈춰 있는 트레일러에 올라타서 하늘을 향해 외쳤다. 항복 의사를 담은 문서를 트레일러에 실어 보내려 했으나, 아무것도 싣지 않은 상태로는 꿈쩍도 하지 않았다. 사람들은 트레일러를 밀기 위해 힘을 주고 또 주었다. 마실 물이 없어 수분이 바짝 마른 몸에서는 땀도 흐르지 않았다. 배를 곯아 비쩍 마른 사람들이 하늘에 대고 빌고 또 빌었다. 제발 우리를 벌해달라고. 조금만 서로 몸이 스쳐도 목소리가 커졌고, 싸움이 벌어지기도 했으나 주먹은 허공을 갈랐다. 배가 고팠기 때문이었다. 힘이 빠진 사람들은 그저 누워서 하늘을 보며 잘잘못을 따지기 시작했다.

이윽고 혁명 수장을 욕하고, 또 욕했다.

빌어먹을 놈.

쳐죽일 놈.

일하지 않는 놈.

그놈만 아니었다면.

영웅은 금세 죄인이 되었고, 죄인은 스스로를 벌했다. 상은 벽에 머리를 찍으며 미안하다고 계속해서 외쳐댔다. 달려드는 이들은 없었다. 분명 옆에 함께 존재했으나 정신만은 따로였다. 각자 자신만의 지옥이라는 환상 속에서 욕을 하고 있을 따름이었다. 상의 머리가 찢어지며 피가 사방으로 튀었다. 정신을 잃었다가, 다시 정신이 들면 또다시 머리를 벽에다가 찍어대기를 반복했다. 오염 물질 정화 장치가 도는 것처럼 소리는 일정하게 사방을 울렸다.

눈을 뽑고 싶다는 충동이 드는 순간들이 이어졌다. 희는 고통에 못 이겨 자기 눈을 할퀴면서 비명을 질러댔다. 자신이 이렇게 된 것은 눈 때문이라고 말하고 있었다. 몇 번이고 하지 말라며 그의 손을 떼어냈으나 막을 수 없었다. 결국, 두 손을 등 뒤로 묶어두어야 했다. 그러자 더 큰 비명을 내질렀다. 귀가 찢어질 것만 같았다. 버틸 수가 없었다.

혼란한 지상을 피해 갱도 안으로 들어갔다. 그곳은 고요했다. 언제 그랬냐는 듯이 물은 거의 빠져나가고 없었다. 이것도 정부가 우리에게 벌을 주기 위한 하나의 장치였나 싶었다. 도대체 어디까지 계산을 하고 있는 걸까? 알 수 없었다.

아래쪽 깊은 곳에 남은 물이 고여 있었다. 쪼그려 앉아 고인 물을 가만히 보았다. 흔들리는 물결이 나를 유혹하는 것 같았다.

'차라리 마시는 게 좋지 않을까?'

나도 저들처럼 물을 마셔버리고 아무런 생각도 하지 않으며 살고 싶었다. 한 모금만 마시면 정신을 놓을 수 있었다. 손을 바닥에 짚고서 가만히 수면을 내려다보았다. 내 얼굴이 보였다. 완전히 망가진 상태였다. 피부에는 상처가 가득했고, 머리는 지독하게 헝클어져 있었다. 이게 혁명의 결과인가 싶었다. 단숨에 마셔버려 수면 위 모습을 지우고 싶었다. 입을 가져다 대자 수면이 흔들렸다. 가만히 떼었다. 도저히 마실 수가 없었다. 몸을 일으켜 세우자 주머니에서 무언가 떨어졌다.

하마 아저씨가 준 갱도 지도였다.

갱도

짐은 그리 많지 않았다. 끝부분이 녹슨 곡괭이가 전부였다.

다시 갱도에 들어가는 것이 문제였다. 어느새 갱도 주변에서도 다른 곳과 마찬가지로 사람들이 하늘을 향해 죄를 고백하고 있었다. 그들의 눈을 피해서 안으로 들어갈 수 있을지 걱정이 되었다. 목숨을 걸고서 혁명을 완수하겠다던 다짐은 허기와 갈증에 빠르게 무너져 내렸다. 이젠 아무도 내가 갱도를 통해 다른 어딘가로 가려는 것을 원하지 않을 것이었다. 그러나 다른 방법이 없었다. 하마 아저씨가 갱도에서 다른 구역으로 가는 길을 발견했다는 소문을 들은 적이 있었다. 어디든, 이 지옥 같은 곳만 벗어나면 됐다.

주의를 끌지 않기 위해 발끝을 세워 천천히 갱도 쪽으로 걸어갔다. 사람들은 나를 신경 쓰지 않았다. 그들의 정신은 온통 하늘에 빼앗겨 있었다. 그런데, 상이 갱도 근처에 있었다. 얼굴은 피로 범벅이었고, 이마는 피부가 벗겨져 뼈를 드러내고 있었다. 괴물 같았다. 상은 나를 보더니 눈을 감고는 무언가 말하려는 듯 보였다. 나는 차마 그에게 갱도로 간다고 말하지 못했다. 그는 호흡을 가다듬고는 얼마 없는 수분을 쥐어 짜내듯이 혀를 굴렸다. 나는 눈치를 보다가 그대로 갱도를 향해 달려갔다.

"막아!"

앞뒤 없는 상의 외침에 사람들은 고개를 들고서 나를 보았다. 도저히 무슨 일이 벌어진지 모르겠다는 듯 얼이 빠진 표정을 짓고 있었다. 상은 떨리는 손으로 내 멱살을 잡아채려 했으나, 허공을 갈랐다. 그간 너무 많은 힘을 써버린 탓이었다. 상은 바닥에 고꾸라져서는 나를 향해 삿대질하며 짐승 같은 소리만 질러댔다. 바닥에서 모래 먼지를 일으키며 거대한 몸을 펄떡거리는 그는 껍데기만 같고, 속은 전혀 다른 사람 같았다. 나는 그의 눈에서 불안과 함께 공포를 보았다. 이어, 사람들이 하나둘 자리에서 일어났다. 눈에는 핏발이 서 있었다. 그들은 내가 갱도로 향하는 모습을 보자 막으려 했다. 나는 뒤돌아보지 않고 그대로 갱도로 뛰어들었다.

빠르게 앞으로 나아갔다. 빛이 들지 않아 오로지 벽을 짚은 손의 감각과 밤새 외운 지도가 들어 있는 내 머리를 믿어야 했다. 걸핏하면 돌부리에 발이 걸리거나, 물기를 가득 머금은 진흙에 미끄러져 넘어졌다. 먹은 게 없어 현기증이 나기도 했다. 갱도 안까지 들어와 나를 말리는 이들은 없었다. 다시 바닥에 드러누워 말없이 하늘을 보거나, 힘이 조금이라도 남아 있는 사람들은 페달을 밟으며 용서를 갈구하고 있을 것이었다. 양쪽 다 끔찍했다.

차라리 갱도 안의 어둠이 좋았다. 어둠은 늘 안정감을 주었다.

빛이 사라진 세계를 떠올렸다. 땅과 하늘이 맞물려 한 줌의 빛도 들어갈 공간이 없는 세계는 무척이나 평화로울 것이다. 들숨과 날숨 없는, 휘감는 바람도 없는, 순환도 없고 생명체의 탄생과 노화와 죽음도 없는, 그런 세계를 원했다. 나는 계속해서 갱도 밑으로 내려갔다. 머릿속으로 지도를 떠올리며 좌로 우로 발걸음을 옮겼다. 그러자 미세하지만 손끝에 감기는 바람을 느낄 수 있었다. 그때부터는 허기도 목마름도 느껴지지 않았다. 허벅지와 종아리에 힘을 주었다. 갈수록 더 많이 미끄러지고 넘어졌다. 돌에 벤 상처에서 피가 흘렀으나 상관하지 않았다. 점점 거세지는 바람을 향해 나아갔다. 알아차리기 힘들 정도로 서서히 공간이 밝아졌다.

끝내 막다른 벽을 마주했다. 나는 거친 숨을 몰아쉬며 벽에다 얼굴을 댔다. 분명 바람이었다. 넓은 공간을 휘감으며 전체를 쓸고 다니는 바람 소리가 들렸다. 뒤를 돌아보자 어느새 주변이 확연하게 밝아진 것을 알 수 있었다. 나는 챙겨온 곡괭이를 들었다. 제대로 몸을 가누기도 어려웠다. 곡괭이를 들고서 내리쳤지만 벽은 꿈쩍도 하지 않았다. 한 번, 두 번, 세 번, 횟수가 늘어날 때마다 이상하게도 헛된 짓이라는 생각보다 조금씩 바깥에 가까워지고 있다는 확신이 들었다. 온 힘을 다해 곡괭이를 내리쳤다.

"제발!"

순간 갱도 안으로 빛이 쏟아졌다. 나는 수면 밖으로 올라온 사람처럼 틈으로 고개를 내밀고서 숨을 한껏 들이마셨다. 상쾌한 공기가 코 안으로 쏟아져 들어왔다. 환희를 느꼈다. 이제 조금만 더 나아가면 이곳에서 빠져나갈 수 있다. 나는 틈으로 바깥을 보았다. 눈앞에 펼쳐진 광경에 눈이 커졌다.

그때, 뒤에서 누군가가 나를 끌어내렸다. 상이었다. 수분이 빠져나간 얼굴에 주름이 가득했고, 머리카락도 듬성듬성 빠져 있어 곧 죽을 사람처럼 보였다. 그가 어떻게 여기까지 날 따라온 건지 알 수 없었다. 상은 나를 바닥에 내던지고는 급히 틈을 메우려 했다. 정신이 없었다. 숨구멍이 막히는 듯한 느낌을 받았다. 나는 상을 뒤에서 덮쳤다. 그러나 체격 차이 때문인지, 그는 그저 비틀거릴 뿐이었다. 바닥에 내쳐지면서 뼈 부러지는 소리가 들렸다. 비명을 내질렀다. 상은 내 얼굴에 주먹을 꽂으려 했으나, 나는 본능적으로 고개를 돌렸다. 주먹이 빗나가는 바람에 상 역시 그대로 바닥에 고꾸라지고 말았다. 상은 돌을 주워 들었다. 그러고는 체중을 실어 나를 향해 내리찍으려 했다. 어둠 속이라 그런지 돌은 얼굴 정면을 빗겨가며 그대로 내 귀를 찢었다. 오른쪽에서 삐-하고, 살면서 들어본 적 없는 소리가 들렸다. 상이 한 번 더 돌을 들어 내 머리를 내려찍으려는 순간, 나는 가까스로 그를 밀어냈다. 그가 무게중심을 잃고 벽에 부딪히며 억 하고 신음을 냈다. 동시에 손에 들고 있던 돌을 놓아버렸다. 곧장 반격하려 했으나 머리가 어지러웠다. 아까 귀를 다쳐서 그런 것 같았다. 둘이서 벽에 기대어 서로를 바라보기만 했다. 상이 외쳤다.

"대체 왜! 혁명을 위해서 죽을 수도 있다며!"

"몰랐어요. 이럴 줄은……."

도저히 상의 얼굴을 마주 볼 수가 없었다. 상이 빛이 들어오는 구멍을 손가락으로 가리키며 말했다.

"저기로 나간다고 해서, 그건, 그건 사는 거야?"

"그냥 가만히 죽는 것보다는 나아요."

상은 배를 쥐고는 입에 물고 있던 피를 바닥에 뱉었다.

“혼자서만 도망치려고? 네 동료들을 두고? 네가 그렇게 욕하던 조상들이랑 네가 뭐가 달라?”

나는 귀를 감싸 쥐었다. 어지러워서 금방이라도 정신을 잃을 것만 같았지만 가까스로 벽을 잡고 일어났다.

“이 지옥에서 더는 있을 수 없어요.”

갑자기 상은 위를 향해 고개를 치켜올리더니 외쳤다.

“다 알고 있었어! 전부 다!”

그의 외침은 이제 나를 향하고 있지 않았다. 상은 천장에서 무언가를 보고 있는 듯이 중얼거렸다.

“너도 그렇고. 탱크도 오지 않았어. 갱도의 물도 그렇고.”

상이 눈을 까뒤집고 흰자위를 내보인 채로 말을 이었다.

“전부 마름이 말했던 그대로야…….”

끝내 그의 눈에서 눈물이 흘렀다.

“죄송합니다…… 정말 죄송합니다…….”

상상도 해본 적 없는 상의 모습이었다. 거대한 몸집으로 두 손을 모아 비는 그 모습이란, 어렸을 적 열병을 앓을 때 갱도의 어둠 속에서 보았던 괴물 같았다. 우리에게 혁명에 관해 말하던 그의 모습은 어디에도 없었다. 나는 두려움을 느끼며 천천히 파놓은 틈으로 향했다. 이곳을 떠나고자 했다.

그런데 상이 괴성을 지르더니 갑자기 내게로 달려들었다. 우리는 서로 뒤엉켜서 더 깊은 갱도 안으로 굴러떨어졌다. 빛이 점점 멀어져 갔다. 그러다, 퍽 하고 무언가 터지는 듯한 소리가 들렸다. 나는 한동안 정신을 차리지 못했다. 눈두덩이가 부어올라 눈꺼풀이 떠지지 않았고 이가 부러진 것만 같았다. 천천히 바닥을 더듬으며 일어섰다. 완전한 어둠 속에서 어디가 어디인지 알 수 없었다. 벽을 찾아야 했다. 그때, 손에 축축한 액체가 느껴졌다. 피였다. 나는 손을 더듬어 피가 흘러나오는 근원지를 찾았다. 상의 얼굴이 만져졌다. 눈 가까이에 손을 가져갔지만 아무런 미동도 느껴지지 않았다.

상은 죽었다. 이제 이 사실은 변하지 않을 것이었다. 내가 죽인 것과 다름이 없었다. 나는 상의 시체를 등지고 다시 하마 아저씨가 알려준 곳으로 가서 내가 본 것이 무엇인지 알아내야 했다. 헛것을 본 것이 아니라면, 우리는 모든 것을 바꿀 수 있을지도 몰랐다. 길을 찾아 벽을 더듬리다가 하마터면 상의 시체에 걸려 넘어질 뻔했다. 우리가 떨어진 방향이라고 생각되는 쪽으로 고개를 돌렸으나 머리를 다쳐서인지, 아니면 상이 구멍을 막은 탓인지 빛이나 바람이 느껴지지가 않았다. 그때 익숙한 목소리가 들렸다.

"이아!"

희의 목소리였다. 그의 목소리는 수분 없는 이파리처럼 가늘고 길게 찢어졌다. 환청을 듣는 것인지, 진짜 희가 말하는 것인지 구별할 수가 없었다.

"돌아와 줘!"

무시하고서 나는 나아가야만 했다. 이 지옥을 벗어나 다른 삶을 살아야 했다. 희의 목소리는 갱도를 타고 울리며 본래의 것과는 다르게 들렸다. 마치 인류 전체가 내게 말하고 있는 것 같았다.

"아직, 아직."

눈물이 나오지는 않았다. 눈이 터질 것처럼 부풀어 오를 따름이었다. 귀를 막으려 했으나, 이미 귀는 찢어져 있었다.

"기회가 있어. 우리."

메아리치듯 희의 목소리가 귀에서 계속해서 들려왔다. 분명 귀를 다쳤는데도 말이다. 그것은 때론 비명처럼, 때론 유혹처럼 느껴졌다. 발뒤꿈치가 바닥에 달라붙은 듯 움직일 수가 없었다. 희의 목소리는 계속됐다.

"살고 싶어. 난."

나도 마찬가지였다. 아니, 모두가 마찬가지였다. 죽고 싶은 사람이 어디 있겠는가? 그러니까 이 피비린내 나는 혁명을 시작한 것이겠지. 스스로 몸에 상처를 내고, 옆 사람을 죽이고, 한때는 목숨을 걸고 지키겠다 약속했던 친구를 죽이게 되는 이 모든 과정은 오로지 '살아남기' 위해서였다.

"제발, 살려줘."

나는 어느덧 이 말만 중얼거리고 있었다. 점차 희의 음성이 희의 것처럼 느껴지지도 않았다. 피비린내 속에서 하얗게 질려버린 얼굴들이 한데 모여 내게 외치고 있는 것 같았다. 나는 목소리가 이끄는 쪽으로 발걸음을 옮겼다.

생존

내가 지상에 올라왔을 때는 이미 사방에 쏟아져 내리는 레이저로 주변이 새하얗게 변해버린 뒤였다. 눈이 내렸다는 세상이 이런 모습이 아니었을까 싶었다. 희는 내게 소리를 지르느라 힘을 다해, 벽에 기댄 채 기절해 있었다. 나는 희를 그늘에 눕히고는 경계면으로 나아갔다. 땅에 검은 자국들이 선명하게 남아 있었고, 사람들은 하늘을 향해 용서해 달라며 빌었다. 심지어 그것만으로는 충분하지 않다고 생각했는지, 서로를 경계면 바깥으로 밀어대기 시작했다. 옆에 있는 사람이라면 누구든 가리지 않고 밀었다. 그때마다 레이저가 발사되어 검은 흔적들이 땅에 다닥다닥 생겨났다. 사람들은 다른 이들의 손아귀에서 벗어나려 애썼다. 옷을 전부 벗어 던지고는 빠져나가려 했다. 먹지 못해 걷기조차 힘들어하는 이들의 지루한 추격전이었다. 누구 하나가 잡힌다고 해도 오히려 잡은 사람이 힘에 부쳐 경계면으로 밀리기도 했다. 옷은 전부 찢어져서는 모두가 발가벗은 상태가 되었다.

지옥 같았다. 선전물에서 말한, 구역화 이전의 사람들이 갔다는.

나는 다시 희를 눕혀놓은 쪽으로 고개를 돌렸다. 상황이 잠잠해질 때까지 다시 갱도로 몸을 피할 생각이었다. 그러나 누워 있어야 할 희가 어디 갔는지 보이지 않았다.

"희!"

대답은 들려오지 않았다. 황량한 모래바람만이 그 자리에 남아 있었고, 레이저는 쉴 새 없이 발사되며 주변을 하얗게 밝혔다가 금세 잔혹한 현실로 되돌렸다. 몇 번이고 반복되다 보니 어디가 하늘인지 분간이 안 될 정도였다. 심판의 날인가 싶었다. 순간 희의 형상을 한 무언가가 사람들에 의해 경계 밖으로 내쳐지는 것을 보았다. 이미 거리가 상당했다. 섬광이 또다시 번쩍였다. 내 눈이 연속적인 레이저 불빛에 기능을 상실한 것이기만을 바랐다. 그쪽으로 달려가려 했으나 발이 떨어지지 않았다. 그 자리에 서서 천둥이 치는 것 같은 하늘만 바라보았다.

종소리가 들리고 나서야 그 정신 나간 학살극은 끝이 났다.

종소리를 듣고 우리는 본능적으로 정문으로 몰려갔다. 달릴 수 있는 사람은 달렸고, 걸을 수 있는 사람은 걸었다. 그것마저도 하지 못하는 이들은 기어서라도 가려 했다. 나도 마찬가지였다.

정부가 보낸 트레일러가 도착해 있었다. 그곳에는 물과 식량이 실려 있었다. 사람들은 물을 정신없이 들이마시고, 조리도 하지 않은 곡식들을 씹어 삼켰다. 다른 트레일러에서는 절대 듣고 싶지 않은 소리가 들려왔다. 불길한 촉은 빗나가지 않았다. 두 번째 트레일러의 문을 열었다. 아이들이 무척이나 많았다. 우리가 일으킨 잘못을 대신 짊어질 아이들 말이다. 다들 고개를 숙이고 있다가, 문을 연 나를 보자마자 일제히 울음을 터트렸다. 구원자, 혹은 지옥을 안내하는 수문장. 둘 중 하나로 보이겠지. 나는 아이들에게 다가갔다. 일일이 손으로 그들을 세어보았다. 이번 혁명으로 죽은 이들의 숫자와 거진 비슷했다. 죽은 사람들의 수를 세는 것과 다름없었다.

사람들이 게걸스럽게 먹고 마시는 사이 트레일러에 매달린 스피커에서 아나운서의 목소리가 들려왔다. 여느 때와는 달리 생동감 있는 목소리가 아니었다. 매우 딱딱했다. 마치 사형 선고라도 내리는 것처럼.

"차기 마름은,"

스피커를 부수거나 귀를 막고 싶었다. 그러나 그럴 수가 없었다.

"4-3세대 이아입니다."

수많은 사람 중에 하필 나라니. 충격을 받은 나는 스피커를 향해 소리쳤다.

"이유, 이유가 뭐야!"

문득, 마름의 말이 떠올랐다.

'내가 네 책임자잖니. 어쩌면 네가 다음 마름이 될지도 모르고.'

마름은 이 모든 것을 알고 있었을까? 활성탄 더미 위에 올라섰던 마름의 표정이 머릿속에 생생하게 되살아났다. 모든 것을 알고 있는 사람처럼, 그는 죽음 앞에서도 담담했다. 스피커는 내 의문을 단 하나도 해소해 주지 않고 음성만 쏟아낼 뿐이었다.

"수락하지 않을 시 식량, 식수 공급은 또다시 한동안 중단될 것입니다."

"그러니까. 이유를……."

나는 애원했다. 울먹이며 고개까지 숙였다. 그러나 애석하게도 스피커는 더는 소리를 내지 않았다. 내가 어디서 뭘 하게 되든, 심지어 내가 죽는다고 해도, 이 결정에 대한 이유만이라도 알려준다면 상관없을 것 같았다. 만약 정부와 관련된 사람이 내 앞에 있었더라면 나는 기꺼이 그의 발가락에 입을 맞추고, 바닥을 핥고, 그가 시키는 모든 짓을 할 것이었다.

"왜!"

그러나 끝끝내 이유는 들을 수 없었다. 그들을 죽이고 싶었다. 우리는 절대 과거로 돌아갈 수 없다. 혁명을 통해 많은 사람을 살릴 수 있다고 믿었으나, 정작 우리는 혁명으로 많은 사람을 죽여버리고 말았다.

'앞으로 얼마나 더 많은 사람이 죽을까?'

나는 이미 상을 죽였고, 희를 지키지 못했다. 앞으로 내 작은 선택 하나하나가 얼마나 많은 것을 바꿀지 알게 되는 순간부터, 그리고 그 자리에 내가 올라가지 않으면 더 많은 고통이 우리를 기다리고 있으리라는 두려움을 느끼면서부터 나는 죽지도, 죽이지도 못하는 갈림길에서 미쳐버릴 것이었다. 트레일러는 모든 화물을 내려놓자마자 소음을 내며 사라지려 했다.

"멈춰!"

나는 도저히 참지 못하고 트레일러를 쫓아 달리기 시작했다. 트레일러에 매달리고 싶었다. 할 수만 있다면, 그들을 찾아가서 붉은 구역에 던져놓고 싶었다. 이렇게 한번 살아보라고.

"대체 왜!"

난간 부분에 손이 닿았으나, 힘이 없어 놓치고 말았다. 트레일러는 그대로 사라졌다. 끔찍한 이 지옥 속에 우리를 남겨두고서 말이다. 울음이 터져 나왔다. 사람들은 아무것도 듣지 못했다는 듯이 오로지 먹는 데에만 열중했다. 어디선가 희의 목소리가 들려오는 것만 같았다.

'아직 기회가 있어.'

나는 뒤를 돌아보았다. 내 눈엔 놀라서 울기 시작한 새로운 세 대원들밖에 보이지 않았다. 그 외의 것들은 온통 사람 아닌 사람들이었다.

우리의 혁명은 처절하게 실패했다. 초기의 목표들은 무참히 짓밟혔다. 정부는 무엇도 하지 않았다. 우리는 우리의 몸에 스스로 불을 지폈고, 그 불에 타버렸다. 죽고 죽였다. 무엇도 할 수 없었다. 호기롭게 일으킨 진보의 혁명은 사실 후퇴의 혁명이었다. 소중한 사람을 많이 잃었다. 모두가 누군가의 친구이자 가족이었다.

살아남은 이들은 혁명 전으로 절대 돌아갈 수 없었다. 다른 이들과 말을 섞지 않았고 혼잣말만 해댔다. 산, 들, 바다 등 과거에도 본 적 없고, 앞으로도 마주할 수 없는 단어들을 나열할 뿐이었다. 적어도 그들은, 죽지 않았다. 페달을 밟고 또 밟은 뒤 다시 광산에 내려가 활성탄을 캤다. 혁명이라는 것이 처음부터 없었던 것처럼, 마치 시간과 시간 사이가 숙소의 침대같이 서로 맞붙은 것처럼 어제 같은 오늘을 살면서 모두가 입을 다물었다. 죽은 이들을 위한 묵념처럼 느껴지기도 했다.

사람들은 상이 갱도가 아니라 지상에서 스스로 경계면으로 나아가 죽었다고 했다. 나는 사람들에게 갱도에서 있었던 일을 말하지 않았다. 갱도에서 마주했던 상의 모습은, 내가 알던 그가 아니었다. 속으로 되뇌었다. 상은 그렇게 초라하게 죽지 않았다. 당당하게 혁명을 이어가던 중 모두를 살리기 위해, 혁명을 끝까지 완수하려다 비극적으로 죽었다.

적어도 나는 그렇게 믿기로 했다.

——— ✦ ✦ ✦ ———

'생존 혁명'에 관한 붉은 구역 마름의 기록 끝

2부

수레바퀴

4-3세대원들이 혁명 당시 마신 물은 박테리아가 들어 있는 썩은 물이었다. 그 물이 썩은 이유는 선조들이 댐을 건설하며 과거 바다였던 붉은 구역과 다른 큰 바다가 연결되는 통로를 막아버려, 물의 순환이 막혔기 때문이다. 이 사실을 깨닫고 되돌리려 했을 때는 이미 돌이킬 수 없을 만큼 주위 환경이 변해버린 후였다. 염도가 빠르게 치솟았고, 해양 생명체들은 떼죽음을 당했다. 바다가 메말라 증발량이 줄면서 바다가 있던 곳은 사막처럼 변해갔다. 주변에 있던 호수에도 큰 영향을 미쳤다. 줄어든 강수량으로 호수에 새로운 물이 유입되지 않자 고인 물은 썩어버렸다. 4-3세대원들은 그 호수 바닥에 구멍을 냈고, 그리로 쏟아진 썩은 물을 마신 것이었다.

시간이 갈수록 치솟는 엔트로피처럼 붉은 구역 내 많은 것들이 좋지 않은 방향으로 변해갔다. 할당량이 계속해서 늘어났으며, 주민들은 아주 어린 나이 때부터 갱도에 들어갔다. 배급량도 갈수록 줄고 있었다. 더불어 하늘에 뜬 인공위성도 불빛을 깜빡이며 우리를 위협했다. 그러나 나를 비롯한 우리 4-4세대는 윗세대들과는 달랐다. 우리는 그들이 범한 실수를 잘 알았고, 그것을 뛰어넘을 수 있었다. 결코 앞선 세대들의 실수를 반복하지 않을 것이었다.

물론 모두가 가진 방향성이 같지는 않았다. 우리는 앞선 세대의 부족했던 점을 보완해 혁명을 일으키고자 했지만, 다른 몇몇은 위험한 도박을 원하지 않았다. 죽고 싶지 않다고 말하며 그들은 반혁명파에 합류했다.

한쪽은 4-5세대가 오기 전에 하루라도 빨리 혁명을 시작하려 했고, 다른 한쪽은 필사적으로 이들을 말리려 했다.

나, 피아는 혁명을 원했다.

씨앗

"꼰대 새끼들."

관은 앞서 탄광을 걸어 나가는 4-3세대원들을 보고는 그리 뇌까렸다. 우가 그들의 눈치를 보며 관에게 말했다.

"미쳤어? 다 듣고 있잖아."

관은 주눅 들지 않고 더욱 크게 말했다.

"도와주지는 못할망정, 방해라니."

그때 4-4세대원 중 한 명이 멈춰 서더니 뒤를 돌아 관에게 다가왔다. 반혁명파에 속한 세대원이었다. 새로이 붉은 구역에 온 4-4세대원이라고 해서 모두가 혁명파인 것은 아니었다. 나는 곡괭이를 쥔 손에 힘을 주었다. 혁명파 모두가 그랬다. 물론 관도 마찬가지였다. 팔뚝에 핏줄이 선명하게 드러났다. 금방이라도 싸움이 날 것만 같았다.

"뭐라고 했어?"

관은 그의 눈을 똑바로 보고서 음절마다 힘을 실었다.

"저 새끼들한테 꼰대라고 했다, 왜? 너도 꼰대들이랑 같이 있다 보니까 물들었냐?"

나는 눈치를 보다가 둘 사이에 팔을 밀어 넣어 말리고, 관을 한쪽 벽으로 밀었다.

"그만해."

관은 참지 못하고 계속해서 앞서가는 4-3세대원들을 향해 욕설을 쏟아냈다. 가만히 보고 있던 다른 4-4세대원들도 술렁이기 시작했다. 뒤에서 목소리가 들렸다.

"관!"

혁명 수장인 최였다. 관은 그의 말을 듣자마자 곡괭이를 집어던지고는 바깥으로 나갔다. 소리가 난 곳을 돌아보자, 최가 정신 차리라는 듯이 눈을 치켜뜨고 있었다. 최는 4-3세대원들이 혁명을 일으키기 직전에 붉은 구역에 왔다고 했다. 당시에 아이였던 그는 혁명 주축에 서지 못했으나, 이제는 혁명 수장이 되어 우리를 이끌고 있었다.

곧 트레일러가 구역에 도착할 것이었다. 중요한 날이었다. 눈을 크게 뜨고서, 트레일러를 본뜨기라도 할 것처럼 모든 곳을 샅샅이 살펴야 했다. 우리에게 마지막일지도 모를 기회였다. 혁명단원 모두가 예민해져 있었다. 관의 행동도 영 이해가 가지 않는 것은 아니었다.

스피커에서 알람이 들려왔다. 모두의 시선이 한곳으로 향했다. 갱도에서 나온 사람들도 정문을 바라보았다. 기도를 하려고 했으나, 어디를 향해야 할지 알지 못했다. 땅에서는 너무나도 많은 사람이 일을 하다가 죽어갔고, 하늘에서는 인공위성이 우리를 호시탐탐 노리고 있었다. 나는 정문을 바라보고 서 있는 혁명파 단원들을 보며 기도했다.

'제발, 찾을 수 있게 해주세요.'

거대한 문이 듣기 싫은 소리를 내며 열렸다. 아주 천천히 움직이는 그것은 이제 사람의 도움 없이는 제대로 열리지도 않았다. 작게 벌어진 틈으로 트레일러가 들어왔다. 그러나 트레일러라기보다는 꼭 산사태로 굴러떨어져 나온 돌덩어리 같았다. 오래 침식되어 금방이라도 부서질 것만 같은 그런 위태로운 돌 말이다. 우가 말했다.

"더 녹이 슬었네."

우의 손에는 관이 던지고 간 곡괭이가 들려 있었다. 상태는 매한가지였다. 닦는 것을 하루만 게을리해도 곡괭이에는 금방 녹이 슬어버렸다. 곡괭이질을 하다가 곡괭이 목이 부러지는 일도 비일비재했다. 보급도 더는 들어오지 않았다. 멀쩡한 곡괭이 하나로 돌려가며 작업을 하다 보니, 당연히 생산량은 전체적으로 줄고 배급량도 따라서 줄었다. 이제 한계점에 왔다. 마름을 제외한 모두가 그 사실을 알고 있었다. 마름은 아무것도 모르는 것 같았다. 만약 알았더라면 우리 눈앞에 나타나 지금이 어떤 상황인지 설명해 줬을 것이다. 우리는 혁명을 준비하고 있었다. 물론 앞선 혁명과는 전혀 다른 양상으로 진행될 것이었다. 우선, 이번 트레일러에 4-5세대원들이 없기를 바랐다.

"제발."

우가 눈을 감고는 두 손을 모았다. 제발 아무도 저기 쇳덩어리에 타고 있지 않기를 바랐다. 특히나 아이들이라면.

분명 아이들을 보면 우리의 마음이 흔들릴 것이었다. 그러나 여기서 먹을 입을 더 늘릴 수는 없었다. 어쩌면 정부가 일부러 혁명을 늦추기 위해 우리에게 아이들을 보내는 건 아닐까, 하는 걱정이 슬며시 들었다. 머리를 써야 했다. 아무리 정부가 우리 머리 위에서 보고 있다고 해도, 정수리만 볼 수 있을 뿐 머릿속에서 무슨 생각을 하고 있는지는 알 수 없을 것이었다.

식수 마련을 위해 우기를 계산해서 혁명 시기를 정하고, 정 안 되면 갱도를 파서 물을 얻겠다는 것까지는 4-3세대와 동일했지만, 우리는 물을 바로 마시지 않고 잘게 부순 활성탄을 모아둔 천에 걸러 마시기로 했다. 혁명 수장은 절대 물을 바로 마셔서는 안 된다고 재차 말했다. 게다가 우리는 식량을 저장하는 것에 그치지 않고, 재배하기 위해 온갖 방면에서 힘을 썼다. 지금 트레일러에 목숨을 거는 것도 같은 이유에서였다.

길은 하나뿐이었다. 이번 계획의 성공 없이는 혁명도 없었다.

씨앗을 구해야만 했다.

트레일러에 브레이크가 걸렸다. 귀가 먹먹해질 정도로 요란한 소리가 들려왔다. 식은땀이 흘렀다. 소음에 가려져 그럴 리가 없는데도 저마다 침 삼키는 소리가 귀에 들려오는 듯했다. 최는 트레일러가 완전히 멈추기도 전에 올라탔다. 그와 동시에 우리도 동시다발적으로 트레일러 곳곳을 살피기 시작했다. 허황된 기대일지도 몰랐다. 혁명 단원들은 아래까지 기어 들어가서 트레일러 밑면을 샅샅이 훑었다. 4-3세대원들을 중심으로 한 반혁명파는 서로의 얼굴을 살피다가, 무얼 하는 건지 알아내겠다는 듯 우리를 가만히 보았다. 그중 한 명이 외쳤다.

"막아!"

반혁명파는 우리를 트레일러에서 떼어놓으려 애썼다. 분명 우리가 찾는 것이 무엇인지는 알아내지 못했을 테지만, 그들은 우리의 모든 행동이 혁명과 연관될까 두려워했다.

몸싸움이 벌어졌다. 관을 비롯한 혁명파 몇몇이 그들과 맞붙었다. 반혁명파는 필사적으로 혁명파 단원들이 구축한 방어선을 뚫으려 했다. 관은 자신에게 다가오는 4-3세대원을 향해 그대로 몸을 날렸다. 주먹을 날리고, 팔을 깨물고, 얼굴에 박치기를 했다. 여기저기서 누군가의 입술이 터지고 이가 부러졌다. 도망치는 혁명파에게는 관이 직접 다가가 발길질하며 나가서 싸우라고 외쳤다. 인간보다는 짐승 같았다.

그사이 나는 트레일러의 문을 모두 열어 보았다. 다행히 4-5세대원들은 보이지 않았고, 식량 포대들이 자리를 차지하고 있었다. 나는 포대들을 빠르게 밖으로 내던졌다. 아래에서 기다리던 사람들이 포대를 받아 입구를 풀어 헤쳤지만, 가루 형태로 된 곡물뿐 씨앗은 보이지 않았다. 지붕 위에서 쿵쿵거리는 발소리가 들려왔다. 식량 포대를 모두 바깥으로 던지고 나자, 최가 트레일러 안으로 들어섰다. 나는 최에게 물었다.

"찾았어요?"

최가 고개를 저었다. 그와 함께 안을 다시 샅샅이 뒤져보았지만, 어디에도 씨앗은 보이지 않았다. 바닥에 최가 적어놓았던 글자도 지워져 있었다. 그때, 방어선이 뚫렸다. 관은 이미 4-3세대원들에게 붙잡혀 짓밟히고 있었다. 반혁명파가 트레일러를 향해 성큼성큼 다가왔다. 나는 바깥으로 달려 나갔다. 뒤에서 트레일러 문이 닫히는 소리가 들렸다. 최가 씨앗을 찾는 동안 시간을 벌어야 했다. 우리는 반혁명파 단원들과 한데 엉켜 뒹굴었다. 그들 역시 필사적으로 우리를 말리려 했다. 멀리 반혁명파 단원들이 갱도에서 곡괭이를 들고 나오는 게 보였다. 분위기는 점차 끓다 못해 넘치려 했다.

"그만!"

최가 지붕 위에서 소리쳤다. 지나치게 큰 그의 목소리에 모두가 일시에 행동을 멈추었다. 최가 말했다.

"왜 그러는 겁니까? 대체 왜? 우리가 뭐, 사람이라도 죽였습니까?"

4-3세대원들은 말없이 최를 보았다. 그들에게도 할 말은 있었다. 4-3세대원 중 하나가 최에게 물었다.

"그럼, 당신들은? 왜 우릴 막아서는 거요?"

그러고는 다 알고 있다는 듯이 말을 이었다.

"왜? 혹시 다른 구역에서 온 메시지라도 받으려고?"

어떻게 알고 하는 말인지 의아했다. 그가 목에 핏대를 세우며 말했다.

"그걸 믿었다가! 우리가 전부……."

과거 4-3세대 때의 혁명 이야기를 하는 것 같았다. 그들은 '생존 혁명'에 대해서는 구체적으로 말하기를 피해왔다. 얼굴이 벌겋게 달아오른 그들이 트레일러 쪽으로 조금씩 다가왔다. 나는 최를 바라보았지만, 최는 고개를 저었다. 다행히 반혁명파 단원들은 우리를 그대로 지나쳐 트레일러로 향했다. 그들은 우리와 마찬가지로 트레일러를 뒤적거리기 시작했다. 내심 뭐라도 발견되기를 기대하는 듯했으나, 그들 역시 아무것도 찾지 못했다. 트레일러를 꼼꼼하게 확인한 반혁명파는 한숨을 크게 내쉬고는 하나둘 트레일러에서 내려와 식량 포대를 옮기기 시작했다. 우리도 어쩔 도리가 없었다. 식량을 내린 곳에 활성탄 포대를 올렸다. 활성탄을 모두 실은 트레일러가 천천히 움직이기 시작했다.

온몸에 힘이 빠졌다. 간신히 혁명에 대한 결심이 섰는데 아무런 변화도 없다니. 불안한 상상들이 밀려왔다. 나는 바닥에 뺨을 대고 널브러져 있는 관에게 다가갔다. 코가 부러졌는지 피가 쏟아지고 있었다. 나는 코를 부여잡고 있는 관에게 다가가 속삭였다.

"할 수 있겠어?"

나는 혁명에 관해 물은 것이었는데, 관은 다르게 대답했다.

"페달은 발로 밟으니까. 괜찮아."

관은 다리를 폈다가 접으면서 자신의 건재함을 과시했다. 조금이라도 아픈 모습을 보이면 도태될 테니 말이다. 나는 '혁명 말이야'라고 말하려다 그만두었다. 관을 비롯해 방어선을 구축했던 아이들은 모두 바닥에 쓰러져 한동안 일어나지 못했다. 아주 짧은 순간이었으나, 우리는 우리보다 적은 수의 반혁명파 단원들을 이길 수 없다는 사실을 깨달았다. 혁명이 성공하기 위해서는 모두가 뭉쳐야 하는데, 우리만으로 해내기엔 무리였다.

혁명 수장은 관에게 잘했다는 칭찬이나 수고했다는 말도 없이 그저 차가운 눈빛만 한 번 보내고는 페달을 밟기 위해 돔으로 향했다. 얼마 지나지 않아 웅웅거리며 정화 장치 도는 소리가 들려왔다. 그 소리에 바닥에 누워 있던 아이들도 힘겨운 숨을 토해내며 하나둘 일어나 배를 부여잡은 채 페달을 밟기 위해 돔으로 걸어갔다. 누구 하나 도와주는 어른은 없었다.

트레일러가 오는 날마다 숙소에서는 혁명 수업이 열렸다.

작은 굴 속에서 아이들은 몸을 구긴 채로 앉아 있었다. 무너져 내린 침대 잔해들을 겹겹이 뭉쳐 만든 굴이었다. 행여 밖에 소리가 새어 나갈까, 혁명 수장이 속삭이듯 말하면 관과 내가 다른 아이들에게 귓속말로 전달해야 했다. 그날도 혁명 수업은 다소 험악한 분위기 속에서 진행됐다. 혁명 수장은 관을 비롯한 4-4세대원을 다그쳤다.

"오늘 왜 너희들이 졌는지 알아?"

관이 고개를 저었다. 혁명 수장이 관의 눈을 마주 보며 말했다.

"절박하지 않아서야. 우리는 더 잘 살기 위해서 혁명을 하지만, 저 사람들은 죽지 않기 위해서 혁명을 막아. 그 차이가 모든 것을 바꿔."

나는 그의 말을 정확히 아이들에게 전했다. 메시지는 메아리치듯 한 아이에게서 다른 아이에게로 퍼졌다. 모두 고개를 푹 숙이며 부끄러워했다. 온몸에 가득한 상처를 안고서 말이다. 늘 그래왔듯, 혁명 간부들은 소리 없이 큰 몸짓으로 혁명의 위대함을 말하려 했고, 끝내는 눈물을 흘렸다. 다른 아이들도 마찬가지였다. 모두 마음이 동해서 혁명을 위해 굳게 결심을 다졌다. 그러나 정작 우리는 앞선 세대의 혁명에 관해 제대로 아는 것이 없었다. 심지어는 혁명 수장도 그에 관해선 제대로 말해주지 않았다. 한번은 관이 4-4세대원 전체의 의견을 모아 혁명 수장에게 과거 혁명사에 대해 자세히 알려달라고 건의했지만, 돌아온 것은 짧은 대답뿐이었다.

"그건 앞으로의 혁명에 장애물이 될 뿐이야."

그러고는 더 이상의 질문을 허락하지 않았다.

도대체 무슨 일이 있었던 걸까? 아마 말할 수 없을 정도로 껄끄러운 사건들이 많았을 것이다. 상상조차 하기 힘들 정도로 끔찍한 일이 벌어졌을지도 몰랐다. 그랬으니 혁명에 실패했고, 우리에게까지 그 업보가 전해진 것이겠지. 자세하게 알고 싶었으나 다른 4-3세대원들 역시 혁명 이야기를 절대 꺼내지 않으려 했다.

혁명 수업이 끝난 후 혁명 수장은 아이들을 내보낸 뒤 관과 나를 따로 불렀다. 그는 자신이 또다시 트레일러에 메시지를 적어 보냈다고 했다. 이번에는 트레일러 문 뒤편에. 물자를 가지러 들어가면 바로 보이는 자리였다. 매우 크게 적어놓았으니, 못 볼 수가 없다고 했다.

"정부가 알면 어떻게 합니까?"

관의 질문에, 혁명 수장은 정부가 알고자 했다면 아마 진작에 알았을 것이라고 대답했다. 스피커에서 밤을 알리는 알람이 들리자 혁명 수장이 우리를 돌려보내며 덧붙였다.

"이번에는 성공할 거야."

성공하지 못하면 다음은 없다는 듯이, 그의 말투는 건조했다.

4-3세대원들은 혁명과 마찬가지로 마름에 관해서도 거의 말하려 하지 않았다. 그러나 아주 가끔, 혁명 수장만이 내가 마름과 꼭 닮았다고 말했다. 눈썹도 짙고 입술도 두껍고 무엇보다 말투가 비슷하다고. 그러나 외형적인 것 외에는 그가 어떤 사람이라거나, 어떤 일을 하는지와 같이 다른 세부 사항들은 말하지 않았다.

나를 포함한 4-4세대 사람들은 마름을 거의 본 적이 없다. 마름은 식사를 비롯한 모든 일을 집무실에서 처리했다. 광산에도 오지 않는 것을 보니, 하루 중 대부분을 우리를 감시하는 데에 쓰는 것이 분명했다. 매일 감독관들의 감시 일지를 받아 정부에 보고하고 사람들의 배고픔과 목마름, 목숨을 오직 숫자로 기록하고 있을 것이었다. 그런 게 아니라면, 트레일러가 올 때마다 벌어지는 패싸움을 묵과할 리가 없었다. 첫 시도 이후로 우리는 매번 트레일러가 올 때마다 반혁명파 단원들과 싸웠다. 관은 부러진 코가 완전히 낫지 않은 상태에서 주먹을 휘두르고, 맞고, 또다시 쓰러졌다. 혁명 수장은 트레일러에 메시지를 쓰고 지우기를 반복했다.

우리가 서서히 희망을 잃어감과 동시에, 혁명에 대한 믿음에도 금이 가기 시작했다.

관성

혁명 간부들은 날이 갈수록 더욱 과장된 몸짓으로 밤마다 혁명 수업을 이어갔으나, 그럴수록 우리 마음속에서는 더욱 멀어져 갈 따름이었다. 그들이 하는 이야기는 이전과 크게 다른 점이 없었다. 간부들은 이야기를 전하라고 했지만 나는 아이들에게 입만 뻐끔거렸다. 굳이 반복되는 이야기를 전하고 싶지 않았다. 같은 내용을 매일같이 들은 덕택에 무슨 말인지는 안 듣고도 알 수 있었다. 다른 아이들도 나와 비슷했다. 정확히 뭐라고 속삭이는 것인지는 모르겠지만, 내가 아무 말도 하지 않아도 옆사람에게 무언가를 전하는 척했다. 대부분 배가 고프다거나 졸리다는 내용이었을 것이다.

낮에 맞은 뺨이 너무나도 얼얼했고, 짓밟힌 배가 아팠다. 혁명 수업을 듣는 와중에도 어딘가에 머리만 기대면 곧장 잠잘 수 있을 것만 같았다. 수업 때마다 거의 눈을 감고 있었다. (숙소에 빛이 들지 않아 다행이라는 생각을 처음으로 했다.) 경직되어 있던 몸이 서서히 늘어져 갔다.

어찌 된 일인지, 4-5세대원들이 붉은 구역에 오지 않고 있었다. 트레일러를 열 때마다 그들이 없기를 간절하게 바랐지만, 막상 보이지 않자 정부 시스템에 무슨 문제가 생긴 것은 아닐까 하는 생각이 들었다. 다른 한편으로는 아카데미나 다른 구역에서 혁명이 일어나 더 이상 아이들을 낳지 않는 것인가 하는 생각도 들었다. 만약 그것도 아니라면 인류가 절멸의 길을 걷고 있는 걸지도 몰랐다.

사람은 그대로인데, 배급되는 식량은 줄고 있었다. 잦은 싸움으로 인해 할당량을 맞추지 못했기에 당연한 결과이기도 했다. 점차 모두가 싸움에 익숙해져 갔다. 평소에는 양 진영 간 아무런 말도 섞지 않고 일만 하다가, 트레일러만 오면 밀고 당기고 서로의 머리털을 뽑아댔다. 때로는 다치지 않으려 눈빛을 주고받으며 싸우다 보니 춤처럼 보이기도 했다. 상대방이 우스운 표정을 짓거나 몸짓을 하면 웃음이 나오기도 했다. 최가 트레일러 천장에 올라 씨앗을 발견하지 못했다는 신호를 보내면, 한쪽에서는 심지어 서로 악수를 하거나 은근슬쩍 따뜻한 눈빛을 주고받기도 했다.

그러나 역시 싸움은 일상이 될 수 없었다.

반혁명파 단원 한 명이 죽었다. 그것도 혁명 수장의 손에 말이다.

운이 나쁘다고 볼 수는 없었다. 오히려 운이 좋은 편에 속했다.

그렇게 무수히 많은 싸움이 있었으나, 그간 누구 하나 죽지 않은 것이 이상했다. 이가 나가고, 갈비뼈가 부러지고, 눈이 터졌지만 여태 죽은 사람은 없었다.

혁명 수장은 우리보다도 몸집이 훨씬 컸고 악력이 강했다. 그에게 맞은 상대는 반항 한번 하지 못하고 기절하거나 겁에 질려 몸을 떨어댔다. 여럿이서 달려들어도 결과는 마찬가지였다. 싸움이 벌어질 때마다 반혁명파 단원들은 혁명 수장과 정면으로 맞붙길 거부하며 다른 이들과 싸우는 척하거나, 맞기도 전에 고꾸라지며 기절한 척했다. 혁명 수장은 마음가짐 또한 우리와 달랐다. 그는 반혁명파 단원들을 놀이하듯 대하지 않았다. 그 거대한 몸집으로 상대가 다치건 말건 거칠게 대했다. 그는 자신을 쫓아 트레일러를 오르던 반혁명파 단원을 밀어 넘어트렸고, 그대로 활성탄 더미 위로 떨어진 단원은 마침 날카롭게 솟아 있던 파편에 목이 찔려 죽었다. 잠시 동안 그는 살아 있었다. 눈을 뜬 채로 무언가를 중얼거리고 있었는데, 정확히 무슨 말을 했는지는 누구도 알지 못했다.

만약 그날 씨앗을 발견했더라면 우리는 곧장 혁명을 일으켰을 것이다. 수에서 밀리기는 했으나 우리에게는 혁명 수장이 있었다. 그와 함께라면 이길 수 있었다. 그러나 그때 혁명 수장의 손에는 무엇도 들려 있지 않았다.

반혁명파 단원들은 처음 우리와 싸웠을 때의 각오로 사력을 다해 혁명 수장에게 달려들었다. 우리도 사력을 다해 그들을 막으려 했다. 동시에 당장 혁명을 일으키자며 수장에게 눈짓을 했으나, 그는 어딘가를 보며 고개를 저었다. 그의 시선은 마름이 있는 집무실을 향하고 있었다. 얼마 지나지 않아 혁명 수장은 반혁명파에 붙잡혀 재판에 회부되었다.

재판이라고 해봤자 통보에 가까웠다. 단순 폭행이나 약탈 등이 아닌 중죄를 저지른 자는 집무실에 들어가서 마름과 면담을 하고 형을 받는다. 대부분은 고의 혹은 실수로 인한 살인을 저지른 이들로, 모두 교수형에 처해졌다. 시체는 다음 트레일러가 올 때까지 오염 물질 장치 위에 걸려 미라가 되어갔다. 미라는 혀가 축 늘어지고 얼굴이 퍼렇게 뜬 채 정화 장치가 작동할 때마다 흔들리며 벽을 쳐댔다. 꼭 발소리 같았다. 우리는 앞을 지나갈 때마다 그를 욕해야만 했다. 죽은 사람의 할당량은 살아남은 이들에게 분배되고, 그만큼 우리는 일을 더 해야만 했으니까.

혁명 수장은 팔이 묶인 상태로 집무실로 향했다. 다른 사람들은 바깥에서 그의 뒷모습을 바라볼 뿐이었다. 집무실 안은 환하게 빛나고 있었다. 내부에서 무슨 이야기가 오가는지는 알 수 없었다. 우리에게는 그날의 할당량이 있었고, 할당량을 채우기 위해서 페달을 밟아야 했다. 페달은 뻑뻑해서 온 체중을 실어야 했다. 돌아갈 때마다 돌이 잘게 부서지는 듯한 소리가 들려왔다. 생존 혁명 당시 장치에 활성탄을 쏟아부었기 때문이라고 했다. 반혁명파, 혁명파 가릴 것 없이 낑낑거리며 페달을 밟으면서도 시선은 모두 집무실 쪽으로 쏠려 있었다. 자전거 핸들 위에 매달린 화면은 아나운서의 얼굴 대신 노이즈로 가득했다. 목소리에도 잡음이 섞여 사람의 것처럼 느껴지지 않았다.

"여러분은 자랑스러운……."

당연히 귀에 들리지 않았다. 온 신경은 바깥을 향해 있었다. 옆에서 세차게 페달을 밟던 관이 내게 말했다.

"혁명 수장, 아니 최가 죽으면 어떻게 할 거야?"

도저히 있을 수 없는 일이었다. 마름도 그런 위험까지는 감수하지 않을 것이었다. 대답하고 싶지도 않았다.

"어떻게 할 거냐고."

관의 언성이 높아졌다. 불안할 만했다. 아주 어렸을 때부터 우리는 맹목적으로 그를 따랐으니까. 아이러니하게도 그래서 나는 혁명 수장을 믿는 것이고, 그래서 관은 불안한 것이었다. 그 거대한 몸집의 혁명 수장을 과연 누가 죽일 수 있을까 싶었다. 움직임을 멈추고 싶었으나, 신발은 페달에 단단히 묶여 있었다. 나는 숨을 잠깐 고르고서 관에게 말했다.

"안 죽어. 혁명 수장을 누가 죽여? 아마 목에 밧줄도 못 걸걸."

붉은 구역에서 그보다 힘이 센 사람은 없었다. 아마 열 사람이 달려들어도 그를 죽이지 못할 것이었다. 더불어 나를 포함한 혁명 단원들도 있으니, 쉽게 그를 건드리기는 어려울 것이었다.

"나왔다!"

모두가 집무실 쪽을 보았다. 마침 나도 할당량을 마쳐 바깥으로 나갈 수 있었다. 원래대로라면 곧장 식당으로 가서 밥을 먹은 후 숙소에서 혁명 수업을 들어야 했으나, 그날만은 달랐다. 혁명 수장은 혼자 집무실 앞에 서 있었다. 포박도 풀려 있는 상태로, 우리가 있는 아래를 내려다보고 있었다. 사면을 받은 것 같았다. 그가 마름을 만났는지 궁금했다. 만나서 무슨 이야기를 나누었는지도 궁금했다. 나는 관에게 말했다.

"죽긴 누가 죽어? 봐, 저기 그대로 있잖아! 이게 혁명 정신이야. 곧 혁명이라고."

관의 표정이 좋지 못했다. 나는 말을 삼켰다. 반혁명파 단원들은 최를 향해 야유를 쏟아냈다. 금방이라도 그를 죽일 기세였다. 우리도 물러서지 않았다. 또다시 싸움이 벌어질 것만 같았다. 다만 아직은, 다들 다리를 후들거리며 상대에게 쉽게 다가가지 못하고 욕만 퍼부어댈 뿐이었다. 그때였다. 갑자기 관이 혁명 수장을 가리키며 말했다.

"야, 저기 봐."

혁명 수장이 무언가를 머리 위로 치켜들었다. 달빛을 받아 날이 번쩍거리며 빛나는 그것은, 흑요석을 깨서 만든 칼이었다. 살갗에 조금이라도 닿으면 상처가 벌어지며 피가 쏟아져 나올 것이었다.

혁명 수장은 그대로 칼날을 자기 목에 쑤셔 넣었다.

망설임은 느껴지지 않았다. 어떤 비명이나 신음도 내지 않고서 혁명 수장은 그대로 쓰러져 버렸다. 모두가 입을 닫고서 멍하니 한곳만 보았다.

신(新)

이해할 수가 없었다.

우리에게 그렇게 정부와 싸우라고 했던 사람이 스스로 자기 목을 긋다니. 어떤 상황이 닥치든, 혁명이라는 거대한 임무를 완수하기 위해서라면 친구조차도 죽일 수 있어야 한다고 말했던 사람이었다.

대체 무슨 일이 있었던 건지, 집무실로 달려가서 마름에게 최와 무슨 이야기를 나눴냐고 묻고 싶었다. 그러나 우리는 한없이 움츠러들었다. 거대한 살점이 뭉텅이로 떨어져 나간 것만 같았다. 반혁명파도 더 이상 우리를 공격하지 않았다. 그들도 충격을 받았는지, 우리와 같이 혁명 수장이 죽은 곳을 가만히 바라보았다.

시간이 지나자 그들은 우리를 건들지 않을 뿐만 아니라 멍하니 그 광경을 보고만 있던 우리 대신 최의 시체를 거두어 포대에 넣어주기까지 했다. 누구도 시체가 있는 창고에 가서 그의 명복을 빌어주지 않았다.

얼마 지나지 않아 트레일러가 왔다. 우리는 구석구석 확인해 보지도 않은 채 식량을 나르고 활성탄을 다시 실었다. 오래도록 방치된 최의 시체도 함께였다. 관은 최의 시체가 담긴 포대를 직접 트레일러에 옮겼다. 그렇게 혁명 수장 최는 무책임하게 트레일러를 타고 사라졌다. 관은 최의 시체를 싣고 나아가는 트레일러를 보며 뇌까렸다.

"씨발 새끼."

그날 이후로 우리는 허탈감에 빠졌다. 코앞에 와 있던 혁명이 저기 하늘 위 인공위성처럼 멀어진 것만 같았다. 아이들은 더 이상 혁명 수업에 들어가지 않았다. 수업이 열리긴 하는지도 알지 못했다. 그저 일을 하고, 또 했다. 갱도 안으로 내려가는 것부터가 일이었다. 윗세대들이 너무나도 깊게 파놓은 나머지 아주 오래 내려가야 했다. 곡괭이질을 하다 보면 산소가 부족해서인지 머리가 핑 돌 때가 많았다. 캐낸 것을 끌고 지상으로 올라오는 것도 힘들었다. 포대를 바닥에 끌고 다닐 수는 없었다. 가뜩이나 물자가 부족한 마당에, 포대가 찢어지기라도 하면 두 손으로 광물을 주워 들고 지상을 몇 번이고 오가야 했다. 일이 끝나면 죽을 위장에 쏟아붓고는 곧장 숙소로 돌아가 잠에 들었다. 자지 않고는 견딜 수가 없었다. 속에서 올라오는 생각들이 역겨웠다. 마음 한편으로는 최가 죽어 혁명이 더는 일어나지 않으리라는 사실에 묘한 안정감이 일었던 것이다. 혁명파 단원 모두가 그럴 것이라는 알량한 생각이 동시에 따라왔다.

'관도, 우도 마찬가지겠지.'

몸이 피곤해서 그런지 억지로 잠들 필요도 없었다. 정신없이 막 잠들려던 차에 누군가가 나를 흔들어 깨웠다. 관이었다. 나는 그를 흘깃 쳐다보고는 다시 돌아누웠다. 그러나 관이 내 엉덩이를 세게 때리는 바람에 기분이 나빠져 다시 돌아보았다.

"왜?"

관이 내게 물었다.

"이제 어쩔 거야?"

내가 대답하지 않고 고개를 침대에 파묻자 관이 말했다.

"대비해야 했어. 혁명 수장도 죽음을 피해갈 수는 없었어. 우리가 너무 안일했어."

이제 와서 후회해 봐야 뭐가 달라지나 싶었다. 나는 그와 함께라면 모든 것을 해낼 수 있다고 믿었다. 우리가 수적으로도, 힘으로도 밀린다고 해도, 그가 있어준다면 끝내 혁명을 완수해 낼 수 있다고 믿었다. 그러나 혁명의 구심점이었던 최가 죽었다. 나는 자꾸만 터져 나올 것 같은 울음을 애써 삼키고 관에게 말했다.

"생각한다고 뭐가 달라져? 우린 끝났어. 혁명 수장, 아니, 최가 죽었어. 구역에서 제일 강한 사람이 스스로 죽어버렸다고. 우리도 그렇게 죽을 거야. 이미 죽은 것과 다름없는지도 몰라."

관은 내 말을 듣고는 굳은 얼굴로 말했다.

"아냐. 다음 혁명 수장을 정하면 돼."

다른 혁명 수장은 생각해 본 적이 없었다. 최가 자살한다는 선택지는 우리에게 없었으니까. 나는 몸을 굴려 관에게서 멀어졌다.

"혁명 간부들이 정하겠지. 우리가 무슨……."

관이 자리에서 일어나 내 얼굴 앞으로 불쑥 자기 얼굴을 내밀었다. 관의 코는 부러진 그 상태로 굳어 있었다. 전보다 훨씬 더 비대해진 채 왼쪽으로 휘어져 그 옛날 풋풋하던 인상은 사라져 버렸다. 관이 말했다.

"우리가 뽑아야 해."

관의 눈에서 불꽃이 느껴졌다. 자신을 비롯해 주위 모든 것을 태워버릴 것처럼 뜨거운 불꽃이었다. 나는 놀라 몸을 일으켰다.

"왜?"

"우리가 중심이 돼야 해. 윗세대원들, 말로는 과거와 단절됐다고 말하지만 아니야. 지금 간부들끼리 자기가 수장이 되려고 서로 의심하고 경쟁하고 난리도 아니야. 미친놈들. 그놈들, 우리도 견제하고 있을 거야."

"어떤 부분에서 견제를 해?"

정말 궁금해서 물었다. 관은 주변을 살피더니 내 귀에다 대고 속삭였다.

"우리끼리 혁명을 일으킬까 봐."

관은 다시 한번 주변을 살피고는 말을 이었다.

"매일 감시하고 있었던 거야. 혁명 수업이라고 포장해 놓고 우리를 자기들 손아귀에다 넣고 주무른 거지. 어떻게 보면 최가 죽은 건 우리한테 기회야. 저들이 혁명을 막고 있는 것일 수도 있어. 우리는 어떻게든 혁명을 일으켜야 해."

나는 관의 주장에 쉽게 동의할 수가 없어 말을 우물거리다가 뱉어냈다.

"그러다 실패하면?"

"그래도 해야 해."

절대 이렇게 살 수는 없다는 뜻이었다. 물론 나도 매일같이 이렇게 일만 하며 살기는 너무나도 싫었다. 그러니 윗세대도 혁명을 일으켰던 것이겠지. 묻고 싶은 것이 많았으나 묻지 않았다.

죽고 나면 의미가 있어?

끝내 이 질문은 내뱉지 않았다. 나는 혁명파니까. 자유는 생존보다 앞서는 것이니까. 이런 질문을 하는 이들은 반혁명파뿐이니까. 나는 말을 삼켜야 했다. 관은 나를 향해 고갯짓을 했다. 일어나기가 싫었다. 그러나 그가 거칠게 나를 침대에서 끌어내리는 바람에, 어쩔 수 없이 따라 나서야 했다.

관과 함께 도착한 장소는 막장이었다. 밤이었으나 할당량을 채우지 못한 이들이 잠도 자지 못하고 일하고 있었다. 입구 쪽에서는 두 사람이 일부러 큰 소리를 내며 곡괭이질을 했다. 혹여나 소리가 밖으로 새어 나가는 것을 막기 위해서였다. 막장 안에 4-3세대 혁명 간부 셋, 나를 포함한 4-4세대 혁명 단원 일곱이 모였다. 혁명파는 최의 죽음 이후 와해될 위기에 처해 있었다. 도합 10명의 사람들이 희미한 등을 가운데에 두고서 귓속말로 서로의 말을 전하기로 했다. 왼쪽에서 오른쪽으로, 오른쪽에서 왼쪽으로. 한 명이 먼저 의견을 내면 간부들이 돌아가며 의견을 추가하는 형식이었다. 이야기가 새어 나가지 않도록 최대한 조심하면서, 여러 의견을 반영하겠다는 게 계획이었다.

다른 간부들 역시 침통한 표정이었다. 활발하게 대화가 오갈 줄 알았으나, 아니었다. 모두 말없이 활성탄이나 캐면서 시간을 때우고 있을 따름이었다. 관이 나타나도 딱히 반응을 보이지 않았다. 관이 말했다.

"이제 어떻게 할 겁니까?"

속삭이는 사람도 들을 사람도 없어 보였다. 간부들은 깜짝 놀라 조용히 하라며 입술 위에 검지를 올렸으나 관은 듣지 않았다.

"이렇게 가만히만 있을 겁니까?"

최가 죽은 이후, 혁명파 단원들은 모두 흩어져 제각기 살아가고 있었다. 혁명파가 없어지자 반혁명파도 사라졌다. 빛과 그림자처럼 둘은 함께였던 것이다. 최가 있기 전보다 훨씬 평화로운 상태로 지내고 있었다. 나 역시 그 자리에 관과 같이 가기는 했으나, 관처럼 무언가를 할 힘은 남아 있지 않았다. 그저 내버려두었으면 했다.

간부들끼리 무언가 이야기를 나누더니 그중 한 명이 말했다.

"혁명 수장은 이미 정해졌어."

관은 당황해서 눈이 커다래진 채 물었다.

"도대체 누구입니까?"

"저기 왔네."

그때, 뒤에서 누군가가 들어섰다. 얼굴이 익숙했다. 몸집이 최처럼 크지 않았고 카리스마가 넘치는 인상도 아니었다. 오히려 유약한 편에 속했다. 그의 얼굴을 확인한 관이 간부들에게 따지듯이 물었다.

"이 사람, 반혁명파이지 않습니까?"

그런 관을 신경도 쓰지 않는다는 듯이 그는 자리에 털썩 주저앉았다.

"할당량 채우느라 좀 늦었어."

제이였다. 그는 생존 혁명을 마지막까지 반대했던 유일한 4-3 세대원으로 알려져 있었다. 간부가 관에게 말했다.

"엄밀히 따지면 반혁명파는 아니지. 여태 반혁명적인 활동을 한 적이 없으니."

관은 간부가 말을 마치자마자 그에게 물었다.

"그렇다고 혁명파는 아니지 않습니까?"

나도 말을 보탰다.

"혁명 수업 때 듣기로는 혁명파가 아닌 사람들은 모두 반혁명파로 본다고 하지 않았습니까?"

간부들의 눈빛이 좋지 못했다. 그도 그럴 것이, 그들에게도 마땅한 대안이 없었을 것이다. 생존 혁명 직후에도, 그로부터 오랜 시간이 지난 오늘날까지도 제이는 어디에도 속하지 못했다. 한번 무리에서 벗어난 이를 반기는 사람은 없었다. 사람들은 그를 보면 어떤 죄의식 혹은 그에 준하는 고통을 느끼는 것만 같았다. 그래서인지 제이는 늘 혼자 다녔다. 혁명파, 반혁명파 어디에도 속하지 못한 채로 말이다.

그러나 혁명 정신이 가장 투철했던 혁명 수장이 스스로 목숨을 끊은 마당에 누가 감히 수장을 자처하며 나서겠는가? 간부들은 우리의 질문에 대답하지 않았다. 긴 침묵이 이어졌다. 침묵을 깬 것은 제이였다.

"그때 나는 불완전한 혁명에 반대했던 거야. 계획 없는 혁명은 개죽음이야. 지금도 그렇게 생각하고."

관이 매섭게 받아쳤다.

"그럼 그때 직접 바꿨어야 하는 것 아닙니까? 지금 와서 뭘 하겠다고."

제이는 그런 관을 가만히 응시하다가 말했다.

"오늘부터 나도 혁명파야. 게다가 수장이고. 나는 완벽하게 준비된 상태에서 혁명을 일으킬 거야."

관이 그를 쏘아보았다. 제이는 적개심이 가득한 관의 눈을 똑바로 쳐다보며 말했다.

“네가 원하든 원치 않든 말이야. 우선, 너희 4-4세대원들끼리 혁명을 일으키겠다는 생각은 접어둬.”

제이는 우리 생각을 환히 꿰뚫어 본 것 같았다. 관과 나는 서로 날카로운 시선을 교환했다. 제이가 차가운 목소리로 말했다.

“계획적이지 않은 혁명은 자살 행위야.”

제이가 주위를 둘러보았다. 혁명 간부들은 과거의 기억이 떠오르는지 고개를 떨구었다. 미묘한 떨림이 느껴졌다. 제이가 다시 말을 이었다.

“모든 계획은 완벽해야 해. 준비가 끝나야 우리는 혁명을 한다. 그게 첫 번째야.”

혁명 간부들이 일제히 고개를 끄덕였다. 간부들이 서로 수장이 되고 싶어 한다던 관의 말은 틀렸다. 그 누구도 전면에 나서려 하지 않았다. 나서봐야 득보다는 실이 많은 자리였으니까. 수장을 한다고 해서 밥을 더 많이 받거나, 할당량이 줄어드는 것도 아니었다. 오히려 다른 사람보다 더 많은 일을 하고, 자기가 먹을 밥까지 나눠야 했다. 수동적인 간부들의 모습에 신경질이 난 관이 그들을 꾸짖었다.

“왜 다른 사람들은 아무도 안 나서는 겁니까?”

간부들은 다른 곳을 보거나, 헛기침을 하는 등 관의 질문을 피해버렸다. 그들이 그렇게 우리 앞에서 외쳐대던 혁명 정신은 최의 죽음과 함께 순식간에 증발해 버리고 말았다. 그들은 이제 혁명이라는 단어에 편승하여 꿀을 빨아 먹고 사는 기생충처럼 보였다. 관은 자리를 박차고 나가버렸다. 나도 따라나서려는 순간,

갑자기 제이가 내 손을 잡아채더니 말했다.

"누군가는 혁명을 주도해야 해. 중심은 당연히 너희 4-4세대원들이고."

뿌리치려 애쓰는 내 손을 힘주어 잡고서 그는 말을 이었다.

"어쨌거나 혁명은 이어져야 해. 그건 누구도 막을 수 없어."

제이의 말에는 힘이 있었다. 늘 새로운 사람들이 붉은 구역에 들어섰고, 세대마다 혁명은 계속됐다. 내가 이 자리를 떠난다고 해도 어차피 혁명은 일어날 것이었다. 그것은 아득히도 먼 과거에서부터 오늘까지 흘러 내려온 거대하고 잔혹한 흐름이었다. 개인이 나서서 막을 수 있는 종류의 것이 아니었다. 관도 이 사실을 알고 있을 것이었다. 물꼬가 터진 이상, 물길은 이미 정해져 있었다. 제이가 말했다.

"우리에겐 4-4세대원을 대표할 수 있는 사람이 필요해."

그 말을 듣고서 나는 자리에 엉거주춤 멈춰 섰다. 속에서 많은 감정들이 솟구치기 시작했다. 관은 이미 어둠 속으로 사라진 후였다. 나는 관을 삼켜버린 어둠과 제이의 얼굴을 번갈아 보았다. 제이가 내게 말했다.

"피아, 네가 원하는 걸 해. 다른 사람에게 휘둘리지 말고. 혁명정신을 떠올려. 넌 자유인이야."

그 말에 나는 마음을 굳혔다. 관에 대한 부러움 때문이었을지도 모른다. 친구라고는 하지만, 관은 늘 혁명의 최전선에서 내게 지시를 내리는 입장이었다. 내가 자리에 앉자 제이는 씩 미소를 보이고는 지시를 내리기 시작했다.

"우리는 씨앗을 확보하는 것을 최우선으로 한다."

모두가 얼굴에 난색을 표했다. 근 몇 달간 아무리 트레일러를 샅샅이 뒤져도 씨앗은 한 알도 볼 수가 없었다. 괜히 반혁명파와 씨름하고 있다는 생각이 들 정도였다. 제이에게 말했다.

"트레일러 어디에도 없었어요."

제이가 고개를 저었다.

"접근법이 잘못됐어. 트레일러 안에는 당연히 없겠지. 정부가 절대 그대로 놔둘 리가 없잖아. 시스템이 얼마나 무서운데."

"그럼요?"

제이는 그제야 내 귀에다 대고 무언가를 속삭였다. 그의 이야기를 듣고서 나는 눈을 크게 뜰 수밖에 없었다.

다음 트레일러가 오기 전까지 많은 변화가 필요했다. 우선 무너진 혁명파를 재건해야 했다. 그러나 제이, 아니 새로운 혁명 수장이 내게 보인 모습은 혁명파를 오히려 없애버리려는 것인가 하는 의심이 들 정도로 이상했다. 관의 걱정이 맞았다는 생각이 들면서, 혁명 수장의 손을 잡은 것을 후회하기도 했다.

그는 최와는 완전히 다른 사람이었다. 최가 압도적인 카리스마를 앞세웠다면, 새로운 혁명 수장은 무엇도 하지 않았다. 그는 매일 밤마다 혁명 수업이 일어나던 작은 굴에서 잠만 잤다. 무언가를 기다리는 것처럼 보이지는 않았다. 혁명 수업을 비롯해 혁명 사상을 알리고 주입하던 모든 활동이 멈추었다. 과장스럽게 몸을 움직이던 혁명 간부들은 종일토록 입을 다물고 살았다. 구전되던 혁명사도 사라졌으며, 남은 자리는 노이즈 가득한 정부의 선전 음악이 차지했다. 혁명파가 더는 존재하지 않는다는 생각마저 들 정도로 혁명 수장은 모든 활동을 멈추었다. 불안감을 내비치는 간부들에게 그는 단호하게 아무것도 하지 말라고 명령했다.

나는 관을 비롯한 아이들에게 따돌림을 당하기 시작했다. 이유는 명확하지 않았다. 관 스스로도 나를 따돌리는 이유를 찾지 못한 듯, 그저 피해 다닐 뿐이었다. 최가 죽고 난 이후 자신을 혁명파라고 말하고 다니는 사람은 어디에도 없었다. 나는 혼자서 갱도에 내려가 일을 했고, 페달을 밟았으며, 잠을 잤다. 하루 종일 한마디도 하지 않는 날이 많았다. 그렇다고 외롭지는 않았다. 친구라고 해서 내게 먹을 것을 더 주거나 일을 대신 해주는 것도 아니었으니까 말이다. 대신 나는 매일 밤마다 혁명 수장이 있는 굴로 갔다. 입구 쪽에 앉아 눈을 크게 뜨고서 그를 지켰다. 깊게 이야기를 나누지는 않았다. 그는 금방 코를 골았고, 가끔 '살려줘'라고 소리치며 잠꼬대를 해댔다. 누구에게 말하는 건지는 알지 못했다.

하루는 누군가가 굴을 습격했다. 무기는 들고 있지 않았다. 깜빡 졸고 있던 나는 인기척에 깜짝 놀라 자리에서 일어났고, 그는 어둠 속의 나를 향해 달려들었다. 상대도 앞이 보이지 않는지 두 손으로 허공을 더듬으며 내 목을 찾았다. 나는 그대로 낭심이 있을 만한 위치를 발로 걷어차 버렸고, 그는 굴 밖으로 나가떨어지더니 그대로 달아나 버렸다. 어둠 속이라 누구인지는 확인하지 못했다. 이런 소동이 벌어지는 와중에도 혁명 수장은 잠들어 있는 듯했다. 가까이 다가가 보니 식은땀을 흘리고 있었다. 악몽을 꾸는 것인지, 자기 손으로 목 쪽을 감싸고 있었다. 나는 그를 흔들어 깨웠다. 그러자 혁명 수장은 몸을 부르르 떨더니 바닥에 다리를 끌며 벽 쪽으로 뒷걸음질 쳤다. 거친 숨을 몰아쉬던 혁명 수장이 내게 물었다.

"왜?"

무려 한 달 만에 내게 말을 걸어온 것이었다. 울음이 터져 나올 것만 같았다. 어둠 속이라 다행이었다. 눈물이 흐르도록 내버려 두었다.

"방금 누가 여기 들어왔었어요."

혁명 수장은 숨을 내쉬더니 다시 벌러덩 바닥에 누웠다. 칭찬이라도 받을 줄 알았으나, 오히려 차가운 반응이 따라왔다.

"그래서?"

나는 그가 내 말을 알아듣지 못한 줄 알고 다시금 말했다.

"누가 우릴 죽이려 했어요."

혁명 수장이 자리에서 벌떡 일어나더니 말했다.

"그게 왜?"

어이가 없었다. 방금 죽을 뻔했던 사람이 할 말은 아니었다.

"수장님이 죽으면, 우리 혁명파는……."

"상관없어."

혁명 수장은 벽에 몸을 기대더니 마른세수를 했다. 혹시나 침입자가 다른 이들을 데리고 올까 봐 입구 쪽을 살피는 나를 가만히 보다가, 혁명 수장이 말했다.

"잘 들어. 내가 있든 없든 혁명은 계속될 거야. 그래야만 하고. 혁명은 누가 수장이냐에 따라 달라지면 안 돼. 모든 사람이 한데 뭉쳐서 터져 나와야 하는 거지."

"그래도……."

달리 반박할 말이 없었던 나는 말을 줄일 수밖에 없었다. 혁명 수장은 내게 친절하게 설명했다.

"안 죽어. 반혁명파 놈들은 내가 있는 게 더 좋다고 믿고 있어. 아무것도 안 하고 있으니까 말이야. 날 죽이려 했다면, 진작에 죽였겠지. 너한테 간단히 제압되는 사람을 보내지도 않았을 거고."

그의 말이 맞았다. 그가 무엇도 하지 않고 있으니까, 반혁명파도 할 일이 없었다. 그들은 우리에 대한 반발심으로만 움직이기 때문이다. 그들의 목표는 단 하나, 우리를 막는 것. 그것뿐이었다. 더 나은 삶을 위한 그 어떤 방안도 제시하지 못했다. 답답해서 속이 뒤틀릴 지경이었지만, 그는 다시 벌렁 드러눕더니 금방 코를 골았다. 반면에 나는 뜬눈으로 밤을 새워야 했다.

결과적으로는 혁명 수장의 예상이 맞았다. 혁명파가 사라지자 반혁명파의 활동 또한 사라졌다. 모두가 죽을 듯이 일을 하고, 밥을 먹고, 잠을 자는 게 일과의 전부였다. 갱도 깊이는 점차 깊어져만 갔고, 페달을 밟으면 밟을수록 이물질이라도 끼는 것인지 제대로 돌아가지 않았다. 할당량은 도저히 맞추기가 버거울 정도로 기하급수적으로 늘어났다. 스피커에서는 날마다 새로운 소식이 하나씩 들려왔다.

"지구 온실가스 증가로 인해 개인별 할당량을 15% 인상하기로 했습니다."

마름은 그렇게 자기 말만 하고서 스피커를 껐다. 사람들의 불만은 자연스럽게 늘었다. 인상 전에도 할당량을 맞추는 사람은 소수였다. 대부분은 일주일 중 이틀은 할당량을 맞추지 못했다. 달리 말하면 이틀 동안 밥을 먹지 못하고 굶었다는 뜻이었다.

혁명파 단원들은 할당량 인상 후 얼마 지나지 않아 직접 혁명 수장의 굴에 찾아왔다. 그들은 누워 있던 혁명 수장에게 넙죽 절을 하더니 최의 죽음은 잊어버린 듯이 주먹을 꽉 쥐고서 다시 혁명에 대한 자신들의 뜨거운 갈망을 늘어놓았다.

나는 혁명 수장이 그들에게 한마디 정도는 할 줄 알았다. 그들은 최의 죽음과 함께 우리를 떠난 이들이었다. 냉정하게 돌아선 그들은 지금처럼 정작 자신들이 필요할 때만 찾아와 함께하기를 원했다. 그러나 혁명 수장은 별다른 말 없이 그들을 반갑게 맞았다. 심지어는 한 명, 한 명을 안아주기까지 했다. 그들은 혁명 수장의 반응에 다시 전의를 불태우며 굴을 나갔다. 둘만 남게 되었을 때, 나는 혁명 수장에게 물었다.

"왜 그냥 받아줘요?"

"왜? 그냥 받아주면 안 돼?"

그간 나를 따돌리고, 무시한 그들에게 수장이 조금이라도 복수해 줬으면 했다. 그에게 불만을 털어놓았다.

"우릴 떠났잖아요. 손가락질도 했는데, 대가가 따라야죠."

"대가는 무슨."

혁명 수장은 날 보더니 한숨을 크게 쉬고는 바닥에 벌렁 누워버렸다.

"잊지 마. 우린 우릴 위해서만 혁명을 하는 게 아니야. 멀리 보라고, 멀리."

그러고는 더는 말하지 않고서 잠에 들었다. 나는 구석에 쭈그려 앉아 경계를 섰다.

혁명파가 재건되고 있다는 소식이 반혁명파에도 닿을 것이었다. 조직으로서의 반혁명파는 혁명파의 붕괴와 함께 와해되었으나, 일부 극단주의자들은 여전히 남아 있었다. 들리는 소문으로는 그들이 다시 활동을 시작한다고 했다. 내가 할 수 있는 일이라고는 부디 그들이 우리를 습격하지 않기를 기도하는 것뿐이었다.

자리에 누워 나를 따돌리던 아이들을 떠올렸다. 어쩜 그렇게 당당하게 혁명을 다시 시작하고 싶다고 말할 수 있는 건지 이해할 수 없었다. 혁명 수장은 코를 골며 자고 있었고, 나도 무거워지는 눈꺼풀을 주체할 수가 없었다. 가까스로 잠을 참아내고 있다고 생각했으나, 깜빡 잠든 모양이었다. 정신을 차려보니 예상치 못한 손님이 찾아와 있었다. 관이었다. 화를 내고 싶었으나 나는 혁명 수장을 힐끔 쳐다보고 침묵했다. 관도 내게 별다른 말을 하지 않았다. 혁명 수장을 깨우자 그는 몇 번 웅얼거리며 잠꼬대를 뱉더니 순간 화들짝 놀라며 몸을 일으켰다. 그가 바닥을 검지로 두드리며 관에게 말했다.

"앉아."

관은 내 눈치를 보았다. 혁명 수장이 이어 나를 가리키며 말했다.

"여긴 혁명 간부야. 동시에 4-4세대원 대표지."

원래대로라면 관이 맡아야 할 직책이었다. 이제는 내가 맡게 되었지만 말이다. 관은 담담한 표정과 함께 자리에 앉았다. 혁명 수장은 관이 먼저 입을 열 때까지 기다렸다. 침묵이 이어졌고, 관은 잠시 숨을 가다듬더니 말했다.

"제가 잘못 생각했습니다."

혁명 수장이 물었다.

"무엇을?"

"혁명은 계속되어야 합니다."

혁명 수장이 고개를 끄덕였다.

"그래, 그건 맞지. 그래서?"

"네?"

"말 그대로, 그래서?"

관은 혁명 수장이 무얼 묻는 건지 모르겠다는 표정을 지었다. 혁명 수장은 관의 표정을 보고도 답을 주지 않았다. 관이 말을 더듬거렸다.

"제가 혹시 할 일이……."

"뭘 할 수 있는데?"

관이 고개를 숙였다.

"뭐든 할 수 있습니다."

"뭐든?"

혁명 수장이 불쑥 관에게 무언가를 내밀었다. 최가 자기 목을 찔렀을 때 썼던 흑요석 칼이었다. 어둠 속에서도 날이 날카롭게 빛나고 있었다. 혁명 수장이 관에게 말했다.

"지금 옆에 있는 네 친구도 죽일 수 있어?"

단호했다. 혁명 수장은 그 말을 하고는 홱 고개를 돌려버렸다. 관은 떨리는 손으로 칼을 잡아 들고는 말없이 고개를 끄덕였다. 눈이 뒤통수에 달렸는지 혁명 수장은 보지도 않고 말했다.

"그래? 그럼 일단 가져가."

칼을 주머니에 넣으려는 관을 향해 혁명 수장이 고개를 저었다.

"잠깐, 그거 제대로 숨겨야지. 그렇게 다니려고?"

혁명 수장이 자리에서 벌떡 일어나더니 관과 내 주변을 한 바퀴 돌았다. 목소리가 굴 안에 퍼지며 사방에서 들려오고 있었다.

"우리가 말이야. 과거 혁명 때 했던 방식이 있어. 4-3세대원들의 배나 허벅지에 전부 상처 나 있던 거 봤지? 그게 전부 그거 숨기려다가 생긴 거거든."

혁명 수장은 굳어지는 우리의 표정을 보더니 살짝 웃었다. 모든 4-3세대원들이 그런 흔적들을 가지고 있었다. 시작점은 사마귀가 난 것처럼 솟아 있었고, 그 뒤로는 벌레가 기어간 것 같은 직선 흉터가 이어졌다. 죽은 최를 비롯한 다른 혁명 간부들도 마찬가지였다. 내 생각은 금세 그들이 칼을 사용했다는 것에까지 미쳤다.

'도대체 옛날에 무슨 일이 있었던 걸까?'

혁명 수장이 관에게 말했다.

"네 허벅지에 찔러 넣어."

나는 놀라서 혁명 수장을 쳐다보았다. 혁명 수장은 내게 말했다.

"숨겨. 들키면 우리도 다 죽어."

협박이었다. 관은 거칠게 숨을 쉬더니, 자기 허벅지에 칼을 댔다. 피가 흘렀다. 보기 힘든 광경이었다. 나는 고개를 돌리고 싶었으나 혁명 수장이 외쳤다.

"봐!"

과거 최가 당부한 말이 있었다. 혁명이 진행될수록 끔찍하고 역겨운 것들을 보게 될 것이라 했다. 속이 뒤틀려 아무리 토해내도 계속해서 메스꺼울 것이라 했다. 혁명은 고귀한 것이 아니라, 세상에서 가장 더럽고 치졸한 것이라 했다.

나는 관을 보았다. 관은 자기 손으로 허벅지에 칼을 끝까지 밀어 넣었다. 피부 위에 선명한 검은 선이 하나 생겼다. 관은 다시 바지를 고쳐 입고는 바로 섰다. 식은땀이 흐르고 있긴 했으나, 전반적으로 무표정했다. 전에 내가 알던 관처럼 보이지 않았다. 사람이 아닌 무엇이었다. 혁명 수장이 관의 어깨를 두들기며 말했다.

"혁명파에 온 것을 환영한다."

복수

혁명 수장은 아주 오랫동안 복수를 준비해 온 사람 같았다. 그 복수의 끝에는 정부와 마름, 반혁명파는 물론이고 혁명파인 우리까지도 포함되어 있는 듯했다.

그는 우리에게 정부가 요구하는 할당량보다 더 많은 활성탄을 캐라고 지시했다. 혹시나 모를 충돌에 대비해, 부상자들의 몫을 미리 저장해 놓자는 거였다. 혁명 간부 회의도 열리지 않을 만큼 모두가 힘겹게 일했다. 추가로 캐낸 것들은 갱도 깊은 곳에 따로 마련한 장소에 보관해 두었다. 들키지 않게 한 줌씩만 그곳으로 빼돌렸다. 이제는 너무나도 갱도가 깊어져 감독관들이 주요 길목에서만 감시했기에 가능한 일이었다. 4-4세대원 중에서는 '자기 일을 대신 시키는 게 아니냐'는 의문을 품은 사람이 많았으나, 겉으로 드러내지는 않았다. 다시 받아달라며 고개를 조아리고 돌아온 마당에 수장을 공개적으로 비판할 수는 없었다.

포대에 들어 있는 활성탄들이 하나의 덩어리로 맞물리듯이, 모든 일은 완벽하게 계획되어 있었다.

"반혁명파도 한때는 열렬한 혁명파였다."

오랜만에 열린 간부 회의에서 혁명 수장이 말했다. 그는 오랜 시간 변두리에서 지내며 붉은 구역 전반을 지켜본 결과 어떠한 깨달음을 얻었다고 했다. 그것은 어떤 인간도 믿지 말아야 한다는, 자신 나름대로의 철학이었다. 그의 말에 따르면, 인간은 편의에 따라 간악하게 행동하며 자신의 배고픔을 위해서라면 거침없이 타인의 것을 빼앗을 수 있는 존재라고 했다. 그래서인지 그는 우리의 의견을 일절 듣지 않고 지시만 내렸다. 자신도 인간이면서, 왜 우리에게 명령을 내리는 것인지 때때로 의문이 들기도 했다.

나와 관은 경쟁하기 시작했다. 관은 4-4세대 대표가 된 나를 인정하지 않는 것 같았다. 나도 관에게 밀리고 싶지 않았다. 제이의 말대로 나는 자유인이니까. 그리고 여차하면 날 죽일 수도 있다니. 그런 관의 밑에서 부탁을 빙자한 명령을 듣고 싶지는 않았다. 더군다나 나는 관이 떠났을 때도 끝까지 혁명파에 남아 있던 사람이었다. 모두가 혁명파를 떠나 은근슬쩍 나를 따돌리는 동안에도 나는 혁명 수장 곁에 남아 있었다. 가끔은 관의 칼이 나를 향할 수도 있다는 생각이 들기도 했다.

한번은 일을 마치고 난 후 식당에서 밥을 먹고 있는데, 관이 오른쪽 다리를 절면서 내게 다가왔다. 여느 때와 다름없이 땀에 전 상태였다. 설마 했는데, 그는 내 맞은편에 자리를 잡고 앉았다. 굳이 마주하고 싶지 않아 자리를 피하려 했으나 관이 먼저 입을 열었다.

"왜 피해?"

"피한 적 없어."

관이 자기 맞은편 탁자 위를 손바닥으로 내려쳤다. 주변의 시선이 모두 우리를 향했다.

"그럼 앉아."

나는 자리에 앉지 않았다. 괜히 지는 것 같은 느낌이 들었기 때문이다. 관이 일어나서 내게 다가왔다. 나보다 키가 한 뼘이나 컸다. 그가 언제 그만큼 자랐는지 알지 못했다. 관이 나를 내려다보며 말했다.

"요즘 너 왜 그래?"

나는 식판을 그 앞에 내던지고 싶은 것을 참았다.

"그러는 넌? 오히려 네가 더 불편해하는 거 아니야?"

관은 자기 식판을 거칠게 흔들었다. 죽이 아래로 조금 흘렀다. 이제 사방에서 우리를 보며 수군대기 시작했다. 관이 말했다.

"잘 들어. 네가 우리를 대표하든 말든 상관없어. 근데 명심해."

"뭘?"

관이 가까이 다가와 속삭였다.

"결국, 주체는 우리여야 해. 저 새끼들이 아니라."

관의 눈빛에는 증오심이 섞여 있었다. 이렇게 살아가는 것에 대한 한탄과 증오가 혁명 수장을 비롯한 4-3세대원들을 향하고 있었다. 상당히 위협적이었다. 나는 식판을 바닥에 내던지고 말했다.

"혁명을 방해하는 거라면 너라도 가만 안 둬."

"방해하려는 게 아니야. 저 사람들, 우리를 이용하는 거야. 우리끼리 싸우게 해서 혁명이 일어나지 않게 하려고 말이야. 특히나 혁명 수장을 너무 믿지 마."

"그러는 넌 왜 그 사람 옆에 있는데?"

관은 목소리를 낮추고는 내게 속삭였다.

"기회가 되면 막으려고."

그 말을 끝으로 나가려는 관의 어깨를 잡아챘다. 관은 나를 빤히 쳐다보았다. 관에게 물었다.

"그게 혁명을 망치는 길이라 해도?"

관은 결심한 듯 눈을 크게 뜨고서 고개를 끄덕였다. 그는 이내 놀라 얼어붙은 나를 지나쳐 식판을 분류대에 던져놓고는 숙소로 돌아가 버렸다.

✶

혁명파가 활동을 시작한다는 소문은 빠르게 퍼졌다. 반혁명파도 다시 세력을 규합하기 시작했지만 예전 같지는 않았다. 늘어난 할당량과 줄어든 배급량이 크게 한몫했다. 반면 혁명 수업이나 과격한 사상에 부담감을 느끼던 4-4세대원들은 그런 것들이 모조리 사라진 새 혁명파에 조금씩 합류하기 시작했다. 그러나 혁명파에 가입하면 생활은 더 어려워졌다. 혁명 수장은 더 늦게 가입할수록 더욱 많은 할당량을 부과했다. 그들이 캔 것 역시 혁명 간부들이 따로 모아두었다.

불안감을 느낀 반혁명파는 혁명이 모두를 죽음으로 이끌 것이라며 목소리를 높였다. 그들은 굶주림과 역병, 그리고 서로가 서로를 죽이는 지옥에 관해 말했다. 마치 다녀온 것처럼 생생했다. 정부에서 말하는 지옥과 크게 다르지 않았다. 정부의 입장을 전달하는 스피커처럼 느껴질 따름이었지만, 그럼에도 그들은 여전히 우리에게 최대의 위협이자 장애물이었다.

나는 밤마다 관과 함께 굴을 지켰다. 혁명 수장이 보초를 서라는 명령을 내린 것은 아니었다. 어느 날부터 관은 굴 앞에 나타나 내 반대편에 앉아 주변을 살피기 시작했다. 관의 손에는 칼이 들려 있었다. 코를 골며 자고 있는 혁명 수장을 깨우지 않기 위해 우리는 아무 말 없이 경계만 섰다.

높아진 할당량과 더불어 관과 경쟁적으로 이어가는 근무로 몸이 부서질 것만 같았다. 갱도에서 몇 번씩이나 정신을 잃었다. 정신을 차려보면 나도 모르게 허공에 곡괭이질을 하고 있었다. 몸을 가누지 못하고 벽에 기댔다. 할당량을 간신히 채우고 나서도 할 일은 많았다. 다른 혁명파 단원들이 추가로 캐낸 활성탄을 받아 갱도 내 보관소까지 나르고 나면 정말로 쓰러질 것만 같았다. 갱도 밖으로 나가는 길에 마주친 관 역시 비쩍 말라 있었다. 관은 나를 슬쩍 보더니 모른 척하며 지나쳤다. 칼을 찔러 넣은 허벅지가 거뭇거뭇했다.

갱도 바깥에서 종소리가 들려왔다. 온몸에 소름이 돋으며 긴장감이 감돌았다. 곧 트레일러가 올 것이었다. 혁명 수장이 내게 전한 방법을 이행할 때였다. 이상한 기분이 들었다. 불안과 설렘이 한데 섞여 붉은 구역에 있는 모든 것을 녹여버릴 것만 같은 기분이었다.

"야! 관!"

관이 뒤를 돌아보았다. 다리를 절며 갱도를 오르는 그에게 뭐라고 말을 건네고 싶었다. 그러나 입이 쉽게 떨어지지 않았다. 내가 아무런 말도 하지 않자, 관은 다시 고개를 돌려 정문으로 달려갔다. 거대한 소용돌이가 우리에게 다가오고 있었다. 나는 빠르게 관의 뒤를 쫓았다.

모래 폭풍

몇 번이고 머릿속으로 계획을 점검했으나, 호흡이 가빠지며 눈앞이 아득해졌다. 관도 긴장했는지 허벅지에 올려둔 손에 땀이 가득 배어나는 것이 보였다. 정문 앞은 사람들로 가득했다. 혁명 수장이 무리 맨 앞에 서 있었다. 반혁명파 사람들도 한쪽에 모여서는 혁명파 단원들을 곁눈질하고 있었다. 그들도 무슨 일이 벌어지리라는 것을 알고 있는 듯했다. 오랜만에 느껴보는 정적이었다. 누구도 정화 장치를 돌리러 가거나 식사를 하러 가지 않았다. 다들 정문만 바라보고 있었다.

순간 모래바람이 사정없이 몰아쳤다. 앞이 잘 보이지 않았다. 사람들은 그대로 모래를 맞으며 다리를 떨거나 침을 삼켜댔다. 누구도 고개를 숙이거나 돌리지 않았다. 오로지 정문에만 시선을 두었다. 이윽고 소름 끼치는 소리를 내며 정문이 천천히 열렸다. 멀리서 우리를 향해 달려오는 트레일러가 보였다. 전보다 훨씬 더 녹슬어 있었다. 스피커에서 종소리가 한 번 더 들린 것과 동시에 혁명 수장이 외쳤다.

"가자!"

이 외침은 비단 혁명파뿐만 아니라 반혁명파도 움직이게 했다. 그들은 혁명파를 향해 달려들었다. 사람들은 과거에 그랬듯이 트레일러를 중심으로 몰려들었다. 다시 한번 싸움이 시작됐다. 다들 기다렸다는 듯이 서로를 때리고 짓밟았다. 혁명파는 예전처럼 밀리지 않았다. 이전에 반혁명파였던 자들이 오늘 혁명파가 되어 있었으니까. 둘은 죽일 듯이 서로를 향해 달려들었다. 모래바람 속에서 온갖 비명이 난무했다. 아수라장에 그만 시선을 뺏겨버렸다.

"정신 차려!"

관의 외침에 나는 화들짝 놀라 발을 굴리기 시작했다. 혁명 수장이 오래전에 준비한 계획을 실행해야만 했다. 우리는 트레일러 쪽이 아닌 그 너머를 향해 달음박질쳤다.

목적지는 바로 정문이었다.

혁명 수장은 정문 앞면에 쌓인 모래 더미 속에 분명 씨앗이 있을 것이라 했다. 정문은 안쪽으로 열려 붉은 구역 안으로 들어와 있었다. 트레일러와 더불어 유일하게 붉은 구역과 그 바깥 구역을 오가는 존재였다. 수백 년 동안 바깥에서 불어오는 바람을 맞았으니, 분명 씨앗 하나쯤은 품고 있을 것이었다.

반혁명파 몇이 우리를 뒤따라왔다. 다리를 절던 관은 허벅지에서 흑요석 칼을 뽑더니 뒤따라오는 반혁명파 단원들을 공격했다. 먼저 한 명의 다리를 베고는 이어서 또 다른 한 명의 얼굴을 베었다. 상대가 얼굴을 감싸 쥐는 사이 주먹을 날리면서 관이 내게 외쳤다.

"가!"

나는 혼자서 정문에 도착했다. 문은 오랫동안 모래바람을 맞아서 그런지 마치 거대한 흙벽처럼 보였다. 그것을 손을 쓸어내리자 얼굴로 모래 덩어리들이 쏟아졌다. 시간이 얼마 없었다. 정문이 닫히는 것도 문제였지만, 안전하게 갱도 안으로 운반하는 것까지가 중요했다. 워낙 단단해 깨지지 않는 부분은 곡괭이 대신 주먹으로 쳐서 부쉈다. 마치 활성탄을 캐는 것 같았다. 육안으로 씨앗은 보이지 않았다. 서서히 정문이 닫히기 시작했다. 어쩔 수 없이 나는 윗옷을 벗어 그곳에 흙을 담기 시작했다. 옷이 터지기 직전까지 말이다. 정문이 닫힌 후에 나는 흙더미가 담긴 옷을 안고서 갱도 쪽으로 내달렸다. 관이 보였다. 눈 쪽에 상처를 입은 반혁명파 단원이 관에게서 칼을 빼앗아 그의 팔에 대고 그었다. 관이 소리를 내질렀으나 그를 도울 수는 없었다. 관이 악에 받친 목소리로 외쳤다.

"가라고!"

나는 그를 그대로 지나쳐 갱도를 향해 달렸다. 모래바람 속에서 누가 반혁명파인지 혁명파인지 구분할 수 없었다. 그저 다들 몸이 엉킨 채로 피를 뿜고 있는 짐승들이었다. 말이 통하는데도, 살려달라고 구걸하는데도, 그들은 서로의 말을 듣지 않았다. 넘어져 있는 사람에게 서 있는 사람이 주먹을 갈겼고, 맞는 사람은 얼굴이나 배를 감싸 쥐며 필사적으로 기어다녔다.

누군가 나를 덮쳤다. 4-3세대원이었다. 나는 옷에 담은 모래가 흩어질까 주의하며 꼭 끌어안고 주저앉았다. 그것만은 놓칠 수 없었다. 마지막 희망이었다. 여럿이서 나를 밟아대는 그때, 누군가가 소리를 지르며 사람들에게 돌진했다. 사람들은 그대로 바닥에 고꾸라졌다. 소리를 내지른 사람은 관이었다. 손에서는 피가 줄줄 흐르고 있었고, 팔은 시체의 것처럼 힘없이 늘어져 있었다. 나는 다시 흙을 챙겨 들고는 가까스로 갱도 안으로 들어갔다. 벽을 손으로 쓸며 우리가 사용하던 굴을 찾으려 노력했다. 뒤에서 누군가가 다가왔다. 발소리로 보아 여럿이었다. 활성탄을 보관하는 굴에 도착한 나는, 그러나 돌부리에 걸려 넘어지고 말았다. 어딘지 모를 어둠 속으로 계속해서 굴러 떨어지기 시작했다. 멀리서 익숙한 목소리가 들렸다.

“이쪽으로 가자.”

혁명 간부 중 하나였다. 가까스로 구르는 것을 멈춘 나는 필사적으로 바닥을 기기 시작했다. 어디로 가야 하는지는 알지 못했다. 어둠 속을 나아가고 또 나아갔다. 그러면서도 최대한 소리를 내지 않으려 했다. 끝이 보이지 않았다. 멀리서 고함 소리가 들려왔다.

벽을 더듬다 보니 틈이 느껴졌다. 사람 몸 하나가 겨우 들어갈 만한 틈이었다. 그곳에 몸을 쑤셔 넣었다. 만약 굴이 무너진다면 그대로 죽을 것이었다. 숨이 가빠졌다. 나는 곧 정신을 잃었다.

죽은 사람만 마흔둘이었고, 다친 사람으로 치면 수백이었다.

내가 붉은 구역에 도착한 이래로 경험한 가장 큰 사고이자 참사였다. 모래바람이 그치기 전까지 사람들은 멈추지 않고 다른 사람을 때리고 끝내 죽였다. 혁명 수장이 말하길 모래 폭풍이 걷히고 난 뒤의 광경은 지옥과 다름없었다고 한다. 바닥을 기어다니며 마름을 부르짖는 사람부터, 하늘을 향해 손을 뻗거나 땅에 머리를 찍어대는 사람들이 가득했다고. 차마 눈 뜨고 볼 수 없는 광경이었을 것이다.

누가 누구를 죽였는지 명확하게 알 수가 없었지만, 마름은 당연하게도 사람들에게 책임을 물었다. 내가 발견되었을 때는 혁명파 스무 명, 반혁명파 스물두 명이 처형을 당한 후였다. 오염 물질 정화 장치 꼭대기에 시체를 걸 자리가 부족해 시간을 나누어 걸어두어야 했다. 건조한 날씨 때문에 생기지 않던 구더기도 시체가 여럿 겹쳐지자 엄청나게 부화해 붉은 구역 곳곳을 뒤덮을 지경이 되었다.

나는 이틀 정도가 지나서야 발견되었다. 작은 틈 사이에 낀 채로 반혁명파에 들킬까 봐 내내 두려움에 벌벌 떨고 있었다. 분명 내 뒤를 따라오던 사람은 혁명 간부였다. 그러나 그 누구도 믿을 수가 없었다. 그 좁은 틈에서 정신을 잃고 깨기를 반복하며 혁명 수장이나 관이 나를 찾기만을 바랐다. 사건이 있고 이틀 후에 갱도 작업이 재개되면서, 나는 다행히 혁명 수장에 의해 발견되었다. 본능적으로 모래 더미를 담은 옷가지를 뒤로 숨겼으나, 혁명 수장은 배신자가 이미 혁명 단원들에 의해 죽었다며 나를 안심시켰다.

숙소로 옮겨진 나는 굴 안에 가만히 누워만 있었다. 혁명 수장은 내 손을 잡고 연신 고맙다며 반복해서 말했다. 그의 눈 한쪽은 천 조각으로 감겨 있었다. 관도 가까이에 있었는는데, 힘줄이 끊어졌는지 한쪽 팔을 축 늘어뜨린 상태로 엉거주춤 나를 향해 서 있다가 돌아섰다.

가벼운 상처를 입은 사람의 할당량은 미리 모아놓은 활성탄으로 해결했고, 반면 큰 상처를 입은 이들은 며칠 방치된 채로 끙끙 앓다가 죽었다. 그들에게 나눠줄 음식은 없었다. 다행히 나는 상처가 가벼운 축에 속했다. 하루 정도 밥을 얻어먹었고, 이후로는 다시 갱도에 내려가 활성탄을 캐고 페달을 밟았다.

반혁명파와 혁명파 사이에 분쟁이 일어나지는 않았다. 다시 싸우면 모두가 죽을 것이라는 사실을 직감한 듯이, 모두 한마디도 하지 않고 일만 할 뿐이었다. 혁명 수장은 내가 가져온 흙더미를 가져가더니, 한동안 아무것도 먹지 않은 채 굴에 처박혀 시간을 보냈다.

잠시 소강상태로 접어든 국면에서 혁명 수장이 날 불렀다. 오랜만의 호출에 긴장이 되었다. 굴 안에 혁명 수장이 서 있었고, 아래로 향한 그의 시선 끝에는 금방이라도 숨이 넘어갈 것 같은 4-4세대 혁명 단원이 누워 있었다. 혁명 수장은 나를 보고는 고갯짓을 하며 자리에 앉으라고 말했다. 혁명 단원은 눈을 뜨고 있었다. 초점은 명확해 보였는데, 무얼 보고 있는 건지는 알 수 없었다. 혁명 수장이 말했다.

"혁명사에 길이 남으리라."

혁명 단원은 추위를 느끼는 듯 몸을 부르르 떨다가 얕게 숨을 내쉬더니 끝내 호흡을 멈추었다. 혁명 수장은 무릎을 꿇고 그의 눈을 감겼다. 나는 손을 마주 모으고는 기도 비슷한 것을 했다.

'부디 무엇도 없기를.'

지옥도, 천국도 없는 세상을 떠올렸다. 죽으면 그저 무엇도 없는 세상이기를 바랐다. 그곳에는 죽은 조상들도 없기를 바랐다. 우리를 위해서 말이다. 지옥이 있다면, 그들은 고통받는 우리를 생각하지 않고 그곳에서 또 엄청난 일들을 벌이고 있을 것이다. 그들이 저지른 일들을 영원히 처리해야 한다고 생각하면 치가 떨렸다.

나는 시체를 들고 밖으로 나가려 했다. 트레일러에 실어 보내야 했기 때문이다. 시체의 겨드랑이에 손을 넣으려는 나를 혁명 수장이 말렸다.

"내려놔."

내가 말을 듣고도 가만히 시체를 붙들고 있자 혁명 수장이 직접 내 손을 쳤다. 풀썩하고 힘없이 시체가 떨어졌다. 나는 혁명 수장에게 물었다.

"뭐 하는 거예요?"

"이게 최선이야."

"뭐가요?"

내가 계속해서 그에게 설명을 요구하자, 혁명 수장은 나를 무시하고서 밖에다 소리외쳤다.

"관!"

관이 모습을 드러냈다. 여전히 한쪽 팔이 축 늘어진 상태였다. 얼굴에는 핏기가 없었다. 혁명 수장이 관을 향해 손을 내밀자 관은 허벅지에서 흑요석 칼을 꺼내 건넸다. 관은 나를 한 번 보고는 뒤돌아 나가버렸다. 혁명 수장은 심호흡을 하더니 단번에 시체의 배를 갈랐다. 피가 흘렀고, 압력차로 내장이 튀어나왔다. 도저히 볼 수가 없어 고개를 돌리려 할 때 혁명 수장이 내게 말했다.

"똑바로 봐. 그게 예의야."

혁명 수장은 시체에서 내장을 꺼내고 배 속에 흙을 채워 넣었다. 그러고는 주머니에서 무언가를 꺼냈다.

씨앗이었다.

밟으면 그대로 사라질 것 같은 아주 작고 가녀린 씨앗이었다. 오직 하나뿐이었다. 혁명 수장은 그것을 심고는 조심스럽게 흙을 덮었다.

"부디, 우리를 구원하기를."

혁명 수장의 결정을 비인간적이라고 탓할 수는 없었다. 붉은 구역의 흙은 도저히 무언가 자랄 수 있는 토양이 아니었으니 씨앗을 싹 틔우기 위한 비료가 필요한 데다, 아직까지 남아 있는 반혁명파 단원들이 들이닥쳤을 때 씨앗을 보호할 일종의 그릇도 필요했으니까. 게다가 단 하나 남은 씨앗이 실패하면 모든 것이 실패할 테니까. 방법이 비인간적이라고 해도 어쩔 수 없었다.

그렇게 한 구의 시체가 트레일러에 실리지 못한 채 숙소 구석에서 썩어갔다.

✶

시체 썩는 냄새는 지독했다. 냄새 때문에 숙소에서 잠을 자는 사람이 드물 정도였다. 다들 갱도 앞이나 식당 근처에서 몸을 말고 잤다. 나 역시 숙소에서 가장 멀리 떨어진 바깥에 자리를 잡고서 잠에 들었다. 겨울이 되기 전에는 씨앗이 자라지 않을까 싶었다.

잠들기가 어려웠다. 밤인 것치고는 너무 밝은 하늘 때문이었다. 인공위성들이 점차 지상 가까이로 다가오는 것 같았다. 눈에는 보이지 않을 정도로 아주 조금씩 말이다. 각도가 틀어졌는지, 인공위성들은 내가 처음 붉은 구역에 왔을 때보다 태양빛을 더욱 강하게 반사하며 깜빡거리고 있었다. 손을 뻗어보았지만, 역시 잡힐 리가 없었다. 그들은 우리 손이 닿을 수 없는 먼 거리에 있었다.

새벽까지 잠이 오지 않았다. 멀리서 관이 숙소에서 나오는 모습이 보였다. 그나마 성한 한쪽 팔로 무언가를 끌고 나오고 있었다. 씨앗을 심어둔 시체였다. 시체는 완전히 말라붙어 있었으나, 배 쪽에 담겨 있어야 할 흙은 보이지 않았다. 따로 빼낸 것 같았다. 나는 관을 가만히 지켜보다가 그에게 다가갔다. 관은 자기가 할 일이라는 듯이 나를 어깨로 밀어냈으나, 나는 무시하고서 시체 겨드랑이에 손을 넣어 창고까지 빠르게 옮겼다. 갑자기 나타난 시체에 대한 보고는 혁명 수장이 알아서 할 것이었다. 지난 충돌 이후로 상처가 덧나며 돌연사하는 이들이 종종 있어 문제는 없을 것 같았다.

관의 얼굴은 땀으로 흠뻑 젖었고, 몸이 무척이나 말라 있었다.

한 손으로 모든 일을 해야 했으니, 할당량을 제대로 맞추지 못하는 데다 내가 정신을 잃은 사이 4-4세대원 대표 행세까지 하고 있었다. 성치 않은 몸으로 남들보다 훨씬 더 많은 일을 해야 했다. 원래 있던 곳으로 돌아가려는 나를 관이 멈춰 세웠다.

"야."

내가 뒤돌아보자 관이 가까이 다가왔다. 사람이라기보다는 시체에 가까운 모습이었다.

"이야기 좀 해."

하기 싫었다. 무슨 이야기를 더 할까 싶어 그를 무시하고 가려는데, 관이 내 등 뒤에 대고 말했다.

"혁명에 관해서야."

관은 그대로 땅바닥에 손을 짚고서 털썩하고 주저앉았다. 나는 관에게 다시 다가가 옆에 자리를 잡고 앉았다. 건조한 모래바람이 우리 사이를 휘감았다. 밤이었음에도 모든 생명체를 삼켜버릴 것 같은 열기가 느껴졌다. 오랫동안 침묵을 유지하던 관이 불쑥 내게 말했다.

"넌 혁명이 성공할 것 같아?"

어이가 없었다. 그게 아니라면 지금껏 우리가 했던 그 모든 것들은 무엇이었냐고 묻고 싶었다. 당황해서 관에게 되물었다.

"무슨 말이야?"

"말 그대로."

관의 표정은 두려움으로 가득 차 있었다. 나는 우리가 방금 처리한 시체가 있는 창고를 손으로 가리키며 말했다.

"이제 식량도 생길 거야. 너도 봤잖아. 예전과는 달라. 이번에는 성공할 거야."

관은 고개를 저었다.

"정말 그렇게 생각해?"

머릿속에 천둥이 치는 것만 같았다. 나는 관의 멱살을 잡고 말을 쏟아냈다.

"당연히 그래야지. 그게 아니라면, 죽은 사람은? 그냥 죽은 거야? 네 팔은? 전부 실패하려고 그 지랄을 한 거야?"

그러나 관은 나를 밀치거나 말리지 않았다. 고개를 떨군 상태로 침묵했다. 그 순간, 나는 관이 무너져 가는 것을 느꼈다. 힘줄이 끊어져 더는 쓸 수 없는 왼팔은 내 움직임에 따라 그저 흔들거릴 뿐이었다. 그 모습이 보기 싫어 멱살을 놓았다. 관이 말했다.

"혁명을 반대하는 건 아니야. 그런데 이게 맞는 건가 싶어."

관의 얼굴에 눈물이 흘렀다.

"이런 과정으로 완성된 혁명을 과연 성공했다고 말할 수 있을까?"

나는 답하지 못했다. 관이 조금만 더 일찍 내게 그런 말을 했더라면 나는 관을 위로했을 것이다. 그러나 우리는 너무 멀리 와버렸다. 우리는 사람을 죽였고 씨앗을 얻어냈다. 혁명이 성공하지 않으면 죽은 사람들의 목숨은 아무 의미 없는 것이 되는 거였다. 관을 그대로 두고 자리로 돌아온 나는 누워서 숨죽여 울었다.

정말 그런 것만 같아서 두려웠다.

혁명 수장은 시체에서 꺼낸 흙더미를 땅으로 옮겼다. 그곳에서는 얼마 지나지 않아 푸르른 싹이 자라났다. 잎이 아주 얇고 보드라웠다. 시간이 흐르자 줄기 끝에 몽우리가 지기 시작하더니, 끝내 겹겹이 노란 꽃잎을 피워냈다. 혁명 수장은 그것을 아주 귀중

하게 돌보았다. 그는 매일 자기가 마실 물의 일부를 그곳에 뿌렸다. 모두가 마찬가지였다. 혹여나 죽을까 걱정하면서, 일종의 의식처럼 서로 돌아가며 물을 주었다.

시간이 지나자 꽃이 있던 자리에 흰색 포자들이 매달렸다. 누가 조금이라도 숨을 내쉬면 멀리 날아갈 것만 같았다. 우가 가까이에서 기침을 하려는 바람에 혁명 수장에게 꾸중을 듣기도 했다. 혁명 수장은 그것을 알알이 떼서는 여러 군데에 나눠 심었다. 다시 물을 뿌리고 두 손을 모아 기도했다. 부디 잘 자라나기를.

우리는 자란 식물을 먹어보기로 했다. 꽃과 줄기 부분은 먹을 것이 없었다. 뿌리를 먹어야 했다. 조심스럽게 뿌리를 캐냈다. 뿌리는 단단한 바닥을 뚫고, 주변으로 퍼지지 않은 채 오로지 한 곳을 향해 뻗어나가고 있었다. 혁명 수장은 그것을 소분하여 우리에게 나눠 주었다.

입에 넣고 씹자 아주 쓴 맛이 났다. 다들 인상을 쓰면서 바닥에다 침을 뱉어댔지만, 먹을 수 없을 정도는 아니었다. 우리에게는 마지막 희망이었다. 혁명의 순간이 조금씩 다가오고 있었다.

뿌리

시련은 멈추지 않았다. 할당량을 15% 올린 지 얼마 지나지 않아 이번에는 배급량이 줄었다. 정부는 이상기온과 가뭄으로 식량 생산이 급격히 줄어든 것이 이유라고 밝혔다. 식판에는 평소 먹던 것보다 반도 안 되는 양이 주어졌다. 그 정도 식사량으로는 도저히 오늘 할당량을 맞출 수가 없었다. 사람들의 말수가 줄었고,

그와 동시에 눈빛은 날카로워져 갔다. 그 눈빛으로, 혁명파 단원들끼리는 혁명에 관한 의지를 나누고 있었다.

버틸 수 있었다. 우리에게는 희망이 있었기 때문이다. 식물은 안정적으로 자라나고 있었다. 이제는 그 수가 숙소 한 면을 가득 채울 정도였다. 혁명을 바라는 단원들에게, 혁명 수장은 식량이 충분히 준비될 때까지는 절대로 불가능하다고 못을 박았다.

우리는 우리 목숨보다도 소중히 여기며 정성을 다해 그것들을 키웠다. 아무리 배가 고파도, 꽃을 보고 나면 이상하게 힘이 솟구쳤다. 노란 잎에서 나는 향기가 숙소 전체에 퍼졌다. 은은하면서도 강하게 퍼져나가는 꽃향기를 맡으며 눈을 감으면 혁명 이후 다가올 세상이 그려졌다. 그곳에서는 일도 많이 하지 않고, 밥도 제한 없이 먹을 수 있을 것이다. 그만 먹고 싶다고 말할 때까지 말이다. 온종일 누워서 쉬어도 괜찮다. 다리에 쥐가 나서 누운 것이 아니라 아무런 이유 없이 누워 하늘을 바라볼 수 있다. 경계면을 빠져나가 다른 구역에 가볼 수도 있겠다. 다른 사람을 만나고 싶었다. 그들은 어떤 모습을 하고 있을까? 우리와 같은 성격일까? 피부는 어떨까? 만나면 묻고 싶은 것이 많았다.

꿈에서 깨고 나면 새로운 하루가 시작되었다. 무엇이든 할 수 있을 것만 같았다. 잠을 깨려고 갱도 쪽으로 나갔는데 스피커에서 목소리가 들려왔다.

"여러분."

목소리만으로도 그가 누군지 모두가 알고 있었으나, 그는 새삼스럽게 자기 직책을 소개했다.

"마름입니다."

다들 웅성거렸다. 스피커에서 계속해서 목소리가 흘러나왔다.

"시체가 발견됐습니다."

당연히 누구도 나서지 않았다. 나도 처음에는 마름이 무슨 말을 하는 건지 알지 못했다. 스피커에서 침묵을 깨고서 다시 목소리가 들렸다.

"최근 미확인된 시체가 트레일러에서 발견되었다는 소식을 들었습니다. 배 속에 장기는 없었고, 속에서 흙이 묻어 나왔다고 합니다."

배를 가르기 전까지 그는 살아 있었다. 죽은 뒤에는 내가 관과 함께 창고로 옮겨두었다. 그러니 마름이 이렇게 빨리 알 수 있을 리가 없었다. 생각은 하나로 모아졌다.

혁명 수장을 죽이려는 것.

그게 아니라면 어째서 무수히 많은 시체들 중 유독 그 하나만을 콕 집어 책임을 묻는 건지 알 수 없었다. 스피커에서 목소리가 계속해서 흘러나왔다.

"정부에서는 자수를 할 시엔 해당자만 처벌하고, 자수하지 않을 시에는 모든 배급을 일주일 동안 끊겠다고 합니다."

기계적이던 목소리는 이윽고 떨리기 시작했다.

"꼭 자수하시길 바랍니다. 이상."

마지막 말과 함께 스피커에서는 뚝 하는 소리와 함께 연결이 끊어졌다. 순식간에 사람들은 서로를 향해 눈알을 굴리기 시작했다. 나는 혁명 수장에게 시선을 던졌다. 그는 머리를 쓸어 올리면서 한숨을 크게 내쉬었다.

갈등이 일어날 것은 불 보듯 뻔했다. 다시 혁명파와 반혁명파 간의 싸움이 시작될 것이었다. 순간적으로 손에 힘이 들어갔다. 혁명 수장이 신호를 내리면 내 옆에 있는 반혁명파의 목을 당장이라도 조를 계획을 마음속으로 세우고 있었다. 그러나 정작 혁명 수장은 곡괭이를 어깨에 들쳐 메고서 곧장 갱도로 내려갔다. 그를 따라 모두가 일단은 일을 하기 위해 자리를 떴다. 곡괭이 소리가 난무하는 가운데, 나는 열심히 일하고 있는 혁명 수장에게 다가가 말했다.

"우리가 먼저 쳐야 해요."

혁명 수장은 땀에 젖은 머리를 손으로 넘겼다. 나는 다급한 마음에 반복해서 말을 이었다.

"우리가 먼저 나서지 않으면, 그쪽에서……."

혁명 수장의 곡괭이가 강하게 벽을 때렸다. 주변에서 들려오는 어떤 곡괭이 소리보다도 소리가 컸다. 나는 입을 다물고서 가만히 자리를 지켰다. 그가 답하기 전까지 떠나지 않을 생각이었다. 혁명 수장은 한숨을 크게 내쉬더니 내게 가까이 다가와 위협적인 목소리로 말했다.

"절대 안 돼. 아직 준비가 안 됐어."

"그럼요? 이대로 밝혀지면 우린……."

"전처럼 싸움이 벌어지고 많은 사람이 죽겠지. 그러나, 아직은 아니야. 식량 준비가 안 됐어."

하고 싶은 말은 많았으나 반박할 수가 없었다. 나는 다시 물었다.

"어쩌실 생각이에요? 이대로 당하고만 있자고요?"

혁명 수장은 다시 곡괭이를 잡아 들더니 내리쳤다. 쾅 하는 소리와 함께 활성탄 파편이 사방으로 튀었다. 작은 덩어리 하나가 굴 안으로 깊숙이 떨어졌다. 그는 내 물음에 대한 답을 곡괭이질로 대신하는 것 같았다.

그날 벌어진 간부 회의는 침묵으로 시작됐다. 누군가 자수해야 한다는 말은 곧 누군가 죽어야 한다는 말이었다. 혁명에 관한 이야기는 나오지 않았다. 혁명 수장이 말한 대로 아직 준비는 완벽하지 않았다. 식물을 대량으로 재배하여 충분한 양을 준비하기까지는 시간이 오래 걸릴 것이었다. 누구 하나 나서는 이가 없자 혁명 수장이 말했다.

"내가 자수하지."

혁명 간부들이 안 된다며 혁명 수장을 말렸다. 반대 의견이 많아지자 혁명 수장이 말했다.

"내가 한 거야. 내가 그 애를 여기 데려와서 배를 갈랐어. 내가 죽인 거야."

일순간에 간부들은 침묵했다. 그의 말을 듣고만 있을 수는 없었다. 나는 혁명 수장에게 물었다.

"그럼 혁명은요?"

"내가 말했잖아. 수장이 없어도 혁명은 꼭 이뤄져야 해."

"아직은 안 돼요."

"그럼, 방법이 있어? 누구 다른 방법 아는 사람?"

쉽게 입이 떨어지지 않았다. 내가 자수하겠다고도 말할 수 없었기 때문이다. 비겁했다. 입으로는 혁명을 외치면서 무엇이든 할 수 있다고 했지만, 나는 정작 무엇도 하지 못했다. 꿈꾸던 세상도, 내가 살아 있어야 경험할 수 있는 것이었다. 혁명 수장은 간부들을 한 번 쭉 둘러보고는 회의를 끝마쳤다.

간부들은 자기들끼리 모여 벌써부터 차기 수장에 관한 논의를 하고 있었다. 여기저기서 고함이 들려왔고, 이따금 물리적인 행동으로 이어지기도 했다. 혁명 수장은 무너져 가는 조직을 앞에 두고도 그 작은 굴에서 나오지 않았다. 나는 다음 날이 오지 않았으면 했다. 죄책감이나 동정 때문은 아니었다. 본능적인 거부였다.

✶

잠을 설쳤다. 아침이 되자마자 갱도 쪽으로 나가보니 혁명 수장은 숨을 크게 고르며 서 있었다. 우리가 왜 그렇게 죽음을 쉽게 생각했는지 모르겠다. 평온했던 표정은 온데간데없이 식은땀으로 그의 온몸은 젖어 있었다. 아무리 혁명 수장이라 해도 죽음은 두려울 수밖에 없는 것이었다. 혁명 수장은 마지막으로 우리와 악수를 나누었다. 나는 그의 손을 꽉 잡았다. 그는 내 손등을 몇 번 두드리고는 스피커 앞에 섰다. 그러자 스피커에서 마름의 목소리가 들려왔다.

"자수하는 겁니까?"

혁명 수장은 가만히 서 있었다. 우리는 모두 고개를 떨구었다. 혁명 수장이 말을 하려는데, 갑자기 누군가 앞으로 걸어 나왔다.

관이었다.

관은 천천히 앞으로 걸어갔다. 작별 인사는 필요 없다는 듯이, 자기가 가는 것이 당연하다는 듯이, 뒤를 돌아보지도 않았다. 터벅거리며 걷는 모습이 배급소로 향하는 걸음과 달라 보이지 않았다. 아무도 붙잡지 않았다. 역겨웠다. 속이 뒤틀리고, 칼로 난도질하는 것처럼 아파왔다.

'대체 우린 뭘 하고 있는 거지?'

의문은 이어지는 관의 발걸음과 함께 흩어지고 말았다. 관은 서서히 발을 굴리기 시작했다. 다친 팔을 제외한 다른 팔이 점차 펴지고, 고개가 위로 젖혀졌다. 우리가 옛날에 가고 싶었던 저곳까지, 윗세대의 누군가가 가지고 놀다 놓쳐버린 조약돌이 있는 저곳까지, 관은 달려가려 하고 있었다. 이제는 정말로 저 너머로 갈 수 있다는 어떤 느낌이 터져 나왔다. 관이 갑자기 뒤를 돌더니 무언가를 말했다.

"멈추지 마."

관의 시선은 나를 향하고 있었다. 그에 대한 대답을 머릿속에 떠올리기도 전에 하늘에서 엄청난 폭발음과 함께 주변이 잠깐 환하게 변했다. 그러고 나자, 관의 모습은 어디에도 없었다. 오직 연기만이 그 자리에 피어올랐다. 허무했다. 나는 그 순간 내가 관을 향해 달려가려 하지도 않았다는 사실에 마음 한 부분이 찢겨 나가는 것을 느꼈다. 누구 하나 관을 향해 울부짖지 않았다. 심지어는 안도감이 속에서부터 스멀스멀 뻗쳐왔다. 그것은 어떤 냄새처럼, 조금씩 모두에게서 나와 한데 뭉쳐 더러운 분위기를 뿜어냈다. 물론 나도 개중 하나였다.

그 순간 나는 무리 중 가장 앞에 서 있었고, 가장 관과 가까이에 있었던, 사람이 아닌 사람에 가까운 무언가였다.

희생

처음에는 내가 보는 것이 현실이 아니라 믿었다. 나를 속이기 위해 누군가가 의도적으로 만들어낸 순간들 같았다. 혁명 수장과 단원들, 그리고 반혁명파까지도 가짜로 서로 치고 박고 싸우고 피를 토하다가 끝내 죽은 척 연기한 거라고 생각하고 싶었다. 그래야만 했다.

관이 경계면으로 나아가 빛이 그의 머리 위로 쏟아지기까지 어떤 실랑이도 벌어지지 않았다. 감정이 솟구칠 틈도 없이 관은 죽었다. 마름이 명령한 것도 아니었는데.

'이런 과정으로 완성된 혁명을 과연 성공했다고 말할 수 있을까?'

관의 목소리가 머릿속을 울렸다. 사람을 위해서 혁명이 필요한 게 아니었나? 관처럼 남을 위해 희생하다가 몸이 불편해진 사람까지도 충분히 잘 살아갈 수 있게 만들기 위해, 우리는 그렇게 서로를 상처 입히고 심지어는 죽이기까지 한 것이 아니었나?

그런데 왜 우리는 관을 내몰았을까?

나는 바닥에 거뭇하게 남은 그을음을 보고서 몸을 심하게 떨었다. 누군가 내 어깨에 손을 올렸다. 혁명 수장이었다. 나는 그의 목을 조르고 싶은 충동을 느꼈다. 고개를 돌려 다시 눈을 크게 뜨고서 관이 사라진 그 자리에 피어오른 연기가 모두 날아갈 때까지 뚫어져라 응시했다. 연기는 하늘로 높이 올라 금세 사라졌다. 그럴수록 명확해지는 것이 있었다. 적의였다.

혁명. 혁명만이 답이었다. 우리가 일어서지 않으면 같은 삶, 같은 노동의 굴레 속에서 사람들이 관처럼 계속 죽어나갈 것이었다. 같은 삶, 같은 노동의 굴레. 바꿔야 했다. 붉은 구역 주민 모두가 죽는 한이 있어도 우리는 바꿔야 했다. 그러지 않으면 관의 죽음은 아무런 의미가 없었다.

✶

회의는 그날 밤 바로 잡혔다. 혁명 간부들은 반혁명파의 시선 따위는 전혀 신경 쓰지 않는다는 듯이 크게 발소리를 내며 회의 장소로 우르르 몰려갔다. 모두들 관의 마지막 모습을 보고 내면에 큰 동요가 일어난 것 같았다. 4-3세대원들이 주장하던, 혁명으로 촉발될 배고픔, 질병, 몰살 등에 관한 모든 공포가 삽시간에 사라져 버렸다. 우리도 언제든 관처럼 될 수 있었다.

혁명 수장은 간부들이 모두 온 것을 확인하고서 말했다.

"먼저 애도를 표하도록 하지."

모두들 눈을 감고서 손을 모았다. 아주 잠깐의 시간이 흐른 뒤에 혁명 수장이 뱉은 첫마디는 바로 식량 및 식수 개발에 성공했다는 말이었다. 식물을 뿌리째 캐내어 꽃 부분은 생으로 먹고, 뿌리 부분을 잘게 저민 다음 물을 섞어 서늘한 곳에 놓아두면 발효를 통해 물이 정화되면서 먹을 수 있는 식수가 된다고 했다.

"그걸 바탕으로……."

나는 혁명 수장의 말을 끊었다.

"당장 혁명 시작해요."

짧은 묵념으로 관의 죽음을 끝낼 수는 없었다. 내 말에 4-4세대원들은 세차게 고개를 끄덕였다. 어둠 속이라 표정은 확인할 수 없었지만, 그들 역시 비슷한 심정이었을 것이다. 그러나 내게 돌아온 답변은 짧은 한마디였다.

"지금은 안 돼."

나는 소리쳤다.

"왜요? 왜 지금 하면 안 돼요?"

혁명 수장은 옆에 있던 간부의 어깨를 툭툭 치더니 나를 제외한 모든 이들을 밖으로 내보냈다. 속이 답답한 듯, 간부들은 손바닥으로 벽을 치면서 탄식했다. 그 소리에 귀가 얼얼해질 지경이었다. 혁명 수장은 한숨을 푹 쉬더니 말했다.

"안 돼. 지금 상태로는 안 돼."

"관이 죽었어요."

나는 혁명 수장에게 고개를 들이밀었다.

"그것도 당신 대신에."

혁명 수장은 한 걸음 뒤로 물러났다. 그는 날 상대하느라 진이 빠진다는 듯이 벽에 몸을 기대고는 내 쪽을 보지도 않고서 말을 이었다.

"이성적으로 생각해. 정부 쪽이 아직 우위에 있어. 식수를 관리하고 식량도 손에 쥐고 있지. 4-1세대 때는 탱크라는 이상한 기계로 모든 것을 찢어발겼다고 했어. 그런데 우리는? 그에 대응할 준비가 되어 있어?"

"이게 있잖아요!"

내가 숙소 벽에서 어렵게 피어난 식물을 가리키자, 혁명 수장이 식물을 향해 다가갔다. 매우 가녀린 줄기는 우리의 목소리만으로도 꺾일 것만 같았다.

"아직은 부족해."

"지금 하지 않으면 안 돼요. 얼마나 더 많은 사람이 죽어야 되는 거예요?"

혁명 수장은 대답하지 않았다. 밖에서 간부들이 내던 소리도 따라서 줄어들었다. 우리의 대화가 궁금할 것이었다. 나는 속에서 피를 토해내듯이 말을 뱉었다.

"그럼, 우리끼리 혁명을 일으킬 거예요."

내가 굴 밖으로 나가려고 하자 혁명 수장이 소리를 질러댔다. 간부들의 숨소리도 따라서 거칠어졌다. 벽을 두들기는 소리가 갑자기 거세졌다.

"네가 전에 혁명을 경험해 본 적이 없어서 그래! 그땐……."

"알고 있었죠?"

나는 넘지 말아야 할 선을 넘고 말았다. 그걸 알면서도 계속해서 말을 이었다.

"관이 대신해서 죽을 거라는 거. 그래서 옆에 계속 둔 거죠?"

그 순간, 혁명 수장은 내 쪽으로 걸어오더니 멱살을 잡아챘다. 순식간에 분위기가 험악해졌다. 4-4세대원들이 굴 안으로 뛰어들어왔다. 4-3세대원들도 마찬가지였다. 잠시 정적이 흘렀고, 서로 눈치를 보며 앞으로 뛰쳐나가려 하는 대치 상황이 이어졌다. 혁명 전에 우리끼리 싸우다가 모두가 죽을 판이었다. 혁명 수장이 말했다.

"바로 이전 혁명 때 무슨 일이 있었는지 말해주지."

4-3세대원들이 일제히 고개를 숙였다. 혁명 수장이 말을 이었다.

"어느 날, 트레일러가 음식을 싣고 오는 때에 맞춰서 혁명은 시작됐어. 우리가 활성탄을 공급하지 않으면 정부도 난처해질 거라 생각했지. 그래서 조금만 버티면 정부에서 무슨 행동을 취할 거라고 생각했어. 대비도 했어. 예전 혁명 때 탱크라는 거대한 기계가 모두를 쓸어버렸다고 했으니까, 우리는 갱도 속으로 몸을 피하기로 했지. 그런데."

혁명 수장의 눈시울이 붉어지더니 이내 눈물이 뺨을 타고 흘러내렸다.

"아무런 반응도 없었어. 아무 일도 일어나지 않은 것처럼 말이야. 물과 식량은 금방 떨어졌고 우린 굶주렸지. 그나마 갱도에서 발견한 물도 오염되어 있어서, 마시곤 다들 미쳐버렸어. 결국 우린 서로를 죽였어. 경계 바깥으로 서로를 밀어대던 그때는……."

나는 혁명 수장의 붉은 눈을 가만히 바라보았다. 그의 눈은 겁에 질려 있었다.

"지금은 달라요."

우리에게는 과거의 혁명이 남긴 교훈이 있었다. 넉넉한 식수와 더불어, 먹을 수 있는 식물도 자라나고 있었다. 혁명 수장이 외쳤다.

"그만둬! 네가 선조들이랑 뭐가 달라! 네 삶을 위해서 다른 세대를 위험에 빠뜨리고 있는 거야! 관의 희생이……."

"관의 희생이요? 당신이 그런 말 할 자격이 돼?"

혁명 수장은 내 눈을 가만히 보더니 멱살을 놓았다. 그의 말을 더 듣기가 싫었다. 나는 4-4세대원들과 함께 그곳을 빠져나왔다. 애초에 이야기가 잘될 것이라고 생각하지는 않았다. 4-3세대원들은 혁명을 바라면서도 정부를 두려워했으니까. 관이 그렇게 말했다. 그날 그것을 내 눈으로 확인했을 따름이었다.

다음 날 나는 복잡한 머리로 노동 할당량을 채우기 위해 안장에 앉았다. 그날따라 누가 기름칠이라도 해놓은 것처럼 페달이 잘 돌아갔다. 허공을 가르는 내 페달을 따라 자전거가 금방이라도 앞으로 달려 나갈 것만 같았다. 그대로 이곳을 벗어나 영원히 붉은 구역을 떠나고 싶었다. 혁명 후 어떤 구역으로 가야 할지는 알지 못했다. 심지어는 붉은 구역이 어떻게 변할지조차 예상할 수 없었다. 다만, 다시는 이전에 살던 세계로 돌아갈 수도, 지금의 세계를 계속 살아갈 수도 없다는 사실만이 분명했다.

✦

나는 계속해서 혁명에 불을 붙일 기회만 엿보았다. 기존 혁명파가 아니라 4-4세대원들을 모아야 했다. 관과 가까웠던 친구들을 모아서 '신혁명파'를 만들었다. 구성원이 많지는 않았다. 계획이 새어 나가면 반혁명파는 물론 기존 혁명파의 방해를 받을 수도 있어 각별히 주의해야 했다.

우리는 눈앞에서 목격한 관의 죽음에 복수를 다짐했다. 해답은 하나뿐이었다. 혁명. 그 단어 하나가 우리를 이끌었다. 가만히 있을 수 없었다. 관에 대한 미안함은 물론이고, 관의 죽음을 막지 못한 나 자신에 대한 부끄러움으로 견딜 수가 없었다. 불씨만 댕기면 혁명은 폭발할 것이라 믿었다. 그렇게 된다면, 혁명 수장을 비롯한 다른 사람들도 자연스레 따라올 것이라고 생각했다.

그러나 애써 불을 지필 필요도 없었다. 정부에서 또 한 차례 발표가 있었다. 관이 죽은 지 채 일주일이 지나지 않은 시점이었다. 스피커에서 마름의 목소리가 들려왔다.

"좋지 못한 소식을 전하게 되어 매우 죄송한 마음입니다."

모두가 눈을 크게 뜨고서 스피커를 향해 시선을 던졌다.

"아쉽지만, 여러분 중 총 87명이 희생되어야 합니다."

이어진 마름의 설명은 이랬다. 최근 이상기후로 식량 자급률이 매우 줄어들어 어쩔 수 없이 모두의 생존을 위해 내일 아침 9시까지 87명을 감원해야 한다는 것이었다. 갑자기 발표된 소식에 순식간에 분위기가 심각해졌다. 사람들은 서로를 향해 눈알을 굴렸다.

"신이시여, 부디, 인간을 구원하시길."

마지막 말과 함께 뚝 하는 소리가 나더니 스피커 연결이 끊어졌다. 87명을 선출하는 방법이나 기준은 말하지 않았다. 즉, 누구나 희생양이 될 수 있다는 뜻이었다.

"뭔 소리야!"

불만이 터져 나왔다. 그 명령을 곧이곧대로 받아들일 사람은 아무도 없었다. 이미 할당량은 한계치까지 치달은 상태였다. 밤만 되면 온 숙소에 앓는 소리가 가득했다. 이런 상태에서 87명이나 되는 사람들을 희생시키라니. 이번만큼은 반혁명파도 침묵했다. 불만은 빠르게 사람들에게 전염됐다. 그런데 예상치 못한 외침이 들려왔다.

"전부 조용!"

혁명 수장이었다. 그의 한마디에 모두가 일제히 입을 다물었다. 모두 그가 대표로 나서서 마름에게 반발할 것이라고 생각했다. 주먹에 힘이 들어갔다. 언제 혁명이 일어나도 이상하지 않았다. 배를 주린 사람들은 관의 죽음으로 혁명 의지를 불태우고 있었다. 식량도 준비되었다. 눈앞에 적이 있으니, 명령만 내려지면 됐다.

나는 참지 못하고 곧장 지대가 높은 곳으로 박차고 올라갔다. 시선이 내게 모아졌다. 최고 감독관의 표정에도 긴장감이 서려 있었다. 그도 신혁명파에 가입한 우리의 동지였다. 순간 혀가 얼어붙은 것처럼 움직이지 않았으나, 목에서는 뜨거운 것이 솟구쳤다. 나는 가까스로 입을 열었다.

"얼마 전 우리는 친구를 잃었습니다. 관이라는 이름을 가진 친구였습니다. 팔을 잃었고, 일을 하지 못해 배급을 제대로 받지 못했습니다. 그런 친구가 스스로를 희생했습니다."

관의 얼굴이 떠올랐다. 속에서 무언가 터져 나오기 시작했다. 친구들은 눈물을 흘리거나 고개를 떨구었다. 하늘을 바라보는 이는 애석하게도 없었다.

"그때 우린 뭘 했습니까? 그를 붙잡았습니까? 말렸습니까? 아니면 애도하기라도 했습니까? 모두가 그런 일은 없었던 척, 관이라는 사람 자체가 없었던 것처럼 외면해 오지 않았습니까! 저도 마찬가지입니다. 제가 제일,"

목이 메어왔다. 그러나 말해야 했다. 이제는 끊어내야 했다. 나는 집무실이 있는 건물을 가리키며 외쳤다. 무너지지 않을 것 같던 그것이 이 순간만큼은 내 손짓 한 번에 손쉽게 무너질 것만 같았다.

"언제까지 참아야 합니까! 언제까지 횡포를 눈감아야 합니까! 언제까지 이리 살아야 합니까!"

다들 손을 쳐들고서 소리를 질러댔다. 할 수 있는 모든 욕설을 쏟아냈다. 그간 살면서 뱉은 것보다 더 많은 양의 욕을 한꺼번에 뱉었을 것이다.

"혁명, 혁명입니다!"

내 마지막 말과 함께 신혁명파 모두가 소리를 질렀다. 우리는 하나가 되어 점으로 모였다. 끝이 날카로운 바늘이 되어, 무엇이라도 뚫어버릴 수 있을 것만 같았다. 최고 감독관은 우리를 보고는 당혹스러운 표정을 짓더니 혁명 수장과 집무실을 번갈아 보았다. 그러나 상관하지 않았다. 우리만으로도 충분히 변화를 불러일으킬 수 있다고 믿었다. 이렇게까지 모두가 하나로 뭉치기는 처음이었다.

그러나 반혁명파 역시 가만히 있지 않았다. 그들은 나를 향해 손가락질하며 끌어내려야 한다고 외쳤다. 몇몇은 벌써부터 무릎을 꿇고서 하늘을 향해 용서를 빌고 있었고, 일부는 혁명파와 실랑이를 벌이고 있었다. 언제 싸움이 벌어져도 이상하지 않았다. 나는 고개를 돌려 혁명 수장에게 말했다.

"이제 시작하시죠."

"우린……."

혁명 수장은 말끝을 흐렸다. 나는 침묵으로 그의 대답을 기다렸다. 그러나 그는 말없이 고개를 돌리더니 걷기 시작했다. 예상대로, 그의 발걸음이 향한 곳은 갱도였다. 더 이상 혁명 수장에게서 혁명 정신은 찾아볼 수 없었다. 그는 혁명을 이용하고 있을 뿐이었다. 나는 사람들을 향해 외쳤다.

"시작합시다!"

그런데 반응이 전과는 사뭇 달랐다. 혁명 단원들은 눈치를 살피다가 어떤 반항도 물음도 없이 하나둘 혁명 수장을 따라 갱도를 향해 걸어가기 시작했다. 나를 비롯한 일부 4-4세대원들은 큰 충격을 받았다. 버려진 것만 같았다. 지옥 중에서도 가장 음지인 곳으로 우리를 밀어 넣는 것인가? 그들은 아랫세대인 우리에 대해 어떤 책임 의식도 보이지 않았다. 갱도 위로 상반신만 드러낸 채 혁명 수장이 우리를 향해 외쳤다.

"다들 뭐 해! 이리 와! 지금 할 일이 얼마나 많이 쌓여 있는데."

나는 다시 연설을 이어가려 하려 했으나 분위기가 이상했다. 반혁명파 단원들은 곡괭이를 집어 들더니 기세등등하게 나를 겨누며 위협을 가했다. 4-4세대원들은 동요하기 시작했다. 떠나는 이들을 붙잡는 말을 해야 하는데 차마 입이 떨어지지 않았다. 그들의 이기심과 무관심에, 하늘에서 쏟아지는 빛에 휩싸인 것처럼 말들은 사라지고 말았다. 불씨만 댕기면 될 것이라 생각했는데, 현실은 냉혹했다.

"저 새끼 죽여!"

한 반혁명파의 외침과 함께 사람들이 나를 향해 달려왔다. 나를 보호하려는 4-4세대원 일부와 반혁명파 전체가 맞부딪쳤다.

힘에서 우리는 밀렸다. 우리는 공존을 위해 싸웠고, 그들은 생존을 위해 싸웠다. 그들은 곡괭이로 우리 머리를 서슴없이 내려찍었다. 피가 터지고 비명이 난무했다. 그 자리에 혁명 수장은 없었다.

오래 버틸 수가 없었다. 나는 무작정 내달리기 시작했다. 그러나 붉은 구역 내부에서 도망칠 만한 곳은 없었다. 끈질기게 나를 따라오는 반혁명파에게 쫓겨 원을 돌면서 달렸다. 결국 갈 수 있는 곳은 한 곳뿐이었다.

나는 집무실을 향해 뛰어갔다. 반혁명파 단원들은 나를 말리려 했다. 과거, 혁명의 실패를 경험한 그들에게 집무실은 경계면처럼 절대 다가가서는 안 될 장소였다. 집무실 문 앞에 다다라 어디로 가야 할지 머리를 굴려보았으나, 달리 갈 곳은 딱히 보이지 않았다. 경계면 쪽으로 갔다가는 레이저에 맞아 타 죽을 것이 분명했다.

반혁명파는 자기들끼리 이야기를 나눈 끝에 서서히 거리를 좁혀 내게 다가오기 시작했다. 나는 집무실 문고리를 잡아당겼다.

왜 그랬는지는 알지 못한다. 마름이 나를 잡아 그들에게 넘길 것이 분명했는데 말이다. 처음에는 주저하듯 천천히 다가오던 반혁명파의 발걸음이 점차 빨라졌다. 나는 열리지 않는 문을 빠르게 두들겼다. 그들이 가까이 다가왔을 때, 갑자기 문이 열렸고 나는 안을 향해 내달렸다.

도망

그곳은 작은 방이었다. 내부가 넓지도 깨끗하지도 않았다. 우리가 살던 곳과 별반 다르지 않은 곳이었다. 벽은 나무와 활성탄으로 만든 벽돌로 얼기설기 지어져 있었다. 마름은 보이지 않았다. 대신, 한쪽에 작은 문이 하나 보였다. 그 문에도 잠금장치는 달려 있지 않았다. 조심스럽게 문고리를 돌리자 문이 열렸다. 나는 안으로 들어섰다.

사람들은 집무실에 우리를 감시하는 거대한 모니터가 수십 대는 있을 것이라 했다. 그러나 그중 모니터가 있다는 소문만이 사실이었다. 집무실 한구석에 놓인 모니터는 성인 머리 하나 크기로, 화면에는 우리의 모습이 아니라 녹색 글자만이 떠 있었다. 그런 식으로 정부와 연락을 하는 것 같았다. 내가 모니터 앞에 자리를 잡고 앉자, 모니터가 요란한 소리를 내며 메시지를 띄웠다.

'붉은 구역 관리자. 환영합니다.'

곧이어 창이 하나 떴다. 의아했다. 전에 붉은 구역에서 일어났던 모든 혁명의 이름이 적혀 있었다. 가장 최근의 '3일 혁명'부터 '오칠 혁명', '구사 혁명' 등등 두 가지 숫자 조합으로 된 이름이 많았다. 나는 숫자로 된 이름들이 반복적으로 뜨는 것을 멍하니 보았다. 위협적으로 느껴질 정도였다.

"시간이 없어."

뒤에서 목소리가 들려왔다. 마름임을, 나는 목소리만 듣고도 알 수 있었다. 반사적으로 몸에 소름이 돋았다. 그의 목소리는 늘 좋지 못한 소식과 함께 들려왔다. 그는 소문처럼 몸집이 크거나 험악한 인상을 가지고 있지 않았다. 외면적으로 우리와 다른 점이라곤 오른쪽 귀 부분에 무언가에 의해 짓이겨진 자국이 있다는 것뿐이었다.

"시간이 없어."

마름은 서랍을 뒤적이며 무언가를 찾기 시작했다. 나는 그를 향해 달려들었으나, 그의 주먹 한 방에 바닥으로 내쳐지고 말았다. 마름이 쓰러진 내게 말했다.

"시간이 없다니까."

나는 바닥에 엎드린 채로 물었다.

"혁명 수장은 왜 죽였어?"

마름의 왼손에는 활성탄을 담을 때 쓰는 것과 같은 포대 자루가 들려 있었다. 마름이 말했다.

"내가 죽인 게 아니야."

그가 내 말을 이해하지 못한 건가 싶었다.

"최 말이야. 전 혁명 수장."

마름은 한쪽 서랍을 통째로 꺼내더니 자루 안에 서랍 속 모든 것들을 쏟아 넣었다.

"나도 최가 누군지는 알아. 정확히 말해두는데, 그건 최 스스로 선택한 거야."

"대체 왜?"

"혁명을 저지하기 위해."

이해할 수가 없었다. 마름이 자루를 흔들어 균형을 잡고는 내 머리맡에 놓았다. 마름이 말했다.

"최에게 선택권을 줬어. 지금 혁명을 일으킬 수도 있고, 막을 수도 있다고. 최는 혁명을 막는 것에 자기 목숨을 걸었어."

"당신을 만나고 죽었잖아. 도대체 무슨 말을 했길래……."

"현실을 말해줬지. 붉은 구역 내 모든 것이 정부의 계획 아래에 있었다고. 물론 혁명조차도."

나는 마름이 무슨 말을 하는 건지 이해할 수 없었다. 마름은 내 표정을 살피더니 설명을 이어갔다.

"이상하다고 생각 안 해? 붉은 구역에서는 세대마다 혁명이 일어났고, 사람들이 죽었어."

"그거야, 혁명 정신이 이어져서……."

"윗세대는 매번 반대하는걸? 거기다 문제는, 죽은 사람 수만큼 정확하게 다음 세대원이 들어온다는 거야. 이거 봐."

마름이 내게 문서를 건넸다. 문서에는 온갖 숫자들이 어지럽게 나열되어 있었다.

"여길 거쳐 간 모든 마름들이 작성한 문서야."

각 세대별로 죽은 사람 수와 새로 온 사람 수가 정확하게 맞아떨어졌다. 심지어는 혁명이 벌어질 날짜와 더불어 예상 사망자 수까지 그 옆에 적혀 있었다.

우리 4-4세대에 관한 것도 있었다. 씨앗을 얻기 위해 물리적 충돌을 일으킨 날짜와, 더불어 오늘 벌어진 싸움으로 죽을 사람 수까지 적혀 있었다. 내 눈길을 끈 것은 바로 그 위에 표시된 숫자 '1'이었다. 마름이 문서를 반으로 접더니 포대 자루에 쑤셔 넣으며 말했다.

"우린 그간 정부에 의해 놀아난 거야."

그 말과 함께 마름은 내게 포대 자루를 건넸다. 나는 조심스럽게 자루를 받아 들었다. 자루 안에는 낡아빠진 천 한 장과 음식들이 들어 있었다. 음식은 배급으로 나오는 검은 죽을 얇게 펴서 햇볕에 말린 것이었다. 천에는 옷감을 풀어낸 실로 이런저런 선들을 꿰매놓았는데, 마치 우리가 키워낸 식물의 줄기처럼 엉켜 있었다. 어딘가를 나타낸 지도 같았다. 나는 마름의 행동을 이해할 수 없었다.

"널 어떻게 믿어? 우리가 저 아래서 죽어갈 때 넌 혼자서 여기 처박혀 있었잖아."

마름은 손가락으로 방 안쪽을 가리켰다. 그곳에는 오염 물질 정화 장치가 놓여 있었다. 크기는 우리가 사용하는 것의 반의 반 정도였으나, 혼자서 돌리기에는 버거워 보였다. 그 아래에는 마찬가지로 자전거 안장과 페달이 있었다. 바닥에는 땀자국이 흥건했다. 마름의 목소리에 힘이 들어갔다.

"시스템은 견고했고 틈이 보이지 않았어. 나는 내가 할 수 있는 일을 하면서 기다리고 또 기다렸어."

4-3세대다운 말이었다. 혁명 수장처럼, 마름 역시 당장 죽어가는 사람들에 대해서는 생각하지 않는 모양이었다. 그러나 이어 마름의 입에서 나온 말은 전혀 예상 밖의 것이었다.

"피아, 네가 나타나길 말이야."

대체 왜? 이유를 물으려 했으나, 그 순간 마름은 내 입을 막았다. 날 찾는 반혁명파의 목소리가 창문을 통해 들려왔다. 목소리가 멀어지는 것을 확인하고 나서야 마름은 입을 막고 있던 손을 뗐다. 그러고는 작은 쇠붙이를 내게 들이밀었다. 녹이 슬어 있는 것으로 보아, 트레일러에서 떼어낸 것 같았다. 나는 눈을 감았다. 그가 나를 찌를 것이라 생각했기 때문이었다. 마지막이라는 느낌이 들었으나, 기우였다. 마름은 내 손에 쇠붙이를 쥐여주었다. 그것을 어정쩡하게 받아 든 채 나는 서 있었다. 대체 그가 왜 나를 돕는 건지 알 수 없었다. 내가 쇠붙이로 자신을 바로 찌를 수도 있는데. 그러나 마름은 내게 등을 보인 채로 창문 너머 반혁명파의 동태를 살폈다. 마름이 낮은 목소리로 말했다.

"변화가 시작됐어."

마름은 밖을 살피며 빠르게 말을 이었다.

"사람이 오지 않고 있어."

"그게 왜?"

"처음으로 예측에서 벗어난 거야. 그리고 하나 더. 피아, 너만은 마름이 되지 않을 거야."

"그게 무슨 소리야?"

발소리가 들려왔다. 방향은 우리가 있는 집무실 쪽이었다. 마름은 내게 좋지 못한 소식을 전하는 것처럼 말했다.

"정부의 계획대로라면 넌 나를 이어서 차기 마름이 되어야 해."

고개를 저었다. 머리가 터져버릴 것만 같았다.

"이해가 안 돼. 난 혁명파 간부야. 그것도 4-4세대 대표……."

마름이 내 어깨를 세게 붙잡고는 힘주어 말했다.

"정부에서 왜 하필 너를 선택했는지, 이유는 묻지 마. 보이는 것이 전부가 아니란 것만 알고 있어. 그리고 내가 이제 그 계획을 막을 거야."

마름은 창문 앞으로 나를 이끌었다. 흥분한 반혁명파 단원들이 한 발 한 발 집무실 가까이로 다가오고 있었다. 그는 검지로 경계면 한 부분을 가리켰다.

"저기 위를 달려서 사람들을 따돌려."

마름이 말하는 것은 경계선이었다. 겨우 한 발자국 떨어진 곳에 거뭇하게 탄 자국이 남아 있었다. 마름에게 버럭 화를 냈다.

"미쳤어? 저기로 가면 죽어."

관의 머리 위로 쏟아지던 빛을 떠올렸다. 그 빛에 닿으면 누구도 살아남을 수 없었다. 세상에 처음부터 태어나지 않았던 것처럼, 흔적도 없이 순식간에 사라지기 마련이었다. 마름이 고개를 저었다.

"최근에 인공위성들 못 봤어?"

기억이 나지 않았다. 최근에 하늘을 본 적이 없었다. 마름은 손가락으로 하늘을 가리키며 말했다.

"불빛 주기가 이상해서 관찰해 보니, 인공위성 궤도가 바뀌었어. 무엇의 영향을 받아서 그런 건지는 모르겠지만 과거와 달라진 건 확신해."

"어떻게 확신해?"

"여기, 이곳에서 지난 모든 세대원들이 남긴 정보를 토대로 계산했을 때 저쪽 경계선은 안전해."

마름의 목소리에는 힘이 있었다. 거짓을 말하는 것 같지는 않았으나, 내 목숨이 달린 일이었다.

"이 시스템의 좁은 틈을 계산하기 위해서 나는 기다렸어. 여기서."

마름의 표정은 복잡했다. 오랫동안 사람들의 죽음을 목격해

온, 아니 그 선두에서 사람들을 죽음으로 내몰아 온 그였다. 그러나 공감 능력이 부족한 냉혈한이나 정부의 꼭두각시처럼 보이지는 않았다. 오히려 우리 주변에 있는 사람들과 별반 다르지 않았다. 그에게 물었다.

"만약에 궤도가 바뀐 게 아니라면?"

마름은 답답하다는 듯이 얼굴을 구겼다.

"다른 방법 있어? 네가 평생을 여기 안에서 산 사람들로부터 도망칠 수 있을 것 같아?"

마름의 말대로 사방이 막혀 있었다. 달아날 곳은 없었다. 아무리 발을 굴려도 붉은 구역 안에서 원을 그리며 달릴 뿐이었다. 머리가 터질 것 같았다.

"아무리 네 말이 맞다고 해도, 그 너머에는 아무것도 없잖아."

경계선 너머에는 황무지뿐이었다. 아무리 살펴봐도 그곳에 뭔가 있을 것 같지 않았다. 마름은 경계선을 가리키던 검지를 움직여 붉은 구역 내부에 있는 한곳을 가리켰다. 믿을 수가 없었다.

"저긴 갱도잖아."

한낮에도 어둠을 머금은 존재. 아가리를 벌리고서 우리를 삼키려 드는 맹수이자, 혁명을 성공시키지 못하면 우리의 무덤이 될 곳이었다. 저곳이 내가 나아가야 할 곳이라니. 마름은 포대 자루에서 낡아빠진 천을 꺼내 내게 보였다. 자세히 보니 갱도를 그려 놓은 지도라는 것을 알 수 있었다. 중간 지점에서 홀로 삐져나와 있는 빨간 선이 눈길을 끌었다.

"붉은 선을 따라가."

"그 끝에 뭐가 있길래?"

마름이 뭐라 답하기 전에, 밖에서 날 죽이려는 자들의 함성이 들려왔다. 저들을 따돌릴 수 있을까? 나를 죽이기 위해 혈안이 된 사람들을? 마름이 고개를 저었다.

"나도 자세히 알지는 못해."

어둠 속에 몸을 던지는 심정이었다. 높은 확률로 내 머리는 으깨질 것이었다. 그런데 마름이 말을 이었다.

"그래도 한 가지는 알아."

울음이 나올 것만 같았다. 포기하고 싶었다.

"전과는 다를 거라는 것. 그것만은 알아. 나는 여기로 돌아왔지만, 너는 달라. 너는 나아가야 해."

나는 머리를 감싸 쥐고서 신음했다.

"왜 하필 나야……."

마름은 두려움에 떨고 있는 내 손을 잡더니 말했다.

"해낼 수 없을 것 같겠지. 하지만 그런 상황에서도 희망을 찾아내는 게 인간이야, 피아. 우리가 어떻게 여태 살아남았는지 우리 스스로는 알고 있어. 짓밟혔고, 굶었고, 서로를 미워했고, 상처 입혔지만, 우리는 계속해서 일어서고 있어. 심지어 그런 시련이 계속될 것이라는 사실을 알아도 말이야. 우리의 역사가 그걸 증명하고 있어."

내가 모르는 마름의 모습도 분명히 있을 것이었다. 그가 과거에 어떤 사람이었는지 나는 알지 못했다. 혁명 수장을 비롯한 간부들과 4-3세대원 누구도 마름에 관해 말하지 않으려 했다. 아니, 과거와 관련된 모든 것을 언급조차 하지 않으려 했다. 금방이라도 큰일이 날 것처럼 말이다. 마름이 말했다.

"다른 구역에 가면 꼭 우리가 어떻게 살았는지, 살고 있는지 알려줘."

이제 보니 4-3세대원들은 마름을 두려워한 것이 아니었다. 그들은 마름을 보면 떠오르는 과거 혁명의 기억을 두려워한 것이었다. 당시 무슨 일이 있었던 걸까? 마름에게 묻고 싶었지만, 시간이 없었다.

첫 번째 문이 열리는 소리가 들려왔다. 그곳에서 나를 찾지 못한 반혁명파 단원들은 마름이 있는 집무실 안까지 쳐들어올 기세였다. 마름은 창문으로 나를 떠밀고는 자기 등으로 문을 막아섰다. 창문을 빠져나가는 순간 마름의 것인지, 혹은 환청일지 모를 외침을 들었다.

"계속 달려가! 끝까지!"

집무실을 빠져나가자, 밖에선 살아남은 신혁명파 몇몇과 4-3세대원들이 대치하고 있었다. 그들은 서로 밀고 당기며 주먹질을 해댔고, 몇몇은 코나 이빨이 부러졌는지 얼굴을 감싸며 한쪽에 누워 있었다. 바닥은 피로 흥건했다.

"저기 있다!"

4-3세대원 중 하나가 나를 향해 외쳤다. 내 쪽으로 달려가려 하는 4-3세대원들의 다리나 몸을 4-4세대원들이 필사적으로 붙잡았다. 그러나 모두를 막을 수는 없었다. 오랜 노동으로 단련된 그들을 이길 수 없었다. 그들은 매우 굶주린 포식자라도 된 것처럼 나를 향해 달려왔다. 도망가야 했다. 마름이 검지로 가리켰던 경계선과, 바로 옆에 난 거뭇한 자국을 보았다. 쏟아질 빛이 떠올라 발이 쉽게 떨어지지 않았다. 그러나 뒤에서 4-3세대원들이 달려오는 발소리가 들렸다. 그들은 다리에 힘을 주고 팔을 위아래로 빠르게 휘저었다. 잡히는 것은 시간문제였다. 죽은 시체들의

얼굴이 떠올랐다. 나는 죽고 싶지 않았다. 트레일러에 실린 채로 구역들을 순환하고 싶지 않았다. 나는 온 힘을 다해 발을 굴렀다. 그들의 숨소리는 점차 가까워지고 있었다. 잡히기 직전 나는 눈을 감고서 경계선을 밟았고, 그 순간 4-3세대원들은 비명을 내지르면서 자리에 고꾸라졌다.

마름의 말대로 빛은 쏟아지지 않았다. 나는 경계선을 밟으면서 갱도 쪽으로 달려갔다. 뒤편에서 하늘을 향해 살려달라며 절규하는 사람들의 목소리가 들려왔다.

갱도에 도착해서는 정신없이 아래로 내려갔다. 마치 수풀을 헤치듯이 어둠 속으로 손을 뻗어 휘둘렀다. 갱도 위쪽에서 들려오는 목소리가 내 등을 강하게 떠밀었다.

"반역자가 갱도 아래로 내려갔다!"

달리는 것인지, 넘어져서 구르는 것인지 구별이 되지 않았다. 엉덩방아를 찧으면서도 아래로 내려가는 것에만 집중했다. 지도가 가리킨 방향으로 가기보다는, 최대한 깊은 곳으로 몸을 피해야 한다는 생각만이 머릿속에 가득했다. 그런데 이번에는 아래쪽에서 목소리가 들려왔다.

"잡으면 바로 죽여."

익숙한 목소리였다. 한때 내가 목숨을 걸고서 지키려 했던 사람이었다. 나는 그 목소리를 듣자마자 다리에 힘이 풀려 바닥에 넘어져 버렸다. 위아래 어디로도 나아갈 수가 없었다. 선택지는 없었다. 포대 자루 안을 더듬거려 지도를 찾았다. 어둠 속이라 보이지 않았으나, 가만히 만져보니 선이 있는 곳만 마치 흉터처럼 오톨도톨하게 솟아 있는 것이 느껴졌다. 특히 하나는 다른 선들과 확연히 구별할 수 있을 정도로 두꺼웠다. 붉은 선인 것 같았다. 나는 벽을 손바닥으로 쓸면서 붉은 선이 가리키는 방향을 향해 나아갔다.

마침내 미세하지만 옅게 불어오는 바람을 느낄 수 있었다. 다리에 힘이 들어갔고 호흡이 가빠졌다. 뒤따라오는 목소리를 피해 계속해서 나아갔다. "제발 우리를 살려달라"는 처절함이 가득한 애원부터, "지금 돌아오면 봐주겠다" "아직 기회가 남아 있다" 등과 같은 달콤한 유혹들도 섞여 있었다. 그것들은 내 발목을 은근하게 붙잡았다.

'멈추지 마.'

관의 목소리가 들렸다. 환청이라고 생각하지 않았다. 내가 듣고 싶은 말이었다. 지도를 손으로 꽉 쥐었다. 돌아가고 싶지 않았다. 나아가야 했다. 그러지 않으면 우리는 한자리에 멈춰 있을 것이다.

끝내 붉은 선이 끝나는 곳에 도착했다.

벽이 앞을 가로막고 있었으나 절망적이지는 않았다. 보이지 않는 틈으로 바람이 불어오고 있었다. 나는 발로 벽을 찼다. 그러나 벽은 꿈쩍도 하지 않았다. 그때 마름이 내 손에 쥐여준 쇠붙이가 떠올랐다. 쇠붙이를 벽에 난 틈에 꽂고, 그 위를 있는 힘껏 돌로 내리쳤다. 몇 번 반복하자 쩍- 하고 갈라지는 소리를 내면서 벽이 무너져 내렸다.

빛이 내 몸을 감쌌다. 붉은 구역 주민 그 누구의 발길도 닿지 않은 곳이었다. 그다지 멀지 않은 곳에서 여러 갈래의 다발들이 보였다. 그것들은 하늘에서 나부끼며 햇빛을 반사해 반짝거리고 있었다. 한 발자국 앞으로 발을 내디뎠을 뿐인데, 아까는 경계선

위였지만 이번에는 경계선 너머였다. 만약 위성이 제대로 작동한다면 빛이 순식간에 내리치고, 나는 고통 없이 죽을 것이었다.

'관을 만날 수 있을까?'

그랬으면 좋겠다. 그 순간만큼은 사후 세계가 있었으면 했다. 정말 정부가 말한 대로 지옥이 있기를 바랐다. 관이 그곳에서 나를 기다리고 있다면 미안함을 전하고 싶었다. 지옥이 있다는 건, 정부가 한 이야기 중에서 유일하게 내 마음에 다가오는 말이었다.

'이 모든 시련을 겪는 것에 이유가 있기를.'

물론 이런 생각은 잠시였다. 곧 무서운 생각들이 뻗쳐 왔다.

'나 때문에 또 다른 사람이 죽는 게 아닐까? 나 혼자서 모두를 구할 수 있을까? 아니, 구하는 게 맞는 걸까? 순응하기만 하면 살아갈 수 있는데, 괜히 나 때문에 사람들이 죽어가는 게 아닐까?'

다행히 이런 질문들은 곡괭이에 잘못 맞아 튀는 돌덩이처럼 잠깐 머릿속에 솟구쳤다가 사라졌다. 나아가야만 했다. 멈출 수는 없었다. 다발들을 향해 나아가는데, 갑자기 눈앞이 번쩍였다. 무엇도 보이지 않았다. 소리도 들리지 않았다. 모든 감각이 쓸모없어지는 순간이었다. 몸이 어딘가로 멀리 날아갔다.

3부

검은 구역

불빛 아래

죽음을 매일같이 경험했으면서도 죽음에 관해 자세히 생각해 본 적은 없었다. 내게 죽음은 혁명을 위한 희생이나 부산물 정도로 여겨질 따름이었다. 관의 죽음을 겪고 나서도 나는 죽음이 무엇인지, 죽음 이후에 우리는 어디로 가며 어떻게 될 것인지 고민해 보지 않았다. 혁명 수장이었던 최는 내게 그런 것을 떠올릴 시간에 오직 혁명에 관해서만 생각하라고 했다.

눈을 떴을 때도 마찬가지였다. 내 신경은 온통 감각기관들에 쏠려 있었다. 죽음은 생각하지 않고서 말이다. 주변이 까맸다. 마치 갱도 속으로 들어간 것만 같았다. 그러나 냄새며 소리며 손끝에서 느껴지는 촉감 등 모든 부분이 갱도와는 달랐다. 숙소에서 키우던 식물의 향기와 비슷한 단내가 사방에 퍼져 있었고, 간드러지는 사람들의 숨소리가 교차되며 들려왔다. 내가 누워 있는 곳도 딱딱한 모래 바닥이나 철제 침대가 아니라 수천 벌의 옷을 겹겹이 쌓아놓은 듯한 푹신한 침대였다.

레이저의 영향인지 앞이 제대로 보이지 않았다. 조심스럽게 고개를 들어 올렸다. 붉은 구역 숙소처럼 천장이 바로 눈앞에 있으리라 생각했지만 높이가 상당한 듯했다. 몸을 일으켜 침대 위에 앉아 있어도 상관없을 것 같았다. 그러나 버릇처럼 몸을 숙인 상태로 천천히 침대를 빠져나왔다. 발걸음의 방향은 명확했다. 가까운 곳에서 음식 냄새가 나고 있었다. 배 속에서 요란하게 울려대는 소리를 듣자 하니 꽤나 오랫동안 정신을 잃은 것만 같았다. 음식 냄새가 나는 곳으로 다가갈수록 사람들의 숨소리가 거칠어졌다.

탁자 같은 데를 더듬거리다가 손끝에 끈적한 것이 걸렸다. 본능적으로 음식임을 알아챈 나는 그것을 손으로 퍼서 입에 쑤셔 넣었다. 손에 걸리는 모든 것을 허겁지겁 입안에 넣었다. 맛을 느낄 새는 없었다. 그러다 목이 턱 하고 막혔다. 기침이 나는 목을 부여잡고는 가슴을 쳤다.

"이거 마셔."

소리가 들리는 방향으로 손을 뻗자 컵 같은 것이 만져졌다. 그 안에 든 것을 벌컥벌컥 마시고 나서야 숨을 제대로 쉴 수가 있었다. 그제야 나는 목소리가 들려온 방향에서 한 발짝 뒤로 물러났다. 컵을 건넨 사람이 말했다.

"앞이 보이질 않니?"

들어본 적 없는 목소리였다. 아이들보다 톤이 높고 부드러웠다. 이상했으나 귀에 사뿐히 내려앉는 느낌이 나쁘지 않았다. 내가 그를 향해 고개를 끄덕이자 그의 손이 다가오는 것이 느껴졌다. 움찔거리던 나는 이내 손길을 받아들였다. 굳은살이 박이지 않은 매끄러운 손이 턱을 훑고서 눈에 닿았다. 얼굴이 붉어지는 게 느껴졌다. 무슨 감정인지 알 수가 없었다.

"인공위성 때문이구나."

그는 나를 일으켜 세웠다. 진한 살냄새가 났다. 말을 하면 할수록 그 냄새는 내게 천천히 밀려왔다. 그는 나를 다시 침대로 이끌었다. 혼란스러운 상황에서도 침대는 매끄럽게 내 몸을 휘감았고, 나는 빨려가듯 이불 위에 누웠다. 그가 말했다.

"경계 밖에서 온 사람은 처음 봤어. 말도 통하고, 똑같이 생겼구나."

그에게 물었다.

"여긴 어디야?"

그때 멀리서 다른 목소리가 들려왔다. 나와 이야기를 나누는 목소리와는 다르게, 평소에 듣던 걸걸한 목소리였다. 심지어 혁명 수장의 목소리와 비슷해서 나도 모르게 손을 떨었다. 반혁명파가 근처에 있을 것만 같았다. 내 이마에 그의 손이 닿았다. 부드러웠다. 손이 닿을 때마다 몸이 떨렸다.

"괜찮아. 난 널 해치지 않아. 잠깐 쉬고 있어."

그 말과 함께 손이 내게서 멀어졌다. 붙잡고 싶은 충동이 들었다. 그러나 나의 바람을 무참히 배신한 채로 그는 사라졌다. 얼마 지나지 않아 또다시 거친 숨소리가 교차되며 들려왔다. 소리가 들려오는 쪽에서 고개를 돌리고 한쪽 귀를 막았다. 왜인지는 알 수 없었다.

앞이 서서히 보이기 시작했다. 완전히는 아니지만, 실루엣으로 가늠할 수 있는 정도였다. 내가 있는 곳은 동굴이었는데, 천장이 듬성듬성 뚫려 있어 빛이 내부로 가득 쏟아지고 있었다. 밤새 이어지던 거친 숨소리가 들리지 않는 것을 확인하고 나서야 나는 몸을 일으켰다.

숨소리가 들렸던 곳으로 다가갔다. 역시나 단내가 났다. 탁자 위에는 어제 내가 먹은 것과 같은 음식들이 널려 있었다. 어떤 것은 우리가 먹던 죽같이 끈적거렸고, 어떤 것은 활성탄처럼 딱딱했다. 끈적이는 것들을 맨손으로 집어 다시금 입에 쑤셔 넣었다. 어제는 맛을 생각하지 않고 먹기에만 바빴는데, 이번엔 달랐다. 전혀 느껴본 적 없는 맛들이었다. 짠맛과 단맛, 그리고 고소함을 처음으로 강하게 느꼈다.

배를 채우고 나서 다른 쪽으로 고개를 돌렸다. 그곳에는 내가 누워 있던 침대보다 두 배는 커 보이는 침대가 놓여 있었다. 누군가가 얼굴까지 천을 덮은 채로 잠들어 있었다. 나는 천천히 그에게 다가갔다. 숨소리가 아주 얕게 들려왔다. 그것만 듣고도 어제 날 도와준 목소리의 주인임을 알 수 있었다. 가만히 바라만 보고 있는데, 그가 인기척을 느꼈는지 천을 내렸다.

"깼어?"

나는 화들짝 놀라 다시 천을 목까지 덮어주었다. 그는 그런 내 모습을 보고 웃더니, 하품을 크게 하고는 다시 눈을 감았다. 그러고 눈을 감은 채로 말했다.

"앞이 보이나 보네."

"응."

내 대답에 그는 기지개를 켰다. 그제야 그의 얼굴이 제대로 보이기 시작했다. 짙은 속눈썹이 아래로 갈색빛 눈망울이 깊었다. 거기에 비친 내 몰골은 말이 아니었다. 그가 말했다.

"말이 통하는구나. 다행이다."

따스한 느낌이 들었다. 그의 손이 내 팔을 잡고 있었다. 놀라서 팔을 뒤로 빼자 그가 자리에서 일어났다. 몸을 덮고 있던 천이 벗겨지며 상체가 드러났다. 옷을 입지 않고 있었다. 그런데 그는 내가 생전에 보지 못한 몸을 하고 있었다. 가슴 쪽이 유독 도드라지게 튀어나와 있었다. 이상한 느낌이 들었다. 얼굴이 붉어졌다. 그는 내 표정을 살피더니 천을 아래쪽까지 내렸다. 완전히 드러난 그의 몸은 내가 그간 보아온 몸들과 무척이나 달랐다. 나와는, 아니 붉은 구역 주민과는 전혀 다른 생명체처럼 보였다. 혼란스러웠다. 어깨부터 발목까지 떨어지는 곡선이 내 머리를 혼란스럽게 했다. 그는 내 얼굴에 자기 입술을 가까이 댔다. 고개를 돌려 피하자, 그가 웃으며 말했다.

"가만히 있어줄래? 우리 구역 인사법이야."

우리는 입을 맞췄다. 부드러웠다. 여기서 먹은 어떤 음식들보다도 훨씬. 그대로 우리는 입술을 포갰다. 그는 눈을 감고 있었다. 마치 죽은 것처럼 말이다. 혀가 입안으로 들어섰다. 놀라서 나는 그의 어깨를 조심스럽게 밀어냈다. 무언가 잘못을 저지르고 있는 것만 같았다. 그는 나를 똑바로 바라보며 말했다.

"너, 처음이구나."

"뭐가?"

무슨 말을 하는지 알지 못했다. 그는 내 몸을 위아래로 한 번 훑고는 웃었다. 그리고 천을 다시 몸에 두르고 자리에서 일어났다. 그는 탁자 위에 널브러져 있던 음식들을 집어 들었다. 손으로 퍼먹을 것이라는 내 예상과 달리, 그는 중앙에 홈이 파인 철제 도구를 쥐더니 삽으로 흙을 푸듯이 떠서 먹었다. 그 모습을 보니 다시 배가 고파졌다. 그가 내게 음식을 내밀며 말했다.

"먹을래?"

나는 잠시 고민하다가 음식을 받아 들고는 입에 쑤셔 넣었다. 정신없이 먹다가 어느 정도 배가 차고 나서야 그에게 물었다.

"네 걸 나눠줘도 돼?"

그가 고개를 끄덕였다. 다시 음식을 먹으려다 한 번 더 그에게 물었다.

"그럼 네가 먹을 거는?"

그는 웃으면서 말했다.

"걱정 마. 여긴 먹을 게 많아. 우리는 한 사람당 두 명분을 받거든."

그는 내게 먹을 것을 더 건넸다. 나는 가리지 않고 주는 족족 받아먹었다. 문득 붉은 구역 생각이 났다. 부끄러웠다. 그들은 온종일 일을 하고도 제대로 먹지 못하는데, 나는 이렇게 먹다니. 더욱 역겨운 점은, 그들을 떠올리면서도 계속해서 음식을 꾸역꾸역 삼키고 있다는 사실이었다. 나는 입안을 가득 채운 음식을 애써 넘기고는 그에게 물었다.

"여긴 어디야?"

"검은 구역."

처음 들어보는 구역이었다. 식량을 생산하는 초록 구역, 물을 공급하는 푸른 구역, 활성탄을 캐는 붉은 구역, 삽이나 곡괭이 같은 도구를 만드는 흰 구역을 제외한 다른 구역이 있다는 사실은 들어본 적이 없었다. 그가 말했다.

"넌 붉은 구역에서 왔지?"

"어떻게 알아?"

"그렇게 멀리 떨어져 있지 않으니까."

"얼마나?"

그는 방을 한 바퀴 빙글 돌았다. 천이 나풀거리며 몸의 윤곽이 슬쩍 드러났다. 모든 순간들이 햇빛을 받아 밝게 빛나고 있었다. 나는 넋을 놓고서 그의 발걸음을 따라 시선을 옮겼다. 그는 갑자기 자리에 멈춰 서더니 내게 말했다.

"가장 가까운 곳에서 이 정도 거리일 거야."

그가 방을 몇 바퀴 돌았는지 전혀 기억이 나지 않았다. 단지 그의 모습만 머릿속에 남아 있을 따름이었다.

✶

나를 도와준 그의 이름은 하나였다. 하나는 산책을 하던 중 기절한 나를 발견했고, 자기 집으로 데려왔다고 했다. 이유를 물어도 '그게 당연한 거 아니야?'라는 말만 반복했다. 붉은 구역이었더라면 분명 그저 죽게 내버려뒀을 것이다. 살려두면 내 몫의 식량을 내어주어야 하니 말이다. 하나는 벽에 귀를 대고는 말했다.

"난 가끔 경계선 근처에 가서 진동을 느껴. 박자에 맞춰서 탕탕거리며 금속 물체가 튕기는 소리를 들으면 마음이 편안해져."

나는 하나의 말을 듣자마자 그 진동이 우리가 곡괭이로 만들어낸 것임을 알 수 있었다. 그것이 어떻게 만들어지는지 몰라서 하는 말이었다. 아주 깊은 곳에서 울려대는 그 진동이 우리의 피와 살로 만들어졌다는 걸 모르고, 하나는 감상에 젖어 있었다. 우리와 멀리 떨어지지 않은 곳에서 이들은 우리와 전혀 다른 삶을 살고 있었다. 죽은 관이 기억 속에서 아른거렸다. 관이 내게 말했다.

'우리가 어떻게 살고 있는데.'

하나가 벽에서 귀를 떼고는 내게 말했다.

"붉은 구역."

하나의 말과 함께 정신이 들었다. 관은 어느덧 사라져 있었고 탁자 위에는 음식들만이 가득했다 하나의 갈색 눈을 바라보니 들끓던 속이 조금 가라앉았다. 하나는 잠시 주저하다가 말을 이었다.

"거긴 정말 지옥이야?"

다른 구역의 사람에게 그런 이야기를 들으니 기분이 묘했다. 내가 얼굴을 찡그리자 하나가 부연 설명을 덧붙였다.

"우리 사이에서 이야기가 많이 돌아. 매일 땅을 두들기고 페달을 밟는다면서? 그리고 혁명이 벌어질 때면 사람들이 서로를 먹는다고 했어."

끔찍한 말과는 달리 하나의 표정은 지나치게 평온했다. 하나에게 물었다.

"누가 그래?"

하나는 손가락으로 하늘을 가리키며 말했다.

"정부에서."

"난 걔들을 믿지 않아."

"알아. 우리도 그래. 그런데, 나는 내 아기가 붉은 구역에는 가지 않기를 원해."

"아기?"

아기라니. 아기는 본 적이 없었다. 구역에 오는 사람들은 모두 아기가 아니라 어느 정도 자란 아이였으니까. 하나는 당황한 내 표정을 보더니 자기 배를 쓰다듬었다. 배가 살짝 튀어나와 있었다. 어젯밤에 언뜻 봤을 때는 알지 못했으나, 확실히 손을 올려보니 티가 났다. 순식간에 다른 세계로 건너온 것만 같았다. 하나가 말했다.

"우린 전부 이렇게 태어났어."

검시관의 판단을 거쳐, 임신한 지 열 달 정도가 지나면 아기가 세상에 나온다고 하나는 설명했다.

"내 아이는 붉은 구역 사람들처럼 살지 않기를 바라."

"왜?"

하나는 당연하다는 듯이 말했다.

"내 아이니까."

이해할 수 없었으나, 하나의 표정 때문에 달리 더 묻지는 못했다. 붉은 구역 그 누구도 지어본 적 없는 표정이었다.

검은 아이들

점차 검은 구역에 관해 알게 되었다.

이들은 동굴 안에서 생활했다. 활성탄을 캐내 트레일러에 보내는 것이 붉은 구역 주민의 주요 임무라면, 이들의 임무는 아이를 낳아 다른 구역에 보내는 것이었다.

하나는 늘 여러 사람들과 함께 침대에서 몸을 섞었다. 쉬는 시간이 손에 꼽을 정도였다. 그들은 침대에서 잠을 자는 것도 아니었고, 쉬는 것도 아니었다. 섞는다는 표현을 쓸 수밖에 없을 정도로 그것은 묘한 형태로 내게 다가왔다. 붉은 구역의 검은 죽처럼 끈적하게, 그들은 천천히 몸을 움직이며 숨소리를 냈다. 서로에게 입을 맞추고 몸을 혀로 핥아댔다. 어느 시점이 되면 몸을 마주 비비며 함께 신음을 터트렸다. 죽어가는 소리 같기도, 노래하는 소리 같기도 했다. 박자가 있었다. 모두가 자신만의 목소리로 따라 부를 수 있는 노래였다. 하나의 목소리는 그중에서도 가장 간드러졌다. 그는 무너지는 듯한 신음과 함께 고개를 침대에 처박았다.

하나에게 나는 여자와 남자 둘 중에 어디에 속하는지 물었다. 그는 내 성기를 가리키며 남자라고 했고, 자신은 여자라고 했다. 그것을 명확하게 구분하거나 이해하기는 힘들었다. 나는 하나가 말하는 다른 남자들과는 다르게, 하나와 그 어떤 것도 할 수 없었으니 말이다. 처음에 하나는 다른 남자들과 하는 것을 나와도 함께하려 했다. 그러나 그들과 달리 내 몸은 그러한 상황에서 반응하지 않았다. 하나는 다른 이들에게 하듯이 내게 입을 맞추고, 몸 구석구석을 자기 혀로 핥았다. 그러나 그저 간질거리는 느낌만 들 뿐 딱히 반응은 없었다. 하나는 내가 처음이라 그렇다고 했다. 적응하면 괜찮을 거라고 말했으나, 끝내 나아지지는 못했다.

물론 이런 세상에서도 죽음은 존재했다. 남자 하나가 관계 도중 쓰러져 죽은 것이었다. 그의 표정은 늘 그렇듯이 평온했다. 이들은 붉은 구역과 마찬가지로 시체를 트레일러에 실어 보냈지만, 우리처럼 기도하지는 않았다. 다들 자기 배를 쓰다듬으며 이렇게 말했다.

이곳에 자리가 하나 생겨 다행이라고.

이 밖에도 검은 구역이 붉은 구역과 다른 점은 한두 가지가 아니었다. 일을 하지 않는 것은 그저 하나의 특성일 뿐이었다. 이들은 우리와는 전혀 다른 생명체라 생각될 정도로 많은 면에서 달랐다. 우선, 서로의 감정에 긴밀하게 반응했다. 상대가 기쁘면 따라 기뻐했고, 상대가 슬프면 따라 슬퍼했다. 한 명이 절정에 다다르면 다른 이들에게도 엄청난 쾌락이 몰아닥쳤다. 모두가 기쁨의 신음을 내고, 심지어 울기까지 했다. 도저히 감정을 주체하지 못하는 사람들은 스스로를 때리면서 괴상한 소리를 냈다.

그들 사이에서 나는 가만히 있었다. 도저히 낄 수가 없었다. 귀를 막고서 몸을 말았다. 구역 밖으로 나가볼까 싶었으나, 저 멀리 경계면이 보이기만 하면 다리가 움직이지 않았다. 우리는 같은 인간이고 사람이니 언젠가 적응할 수 있을 거라던 하나의 말과는 달랐다. 나는 그들과는 전혀 다른 사람이었다. 점차 나는 이곳으로 쏟아지는 음식이나 물건과 크게 다르지 않은 존재가 되어 갔다. 하나 외에도 검은 구역 주민들이 내게 몸을 밀착해 왔으나, 반응이 없자 나를 두고 저들끼리 한데 엮이며 하나가 되려는 듯이 몸을 움직였다. 이후로 내게 말을 걸지도 않고 마치 없는 존재처럼 치부했다.

이들은 몇 주 동안이나 서로의 몸을 탐하는 데에 열중했다. 나는 점차 이들을 증오하게 되었다. 우리는 대체 무엇을 위해 그렇게 열심히 살았던 걸까? 이 사람들이 살아가며 파괴하는 환경을 우리가 복구해 주고 있었던 게 아닐까 싶었다. 열이 뻗쳤다. 누구는 어렵게 일을 하고, 누구는 일하지 않고 살아가는 이런 현실에 화가 났다.

그들은 지겨운 행위를 끝내고 나면 먹고 마시는 데에 집중했다. 식량도 붉은 구역에 제공되는 양의 두 배는 되었다. 본 적 없는 음식들도 많았다. 이들은 검은 죽만을 먹는 것이 아니라, 비릿한 냄새가 나면서 살아 움직이는 생물을 생으로 먹기도 했고, 큰 솥에 온갖 재료들을 넣어 끓여 먹기도 했다. 무엇을 얼마나 더 넣느냐에 따라 맛은 무척이나 달라졌다. 모두들 음식을 나누어 먹으며 살았다.

한 가지 명확한 것은, 모든 구역 주민들은 바로 검은 구역 출신이라는 점이었다. 여자들 대부분의 배가 불러 있었다. 하나는 곧 모두 아이를 낳을 것이라 했다. 이들에게는 마름 같은 존재는 물론, 명령을 내리는 스피커도 없었다. 다들 두 명분 이상으로 먹고, 자고, 놀았다. 출산마저도 본인의 의지로 일어나는, 지극히 자연스러운 현상이었다.

'우리도 이곳에서 태어났겠지.'

이 생각이 나를 무엇도 하지 못하게 붙들어 놓았다. 어렴풋이 그려왔던 우리의 근원이 사실은 우리를 갉아먹고 있었다는 사실에 배신감이 몰려옴과 동시에, 어깨가 떡 벌어진 그들의 몸집에 열등감을 느끼며 패배감에 빠져들었다.

물에 젖어드는 옷처럼 나도 서서히 그들의 생활에 스며들었다. 이곳에서 혁명은 완전히 다른 세상의 이야기였다. 혁명이란 단어 자체를 제대로 알고 있는 사람이 없는 것 같았다. 필요가 없었기 때문이다. 바로 옆에 붙어 있으면서도 우리는 완전히 다른 세계를 살고 있었다. 혁명을 일으키겠다는, 모든 구역에 혁명을 전하겠다는 나의 의지는 꺾이고 말았다. 이들은 일을 하지 않고도 가만히 누워서 만족할 만큼 음식을 먹을 수 있었다. 나 역시도 그들처럼 되어갔다.

어느 순간부터 하나의 손길 없이는 제대로 잠을 잘 수 없게 되었다. 이곳에 와서 종종 꿈을 꾸었다. 장소는 붉은 구역이었다. 내가 구역을 빠져나오던 그날의 일이 끝없이 반복되고 있었다. 4-4세대원들이 보였다. 앳된 얼굴과 작은 입술로 혁명을 외쳤다. 어김없이 주먹이 날아들었다. 머리가 으깨지고, 창자를 쏟아냈다. 그럼에도 그들은 4-3세대원들의 발목을 붙잡고서 혁명을 외쳤다. 그러나 나는 그런 끔찍한 상황에 맞서지 않고 도망쳤다. 비겁했다. 경계면으로 다가가니 죽은 관이 내게 말을 걸어왔다.

"혁명 정신은 어디 갔어?"

순간 빛이 사방을 뒤덮었고, 나는 손으로 얼굴을 가렸다. 잠에서 깨고 보니 심장이 터질 것처럼 뛰고 있었다. 하나는 비명을 듣고서 내게 다가왔다. 목을 빼어 하나가 있던 침대를 보니 남자들은 없었다. 하나는 나를 안았고, 나도 하나를 안았다. 다른 이들이 하는 것을 하지는 않았다. 그저 서로를 안고 있을 따름이었다.

먼 훗날 하나는 그때 처음으로 무언가를 느꼈다고 했다. 나도 마찬가지였다. 붉은 구역에서는 절대 느낄 수 없는 감정이었다. 눈에 보이지 않는 병원균 같은 것이 붉은 구역의 공기 중을 떠다니며, 그러한 감정을 수용하는 뇌 부분을 파먹고 있는 건지도 몰랐다.

나는 경계면에서 넘어오는 곡괭이 소리를 들으면서도 일부러 모른 척 고개를 돌렸다. 그 순간만큼은 죽어도 좋다고 생각했다. 죽어서 영원히 이 시점에 남아 있고 싶었다. 혁명도, 생존도 관여할 수 없는 그런 유일의 순간이었다.

그러나 행복은 그리 오래가지 못했다.

이곳에서 태어난 아이는 곧장 검시관의 측정을 거쳐 다른 구역에 보내졌다. 사실상 검시관의 손에서 아이들의 운명이 결정된다고 했다. 여자아이는 다수가 이곳에 남지만, 남자아이의 경우 아주 극소수만이 남는다고 했다. 그래서 이곳 여자들은 딸만을 원했다. 아들이 태어나면 표정을 찡그리거나 울면서 가슴을 쳤다. 그들은 딸을 낳기 위해 무엇이든 했다. 그런 시도 중에는 전혀 합리적으로 보이지 않는 방법들이 많았는데, 붉은 구역 쪽이 아닌 반대편으로 고개를 두고 잔다거나 출산하기 일주일 전에는 검은 죽을 먹지 않는 등 검증되지 않고 구전으로 전해진 것들이 대부분이었다. 그러나 우연의 일치인지, 아니면 빌어먹을 정부의 계획 때문인지는 모르겠지만 늘 남자아이들이 과반 이상으로 태어났다. 대부분의 남자아이들은 붉은 구역이나 초록 구역같이 육체노동을 하는 구역에 배정되었다.

검은 구역에서도 스크린을 통해 선전물이 흘러나왔다. 다만, 아나운서가 아니라 빨강, 초록, 파랑 등 여러 색상의 옷을 입고 있는 아이들이 보였다. 중심부에서 손바닥으로 눈을 가리고 있는 한 아이를 제외하고는 모두 가슴팍에 두 손을 모은 채 원형으로 서 있었다.

선전물이 시작되자마자 그들은 눈을 가린 아이를 중심으로 빙글빙글 돌기 시작하더니 한 명씩 화면 밖으로 빠져나갔다. 그렇게 모든 아이들이 사라지고 나면 손바닥으로 눈을 가리고 있던 아이가 카메라를 향해 말했다.

"인류를 위해."

여자들은 배를 만지며 그 말을 따라 했다.

"인류를 위해."

나 역시 따라 했으나, 그들이 하는 말과 내가 하는 말의 의미가 같아 보이지는 않았다. 그들은 인류가 아니라 자기 자식을 위해서 무엇이든 하려 했다. 하나도 마찬가지였다. 그는 매우 어렵게 임신했다고 했다. 처음 검은 구역에 배정을 받고 온 뒤로 1년간 임신이 되지 않아 무척이나 힘들었다고. 1년이 지나도록 임신을 하지 못하면 처분이 내려진다고 했다. 어떤 처분인지 하나는 끝끝내 내게 말해주지 않았다.

다행히 하나는 내가 오기 얼마 전에 임신을 했고, 어느덧 내가 처음 검은 구역에 왔을 때보다 배가 훨씬 부풀어 오른 상태였다.

하나는 종종 자기 배 쪽으로 나를 끌어당겼다. 가만히 하나의 배에 귀를 대면, 무언가 꾸물거리는 것이 느껴졌다. 하나가 말했다.

"아가야, 세상은 밝고 아름답단다."

그 말에 동의할 수 없었다. 이곳은 내가 살던 곳과는 전혀 다른 세상이었으니까. 나는 검은 구역의 사람들을 이해하지 못했다. '도대체 왜 이렇게까지 살아야 하는 거지?' 이런 질문을 하는 사람은 이곳에 없는 걸까? 개미처럼 일을 하고, 또 하고, 남자는 정액을 쏟다 죽고, 여자는 아이를 낳아 기르다가 죽고, 결국에는 그 아이도 같은 일을 반복하겠지. 그 끝은 무엇일까?

나도 알 수 없었다.

나는 자유롭게 검은 구역을 돌아다녔다. 다들 하나와 크게 다르지 않은 삶을 살고 있었다. 방에 모여 여럿이 관계를 맺고, 먹고 마시고 떠들었다. 이제는 내 시선을 그리 길게 끌지는 못했다. 동굴 안으로 쏟아지는 빛을 따라가니 입구로 이어지는 모래 언덕이 보였다. 모래 언덕은 지상과 가까워질수록 완만해졌다.

이따금 진동이 느껴졌다. 하나가 말한 그 진동이었다. 진동이 오는 방향을 따라가면 다시 붉은 구역에 이를 수 있었다. 다시 돌아가서 4-4세대원을 이끌고 이곳으로 오면 어떨까? 우리 모두 행복하게 살 수 있지 않을까? 그러나 내게 마지막으로 남겨진 건 나를 죽이라는, 혁명 수장의 비정한 목소리였다. 그들에 대한 안타까움은 전혀 느껴지지 않았다. 나는 복수를 하고 싶었다. 혁명파 단원들은 나머지 4-4세대원들과 나, 그리고 관을 버렸다. 이제는 돌아갈 곳이 없었다. 앞으로 무얼 해야 할지, 아무리 생각해 보아도 답이 나오지 않았다. 그저 해가 닿지 않는 동굴 속 모퉁이에 앉아 빛을 피해 도망 다녔다.

그런데 어느 날, 누군가가 내게 말을 걸어왔다.

“못 보던 얼굴인데.”

돌아보니 한 남자가 내 뒤에 서 있었다. 눈썹이 짙고, 얼굴은 각이 져 있었다. 나이는 나와 비슷해 보였다. 그는 몸에 천을 반쯤 걸친 상태였는데, 시선은 내가 아니라 내가 보고 있던 언덕 위를 향하고 있었다. 그는 내 옆에 앉았다.

“다른 구역 주민인가?”

나는 답하지 않았다. 그는 입맛을 다시더니 해가 드는 곳을 향해 돌을 던졌다. 돌은 멀리 나아가지 못하고 모래 속에 깊게 파묻혔다.

“이야기해도 괜찮아. 우리는 그런 거 신경 안 써.”

그럼에도 내가 대답하지 않자 그는 한숨을 크게 내쉬고는 말했다.

“곧 죽을 사람들끼리 그런 걸 신경 써서 뭐 해?”

“죽는다고?”

내가 놀라서 묻자 그는 반갑다는 듯이 활짝 웃었다.

“이제야 이야기할 마음이 생겼나 보네.”

“말해. 우리가 왜 죽어.”

“아무튼, 난 박이라고 해.”

박은 숨을 크게 내쉬었다. 몸을 움직일 때마다 천이 흘러내리며 그의 탄탄한 몸이 드러났다.

“몰랐나 보네. 하나가 말 안 해줬어?”

박은 안타깝다는 듯이 고개를 젓히며 말했다.

“미안한 말이지만, 여기 남자들은 분기에 한 번씩 검은 구역을 떠나. 물론 돌아온 사람은 없어."

그는 내 표정을 살피고는 물었다.

"남자, 여자가 뭔지는 알지?"

아주 명확하게는 몰라도, 내가 남자라는 사실만은 알고 있었다. 하나가 나를 보고 남자라고 했으니 말이다. 나는 고개를 끄덕이고는 박에게 물었다.

"우리가 왜 죽어?"

박은 바닥에 손가락으로 큰 원을 그리더니, 그 안에 작은 원 두 개를 더 그려 넣었다. 작은 원은 조금의 간격을 두고서 붙어 있었다.

"이 두 원이 검은 구역과 붉은 구역이야. 여기서 얼마 떨어지지 않은 곳에는 오염 구역이 있어. 과거에는 무기를 개발하던 실험장이었대. 실험을 하다가 구역 전체가 오염되어 버린 거지."

"도대체 어떤 무기길래?"

"듣기로는 지구 전체를 한 번에 파괴할 수도 있었다고 해."

"그럼 자기들도 죽잖아."

내 물음에 박은 자신도 이해하지 못하겠다는 듯이 손으로 머리를 긁었다.

"나도 모르지. 그 사람들 생각을 내가 어떻게 알아? 후손들 생각도 안 한 사람들인데."

모성애와 부성애를 강조하는 검은 구역 주민다운 말이었다. 박의 말을 들으니 한숨이 절로 나왔다. 나는 박이 잘 모른다는 것을 알면서도 물었다.

"그럼 무기를 개발하다가 되레 그 무기에 당한 거야?"

박은 고개를 끄덕였다. 선조들의 행동에 이가 갈리지 않을 수 없었다. 도대체 그들이 남긴 빚을 우리가 얼마나 더 청산해야 하는 건지 알 수 없었다. 박은 당연하다는 듯이 말했다.

"문제는 정기적으로 그 오염 구역을 청소하지 않으면, 검은 구역에 오염 물질이 쏟아진다는 거야."

"그러면 어떻게 되는데?"

그러자 박은 나를 일으켜 세우고는 스크린 앞으로 데려갔다. 선전물이 나오는 스크린이었다. 평화로운 동산이 보였다. 붉은 구역과는 비교도 할 수 없을 만큼 풀과 나무가 넘쳐나고, 영상으로만 봤던 동물들이 뛰노는 곳이었다. 그런데 귀를 찢는 듯한 엄청난 폭발음과 함께 삽시간에 동산은 불길로 뒤덮였다. 이어서 폭발의 진원지로부터 아주 독특한 형태의 구름이 피어올랐다. 위쪽은 둥그스름하고 가운데는 가늘며 아래쪽은 원형으로 퍼져 나가는 모양새였다. 장면이 바뀌고, 폭발운이 가라앉은 동산의 모습이 보였다. 폭발이 있던 자리에는 어떤 생명체도 살아남지 못했다. 모든 것이 검게 타버렸다. 심지어는 돌마저도 녹아버려 형체를 알 수 없게 되었다. 이어서 폭발의 직접적인 영향을 받지 않은 곳도 보였다. 겉으로 보았을 땐 괜찮은 것 같았으나, 생명체들의 모습이 이상했다. 화상을 입은 것처럼 피부가 벗겨지거나, 털이 모조리 빠져 몸을 떨다가 죽어갔다.

오염 구역과 관련된 선전 영상은 거기서 끝이었다. 이어서 '출산은 인류의 희망'이라는 내용이 나왔으나, 내 머릿속은 온통 오염 구역과 관련된 장면들로 가득했다. 나는 박에게 물었다.

"사실이 아닐 수도 있잖아."

박이 어딘가를 검지로 가리키며 말했다.

"여기서 멀리 떨어지지 않은 곳에 스크린에 나온 것과 비슷한 잔해들이 있어. 구역화가 있기 훨씬 이전에 폭발이 일어나서, 지금은 괜찮은 것 같아. 원한다면 가봐도 돼."

박의 표정을 보아 사실인 것 같았다. 나는 오염 물질이 붉은 구역에 퍼지는 상상을 했다. 모두의 피부가 벗겨지고 머리가 빠지고 흰색 반점이 생기며 죽어가는. 복수심이 잠깐 솟구쳤으나 이내 무기력함으로 바뀌었고, 가라앉은 마음은 하나가 잠들어 있는 방에 시선이 닿자 다시 달아올랐다. 박에게 말했다.

"그 오염 물질을 우리가 치우는 거고?"

"그래. 누군가는 꼭 해야 할 일이지."

박은 고개를 끄덕였다. 그의 얼굴에서 낯익은 표정이 떠올랐다. 꼭 혁명 단원들이 혁명을 말할 때와 같은 얼굴이었다. 눈이 빛나고 있었다. 그런데 갑작스레 그 빛이 꺼지더니 박의 낯빛이 어두워졌다.

"그런데 일부 여자들도 치워."

그게 나와 무슨 상관이냐며 박의 얼굴을 빤히 쳐다보자, 그가 말을 이었다.

"아이를 못 낳는 여자들 말이야. 예를 들면 하나 같은."

예상치 못한 이름이 그의 입에서 튀어나와 나는 크게 놀랐다. 나는 박이 하나에 대해 제대로 알지 못한다고 생각했다.

"하나가? 아니야. 하나는 지금 아이를 가지고 있어."

박은 내 표정을 살피더니 말했다.

"내가 잘못 알고 있었나 보다. 미안."

기분이 이상했다. 나는 하나가 잠들어 있는 방을 물끄러미 바라보았다.

나태

밤중에 앓는 소리가 들렸다. 화들짝 놀라 고개를 돌려 하나를 보니 이마에서 땀이 흐르고 있었다. 악몽을 꾸었는가 싶어 하나에게 입을 맞추려 했으나 그는 고개를 돌려 내 입맞춤을 피했다. 이불 밑에서 축축함이 느껴졌다. 악몽 때문에 등에서 식은땀이 흐른 줄로만 알았다. 천을 들춰보니 침대가 피로 뒤덮여 있었다. 놀란 나는 방 밖으로 달려 나가 사람을 부르려 했으나 하나가 내 손을 잡았다. 손을 뿌리치려 할수록 하나는 더욱 강하게 내 손을 붙잡았다. 하나에게 물었다.

"왜 그래?"

하나는 이유를 말하지 않았다. 그저 고개를 저을 따름이었다. 내 손을 꽉 쥐고서 말이다. 그러나 하나가 아픈 것을 보고만 있을 수는 없었다. 결국 손길을 뿌리치고서 바깥으로 나가 이 방 저 방을 돌아다니며 도와달라고 외치자, 어둠 속에서 누군가가 나타났다. 늙은 여자였다. 그에게 하나의 증상을 설명하자 자기가 도울 수 있다고 했다. 나는 그를 방으로 안내했다.

하나는 정신을 잃고 쓰러져 있었다. 방으로 들어온 여자는 하나를 위아래로 살피더니 이불 아래로 고개를 넣었다. 그리고 얼마 지나지 않아 이불에서 기어 나오더니 억지로 하나를 일으켜 어디론가 데려가려 했다. 나는 늙은 여자의 앞을 막아섰다. 차가운 시선을 보내오는 그에게 물었다.

"어디로 데려가려고?"

늙은 여자가 나를 보며 말했다.

"수술해야 해."

그제야 나는 진작 물었어야 하는 것을 물었다.

"당신, 누구야?"

늙은 여자는 대답하지 않고서 하나의 손목을 끌었으나 나는 길을 비켜주지 않았다. 그는 크게 한숨을 내쉬더니 말했다.

"지금 안 가면 둘 다 죽어. 괜찮아?"

"아이는?"

"태어나도 오래 살지 못할 거야. 분명 아카데미도 못 가겠지."

"그걸 어떻게 알아?"

그는 내 말을 무시하고서 하나를 데려가려 했으나 나는 온몸으로 그 앞을 막아섰다.

"말해."

"덜 자란 아이야. 내가 눈으로 직접 봤어. 너한테 더 설명해 줄 시간 없어. 빨리 결정해. 둘 다 죽일지, 아이 엄마라도 살릴지."

나는 하나의 다리 사이로 흐르는 피를 보았다. 피는 선명하게 하나의 허벅지를 타고 흘러내려 바닥을 적시고 있었다. 나는 그제야 한 발자국 옆으로 물러났다. 가까스로 일어선 하나는 늙은 여자를 따라 나가더니 한동안 방으로 돌아오지 않았다.

나는 혼자서 뜬눈으로 밤을 지새웠다. 피가 스며든 이불을 가만히 보다가 들고서 밖으로 나갔다. 사람들이 모두 잠든 밤, 인공위성 불빛이 반짝거리며 사위를 밝히고 있었다. 나는 모래 언덕이 있는 쪽으로 갔다. 피 묻은 천을 모래로 비벼대자, 고운 모래알갱이가 천 사이사이에 들어갔다가 빠져나오기를 반복했다. 피를 머금은 붉은 알갱이들은 무수한 모래 속에 섞이고, 새로운 알갱이들이 다시금 피를 머금었다가 사라졌다. 모든 것이 그처럼 사라지기를 바랐다.

나는 늙은 여자가 검시관이었다는 사실을 하나를 보내고 나서야 알았다. 다음 날 돌아온 하나는 온종일 가만히 누워 있기만 했다. 말도 하지 않고 울지도 않았다. 죽은 것처럼 그저 가만히만 있었다. 하나의 배가 줄어든 것으로 보아, 아이를 잃었다는 사실을 넘겨짚을 따름이었다. 하나는 내게 원망을 쏟아내거나 화를 내지 않았다. 그게 더 답답했다. 내가 만약 검시관을 데려오지 않았더라면, 이런 상황까지 벌어지지 않을 수도 있었는데.

밤새 하나는 나를 등지고 가만히 누워서 문 쪽만 바라보았다. 그에게 차마 다가가기가 힘들었다. 갈팡질팡하다가 아침이 밝았다. 마치 모래바람처럼 사람들이 방으로 들이닥쳐 하나와 관계를 맺으려 했다. 어제 무슨 일이 있었는지도 모르면서 말이다. 도저히 참을 수가 없었던 나는 자리에서 일어나 그들에게 달려들었다. 그러나 매일 충분한 음식을 먹은 그들에게 몸집에서부터 밀렸다. 나는 무기력하게 벽으로 내쳐졌다. 순간 숨이 쉬어지지 않았다. 그러나 포기할 수 없었다. 나 자신에 대한 원망 때문인지도 몰랐다.

"그만해."

하나는 다른 이들이 아니라 내게 그렇게 말했다. 이해할 수가 없었다. 지키려 그런 건데, 내 마음을 몰라주는 하나 때문에 눈물이 나왔다. 하나 앞에서는 울고 싶지 않았던 나는 그대로 문밖으로 나와, 소리를 듣지 않으려 귀를 막아야 했다.

이후로도 하나는 계속해서 다른 남자와 관계를 맺었다. 나는 방에 있을 수가 없어 밖으로 나와야 했다. 아무도 나에게는 관심이 없었다. 모두들 먹고, 마시고, 관계를 맺고, 자기 자식을 돌보는 것 외에는 관심을 가지지 않았다. 괴로웠다. 어떤 소리도 듣고 싶지 않았다. 차라리 귀를 파버리고 싶을 정도였다. 나는 검은 구역 이곳저곳을 빙빙 돌다가, 다시금 동굴 입구 쪽에 섰다. 나가고 싶었다. 이곳을 떠나고 싶었다. 붉은 구역만 아니라면 어디든 상관없었다. 그러나 경계면은 보이지 않았고, 저 멀리 오염 구역에서 피어오른 검은 구름이 서서히 하늘에 모이는 것만이 보였다. 차라리 저것이 쏟아져서 검은 구역 전부를 쓸어버렸으면 했다.

"괜찮아?"

고개를 돌려보니 박이 서 있었다. 얼마 전처럼 아주 얇은 천을 몸에 두른 채였다. 나는 그의 어깨를 잡고는 박치기를 가했다. 다리에 힘이 풀려 쓰러진 박 위에 올라타 그에게 주먹을 날렸다.

"왜 이래?"

박은 팔로 얼굴을 가리면서 물었다. 나는 불을 토해내듯이 말했다.

"어떻게 하나가 아이를 못 낳을 거란 사실을 알았지?"

박은 벌떡 일어나 나를 그대로 들어 올리더니 벽으로 밀쳤다. 나는 아까와 마찬가지로 손쉽게 밀려나고 말았다. 그러나 그에게 다시 달려들었다. 이번에는 봐줄 생각이 없었다. 다시금 내 주먹이 박의 얼굴을 향했으나, 박은 가볍게 피하고서 나를 넘어뜨려 버렸다. 나는 몸에 힘이 풀리면서 그대로 바닥에 쓰러졌다. 웃음소리가 들려왔다. 주변에서 우리를 지켜보던 다른 사람들이 내는 소리였다. 그들을 쏘아보려 했으나, 몸이 움직이지 않았다. 그러나 박은 웃지 않고 다소 슬픈 표정으로 말했다.

"내가 결정하는 게 아니라 검시관들이 하는 거야."

"왜? 도대체 왜?"

박은 물끄러미 나를 보았다. 질책하는 것만 같았다.

"여기 오고 나서 하나는 크게 아팠어. 그때 하혈을 많이 했지. 검시관들은 하나에게 임신한다고 해도 정상적인 아이를 낳지 못할 것이라 했어."

"그래서 하나는 아이를 잃은 거야? 아니, 정상적인 게 뭔데? 일을 잘해야만, 생존에 도움이 돼야만 정상적인 거야?"

박은 대답하지 않았다. 표정이 좋지 못했다.

"도대체 뭘 위해서? 너희들은 뭘 위해 아이를 낳는 거야?"

박이 내게 고개를 가까이 들이밀고는 속삭였다.

"당연히 인류를 위해서지."

박이 하늘을 가리켰다.

"우선 그들은 그렇게 말해. 일부는 나도 옳다고 믿어."

나는 박에게 소리쳤다.

"네가 당하는 게 아니라서 그래! 그건 네가……."

박이 고개를 저었다.

"아니, 나도 마찬가지야. 내가 전에 말했지? 분기 말이 얼마 남지 않았다고."

나는 박을 올려다보았다. 이미 죽음을 받아들인 사람처럼 박은 담담한 표정을 짓고 있었다. 최의 얼굴이 그와 겹쳐 보였다. 그에게 물었다.

"가만히 있을 거야?"

박이 씁쓸한 표정을 지으며 말했다.

"어쩌겠어. 모두가 살자고 그러는 건데."

박은 그렇게 자리를 피했다. 내게 생각할 시간을 주려 한 건지, 아니면 또다시 관계를 맺으러 간 건지는 알지 못했다.

✦

우리의 모든 행동은 인류를 위해서였다. 그렇게 착취를 당하는 것도, 오염 물질을 정화하기 위해서 목숨을 바치는 것도. 심지어 혁명을 일으키는 것도 마찬가지였다. 과거 혁명 수업에서 간부들은 인류를 위해서 혁명을 하는 것이라고 말했는데, 그 방법과 수단만 다를 뿐 정부와 같은 말을 하고 있는 것이었다. 문제는 혁명 이후의 세계에 관해서는 그 누구와도 이야기를 나눈 적이 없다는 것이다.

박이 떠나고 허망함에 사로잡혀 저녁까지 바깥에 있었다. 해가 저물고 나서야 방으로 돌아가 보니 늙은 여자가 방문을 나서고 있었다. 전에 보았던 검시관이었다. 그는 가만히 나를 보며 무언가를 말하려다 말고 돌아섰다. 방에 들어가 보니 하나는 침대 위에서 고개를 숙이고 있었다. 나는 하나의 어깨를 쓰다듬고는 끌어안았다. 하나는 울고 있었다. 그녀는 나를 올려다보며 말했다.

"불임이래."

하나는 소리 내어 울면서 온갖 이야기를 꺼내놓기 시작했다. 자신은 태어나 보니 검은 구역에 와 있었고, 원하지 않을 때도 관계를 가져야 했다고 말했다. 하나는 이런 삶을 살고 싶지 않다고 했다. 모두가 마찬가지라고 말하고 싶었으나, 하나의 얼굴을 보니 입술이 떨어지지가 않았다. 그러는 와중에도 하혈하던 날 사람을 찾으러 나가려는 나를 붙잡았던 이유는 끝까지 말해주지 않았다. 하나는 홀쭉해진 자기 배를 어루만지며 말했다.

"차라리 잘된 일이야."

그렇게 아이에 관한 사랑을 이야기하던 사람이 할 말은 아니었다. 나는 다소 놀란 표정으로 하나를 보았다.

"아이를 낳고 싶지 않았어."

하나는 멍한 눈빛을 하고서 말을 쏟아내기 시작했다.

"너만큼이나 우리도 잘 알고 있었어. 모른 척하고 있었던 거지. 우리는 일을 하지 않는데, 어디서 음식이 나오는 걸까? 네가 말했듯이 붉은 구역에서는 그렇게 무수히 많은 죽음이 잇따르고 있다는데, 정부에서는 이유를 설명해 주지 않아. 분명 거기에 사는 애들은 우리와 다르지 않은 인간일 텐데. 그들이 그렇게 사는 이유가 분명히 있을 텐데, 왜 우린 그걸 생각해 보지 않은 걸까?"

하나의 눈에 눈물이 고였다.

"얼마나 많은 사람이 이 아이들을 위해 죽어가는 건지. 그게 정말 맞는 걸까? 이렇게 사는 게 의미가 있는 걸까? 얼마 전까지만 해도 나는 세상에 의문을 가지려 하지 않았어. 어떤 숭고한 목적이 있다고 생각했어. 그런데 아니었어. 더럽고 치사하다 못해 도저히 봐줄 수가 없는 그런 목적……."

하나는 내가 이해하건 말건 이야기를 늘어놓고 있었다. 더는 대화가 아니었다. 혼잣말에 가까웠다. 하나는 중얼거리기 시작했다.

"내 아이를 그렇게 이용되게 할 수는 없어."

복수심과 더불어 속에서 어떤 감정들이 일렁였다. 입을 다문 채로 흐느끼는 그에게 나의 어떤 말도 가닿지 않으리란 걸 본능적으로 알았다. 사실 하나의 말들은 전부터 내가 하나에게 하고 싶었던 말들이었다. 이곳에서 얼마 떨어지지 않은 곳에서 사람들은 어떤 목적 하나만을 위해 죽어가고 있는데, 그것은 단순히 자기 자신을 위한 것이 아니라 이 인류 전체를 위한 것이라고. 사실 혁명이라는 이름으로 그 일을 그만두는 것은 인류를 위해서라는 고귀한 목적이 아니라, 일하지 않으려는, 편하게 살려는 이기적 인 마음에서 비롯된 것일지도 모른다고.

하나는 침묵하고 있던 나를 안았다. 그러나 나는 하나를 마주 안지 못한 채 가만히 생각했다.

'무엇이 맞는 걸까? 일부 없이 전체가 있을 수 있을까? 전체 없이는 일부도 없는 것과 마찬가지인데?'

교만

어느 새벽, 하나와 나는 검은 구역 중심부로 발걸음을 옮겼다. 그 어떤 이의 명령 때문은 아니었다. 분기 말에 가까워졌고, 곧 새로운 세대가 오니 구세대인 우리는 이 구역을 떠나야 한다는 그런 직접적인 말을 하거나 눈치를 주는 이도 없었다. 그럼에도 약속이라도 한 것처럼 검은 구역 중심부로 사람들이 하나둘씩 모여들었다. 그중 여자들은 박이 말했듯 불임인 사람들이었다. 정부의 기준에서 쓸모없는 인간들이었다.

중심부에 모인 모두는 어깨에 짐을 멘 상태로 지상으로 난 입구를 바라보았다. 길은 지상을 향해 매끄럽게 뻗어 있었다. 모두들 무표정했다. 어쩌면 모두가 질려버린 것일지도 몰랐다. 이렇게 살아가는 것에 대해.

중심부에 가기 직전, 하나는 내게 나와 함께 발견된 포대 자루를 건넸다. 자루 안에는 마름이 작성했던 서류가 들어 있었다. 서류들을 잠시 살피다 다시 자루에 집어넣었다. 하나에게 이것까지 보이고 싶지는 않았다. 시간이 갈수록 짙어져 가는 어둠을 굳이 지금 마주할 필요는 없으니까. 그저 우리는 눈을 감고서 자신만의 어둠을 받아들이면 될 테니까. 나는 식량과 물을 자루에 최대한 많이 담고는 어깨에 멨다. 무게가 상당해서 한 발 내디딜 때마다 발바닥에 힘이 잔뜩 들어갔다. 반면에 하나의 짐은 내 것에 비해 매우 단출했다. 오염 구역까지 가는 데 필요한 최소한의 양이었다. 하나가 나를 도와준다고 했지만, 나는 혼자서 낑낑대며 자루를 어깨에 멨다.

사람들은 각자의 짐을 메고서 드디어 지상으로 올라갔다. 뒤로 거친 숨소리가 잇따라 들려왔다. 지상에 올라서서 동굴 뒤를 돌아보니 경계면이 보였다. 붉은 구역이 저 너머에 있을 것이었다. 그러나 우리가 가야 할 곳은 그 반대 방향, 끝없이 펼쳐진 모래사막이었다. 바람이 불 때마다 모래가 얼굴을 긁는 바람에 눈을 뜨기가 힘들었다. 앞서가던 박이 한쪽을 가리켰다. 손끝이 향하는 곳에 커다란 먹구름이 보였다. 박이 말했다.

"저기서 비가 내리면 오염 물질들이 전부 이리로 올 거야."

막지 못한다면, 그것들은 검은 구역을 통과해 붉은 구역으로 나아갈 것이었다. 나는 먹구름을 향해 발걸음을 옮겼다. 혁명을 일으키려 할 때만큼 불타오르는 마음도 아니었고, 붉은 구역 주민들에 대한 죄책감 때문도 아니었다. 죽은 관이 내게 말했던 '멈추지 마'에 대한 대답을 보여주고 싶을 뿐이었다. 사실, 무엇도 하고 싶지 않았다. 갱도를 파는 것도, 페달을 밟는 것도. 더불어 이 세상에 아이가 태어나는 것과, 앞으로도 사람들은 쭉 이렇게 살아갈 것이라는 사실은 떠올리기조차 지겹고 역겨웠다.

과거에는 혁명만을 생각하면 됐다. 포기하고 싶을 때면, 모두가 힘을 합쳐서 일으킬 엄청난 세기의 돌풍을 떠올렸었다. 그러나 알고 보니 내 손만으로 돌풍을 일으킬 수는 없었다. 나는 지나치게 연약하고 가녀린 한 명의 인간일 뿐이었다. 혼자서는 그 어떤 것도 변화시킬 수가 없었다. 나는 그런 나약한 나를 받아들이기로 했다.

천천히 앞으로 나아가기 시작했다. 발이 모래에 푹푹 빠졌고, 모래 알갱이들이 사정없이 입과 눈으로 쏟아졌다. 맨 앞사람만 방향을 잡기 위해 눈을 내놓았고, 나머지는 고개를 떨구고서 앞사람 발자국을 보고서 걸었다. 아무도 말을 하지 않았다. 간단한 대화조차 오가지 않았다. 모두 속으로 이 세상에 마지막으로 남길 말들을 떠올리고 있을 것이었다. 나는 붉은 구역에 대해 생각했다. 그러나 생각의 끝은 늘, 내 앞에서 숨을 헐떡이며 걷고 있는 하나였다.

✦

아주 오래 걸었다.

붉은 구역을 물론이고 검은 구역도 전혀 보이지 않게 될 만큼. 자유로움을 느끼기도 했다. 어떤 방향으로 고개를 돌리든 광활한 사막이 펼쳐져 있었다. 비록 비슷한 풍경의 연속이지만, 전처럼 같은 곳을 맴도는 것이 아니라 어딘가로 이동하고 있다는 사실이 내 복잡한 머릿속에 자그마한 숨구멍을 뚫어놓는 것 같았다.

쉬지 않고서 며칠을 꼬박 걸었다. 사람들은 자주 넘어졌고, 숨을 헐떡였다. 장시간 움직이는 것에 익숙하지 않은 사람들이었다. 나는 그들에게 호흡법을 알려주었다. 숨을 짧게 나누어 쉬는 것이 좋다고 하니 다들 곧잘 따라 했다. 부지런히 걷다 보니 생각보다 빨리 오염 구역 근처에 도착할 수 있었으나, 가져온 음식과 식수가 이미 바닥나 버린 상태였다. 이제 돌아갈 수 있는 방법은 없었다. 거대한 먹구름은 금방이라도 비를 쏟아낼 것처럼 커져 있었다. 천둥소리도 들려왔다. 우리는 잠시 중간 기착점에서 쉬기로 했다.

기착점에 도착하자마자 사람들은 바로 자리에 쓰러지듯 눕더니 잠을 청했다. 그러나 나는 좀처럼 잠들지 못했다. 하나도 피곤했는지 얼마 지나지 않아 코를 골았다. 그 모습을 가만히 보다가 자리에서 일어났다. 주변을 둘러보며 위협이 될 만한 것을 경계하려 했는데, 어딘가 익숙한 느낌이 들었다. 나는 기착점 주변을 둘러보며 붉은 구역을 떠올렸다. 시간이 오래 지나 붉은 구역에 모래가 쌓이면 꼭 이런 모습일 것만 같았다.

'높게 솟은 곳은 정문일 테고. 저기는 언덕이려나?'

한번 생각이 자리 잡히니, 익숙한 지형들이 눈에 보이기 시작했다. 잘 짜인 틀처럼 모든 위치가 전부 맞아떨어졌다. 설마 이곳이 과거엔 붉은 구역이었던 걸까? 다만 갱도 비슷한 것은 보이지 않았다. 아마 깊이가 상당하니 아주 깊숙한 모래 속에 파묻혀 버린 것일지도 몰랐다. 주변을 둘러보는데, 무언가가 모래 더미 속에서 반짝였다. 나는 모래를 빠르게 손으로 헤쳤다. 아무리 퍼내도 모래는 파헤친 곳으로 다시 쏟아졌다. 마치 페달을 밟는 것 같았다. 힘을 쏟아도 변함없이 제자리걸음이었다. 열이 뻗쳐, 무언가 걸리기를 바라면서 모래 속에 손을 더욱 깊게 쑤셔 넣었다. 한참 휘젓기를 반복하자 손끝에 무언가가 닿았다. 아주 단단했다. 나는 용을 써가며 아주 힘들게 그것을 밖으로 꺼냈다. 놀라지 않을 수 없었다.

내 손에 들린 것은 페달이었다.

오염 물질 정화 장치를 가동하던, 그 페달 말이다. 다만 지금 붉은 구역에서 사용하는 클릿 페달과는 다른 모양이었다. 발에 닿는 면은 약간 울퉁불퉁했으나 전체적으로는 평평했다. 페달은 앞뒤 상관없이 잘 돌았다. 즉, 오늘날 붉은 구역의 것과는 달리 발을 쉽게 뗄 수 있는 구조라는 것이었다. 나는 페달을 멀리 내던져 버렸다. 보지 말아야 할 것을 본 것만 같았다.

'무슨 일이 있었던 걸까? 이곳이 4-1세대 이전의 사람들이 살았던 붉은 구역인 걸까?'

만약 내 의문이 사실이라면 이상한 점이 한두 개가 아니었다. 우선, 오염 구역과 너무 가까운 곳에 붉은 구역이 있었다는 거였다. 당장 오염 물질들이 들이닥쳐도 이상하지 않을 정도의 위치였다. 만약 박이 보여준 영상대로 구역화 전에 폭발이 발생한 거라면, 이렇게 가까이에 붉은 구역을 만들지 않았을 것이었다.

'무엇 때문에 이곳엔 폐허만 남았을까? 여기 있던 이들도 지금의 붉은 구역처럼 혁명을 계속 시도하다가 끝내 사라진 것일까?'

물론 물음에 대답해 줄 사람은 어디에도 없었다. 4-1세대 이전 사람들의 행적은 전설로 전해지지도, 혹은 혁명 신화로 다뤄지지도 않았다. 생존 혁명 당시 혁명 수장에게 과거에 대한 이야기를 모두 들었다던 최조차도 알지 못하는 역사였다. 누구도 과거 전부를 알 수는 없었다. 4-4세대원들이 4-3세대의 혁명을 모르듯이 말이다. 아마 다른 구역도 마찬가지이며, 앞으로 살아갈 모든 인간도 그럴 것이었다. 선대는 두려움과 부끄러움에 자신들의 이야기를 남기려 하지 않을 것이고, 후대는 선대가 저지른 실수를 반복할 것이다. 이 악의 순환 고리에서 탈출하기는 요원해 보였다.

"뭐 해?"

뒤를 돌아보자 하나가 서 있었다. 막 잠에서 깬 듯 눈을 비비고 있었다.

"잠이 안 와서."

하나는 자연스럽게 내 옆으로 다가왔다. 나는 페달이 있는 곳으로 눈길을 던졌다. 하나 역시 슬쩍 고개를 들고서 모래 바닥에 내던져진 페달을 보았지만, 그다지 신경 쓰지 않는 눈치였다. 그는 성큼성큼 내 쪽으로 다가오더니 나를 안으려 했다. 그러나 나는 하나를 밀어냈다. 하나가 마음에 들지 않아서 그런 것은 아니었다. 이런 상황 자체가 싫었다. 내일이면 모든 것이 끝날 텐데, 그런 현실을 알면서도 하나와 가까워지고 싶지는 않았다. 하나는 내가 밀어내도 몇 번이고 나를 끌어안으려는 시도를 멈추지 않았다. 그럴수록 나는 거칠게 그를 뿌리쳤다. 실은 약간의 앙금도 남아 있었다. 아이를 잃은 그날, 하나는 왜 자신과 관계를 가지려는 이들은 그대로 두고 자신을 지키려는 나에게 그만하라고 말했을까. 하나가 말했다.

"오늘만. 오늘만 봐주라. 내일이면 전부 사라질 테니까."

하나의 애원에도 나는 그를 안아주지 않았다. 가만히 어깨만 내줄 따름이었다. 하나는 내게 기댄 채 내 등을 쓸었다. 그날따라 인공위성 불빛이 우리를 유독 환하게 비추고 있었다.

밤새 하나와 이야기를 나누거나 하지는 않았다. 여러 말이 목 끝까지 차올랐지만, 차마 꺼내지 못했다. 주로 원망과 분노, 그리고 알 수 없는 감정들이었다. 그것을 어떻게 말로 표현해야 할지 나는 알지 못했다. 하나는 가만히 내게 기대어 있다가 다시 자기 자리로 돌아갔다. 멀리서 훌쩍이는 소리가 들려오는 것을 나는 애써 무시했다.

해가 완전히 뜨지도 않았는데, 사람들은 하나둘 자리에서 일어났다. 평소의 그들답지 않았다. 밤새 잠들지 못한 나는 자리에서 일어나 페달이 있는 곳으로 갔다. 반쯤 파묻혀 있는 페달을 모래 안으로 더욱 깊이 쑤셔 넣었다. 앞으로 이곳에 누가 올지는 모르겠지만, 아무도 발견하지 않았으면 했다. 우리는 모두 죽을 것이고 붉은 구역에 관한 기억들은 나와 함께 사라질 것이다. 이것을 전해줄 사람은 존재하지 않을 것이다. 모래는 게걸스럽게 페달을 삼켰다.

오해와 착각

오염 구역으로 다가가는 와중에 갑작스레 비가 내리기 시작했다. 머리를 살짝 적실 정도로 가늘게 내리던 빗줄기는 어느덧 앞이 보이지 않을 정도까지 몰아쳤다. 물로 만들어진 장막을 뚫고 나가는 것만 같았다. 수분을 머금은 모래는 진흙이 되어 천천히 우리 발을 집어삼켰다. 포기하고 싶다는 생각이 들 무렵 비를 뚫고 선두에서 외침이 들려왔다.

"저기!"

가장 선봉에 있던 남자였다. 그의 손끝에 오염 구역이 있었다. 도착했다는 사실에 기쁘기보다는 끝이 다가왔음을 실감하며, 나는 혀로 입천장을 긁어댔다. 주위를 둘러보았다. 하늘에 먹구름이 가득했다. 오염 구역이라고 해서 땅이 특히 거무죽죽하지는 않았다. 그저 똑같은 사막이었다. 그런데, 물길이 한데로 모이더니 거대한 지류를 만들어내는 것이 보였다. 언덕 아래쪽에 점차 큰 웅덩이가 생성되기 시작했다. 수면이 먹구름을 반사하여 검게 보였다.

"가자!"

선두의 외침과 함께 사람들은 언덕 아래에 거대한 적이라도 있는 것처럼 악을 쓰고 발을 굴러댔다. 마치 전염병처럼 검은 구역 주민들 간에 감정은 빠르게 퍼졌다. 다들 환각이라도 보고 있는 것처럼 앞을 향해 달려 나가려 했다. 두려움을 이겨내려 광기에 빠져드는 것 같았다. 얼마 안 가 그 광기는 전체로 퍼졌다.

모두가 웅덩이를 향해 미친 사람들처럼 달려갔지만 나는 자리에 멈춰 서 있었다. 무언가 이상했다. 눈을 가늘게 뜨고서 주변을 살피며, 이곳이 어딘지 알아차리려 했다. 그때 하늘에서 무언가가 반짝거렸다. 눈을 크게 떴다. 그제야 나는 모래 위로 희미하게 내려앉아 있는 경계선을 보았다. 역시나 내 의심이 옳았다. 어제 우리가 묵었던 기착점은 옛 붉은 구역이었고, 그로부터 도출된 결론은 근처에 오염 구역은 없다는 사실이었다. 그렇게 효율성을 강조하는 정부가, 오염 구역 바로 옆이라는 위험을 감수하고 사람들이 바글거리는 구역을 만들지는 않았을 것이기에. 무기 실험으로 오염 구역이 생겨났다는 정부의 말은 거짓이었다. 나는 빠르게 앞으로 달려 나가 외쳤다.

"하늘을 봐!"

이미 인공위성이 작동하고 있었다. 모두를 구할 수는 없었다. 내 손에 닿는 사람들 몇몇은 정신을 차리고 멈추었지만, 경계면을 넘어간 사람들은 순식간에 빛과 함께 사라졌다. 번개와 비슷했다. 모두 거짓이었다. 오염 구역 따위는 없었다. 인구수를 줄이기 위해, 검은 구역의 규칙을 유지하기 위해 정부는 거짓말을 한 것이었다. 눈이 아려왔다.

"옆으로 가!"

내 외침에도 불구하고, 사람들은 계속해서 경계면으로 뛰어들었다. 하나가 보였다. 그 역시 경계면을 향해 달려가면서 팔을 뻗어 경계면 너머의 무언가를 껴안으려 했다. 나는 필사적으로 하나를 향해 달려가, 다행히 하나가 경계면을 넘기 직전에 그의 손목을 잡아챌 수 있었다. 그 순간, 가까운 곳에서 엄청난 폭발음이 들려오며 몸이 밀려났다. 귀에서 삐- 하는 소리만이 들려왔다. 앞도 제대로 보이지 않아, 하나의 손목을 잡고는 그저 경계면 반대 방향으로 달리던 중에 누군가와 부딪혔다.

우리는 반대편 언덕 아래로 굴렀다. 바닥에 처박히고 나서야 간신히 정신을 차릴 수 있었다. 고개를 들어보니 하늘에서는 번개와 분간이 가지 않을 정도로 강한 레이저가 번쩍거리며 땅을 향해 쏟아지고 있었다. 우리는 모두 넋을 놓고서 하늘이 잠잠해질 때까지 기다렸다.

살아남은 이들은 나와 하나, 그리고 박을 포함해 일곱이었다. 빛줄기가 점차 약해지며 서서히 푸른 하늘이 드러났다. 모두들 점점 개는 하늘을 멍하니 바라보다가 울분을 토해냈다.

"우린 배신당했어!"

하나도 흥분해서 하늘을 향해 삿대질을 하며 욕을 쏟아냈다.

"내가 왜 너희를 믿었을까?"

하나는 도저히 흥분을 가라앉히지 못했다. 끝내 설움을 참지 못하고, 아이를 돌려달라며 바닥을 치며 통곡했다. 나는 하나가 진정할 때까지 그대로 두어야 했다. 몸부림치고 또 몸부림치며 울부짖는 모습은 꼭 인간이 아닌 것 같았다. 경계면 쪽으로 몸을 던지려던 것을 가까스로 막아냈다.

혼란 속에 나와 언덕 위에서 부딪힌 사람은 바로 박이었다. 코피가 터진 채, 박도 얼이 나간 표정으로 하늘을 보았다. 당당했던 모습은 찾아볼 수가 없었다. 살아남은 이들 대부분이 그와 같은 표정을 짓고 있었다. 그들은 일생 동안 때가 되면 오염 구역을 치우는 것을 자신의 사명이라고 여겨왔다. 그러나 정작 오염 구역은 존재하지 않았고, 그간 이뤄진 모든 교육은 그들을 통제하기 위한 정부의 거짓말이었음을 깨달은 것이다.

나는 고개를 떨구었다. 마음 같아서는 하늘에다 대고 나도 욕을 쏟아내고 싶었으나, 누구 하나라도 정신을 차려야 하는 상황이었기에 참았다. 늘 풍족하게 먹고살던 이들에게 이런 배신감은 처음 느껴보는 감정일 터였다. 익숙하지 않은 상황에 이들은 감정을 주체할 수 없어 스스로 나가떨어질 때까지 악을 써야만 했다.

그동안 나는 주변을 둘러보았다. 어디로 가야 할지 알 수 없었다. 다시 검은 구역으로 가야 할까? 그러나 음식과 물이 없었다. 이대로 걷는다면 도중에 죽을 것이 뻔했다. 목적지는 없었으나, 돌아갈 수 없다는 것만은 분명했다.

우리는 경계면을 따라서 걸었다. 끝이 보이지 않았다. 바람이

불자 눈, 코, 입 등 몸의 모든 구멍이란 구멍에 모래가 쏟아지며 그나마 몸속에 남아 있던 물을 빨아들였다. 콧속이 건조해 갈라졌고, 조금만 걸어도 어지러웠다. 그럴 때면 우리는 그림자를 찾아 햇살을 피했다.

박은 걷다가 문득 내게 말을 걸었다.

"이제 알겠어. 종족 다양성을 위해서였어."

"그게 무슨 말이야?"

박은 풀린 눈으로 말을 이었다.

"말 그대로야. 유전자가 한쪽으로 쏠리면 한 가지 질병만으로도 모두가 죽을 수 있어. 마치 바나나처럼."

그는 정신이 나간 것처럼 중얼거리며 바나나니, 유전자니, 알 수 없는 말들을 지껄이고 있었다.

"뭐? 정신 차려."

박의 어깨를 잡아채 눈을 맞췄다. 동공이 풀려 있었다. 그의 모습을 보고 나는 더 이상 대답하지도, 제대로 듣지도 않기로 했다. 박은 혼잣말을 늘어놓기 시작했다.

"옛날 식물 종이야. 지구상에 있는 모든 바나나가 같은 유전자를 가지고 있었어. 다시 말해 우리로 치면 세상에 있는 모두가 같은 사람인 셈이니까. 그러니까, 전부 멸종했어. 모두가 같은 개체인데 하나의 병에 취약했고, 한 번에 죽었지. 그런 걸 막으려고 한 거였어."

나는 박의 혼잣말에 짜증이 나서 물었다.

"그렇다고 이렇게까지 죽일 필요가 있어?"

박은 하늘을 보며 혼잣말을 중얼거렸다.

"그게 아니라면…… 이렇게까지 할 이유가 없어……."

낮의 기온이 높다고 해서 밤에 걸을 수는 없었다. 밤에는 혹독한 추위가 찾아왔다. 낮의 열기를 가져오고 싶다는 생각이 간절해질 정도로 사막에서의 추위는 매서웠다. 식량이 충분했을 때는 전혀 느껴지지 않았던 것들, 이를테면 추위, 더위, 배고픔, 갈증 같은 고통들이 더욱 진하게 느껴졌다.

밤이 되면 우리는 모래를 파내고는 구덩이에 몸을 밀어 넣었다. 얼굴이 모래로 덮이지 않도록 손바닥으로 코와 입을 가린 채로 졸아야 했다. 혹시나 완전히 파묻힐 위험에 대비해서 서로 팔짱을 낀 채로 밤을 보냈다. 하늘에서 본다면 굉장히 정다워 보였을 것이다. 그러나 멀리서 보이는 것과는 다르게, 우리는 함께할 수 없었다. 무리 중 두 명이 도저히 우리와 함께 가지 못하겠다고 한 것이다. 언제까지 목적지도 없이 마냥 걸을 수는 없다고 했다. 그들은 차라리 검은 구역으로 돌아가겠다고 했다. 나는 절대 검은 구역에 살아서 도착할 수 없다며 둘을 말리려 했지만, 둘은 완강했다.

전과는 다르게, 돌아가겠다는 이들의 감정에 검은 구역 주민들은 휩쓸리지 않았다. 나는 타인의 감정에 공감하는 것도 굶주리지 않은 채여야 가능하다는 것을 깨달았다. 우리에게는 그들을 말릴 힘조차 없었다. 하나와 박은 발걸음을 옮기는 그들을 보고 침묵했다. 나는 그들을 향해 눈짓했다. 떠나는 이들 역시 뒤를 돌아보며 고개를 끄덕였다. 분명 살아남지 못할 것이라는 확신이 있었음에도, 나는 그들을 보냈다. 그들은 점차 멀어져 실루엣이 되었다가, 점이 되었다가, 끝내 사라졌다. 우리의 미래 같았다.

그럼에도 여정은 이어져야만 했다. 마치 혁명처럼 말이다.

검은 구역에서 지내는 동안, 벽이나 땅에 귀를 대고 붉은 구역의 소리를 들을 때면 마음을 졸였다. 붉은 구역에서 혁명이 일어났을지 궁금했다. 우리가, 아니 내가 희생한 만큼, 걸어온 만큼 그들 역시 뒤로 가지 않고 조금이라도 나아갔으면 했다. 더불어 이 길 끝에 무언가 보상이 있기를 바랐다. 아니, 있어야만 했다. 우리는 비록 지금 고단하나, 끝에는 생전 먹어본 적 없는 꿀 같은 단맛이 우리를 기다리고 있어야 했다. 그렇지 않다면 죽어간 이들은 아무런 이유도 없이 죽어버린 것이 되었다. 혁명을 준비하며 죽은 붉은 구역 주민들과, 정부의 거짓된 선동에 의해 죽은 검은 구역 사람들, 이 세상에 태어나지도 못한 아이들, 그 모두가 말이다.

그러나 마음속에서 불타올랐던 혁명에 관한 열망은 낮의 더위와 밤의 추위, 그리고 배고픔과 갈증에 의해 천천히 꺼져갔다. 점차 모든 것을 포기하고 싶어졌다. 그저 바닥에 의식을 잃고 눕기만 하면 죽음은 저절로 찾아올 것이었다. 그 과정이 너무 길게 느껴진다면 경계면에 몸을 던질 수도 있었다. 빛만 한 번 번쩍이면 모든 것이 끝이었다. 그렇게 되면 나는 혁명을 비롯한 지상의 모든 문제와 멀어질 수 있었다. 나를 계속해서 괴롭게 하는 하나와도 말이다.

오염 구역에 도착하기 전날의 감정은 어디로 갔는지, 이상하게도 하나는 앞만 보고서 걸었다. 나를 한 번도 쳐다보지 않았다. 마치 세상에 없는 사람처럼 여기는 것 같았다. 가슴이 답답해서 한번은 앞서 저만치 나아가는 하나에게 달려가 물었다.

"왜 그래?"

하나는 나를 이상한 눈으로 바라볼 따름이었다. 그는 침묵하고서 다시 앞을 보고 걸었다.

"얼마 전에는 제발 한 번만 안아보자고 그랬잖아. 이제는?"

하나는 나를 향해 고개를 돌리더니 무심하게 말했다.

"그냥 죽게 내버려두지 그랬어?"

하나는 날 원망하고 있었다. 자신을 왜 살려서 그런 진실을 마주하게 한 건지 묻고 있었다. 고통의 원인은 모두 나에게 있었다.

"네가 검시관만 안 불렀어도."

그 대화를 끝으로 나는 하나에게 말을 걸지 않았다. 차라리 그렇게 말해준 것이 고마웠다. 그것으로 하나의 마음이 편안해진다면, 상관없었다. 어차피 우리 모두 죽을 것이라는 생각만 들었다. 붉은 구역에 두고 온 친구들이 떠올랐다. 혁명을 시작했을까? 이번에는 성공할 수 있을까? 알지 못했다. 걷고 또 걸었다. 커다란 모래 언덕을 넘고 또 넘었다. 사막이 구역질 나도록 이어지자, 박이 주문을 외우듯이 중얼거렸다.

"이건 아니야."

마치 페달을 밟듯이, 제자리에서 빙글빙글 도는 것 같았다.

얼마나 걸었을까?

처음에는 일곱이었으나 이제는 셋뿐이었다. 박과 하나, 그리고 나. 우리 중 누구도 사라진 사람에 관해 말하지 않았다.

뒤를 돌아보면 한 명씩 사라져 있었다. 발자국에 모래가 덮여 사라지듯, 그들은 아무 흔적도 남기지 않았다. 무섭게도 다행이라는 마음이 먼저 들었다. 남을 챙길 여력이 없었다. 물도, 음식도 없는 마당이니 숨 쉬는 것조차 힘에 부쳤다.

어디를 향해서 가는 것인가. 과연 끝이 있을까? 이미 지구는 멸망했고, 우리는 절대 닿을 수 없는 어딘가를 향해 나아가고 있는 것은 아닐까? 이가 갈렸다. 입술을 뜯어 피가 나는 것을 삼켰다. 순간적으로는 갈증이 해소되는 느낌이 들었으나, 머리가 핑 돌아 주저앉았다. 박은 나를 슬쩍 쳐다보고는 앞을 향해 걸어갔다. 그 멍한 눈빛에 가까스로 정신을 차릴 수 있었다. 나는 다시 자리에서 일어났다.

이번에는 앞에서 누군가가 쓰러졌다. 하나였다. 얼굴을 그대로 모래 바닥에 처박고서 움직이지 않았다. 확 돌아서려 했으나, 도저히 그럴 수가 없었다. 다가가 그를 일으키려다 나도 같이 넘어지고 말았다. 박이 나를 보며 일어서라고 고갯짓을 했다. 눈물이 나오지 않았다. 가슴을 치고 싶었으나, 그럴 힘마저도 없었다. 어느덧 모래가 우리를 반쯤 덮고 있었다.

멀어지는 박을 보았다. 박은 작은 점이 되어갔다. 저만큼 나아갈 힘도, 의지도 없었다. 나는 하나의 얼굴을 덮고 있는 모래를 손으로 쓸어 숨을 쉴 수 있도록 코와 입 근처에 작은 공간을 만들어주었다. 미약하지만 숨결이 느껴졌다. 고통스럽게 가지 않았으면 했다.

"나 때문이야…… 전부……."

하나를 안고서 눈을 감았다. 모래바람이 세차게 불어왔다. 알갱이들이 귀에 들어가려 안간힘을 쓰는 것처럼 탁탁거리는 소리가 들려왔다. 언젠가 누군가에게 발견될 수 있을까? 아니, 발견해줄 사람이 있기는 할까? 무너져 가는 지구 위에서 이렇게 평화롭게 죽을 수 있음에 감사해야 하는 것이 아닐까? 서서히 깊은 잠에 빠져드는데, 어디선가 소리가 들려왔다.

사람 목소리였다. 고개를 들지 않으려 했지만 마치 심장이 뛰는 것처럼 본능적으로 몸이 움직였다. 작은 점이 위아래로 움직이더니 서서히 커졌다. 박이 나를 향해 손을 흔들고 있었다. 뭔가를 발견한 것 같았다. 하나의 귀에 대고서 말했다.

"금방 다시 올게."

하나가 내 말을 들었는지는 알 수 없었지만, 자리에서 일어선 나는 온 힘을 다해 발걸음을 옮기기 시작했다. 언덕을 내려갈 때는 발을 헛디뎌 그만 아래로 굴러떨어졌는데, 다행히 다치지는 않았다. 박이 서 있는 곳은 언덕 위였다. 나는 손까지 써가며 언덕을 기다시피 올라갔다. 사방으로 모래가 퍼졌다. 박의 목소리가 또렷해졌다.

"물이야!"

절로 웃음이 나왔다. 마침내 꼭대기에 다다르자 박이 나를 껴안았다. 아주 가까운 곳에 물웅덩이가 끝없이 뻗어 있었다. 그간 내가 본 적이 없는 규모였다. 눈이 닿는 모든 곳에 물이 있었다. 나는 곧장 아래로 달리듯이 내려갔다. 하늘을 나는 것만 같았다. 곧장 수면에 고개를 처박았다. 물결이 내 얼굴을 휘감았다. 시원했다.

그러나 우리는 금방 울상이 되었다. 우리가 발견한 물은 마실 수 없는 물이었다. 삼키는 순간 짠맛이 너무나도 강하게 느껴졌던 것이다. 목이 타는 듯한 느낌이 들었다. 우리는 서로의 눈을 마주 보았다. 도저히 울음을 참을 수가 없었다. 박과 함께 나는 악을 써댔다. 물살을 손으로 헤집고 쳐댔다. 마지막까지 우리를 엿 먹이려는 정부의 수작인 것만 같았다. 물은 밀려왔다가, 우리를 놀리는 것처럼 밀려가기를 반복했다. 짠맛을 억지로 참아가며 다시 마셔보았지만, 갈증은 풀리지 않았다. 이런 물은 마셔본 적이 없었다. 마셔서는 안 될 것 같다는 느낌이 계속해서 들었다.

그때, 멀리서 비명이 들려왔다.

비명이 들려온 곳으로 고개를 돌리자 어떤 여자가 우리를 바라보고 있었다.

4부

푸른 구역

우리는 다른 사람을 발견했다는 그 사실 하나만으로 감격에 차는 동시에 어지러움을 느꼈다. 물을 발견한 것에 대한 환희와 물을 마실 수 없다는 슬픔, 그리고 사람을 발견했다는 기쁨이 뒤섞이며 머리가 터질 것만 같았다. 나는 박을 껴안고서 울음을 토해냈다. 이곳이 어느 구역인지는 알 수 없었으나, 제대로 찾아온 듯했다.

그러나 우리가 다시 정신을 차리고서 그 여자가 있던 자리를 보았을 때, 그는 저만치 달아나고 있었다. 곧장 여자를 쫓았다. 그러나 언덕을 내려가느라 마지막 힘을 쥐어짜서 그런지 도저히 걸음을 옮길 수가 없었다. 결국 발이 꼬이면서 언덕을 다시 한 번 굴러 물에 빠지고 말았다. 처음으로 물에 빠져본 나는 몸이 딱딱하게 굳으며 아래로 가라앉기 시작했다. 발이 바닥에 닿지 않아 팔다리를 쉬지 않고 움직여도 좀체 떠오르지 않았다. 숨이 막혔다. 아래로 깊게 빨려 들어가는 듯한 느낌이었다. 정신이 혼미해졌다. 그때 누군가가 뒤에서 나를 잡아채고는, 속이 빈 열매 껍질 같은 것을 내 품에 밀어 넣었다. 그러자 몸이 수면 위로 서서히 떠올랐다. 올라와서는 허겁지겁 숨을 몰아쉬었다. 정신을 차릴 수가 없었다. 팔이 뒤로 젖혀진 채로 물 밖으로 끌려갔다.

나는 발이 다시 바닥에 닿을 때까지 숨을 헐떡이며 무기력하게 늘어져 있었다. 물 밖으로 나오자마자 구역질을 해대며 물을 토해냈다. 하늘을 보고 드러누운 후에야 나를 구한 사람이 박이 아니라 아까 우리를 보고 저 멀리 도망쳤던 여자라는 것을 알았다. 그의 머리카락은 손을 대면 금방이라도 부서질 것처럼 푸석거렸고, 몸에는 딱 붙는 재질의 옷을 입고 있었다. 눈이 작고 코가 큰 것이 하나와는 또 다른 얼굴이었다. 바닥에는 여러 도구가 널브러져 있었다. 처음 본 것들이 태반이었다. 여자가 내게 말했다.

"줘."

무엇을 말하는 건지 알지 못해 멀뚱거리고 있자, 여자는 내가 안고 있던 이상한 열매 껍질을 가져갔다. 혼란한 와중에 누군가가 우리 가까이로 다가오는 소리가 들렸다. 박이었다. 박은 내가 아니라 여자에게 관심이 있었다. 박이 그에게 손을 내밀며 말했다.

"물, 물."

여자는 박과 나를 번갈아 보더니 바닥에 널브러진 도구 중 하나를 들어 우리에게 내밀었다. 천을 여러 겹으로 엮어 만든 물통이었다. 그것을 향해 손을 뻗었으나, 여자는 물통을 다시 자기 몸 쪽으로 당기더니 말했다.

"너희, 뭐야?"

박이 다급하게 말했다.

"검은 구역에서 왔어."

"검은 구역?"

여자는 검은 구역에 관해 알지 못하는 것 같았다. 붉은 구역과 마찬가지로, 선전물에 검은 구역의 존재가 나오지 않는 모양이었다. 나는 빠르게 이어 말했다.

"나는 붉은 구역에서 왔어. 얼른 물……."

그러나 여자는 물통을 내주지 않았다. 의문이 풀리지 않은 듯 표정을 구기고는 뒷걸음치며 말했다.

"붉은 구역? 여기까지 어떻게 왔어? 설마, 저기를 건너온 거야?"

여자는 불현듯 화들짝 놀라며 물통으로 모래 언덕을 가리켰다. 언덕 위로 지상의 모든 물을 증발시킬 듯이 해가 쨍하게 떠 있었다. 먹구름은 모두 사라져 있었다.

"인공위성이 막고 있었을 텐데."

"설명할게. 얼른 물 좀."

그제야 여자는 우리에게 물통을 건넸다. 박은 물통을 받아 들더니 입에 물을 잔뜩 쏟아부었다. 사방에 물방울이 떨어졌다. 나는 거칠게 박의 물통을 빼앗고는 곧장 왔던 길을 내달리기 시작했다. 뒤에서 여자가 고함을 쳤으나, 듣지 않았다. 하나가 날 기다리고 있었다. 설명은 박이 해줄 것이라 믿었다.

발걸음이 가벼웠다. 하늘을 떠다니는 것 같았다. 박과 내가 사막에 남긴 발자국이 모래바람으로 점차 사라지고 있었다. 경계면을 밟듯이 발끝을 세워 발자국 위를 걸었다. 물을 마시고 싶은 충동이 일어 물통 끝에 혀를 잠깐 대려다가 말았다. 대신 주변을 핥았다. 조금이지만 수분기가 느껴졌다.

다행히 하나는 그 자리에 그대로 있었다. 모래에 반쯤 몸이 파묻힌 채였다. 나는 손으로 모래를 헤치고서 하나를 밖으로 꺼냈다. 하나의 몸이 축 늘어졌다. 코에 손을 대니 미약하지만 숨결이 느껴졌다. 나는 하나를 흔들어 깨웠다. 그러나 눈을 뜨지 않았다. 코 근처에 물통을 가져다 대자 그제야 눈을 떴다.

"물이야."

목소리가 갈라져 나왔다. 내 말이 끝나기도 전에 하나는 물통을 빼앗듯이 가져가더니 목구멍에 쏟아붓기 시작했다. 마시고 또 마시다가 물을 바닥에 뿜어내더니, 고개를 숙인 채로 숨을 헐떡였다. 나는 그제야 남은 물을 마실 수 있었다. 겨우 혀를 축일 수 있는 정도였으나 내게는 그마저도 소중했다.

바닥에 남은 진한 물자국은 얼마 지나지 않아 모조리 증발해 버렸다. 나는 하나를 부축해 일으키고는 여자와 박이 있는 쪽으로 걸어갔다. 하나는 몸에 힘을 주지 못하고 흐느적거렸다. 어렵게 언덕을 넘자 박이 혼자 멀뚱멀뚱 해변에 서 있었다. 주변을 살폈으나 여자는 보이지 않았다. 나는 박에게 물었다.

"그 사람은?"

박은 물가를 가리켰다. 수면 위로 거품이 하나둘 방울져 솟구치다가 이내 폭발하듯 부글거렸다. 그 사이에서 여자가 튀어나왔다. 그는 수면 위로 올라왔다가 다시 아래로 잠수했다. 한동안 떠오르지 않아 우리는 발을 굴렀다. 가까이 다가가니 물속에서 그의 실루엣이 보였다. 그에게서는 어떤 저항도 느껴지지 않았다. 자유로웠다. 물속에서 그는 떠오르기도 하고 가라앉기도 하며 빠르게 이곳저곳을 오갔다. 한참이 지나서야 밖으로 나온 여자는 몸에 묻은 물기를 손바닥으로 쓸었다. 소금기 머금은 그의 손에서는 이상한 생물체들이 여럿 꿈틀거리고 있었다.

여자는 물 밖으로 걸어 나오더니 끈으로 엮은 가방에 자신이 물속에서 잡은 생물체들을 담았다. 등 부분이 단단한 껍데기로 되어 있었는데, 속에서는 우리의 피부처럼 부드러운 살결이 꿈틀거리고 있었다. 먹을 수 있을 것 같지는 않았다. 나는 그에게 물었다.

"그게 뭐야?"

그는 어깨에 가방을 메면서 말했다.

"전복이야."

"먹을 수 있어?"

내 말을 듣자마자 그는 자기 허리춤에 차고 있던 칼을 뽑아 들었다. 붉은 구역에서 쓰던 흑요석 칼과는 달랐다. 날이 날카롭지는 않지만 끝부분이 뾰족했다. 이후에 알게 되었지만, 그것은 빗창이라고 불리는 도구였다.

나는 겁을 먹고는 뒤로 물러났다. 우리가 식량을 뺏으려 한다고 오해한 것 같았다. 이런 경우가 많았는지, 도구를 쓰는 데에 이골이 난 모양새였다. 빗창을 잡아 쥔 손이 바쁘게 움직였다. 하나가 손을 들고는 억울함을 가득 담아 말했다.

"그게 아니라……."

여자는 내 쪽으로 다가왔다. 눈을 질끈 감았는데, 그는 나를 지나치더니 널브러진 돌 하나를 집어 들고는 빗창을 갈기 시작했다. 돌에 쇳가루가 묻어 나왔다. 그는 겁먹은 우리를 보고 슬쩍 웃더니 가방에서 꾸물거리며 움직이는 생물체를 꺼냈다. 그러고는 껍질과 몸통 사이에 빗창을 쑤셔 넣고 둘을 분리하더니 몸통을 4등분해서 우리에게 내밀었다. 먹어본 적 없는 것이었지만, 가릴 처지가 아니었다. 주린 배를 부여잡은 채로 하나씩 집어서 허겁지겁 입에 넣고 씹어댔다. 오래 씹으니 짭짤함과 함께 고소함이 입안에 맴돌았다.

우리가 도착한 곳은 푸른 구역이었다.

그곳 사람들은 스스로를 해녀라 불렀고, 서로를 할망이라 불렀다. 구역화 이전부터 내려온 단어로 누구도 정확한 의미를 알지 못했으나, 한 가지 분명한 점은 푸른 구역 주민이면서 물질(물에 들어가 우리가 먹은 생물체인 '전복'을 따는 일)하는 여자를 지칭하는 단어라는 것이었다. 우리에게 호의를 베푼 여자의 이름은 '례'였다.

례는 푸른 구역에 도착하기 전, 주의 사항을 비롯해 몇 가지 사실들을 알려주었다. 첫째로, 우리가 마주한 거대한 물웅덩이는 바다라고 불리며 끝이 보이지 않는다고 했다. 용감한 몇몇 해녀들이 그 끝을 찾기 위해 헤엄쳐 나갔지만 모두 실패했다고. 바다는 온갖 먹을 것들이 넘쳐나는 보고이면서, 동시에 비가 오거나 바람이 크게 불면 푸른 구역을 통째로 집어삼키는 두려움의 대상이었다. 할망들은 바다를 섬기면서도 두려워했다.

둘째로, 그들은 남자를 본 적이 없었다. 붉은 구역 주민들이 모두 남자로 구성되어 있는 것과 달리 푸른 구역에는 모두 하나와 같은 여자들뿐이었다. 례가 우리를 보고 선뜻 물통을 내어주지 못한 것도 그 때문이었다. 자신이 경계를 완전히 푼 것은 하나를 보았기 때문이라고 했다.

"한 가지 더."

푸른 구역이 보이기 시작했을 때, 례는 우리를 돌아보며 무언가 말을 덧붙이려다 그만두었다. 말하기 껄끄러운 듯했다. 그때 나는 례의 어깨 너머로 보이는 푸른 구역의 모습에 시선을 빼앗기고 있었다.

그곳은 평화로움 그 자체였다. 검은 구역의 동굴과는 다르게, 아주 작은 건물들이 다닥다닥 붙어서 나란히 바다를 향해 있었다. 푸른 구리 지붕이 도열해 있고, 흰 벽은 햇볕을 받아 영롱한 빛을 내고 있었다. 그러나 지어진 지 오래되었는지 벽이나 천장이 무너져 있거나 금이 가 있는 곳도 많았다. 바닷바람은 전복 냄새를 가득 품고 불어왔다. 짭짤하고 고소했다. 례가 침묵을 깨고 말했다.

"내가 데려갈 때까지는 저쪽으로 절대 가지 마."

례는 바다에서 멀리 떨어진 지대를 가리켰다. 그곳에는 다른 집들과 똑같이 생긴 집이 한 채 덩그러니 놓여 있었다. 특이점은 찾을 수 없었다. 례는 손가락을 거두고는 말했다.

"이게 다야."

우리에게 무언가를 숨기는 듯한 찝찝한 기분이 들었으나, 그를 보챌 수는 없었다. 몸과 마음 모두 지쳐 있는 상태였다. 앞으로 한 발 내딛는 것조차 힘겨웠다. 이들이 만약 우리를 거부한다면, 달리 방법은 없었다. 돌아가기에는 이미 너무 멀리 와버렸다.

푸른 구역에 도착하자마자 해녀들의 이목이 우리에게 집중되었다. 그들은 지붕 밑 그늘에서 우리를 신기한 듯 쳐다보았다. 일부는 가까이 다가와 서슴없이 우리의 몸 곳곳을 살피기도 했다. 대부분 나이 들어 보이는 해녀들이었다. 눈가에 주름이 잡혀 있었고, 머리에는 하얀 소금기가 말라붙어 있었다. 허리춤에는 례가 가지고 있던 빗창이 매달려 덜렁거렸고, 손목에는 촘촘하게 짜인 그물의 일종인 '망사리'가 걸려 있었다. 해녀 중 하나가 우리를 향해 손을 뻗었다. 하나가 곧장 그 손을 잡아챘다. 싸움이 일어날 것 같았다. 빠르게 눈길이 오갔다. 그러나 해녀는 핏줄 선 하나의 손 위에 자신의 손을 포개며 말했다.

"잘 왔어요."

이곳도 붉은 구역과 마찬가지로 오염 물질 정화 장치가 있었다. 붉은 구역에서는 오직 인간의 힘으로만 장치를 돌렸으나, 푸른 구역은 달랐다. 할망들이 직접 페달을 밟을 필요는 없었다. 대신, 푸른 구역에는 바다가 있었다. 파도가 치며 장치에 연결된 프로펠러 날개가 돌아갔고, 그 힘으로 정화 장치가 움직였다.

우리는 례의 집으로 갔다. 침대 하나가 놓여 있는 방이었다. 서랍에는 물질을 하러 갈 때 사용하는 도구들이 가득 들어 있었다. 오래되기는 했으나 사용하기에는 문제가 없어 보였다. 창문으로 소금기를 머금은 바람이 그대로 몰아쳤다. 벽은 군데군데 갈라진 데다, 아까 보았던 전복 껍데기가 잔뜩 박혀 있었다. 벽에 난 틈으로 쏟아지는 햇빛을 전복 껍데기들이 반사하며 침대 위에 무지개를 만들어냈다. 본 적 없는 광경이었다. 침대를 수놓은 무지개를 바라보며 우리는 바닥에 누웠다. 내부는 셋이서 누우면 가득 찰 정도로 작았다. 례는 우리가 잠시 쉬는 동안 물과 음식을 더 가져오겠다며 망사리와 빗창을 가지고서 밖으로 나갔다. 례가 가자마자 누가 먼저랄 것도 없이 모두 잠에 빠져들었다.

잠에서 깼을 때 집 안은 온통 붉은 노을빛으로 가득했다. 내 옆에서 자고 있는 두 사람은 악몽을 꾸는 듯 끙끙 앓고 있었다. 나는 하나의 이마에 손을 대보았다. 다행히 열은 나지 않았다.

집 밖으로 나가보니 해가 지고 있었다. 바다가 해를 집어삼키고 있는 것처럼 보였다. 금방이라도 끓어오를 것만 같았다. 노을 사이로 희끄무레한 실루엣들이 이쪽으로 다가오는 게 보였다. 눈을 가늘게 떠보니, 해녀들이었다. 그들은 바닥에 물을 뚝뚝 흘리면서 파도를 등지고 나를 향해 걸어왔다. 발걸음은 갱도에서 걸어 나오는 붉은 주민의 것과 같았다. 힘에 부치는지 비틀거리면서 해변에 도착한 그들은 그 자리에 주저앉아 거친 숨을 몰아쉬었다. 그중에는 례도 있었다. 례는 무릎 사이에 얼굴을 파묻고 있었다. 등이 부풀었다가 줄어들기를 반복했다.

나는 례에게 다가갔다. 코앞까지 갔는데도 례는 고개를 들지 않았다. 그에게 말을 걸기 전에, 다른 사람들이 먼저 알은체를 해 왔다. 아까 보았던 할망들이었다. 그들은 망사리에서 전복을 여러 개 꺼내더니 그대로 내 가슴팍에 안겼다.

"가져가서 먹어."

나는 손을 저으며 한사코 거절했으나 그들은 막무가내였다. 그렇게 하나둘 받다 보니 들고 가기 버거울 정도로 품에 전복이 가득해졌다. 례는 고개를 들더니 자신의 망사리를 내게 건넸다.

"여기 담아."

혹시나 우리 몫이 례의 것과 섞일까 주저했으나, 이어진 례의 말이 나를 부끄럽게 했다.

"다 너희 거야."

붉은 구역과 마찬가지로, 이들에게도 할당량이 정해져 있었다. 례를 비롯한 푸른 구역 주민들은 이곳에 방문한 우리를 위해서 포획 할당량보다 더욱 많은 양의 전복을 따 온 것이었다. 무리를 한 탓에, 례의 얼굴이 검은빛을 띠고 있었다. 나는 바다로 다시 돌아가는 할망들을 보며 례에게 물었다.

"원래 이렇게 바빠?"

"할당량이 더 늘어났거든."

례는 주름 선을 따라 하얀 소금 결정들이 가득한 얼굴로 나를 올려다보며 말을 이었다.

"너희들도 왔고."

나는 례가 푸른 구역에 우리를 데려왔을 때 하려다 만 말이 무엇인지 본능적으로 알아챘다. 우물쭈물하며 우리에게 하지 않은 말은, '식량이 부족하다'였다. 그것은 인공위성과 마찬가지로 절대 우리와 떼려야 뗄 수 없는 문제였다. 지나가던 할망이 례의 등을 두들기며 말했다.

"무리하지 말래두. 우리가 어련히 먹일 텐데."

"죄송해요, 저 때문에."

례는 고개를 숙인 상태로 대답했다.

"됐어. 덕분에 살면서 다른 구역 사람도 다 보네."

할망이 껄껄 웃음소리를 내며 나를 바라보았다. 나는 뻘쭘하게 따라서 웃었다. 례는 힘겹게 자리에서 일어나더니 다시 바다로 가려고 했다. 할망이 말렸으나, 손을 뿌리치고서 바다를 향해 달려가더니 그대로 잠수해 버렸다. 례가 만들어낸 곡선은 아주 매끄러웠다. 애초에 바다에서 태어난 사람 같았다. 다른 할망이 혀를 끌끌 차며 말했다.

"그 애 때문에 저리 마음을 쓰나."

그리 말하고서 할망도 어스름이 내리고 있는 바다로 다시 돌아갔다.

이들에게는 명줄이라 불리는 질긴 줄이 있었다. 바다에서 흔히 볼 수 있는 미역이라는 해조류를 채집하여, 먹고 남은 줄기를 햇볕에 말리고 다시 엮기를 반복해서 두껍게 만든 것이었다. 할망들은 명줄을 서로의 몸이나 테왁이라고 불리는, 속을 파낸 둥근 열매 껍질에 묶었다. 경험이 부족한 할망은 주로 경험이 풍부한 할망의 몸에 명줄을 묶었다.

이들은 목숨을 함께한다고 했다. 그래서 그런지 세대 간 갈등이 없었다. 이를 갈면서 다른 세대에 대한 증오를 쏟아내는 붉은 구역과는 달랐다. 이들은 개별로 할당량을 측정하지 않고, 구역 전체의 할당량만 계산하여 배급품을 주민들에게 똑같이 나눠주었기 때문에 일에 미숙한 할망들도 배급을 받을 수 있었다. 만약 전체 할당량을 채우지 못하면 누구 한 사람에게 책임을 묻지 않고 부족한 식량을 나눠 먹었다. 마치 한 몸인 것 같았다. 한 사람이 죽으면, 다른 사람도 따라서 죽을 것처럼 서로를 애틋하게 챙겼다. 그 연장선상인지 이들은 우리처럼 모르는 이들에게 호의를 베푸는 것도 당연하게 생각했다. 이해할 수 없었다. 우리 중에서 하나만이 그들을 이해한다고 말했다.

바다에 나간 할망들이 일제히 잠수했다. 숨이 허락하는 시간 동안에만 전복을 캔다고 했다. 대부분의 사고는 전복을 모두 채취한 후 수면으로 올라오는 과정에서 발생했다. 눈앞에 널려 있는 전복을 캐는 것에 정신이 팔려, 올라가는 데에 필요한 숨을 계산하지 못하는 경우가 많다고 했다. 그런 상황에서 명줄은 할망들이 유일하게 살아 나갈 수 있는 방안이었다.

"난 명줄을 놓쳤어."

푸른 구역에 도착한 지 이틀째 밤, 례는 빗창으로 전복을 3등분해 우리에게 내밀며 말했다. 우리는 쉽사리 그것을 먹지 못했다. 할망들이 어떻게 구해 온 것인데. 마치 죄인이 된 것만 같았다. 례는 주저하는 우리 앞에 전복 조각을 하나씩 밀어놓았다.

"먹어, 다들. 안 먹으면 우리가 목숨 걸고 밤바다에 나간 이유가 없잖아."

례가 먹기 좋은 크기로 잘라놓은 전복을 우리는 눈치를 살피며 아기 새처럼 받아먹었다. 짭조름한 것이 맛있었다. 례가 말을 이었다.

"여기 도착한 지 불과 일주일이 된 아이였어. 머리카락이 찰랑거리는 게 예뻤어. 물장구도 제대로 치지 못했던 애였는데……."

전복을 자르던 례의 손이 멈추더니 떨리기 시작했다. 례는 빗창을 쥔 채로 눈물을 닦아냈다. 하나는 가만히 례를 보다가 그를 안아주었다. 례는 숨을 고르더니 웃으며 슬쩍 하나를 밀어내고 다시 전복을 손질하면서 최근 푸른 구역의 상황에 대해 이야기하기 시작했다.

붉은 구역과 마찬가지로, 정부에서는 얼마 전 푸른 구역의 할당량을 늘렸다. 여기에 엎친 데 덮친 격으로 인근 해수 온도가 오르며 전복이 급속도로 줄어들어, 먼 바다까지 나가야 한다고 했다. 해안선으로부터 멀어질수록 조류가 점차 빨라지고 수심도 깊어져 바다에서 잔뼈가 굵은 할망들도 할당량을 채우기가 버겁다고 했다. 신입 할망들은 한 마리도 줍지 못하는 경우가 태반이었다. 기나긴 설명 중에도 례의 칼질은 멈추지 않았다.

"그래도 애들은 어떻게든 도움이 되겠다고, 하나라도 더 주우려고 했어."

례의 목소리는 축축했다.

"그 아이도 마찬가지였어. 그러다가 수면으로 올라오는 데 필요한 숨을 헤아리지 못한 거야. 그때 명줄을 당겼어야 했는데. 내 탓이야. 나 역시 할당량을 채우느라 정신이 나가 있었어. 그때 더 신경 썼더라면……."

하나가 례에게 말했다.

"할당량이 늘어서 그랬다며. 넌 최선을 다한 거야."

하나의 눈에도 눈물이 맺혔다. 얼마 전 잃은 아이를 생각하고 있었을 것이다. 나는 동시에 관을 떠올렸다. 아무렇지 않게 경계면으로 나아가던 관의 모습을. 그 자리에 있는 모두가 각자 잃은 사람들을 떠올리고 있었다. 하나가 례에게 물었다.

"아이 이름은 뭐였어?"

"우리는 일 년이 지날 때까지 이름을 지어주지 않아."

"원래 이름이 없어?"

례는 마음이 다소 진정됐는지 울음을 삼키고서 말했다.

"우리는 물질을 한 번 하고 나서야 새로운 이름을 지어줘. 완전히 새로운 사람이 됐다는 뜻으로."

"왜?"

나의 물음에 례는 자리에서 일어나 바다가 보이는 창 쪽으로 다가갔다. 례가 말했다.

"바다야말로 모든 것의 시작이니까."

례를 비롯한 푸른 구역 주민들은 다소 독특한 주장을 했다. 그들은 모든 생명체가 바다에서부터 왔다고 했다. 심지어 사람조차도 말이다. 례는 모래 알갱이 한 알을 손가락 끝에 올려 우리에게 보였다. 례는 우리가 태초에는 그것보다도 작은 생명체였다고 했다. 그것들이 꾸물거리며 자기들끼리 뭉쳐서 커다란 존재가 되었고, 바다에 생명체들이 많아져 살기 어렵게 되자 물 밖으로 나온 것이라고 했다. 육지에서 서로 살아남으려 발버둥을 치다 보니 이빨이 날카로워지거나, 몸집이 커지는 등 진화를 거쳐 마침내 우리가 탄생한 거라고 했다. 나는 그러한 주장을 도저히 받아

들일 수가 없어 례에게 물었다.

"처음부터 그 작은 생명체만 있었으면 됐잖아. 왜 이렇게까지 달라진 거야? 그 태초의 생명체로 남아 있었더라면, 지금 우리가 이렇게까지 살아갈 필요도 없는 거잖아."

"나도 잘 몰라. 근데 한 가지는 알아."

례가 나를 보며 말했다. 눈빛이 아득해졌다.

"외로웠을 거야. 자신 말고도 다른 존재가 필요했겠지. 상대가 없으면 나도 없는 거니까."

단지 외롭다는 이유만으로 서로의 것을 탐하고, 더 많이 가지려 하고, 처절하게 살아야 하는 삶을 선택하게 된 것일까? 정말 그러한 의지 때문에 우리가 여기까지 온 것일까?

나는 그것을 푸른 구역에 전해져 내려오는 허무맹랑한 소문으로 치부했다. 례는 목소리에 울음기가 가득했던 조금 전과 다르게, 바다 생명체에 관해서 말할 땐 아이처럼 흥분에 차 있었다. 그런 례의 기분을 망치고 싶지는 않았다. 하나는 례에게 온화한 미소를 지으며 말했다.

"여기에 관해서 더 알려줘. 궁금해."

례는 남은 눈물을 닦아내고는 숨을 크게 내쉬었다.

"과거 제주도라는 섬에도 우리 같은 사람들이 있었대."

"'우리 같은 사람'이라면?"

"그들도 나 같은 할망들이었대."

나는 다소 놀랐다. 례는 나의 그런 반응에도 쉬지 않고 설명을 이어갔다.

"그 사람들도 바다에 들어가서 최소한의 도구로 해산물을 캤다고 했어."

선전물 속 사람들이 그랬을 것 같지는 않았다. 박 역시 고개를 저었다.

"옛날 사람들이면 전부 쓸어 왔겠지. 이상한 기계장치들을 써서 말이야."

선전물에 따르면 그들은 아주 좁은 곳에 수많은 가축들을 가둬 키웠고, 그것들을 일일이 도살하기가 어려워 자동으로 목을 베는 기계를 사용했다. 산을 불태우고 나무를 베어 경작지를 만들고는 거대한 기계로 많은 것을 수확했지만, 버려지는 것이 태반이었다. 썩거나, 불태워지고, 버려졌다. 그런 그들이 손수 해산물을 캐는 모습은 상상할 수가 없었다. 례는 확신에 찬 말투로 말했다.

"아니, 그런 건 쓰지 않았대. 자기 숨이 허락하는 만큼만 들어가서 먹을 걸 캐 왔대."

나는 고개를 갸우뚱하며 물었다.

"대체 왜? 같은 옛날 사람인데 뭐가 달라?"

"그 사람들은 이 세계가 전부 연결되어 있다는 걸 알았으니까. 내가 많이 가져가면 다른 사람은 적게 가져가고, 모두가 한 번에 다 가져가면 다음엔 무엇도 가져갈 수 없다는 걸 그들은 알고 있었어."

례는 미소를 지었다. 바람 불지 않는 맑은 날의 바다를 보는 것 같았다.

"그 사람들의 후손이 우리야. 우리도 우리가 먹을 만큼만 캐와. 숨이 허락하는 만큼만."

'숨이 허락하는 만큼만'이라니.

우리도 그랬었다. 굴을 파 들어가면 들어갈수록 숨이 쉬어지지 않았다. 헐떡이면서 곡괭이질을 하다가 정신을 잃으면 다른 사람이 그를 데리고 밖으로 나와야 했다.

숨이 허락하는 만큼만. 생각해 보면 우리는 모두 한정된 숨을 나눠 쉬고 있는 셈이었다. 많은 사람이 숨을 멈추었고, 그 덕에 또 다른 많은 사람이 숨을 쉬며 살았다. 남이 숨을 덜 가져가는 만큼 내가 숨을 더 쉴 수 있다. 그건 이곳과 우리 붉은 구역의 공통점이었다. 다른 구역 사람들도 이렇게 살고 있는 줄은 몰랐다. 우리는 서로 명줄로 연결되어 있었는데, 서로의 존재조차 알지 못했다. 명줄을 놓치고 있었던 것과 다름없었다.

안정

밤마다 바다 위에 수십 개의 불빛이 떠다녔다. 처음에는 그것이 주는 신비로움에 매료되어 멍하니 보고 있었으나, 례의 설명을 듣고 나자 그대로 바다 저 깊은 곳까지 잠수해 버리고 싶은 아득한 기분을 느꼈다. 그 불빛은 하늘에 떠 있는 인공위성의 빛이 반사된 것이었다. 우리가 어디를 가든 쫓아오고 있었다. 말 그대로 우리를 바라보고 있는 것 같았다. 남몰래 그것들을 향해 돌을 던져보았다. 돌은 멀리 날아가지 못하고, 퐁 하는 소리를 내며 바다 아래로 가라앉았다.

헤엄쳐서 인공위성에 갈 수만 있다면, 그곳에 쳐들어가서 이유를 묻고 싶었다. 도대체 왜 이렇게 우리를 못 잡아먹어서 안달인 거냐고. 이 모든 일의 목적이 무엇인지 알고 싶었다. 이게 생존인가? 우리는 생존해서 도대체 무얼 얻으려는 걸까? 우리는 왜 이렇게까지 살아남으려는 걸까?

그러나 애석하게도 나는 인공위성은커녕 해변 앞 바다까지도 나아갈 수 없었다. 아무리 발을 굴려도 수면 아래로 가라앉을 뿐이었다. 남의 손에 의지해서 살 수만은 없으니 례를 비롯한 할망들에게 헤엄치는 법을 배우기로 했다. 그러나 박과 나는 물에만 들어가면 몸이 뻣뻣하게 굳어 가라앉길 반복했다.

"힘을 빼라니까!"

할망이 박의 등을 때렸다. 찰싹거리는 소리와 함께 주변에서는 웃음이 터졌다. 박은 억울한 듯이 물살을 헤치며 말했다.

"아니, 죽을 것 같은데 어떻게 힘을 빼요?"

"그럼 우리가 구해줄 테니까 걱정 말고."

할망은 박을 다시 물에 밀어 넣었다. 박은 기겁을 하며 해변을 향해 달아나려 했다. 박의 우스꽝스러운 몸짓 하나하나에 할망들은 웃음을 터뜨렸다. 어느 정도 시간이 지나자, 물에 뜨는 것까지는 할 수 있게 되었다.

하나는 우리와 달리 금방 물에 적응했다. 물에 들어간 지 하루도 채 지나지 않아 빗창과 망사리를 들고는 바다로 나섰다. 나는 혹시나 하는 마음에 하나를 말리려 했지만, 하나는 확신에 찬 목소리로 말했다.

"처음으로 저 안에서 자유라는 걸 느꼈어. 물속에서는 위아래, 좌우 어디든 갈 수 있어. 물속에서만큼은 우리를 옥죄는 것이 없어."

하나는 물로 뛰어드는 할망들을 보았다. 다들 빗창과 망사리, 그리고 명줄을 들고 다른 이들을 기다리며 물속에서 몸을 풀고 있었다.

"그리고 무엇보다, 도움이 되고 싶어. 할망들에게 받은 게 너무 많아."

더 말릴 수는 없을 것 같았다. 하나는 빗창을 쥔 손에 힘을 주었다. 할망이 내게 말했다.

"걱정 말어. 오늘은 물이 좋아서 할 만해."

하나는 싱그러운 미소를 내게 한 번 지어 보이고는 물속으로 뛰어들었다.

대신, 박과 나는 우리가 할 수 있는 일을 하기로 했다. 나는 빗창 하나를 챙겨 들고는 바다가 아니라 언덕으로 고개를 돌렸다. 모래 언덕 쪽이 아니라 돌이 많은 언덕 쪽이었다. 돌 언덕 위로 경계면이 명확하게 보였다. 반면에 모래 언덕에는 경계면이 없었다. 정부는 우리가 사막을 건너리라고는 생각하지 않은 것 같았다. 하긴, 검은 구역에서 사막을 넘으려던 사람들은 대부분 죽거나 도중에 포기했으니까. 우리와 함께 오다 검은 구역으로 돌아간 이들도 분명 죽었을 것이다. 그들의 계산이 어느 정도는 맞았다.

경계면 너머로는 돌 무더기만이 널려 있었다. 풀 한 포기 없이 황량한 것이, 꼭 붉은 구역 같았다. 박이 물었다.

"여기 맞아?"

나는 고개를 끄덕였다. 언덕 아래, 경계면 바로 안쪽에는 푸른 구역 어디에서든 볼 수 있을 법한 작은 집이 하나 있었다. 례가 자기 허락 없이는 가지 말라고 했던 집이었다. 나는 가만히 그곳을 보았다. 사람이 사는 집 같은데, 움직임은 느껴지지 않았다.

"뭐 해?"

박의 외침에 화들짝 놀란 나는 고개를 돌렸다. 그는 땅에서 작은 돌 하나를 줍고, 주위에 있는 가장 커다란 돌 위에 빗창 끝을 댔다. 눈대중으로 크기를 재고는 들고 있던 돌로 있는 힘껏 빗창의 손잡이 부분을 내리쳤다. 돌이 아주 말끔하게 잘려 나갔다. 그렇게 두어 번 반복하며 모가 난 곳을 잘라내 직사격형에 가까워진 돌을 박과 함께 나눠 들었다. 무거워서 땀을 뻘뻘 흘렸다.

푸른 구역은 귀가 따가울 정도로 시끄러웠다. 어른들 대부분이 물질을 하러 갔는데도 말이다. 모두 아이들이 내는 소리였다. 아이들은 물장구를 치거나 서로에게 물을 뿌려댔다. 푸른 구역에서 모든 일상은 물과 함께였다. 말 그대로 물과 함께 사는 삶이었다. 물은 이들에게 탄생이자 죽음이었다. 푸른 구역에 먹을 것을 비롯해 모든 것을 제공하는 존재임과 동시에, 이들의 목숨을 위협하는 존재였으니 말이다.

푸른 구역 주민들은 사람이 조류에 휩쓸리거나 갑자기 바다에서 실종될 경우, 목에서 아가미가 돋아나 바다의 끝을 향해 간다고 믿었다. 실제로 죽은 사람을 자주 보지 못해서 그런 게 아닐까 싶었다. 물속에서 명줄을 놓친 사람들의 시체를 건지기는 어려울 테니까. 더불어 이곳에서는 혁명이 일어난 적도 없었다. 그러나 겉으로는 평화로웠지만, 속은 아니었다. 모두가 고통을 감수하면서 살아가니 고통에 익숙해져 버린 것만 같았다. 그러니 현실을 마주하지 못하고, 말이 안 되는 환상 속으로 생각을 끌고 나가는 것처럼 보였다.

나는 사람이 죽는 것을 눈앞에서 보았다. 그들에게 아가미가 생기거나 날개가 돋아나는 일은 일어나지 않았다. 한 명도 빠짐없이, 피를 뿜거나 내장을 쏟아내고는 핏기 없는 얼굴을 하고서 죽어갔다. 나는 눈을 감고 고개를 흔들었다. 그렇게 하면 나를 옥죄던 기억들이 사라질 것만 같았다.

"괜찮아?"

박이 내 어깨에 손을 올렸다. 나는 고개를 끄덕였다.

정화 장치 근처에는 활성탄 가루들이 널려 있었다. 나는 손바닥으로 그것들을 쓸어 모아 바닷물을 붓고 열심히 저었다. 곧이어 꾸덕꾸덕한 진흙이 만들어졌다. 거기에 전복 껍데기까지 빻아 넣자 꽤 괜찮은 건축자재가 되었다. 집을 한 바퀴 돌면서 금이 간 곳에 진흙을 바르고, 구멍이 생긴 곳에는 언덕에서 가져온 돌을 끼워 넣은 뒤 그 위에 진흙을 발랐다. 밤마다 불어오는 차가운 바닷바람이 갈라진 틈으로 들이닥쳤으나, 이들에게는 벽을 보수할 기술이 없었다.

정신을 차려보니 우리 주변은 아이들로 가득했다. 푸른 구역의 아이들은 우리가 무얼 하는지 관찰했다. 그러던 중 아이 하나가 가까이 다가오더니, 바닥에 엉긴 진흙을 두 손으로 떠서 벽에 발랐다. 아이가 나를 보고는 웃었다. 나도 저절로 웃음이 나왔다. 아이들이 주위로 모여들더니 손바닥에 진흙을 바르고는 이곳저곳을 오가며 벽에 작은 손자국을 남겼다. 웃음은 덤이었다. 처음으로 온정이라는 감정을 느꼈다.

✶

이곳의 햇살은 나로 하여금 점차 모든 것을 포기하게 했다. 관의 죽음부터 혁명까지 모두 없던 일로 만들고는, 애초에 나는 여기서 태어났으며 하나를 만나 서로 '사랑에 가까운 무엇'을 하고 있는 거라고 믿고 싶었다.

하나와 나는 가끔 돌목에 왔다. 물살이 거세서 푸른 구역 주민들도 오지 않는 해변이었다. 그곳의 모래는 특이하게도 검었다. 례의 말로는 아주 먼 과거, 태양이 해변에 떨어졌을 때 생긴 것이라고 했다. 그때 검게 탄 모래가 지금까지도 남아 있다는 거였다. 나는 그 이야기를 들으며 검은 구역 선전물에서 보았던 거대한 폭발과 검게 탄 동산을 떠올렸다.

우리는 서로의 몸을 검게 칠했다. 그 전까지 서로에게 뱉은 모든 말들을 지우려는 듯이. 상처나 배신, 생존, 혁명 같은 단어들로부터 멀어지고 싶었다. 멀리서 보면 아무도 우리가 그곳에 있는 줄 모를 만큼 까매진 채로, 우리는 돌처럼 하루를 보냈다. 하나도 그런 날은 물에 들어가지 않았다. 할망들은 이제 하나가 갈 수 있는 바다에 해산물이 없다고 했다. 다행인지는 모르겠지만, 덕분에 우리는 함께 있을 수 있었다.

몸이 더워질 때면 바다에 들어갔다. 모래가 지워지고, 하나의 하얀 몸이 햇살에 선명하게 드러났다. 눈이 부실 정도였다. 나는 수영도 하지 못하면서 그를 따라갔다. 그러면 하나는 더욱 멀리 달아났다. 나는 발이 닿는 곳까지 들어갔다가, 더는 나아가지 못하고 하나에게 돌아오라며 외치기만 했다. 그러면 하나는 테왁처럼 다가와 내게 안겼다.

바닷속에서 나는 허우적거리며 뭍에서는 할 수 없는 몸짓으로 그를 쓰다듬었다. 마치 례가 말했던 '태초의 세포'처럼 말이다. 우리는 본래 한 가지에서 뻗어 나왔고, 이렇게 분화되었다. 그때로 돌아가려는 것은 인간의 본능이라 했다. 하나가 말했다. '그래서 우리가 서로를 안는 것'이라고.

머릿속에 뜨거운 무언가가 넘쳐 나는데, 그것을 어떻게 쏟아내야 할지 몰랐다. 그저 서로의 몸을 쓰다듬기 바빴다. 1분이라도, 1초라도 더. 그러나 해는 어김없이 바다에 삼켜졌고 배가 고파졌다. 례를 비롯한 할망들은 우리를 먹여 살리기 위해 추가 근무에 자원했다. 미안함과 고마움이 한데 섞여 가슴속에 무언가를 만들어냈다. 그것이 나를 요동치게 했다. 하나에게도 마찬가지였다. 우리는 일렁이는 파도처럼 섞이기 시작했다. 파도가 몰려오고 부서지듯, 내 손이 하나의 가슴을 쓸었다가 등을 쓸었다. 하나는 내 머리칼을 쓸며 깊은 숨을 토해냈다.

이런 삶은 언젠가 부서지기 마련이었다.
우리가 편안한 만큼 누군가는 불편하기 마련이니까.

푸른 구역에 도착한 지 일주일째가 되는 아침이었다. 례는 물질을 나가지 않고 우리를 깨우더니 갈 곳이 있다고 말했다. 우리에게는 할 일이 있었다. 하나는 이제 멀리까지 물질을 나갈 수 있게 되었고, 나와 박도 집 보수 작업을 거의 끝마쳐 가던 참이었다. 그러나 례는 중요한 일이라며 꼭 가야 한다고 했다. 목적지는 푸른 구역에 온 첫날, 례가 허락 없이는 가지 말라고 했던 외딴집이었다. 우리는 그를 따라 바다와 멀리 떨어진 고지대에 자리 잡은 집으로 향했다.

문을 열고 들어서자 한눈에 봐도 나이가 많아 보이는 여자가 창가 앞 의자에 앉아서 바다를 내려다보고 있었다. 의자는 바닥에 고정되어 있지 않고 조금씩 앞뒤로 움직이는 이상한 형태였다. 례가 그에게 고개를 숙여 인사했다. 우리도 눈치를 보며 례를 따라서 똑같이 인사했다. 례가 말했다.

"마름이셔."

마름이라는 단어를 듣자마자 표정이 구겨졌다. 감정을 숨길 수 없었다. 하나가 내게 속삭였다.

"왜 그래?"

마름이 의자에서 일어나려 하자, 례가 다급하게 다가가 그를 부축했다. 제대로 걷지 못하는 것 같았다. 가만히 보니 마름의 피부는 우리 것과는 달랐다. 얼룩덜룩한 데다가, 이곳저곳이 크게 부어 있었다. 그는 우리에게 가까이 다가오더니 한 명씩 어깨를 두드리고 안아주었다. 갑작스러운 상황에 잠시 당황했으나, 그의 손길에서 따스함을 느낄 수 있었다. 마름이 말했다.

"잘 왔어요."

붉은 구역의 마름도 그랬지만, 이곳의 마름 역시 내가 상상하던 인상과는 전혀 달랐다. 혼란스러웠다.

"여러분이 여기 오셨다는 건, 세상에 변화가 있다는 뜻이겠지요."

마름의 목소리는 이곳의 바람처럼 축축하면서도 귀에 깊게 스며들었다. 저 바다 속으로 빨려 들어가는 것 같았다. 박이 하나와 자신을 가리키며 말했다.

"저희 둘은 검은 구역에서 왔습니다."

"그럼 이쪽은……."

나는 내 소개를 했다.

"붉은 구역에서 왔습니다."

"이 친구가 아니었다면, 여기까지 오지 못했을 겁니다."

박은 이제껏 있었던 일을 마름에게 모두 설명했다. 검은 구역의 모습과 오염 구역의 허황된 실체를 토로하고, 오염 구역에서 여기까지 오는 과정을 설명하면서는 정부의 배신감에 울먹거리기까지 했다. 하나도 옆에서 거들었지만, 차마 자기 아이에 대한 이야기까지는 하지 못했다. 줄곧 가만히 듣고만 있던 마름은 나를 제외한 하나와 박에게 말했다.

"혹시 자리를 피해주실 수 있나요?"

하나와 박은 내 눈치를 보았다. 내가 고개를 끄덕이자 둘은 례와 함께 집 밖으로 나갔다. 마름은 나를 가만히 보더니 말했다.

"사실, 알고 있었어요. 례한테 전부 들었거든요."

마름은 잠시 뜸을 들이다가 내게 물었다.

"정말 붉은 구역에서는 혁명이 일어나나요?"

갑자기 들어온 질문에 놀라서 순간 제대로 대답하지 못했다. 마름이 이어 말했다.

"소문으로는 붉은 구역에서는 매 세대마다 혁명이 일어난다고 들었어요. 정말인가요?"

아직 그를 완전히 믿지 못했기에 나는 일부러 말을 둘러댔다.

"떠나온 지 오래라 잘 모릅니다."

마름은 내 표정을 보더니 의도를 알겠다는 듯이 고개를 끄덕였다.

"아직 저를 믿지 못하겠다는 말이군요."

힘이 부치는지 마름은 다시 앉으려 했다. 나는 그를 부축해 의자에 앉혔다. 그는 긴 숨을 뱉고는 힘겹게 말을 이었다.

"석 달 전, 보급선에 혁명이라는 글자가 적혀 있었어요. 붉은 구역에서 보낸 게 아닌가요?"

나는 혁명 수장이 트레일러에 글자를 적어 보냈던 것을 기억했다. 하지만 그 외 다른 곳에 적는 것은 본 적이 없었다. 애초에, 보급선이 무엇인지도 몰랐다. 나는 고개를 저었다.

"우리는 당연히 붉은 구역에서 보낸 거라고 믿었어요. 그곳에서 세대마다 혁명이 일어난다는 소문이 돌고 있었으니까요. 그런데 그쪽에서 보낸 게 아니라면, 대체 어디서 보낸 걸까요?"

나도 알 수 없었다. 초록 구역이나 흰 구역일지도 몰랐다. 세 달 전이라면, 내가 붉은 구역에서 나오기 전인데 혁명 수장이 독단적으로 일을 저지르지는 않았을 것이었다. 신중에 신중을 기하는 성격인 그가 트레일러가 아닌 곳에 혁명이라는 글자를 적지는 않았을 것 같았다. 무슨 일인지 알 수 없었다. 내가 고개를 젓자, 마름은 이마를 손으로 짚고서 말했다.

"우리 구역에서는 혁명이 일어난 적이 없어요."

그렇게 보였다. 모두가 이토록 잘 어울리며 살고 있으니 말이다. 혁명을 한 번이라도 겪었다면, 저렇게 함께 어울려 살지는 못했을 것이다. 마름은 해변을 내려다보았다. 아이들이 뛰어놀고 있었다. 소리가 닿을 수 없는 거리였으나 웃음소리가 들리는 듯했다. 마름이 말했다.

"아무리 어려워도 모두가 함께 이겨냈으니까요."

나는 고개를 숙였다. 듣기가 힘들었다. 마름이 내 표정을 살피더니 물었다.

"왜 그러죠?"

붉은 구역에서 죽어간 4-4세대원들이 떠올랐다. 내가 붉은 구역을 빠져나가기 전에, 그들은 4-3세대원들에게 맞아 죽었다. 마름에게서 어떤 의도가 느껴지지 않아 나는 진실을 말하기로 했다.

"붉은 구역과는 달라서요. 거기서는 서로를 죽이지 않으면 살 수가 없었으니까요."

목이 메여왔다. 그래도 말해야 했다. 나는 고개를 들고서 마름을 똑바로 바라보았다. 마름은 이해할 수 없다는 듯이 얼굴을 구겼다.

"말도 안 돼요. 한 세대가 죽으면 다른 세대도 죽게 돼요."

대답하지 않았다. 마음 같아서는 붉은 구역에 직접 가보라고 말하고 싶었다. 물도, 먹을 것도 쉽게 구할 수 있는 이곳과는 다르게 먹지도 못하는 활성탄을 무더기로 캐고 나르며 페달을 밟으면서도 과연 그런 말을 할 수 있을까? 문득 탁자 위에 놓인 빗창이 보였다. 전체적으로 녹이 슬었으나, 끝부분만은 유독 날카로웠다.

마름이 말했다.

"당연히 우리도 정부에 대한 불만은 있어요. 할당량이 정해져 있고, 안 그래도 맞추기 버거운 상황이었는데 최근에는 도저히 감당할 수 없는 수준까지 올랐으니까요."

"붉은 구역도 마찬가지였어요. 제가 오기 직전에는 할당량을 한 번에 15%나 올렸어요."

마름의 눈빛이 바뀌었다.

"그래서, 혁명을 일으켰나요?"

"아뇨. 하지 않았어요."

"왜요?"

질문은 날카로웠다. 목에 빗창이 가까이 다가온 것만 같았다.

"준비가 되지 않았거든요. 장애물도 많았고요."

내가 그 장애물이었다는 말은 하지 않았다. 인정하고 싶지 않았다. 준비가 안 되었다는 것은 사실이었다. 나는 단순히 내 복수심으로 혁명을 하려 했고, 실패했다. 그 이후로는 이렇게 쫓겨 다니는, 아니, 무엇에 쫓기는 줄도 모르면서 방랑하는 생활을 이어가고 있었다.

내 말을 들은 마름의 얼굴에 어둠이 드리워졌다. 그에게 하고 싶은 말이 많았다. 어디서부터 시작해야 할지 몰라, 나는 하나씩 이야기를 꺼내놓기 시작했다.

"거기서 마름은 우리에게 적이었어요. 적어도 붉은 구역에서는요."

마름은 가만히 나를 보았다. 물론 붉은 구역을 떠나기 직전 마름이 나를 도왔던 것도 기억하고 있었으나, 기본적으로 내게 마름이란 혁명에 가장 적대시되는 인물이었다. 떠나기 직전에 베푼 잠깐의 호의로 마름에 대한 전체적인 인상이 뒤집히지는 않았다. 빗창에 계속해서 눈길이 갔다. 마름이 말했다.

"최근, 정부에서 요구가 왔어요. 보급선에 사람을 실어 보내라고 하더군요."

"얼마나요?"

마름의 낯빛이 어두워졌다.

"세 명을 보내라고 하더군요."

"어디로 간다고는 말하던가요?"

"아뇨."

마름이 떨리는 목소리로 말을 이었다.

"아주 예전에도 몇 번 데려갔지만, 가서 돌아온 적은 없어요."

나는 마름에게 물었다.

"한 명도요?"

마름이 고개를 끄덕였다.

“그래서 내부에서 말들이 많은 상황이에요. 다들 두려워하기도 하고요.”

마름은 난처한 표정을 지었다. 언제 누가 잡혀가도 이상하지 않을 상황이니 충분히 그럴 만했다. 마름은 가만히 내 눈을 바라보았다. 침묵은 오랫동안 이어졌다. 무언가 거대한 이야기가 그 주름 많은 입을 통해 나올 것만 같았다. 파도 소리와 함께 마름이 내게 질문을 던졌다.

“혁명은 어떤 건가요?”

머릿속이 복잡했다. 사실을 말하고 싶었다. 붉은 구역에서 죽어간 모든 사람들을 위해서 말이다. 그 단어 하나 때문에 얼마나 많은 사람이 죽고 다쳤는지…….

그때, 창문 너머로 죽은 관의 모습이 보였다. 그는 해변을 따라 나를 향해 걸어오고 있었다. 땀으로 젖은 그의 말간 얼굴 위로 벌건 피가 쏟아졌다. 피는 바닥을 흥건하게 적셨다. 관이 나를 향해 외쳤다.

‘말해! 혁명이 얼마나 잔인한지!’

파도가 밀려오고 밀려갔다. 거품이 일었다가 사라졌다. 그에 맞춰 관의 모습도 서서히 사라져 갔다. 이내 눈에 들어온 풍경은, 아이들이 해변에서 밀려오는 파도를 놀잇감 삼아 뒤로 갔다가 앞으로 나아가기를 반복하며 뛰노는 모습이었다. 기껏해야 열 살 남짓한 아이들이었다. 나는 수평선으로 시선을 던졌다. 마름이 말했다.

“어떤 희생이 있어도 해야 하는 건가요?”

귓가에 곡괭이 소리가 들려왔다. 내 목소리가 내 것 같지 않았다. 누군가 내 입을 빌려 말하는 것도 같았다. 주먹 쥔 손에 힘이 풀렸다.

파도

공기가 달라졌다. 본래 푸른 구역의 느낌이 아니었다. 중심부에서 스멀스멀 피어오르는 이 분위기는, 내게 아주 익숙한 느낌이었다.

혁명은 조금씩 진행되었다. 붉은 구역보다는 상황이 훨씬 좋았다. 바다를 이용해 물과 음식을 준비할 수 있었기 때문이다. 우리는 돌무더기가 많은 언덕에 구덩이를 팠다. 구덩이는 위에서 보았을 때 동심원을 그리는 것 같은 모양으로, 속이 두 개의 층으로 나뉜 형태였다. 중심부가 솟아 있는 것이 특징이었다. 테두리 부분에 바닷물을 넣고, 구덩이 위에 천을 덮고는 중심부에 작은 돌 하나만 올려두면 되었다. 햇빛에 바닷물이 증발하며 천에 물이 고였다. 낮은 곳으로 모인 물방울이 아래로 떨어졌다. 소금과 물을 동시에 얻을 수 있는 방법이었다.

그렇게 얻은 물은 우물에 보관했다. 땅을 깊게 파고서 돌을 촘촘히 쌓고 진흙을 군데군데 발라 만든 우물이었다. 물은 천천히 차올랐다. 소금은 음식을 절이는 데에 썼다. 채취한 해산물들을 소금에 절이면, 더운 날씨에 빠르게 부패하는 것을 방지해 오래 보관할 수 있었다. 푸른 구역에서 오랫동안 구전되어 온 음식 보관법이었다. 할망들은 물고기의 지느러미 등 할당량에 포함되지 않는 부위들을 절여 굴 깊숙한 곳에 따로 보관했다.

마름과 혁명에 관해서 많은 이야기를 나누었다. 나는 내가 알고 있는 붉은 구역 4세대의 혁명사를 모두 말해주었다. 탱크가 구역 전체를 쑥대밭으로 만들었다는 말에 마름은 두려운 표정을 지었으며, 식량 공급을 끊어 주민들을 아사에 이르게 한 이야기를 들었을 때는 눈을 감아버렸다. 마지막으로 우리가 씨앗을 얻기 위해 얼마나 많은 희생을 겪었는지를 말할 때에는 나도 모르게 감정이 북받쳐 눈물이 나왔다. 팔을 늘어뜨린 관을 떠올렸다. 마름이 내 손을 잡고서 말했다.

"미안해요."

푸른 구역은 왜 이제껏 혁명을 일으키지 않았냐고 원망하고 싶었다. 만약 우리가 일제히 일어났더라면, 붉은 구역 주민들이 그렇게까지 죽거나 다치지는 않았을 수도 있었다. 그러나 치기 어린 마음이었다. 이들은 우리의 고통을 알지 못했고, 그것은 푸른 구역 반대편에 있던 붉은 구역 주민들도 마찬가지였으니. 효율이라는 목적 아래 우리는 분절되고 단절되어 있었다. 생존이 그 모든 것들을 아우르는 가치는 아닐 것이다.

혁명사를 들은 후 마름이 포기할지도 모른다고 걱정했던 것과는 달리, 마름은 내 이야기를 모두 듣고도 혁명을 준비하기로 했다. 푸른 구역 주민들은 다가올 혁명을 견뎌내기 위해 노력했다. 할망들은 할당량 외에 비축할 식량을 구하기 위해 이른 시간부터 물질을 하러 나갔고, 아이들도 정부의 규제에 대비해 헤엄을 배우고 있었다. 멀리서 이런저런 소리가 들려왔으나 내 이목을 끌지는 못했다. 아니, 애써 회피하려 했다.

그들을 내가 어떤 삶으로 이끈 건지 알 수 없었다. 희망이 아니라 파멸로 모는 것일지도 몰랐다. 이들이 정부에 음식을 공급하지 않음으로써 얼마나 많은 사람이 죽어갈지도 모르는 상황이었다. 죽어가면서 나를 원망하겠지. 그러나 나는 나를 믿어야만 했다. 붉은 구역에서 희생된 이들을 떠올렸다. 그들은 옳은 일을 위해 죽은 것이어야 했다.

조금이라도 사람들을 돕기 위해 나는 열심히 빗창으로 땅을 파고 우물에 사용할 돌을 깼다. 박도 땀을 뻘뻘 흘려가며 구덩이에 모인 물을 퍼서 우물에 쏟아부었다. 하나는 구덩이 바깥쪽에서 소금을 퍼내 전복 내장 위에 가득 뿌렸다.

가장 큰 문제는 오염 물질 정화 장치였다. 장치가 돌아가지 않는다면 구역을 넘어 시스템 전체에 큰 문제가 발생할지도 몰랐다. 선전물의 설명대로라면 오염 물질이 정화되지 않을 경우 강한 바람이 들이닥쳐 구역 전체를 흔적도 없이 휩쓸거나, 도저히 인간이 살 수 없을 정도로 기온이 오를 것이라고 했으니까. 그런 일이 벌어져서 모두가 죽게 되는 것이 사실이라면, 나는 오히려 그 편이 좋다고 믿었다. 이렇게 아랫세대에게 점점 못한 삶을 주는 것보다는 말이다.

기본적인 작업을 모두 마치고서 나는 박과 하나에게 이야기를 하자고 했다. 본래 혁명이라는 단어조차 알지 못했던 그들이 혁명을 위해 이렇게 애쓰는 것은, 어찌 보면 크나큰 변화였다. 나는 둘에게 말했다.

"난 여길 떠날 거야."

둘은 깜짝 놀라 나를 보았다.

"혁명은?"

"그건 여기 사람들이 해야 할 일이야. 너희들은 남아도 돼."

하나가 내게 말했다.

"무책임한 말인 거 알아? 혁명하라고 부추기고 넌 다른 곳에 간다니."

"해야 할 일이 있어."

"그게 뭔데?"

나는 붉은 구역에서 마름이 했던 말들을 떠올리고 나지막하게 말했다.

"모든 구역에 혁명을 알릴 거야."

푸른 구역도 혁명을 시작했으니, 다른 구역도 충분히 동참시킬 수 있을 것 같았다. 그러나 하나는 다소 어이없다는 듯이 콧방귀를 뀌었다.

"그렇게 알리고 나서는? 그다음은 뭐야?"

나는 검지로 하늘을 가리켰다.

"저 사람들과 이야기해야겠어."

인공위성이 어디든 우리를 따라다니고 있었다. 다가갈 수 없는 별과 다름없어 보이기도 했으나, 시도는 해봐야 했다. 그들에게 우리의 삶을 말하고 그에 대한 답을 받아내야 했다. 하나가 고개를 저으며 말했다.

"어디로 가려고? 아니, 어디로 갈 수는 있어? 한쪽은 사막이고, 다른 한쪽은 경계로 막혀 있어. 또 다른 쪽은 끝이 없는 바다야."

목적지는 알 수 없었다. 다만, 푸른 구역을 벗어날 방법이라면 한 가지 있었다. 이번에는 박이 내게 따지듯이 물었다.

"다시 검은 구역으로 돌아가게? 그 모래사막을 건너가겠다고?"

"아니, 난 바다로 갈 거야."

박이 어이없다는 듯이 바다를 가리키며 물었다.

"어떻게? 할망들이 끝이 없다고 하잖아. 헤엄쳐서 가기에도 한계가 있어."

"갈 수 있어."

가만히 내 말을 듣고 있던 하나가 버럭 화를 냈다.

"그러니까, 어떻게!"

그때 바다에서 물살을 가르며 이쪽으로 다가오는 물체가 하나 보였다. 아주 새하얀 물체였다. 나는 그것을 힘주어 가리켰다.

"저걸 타고서."

그것은 사방에 물보라를 일으키며 푸른 구역으로 다가오고 있었다. 푸른 구역에서 출발하게 될 보급선이었다.

거대한 쇳덩어리가 해변으로 다가오고 있었다. 마치 트레일러가 물 위에 떠 있는 것 같았다. 한눈에 보기에도 엄청나게 무거워 보였는데, 어떻게 물에 뜨는 것인지 의아했다. 원리는 알 수 없었으나 례는 그것이 '배'라고 했다. 례가 배를 가리키며 말했다.

"저걸 타면 어디든 갈 수 있어. 심지어 가장 헤엄을 잘 치는 할망들마저 갈 수 없는 곳까지도 말이야."

배는 해변에 부드럽게 정박했다. 중심부의 문이 모래에 선명한 자국을 남기며 위에서 아래로 열렸다. 내부는 무척이나 어두웠다. 그런데 어둠 속에서 꿈틀거리는 무언가가 보였다. 아이들이 식량 포대를 낑낑거리며 끌고 나오고 있었다. 할망들은 빠르게 배로 달려가 식량 포대를 받고, 아이들을 안아주었다. 아이들의 몸은 땀으로 범벅이었다.

"얼마나 답답했을까."

할망들은 울먹였다. 아이들이 배 내부를 가리켰다. 얼마나 오래 갇혀 있었는지, 몇몇 아이가 쓰러져 있었다. 안은 상당히 좁았다. 많아 봐야 성인 다섯 명이 들어가면 꽉 찰 정도였다. 배로 들어간 할망 하나가 우는 소리로 소리쳤다.

"여기!"

얼굴이 새하얗게 질린 아이 하나가 식량 포대 뒤에 누워 있었다. 나는 그러한 얼굴을 몇 번 본 적이 있었다. 말릴 새도 없이 례가 순식간에 배 안으로 달려가 아이를 등에 업고 해변으로 나왔다. 호흡은 아주 가늘게 붙어 있었다. 례는 아이의 가슴을 손으로 쳐댔다. 그러나 아이는 반응하지 않았다. 할망들이 례를 말렸으나, 례는 할망들의 손길을 뿌리치고서 계속해서 가슴을 쳤다. 멍이 들 것만 같았다. 나는 례에게 다가가 말했다.

"그만해."

례는 땀을 뻘뻘 흘려가며 고개를 저었다. 이미 아이의 숨은 끊어져 있었다. 나는 례를 강하게 일으켰다. 억지로 일어선 례가 나를 밀어내려 했으나 나는 놓아주지 않았다. 그런데 하나가 내 손을 뿌리치더니 례를 안아주었다. 하나는 심하게 떨리는 례의 등을 쓰다듬으며 말했다.

"괜찮아……."

이윽고 례는 아이의 가슴팍 위로 무너져 내렸다.

죽은 아이 하나를 포함해, 보급선에는 총 13명의 아이들이 타고 있었다. 붉은 구역의 마름이 했던 말이 떠올랐다.

'정부는 전부 알고 있어. 어떤 사고가 벌어지고 몇 명이 죽을지.'

그 말대로라면 곧 13명의 사람이 죽는다는 뜻이었다. 어떤 사고나 문제가 벌어질지는 알 수 없었으나, 어떻게든 13명, 혹은 죽은 아이 하나를 뺀 12명이 죽을 것이라는 사실은 달라지지 않았다.

나는 이 사실을 마름이나 레에게 전하지 않기로 했다. 만약 그것이 사실이라면, 세상에서 우리가 할 수 있는 일은 없으니 말이다. 아이들을 챙기고 식량 포대를 모두 내리자 배에서 낯선 음성이 들려왔다.

"주민 셋. 탑승."

그날 밤, 마름의 집에 푸른 구역 사람 대부분이 모여들었다. 집 안에 사람들이 다리를 접어 빼곡히 앉았고, 창밖에서 고개를 들이밀고 이야기에 참여하려는 사람들도 있었다. 배는 하루 동안 그곳에 정박해 있을 예정이었다. 아직 배에 탑승할 세 명을 정하지 못한 상태였다. 탑승 기준에 대해 저마다 말이 많았다. 내가 가겠다, 네가 가면 나도 가겠다, 혹은 생산량이 제일 적은 자기들이 가겠다고 하는 어린 사람들도 있었다. 말들이 많아지면서 동시에 언성이 높아졌다.

"그만!"

가만히 듣고 있던 마름이 버럭 소리를 질렀다. 나와 이야기할 때와는 성격이 완전히 뒤바뀐 것 같았다. 말투나 몸짓이나 표정 등 모든 부분이 억셌다. 마름이 말했다.

"그걸 타면 죽을 수도 있어. 알고들 그래?"

다들 고개를 푹 숙였지만, 알고는 있는 눈치였다. 그 누구도 다시 돌아온 적이 없으니까. 매번 거짓말을 하는 정부를 믿는 사람은 없었다. 주위를 둘러보았다. 이곳에 죽어야 할 사람 같은 것은 없었다. 마름이 말했다.

"내가 정한 대로 해."

마름의 입에 모두 시선이 모였다.

"백, 송. 둘이 나랑 간다."

할망들이 들끓어 올랐다. 모두가 결사반대를 외치는 와중에, 마름과 나이가 비슷해 보이는 할망 둘은 환하게 웃으며 고개를 끄덕였다. 마름이 가면 절대 안 된다며 우는 할망들도 있었다. 마름은 자신이 호명한 둘에게 말했다.

"우리는 살 만큼 살았지."

둘은 연신 고개를 끄덕였다. 그러나 례가 갑자기 벌떡 일어나 고개를 저었다.

"마마가 가면, 우리는요? 혁명은요?"

다들 쉬쉬하던 혁명 이야기까지 나오고야 말았다. 마름은 다리를 부들거리면서 자리에서 일어났다.

"혁명은 너희들이 하는 거야! 나 같은 노인네가 하는 게 아니라!"

마름은 앞으로 발을 내디디려 했으나, 그러지 못하고 기우뚱 균형을 잃었다. 례가 재빨리 마름을 부축하지 않았더라면 그대로 넘어졌을 것이다. 마름이 례에게 안긴 채로 말했다.

"사람이 잠수를 오래 하다 보면 이렇게 병에 걸린다. 도와줄 사람 없으면 한 발짝도 제대로 못 내디뎌. 나는 한 명이 아니라 두 명이야. 심지어 내 수발 드는 사람까지 다른 일을 못 하니, 세 명분의 목숨을 가지고 있는 거야. 혁명이 시작되면 모든 게 부족해질 거야. 너희도 들었다시피 보급선도 오지 않겠지. 그런 상황에서 너희들은 분명 이 노인네들을 어떻게 할지 고민하게 될 거다. 나는 그런 거 보기 싫어."

"무슨 섭섭한 말씀을, 저희는 그런……."

마름이 례를 밀어내며 소리를 질렀다.

"됐어! 그럼 어린애들을 태우자고? 내가 살아 있는 한 절대 그런 꼴 못 봐."

다들 말이 없었다. 하나둘 울기 시작하자 금세 눈물바다가 되었다. 분위기가 가라앉자 마름은 대뜸 과장되게 웃으면서 듬성듬성 빠진 이를 드러냈다.

"이제 마지막인데, 좀 웃으면서 보내줘라. 울면 안 예쁘다."

마름의 말에 다들 눈물범벅이 된 얼굴로 미소를 그렸다. 울음을 삼키며 례가 조심스럽게 마름에게 물었다.

"괜찮겠어요?"

"괜찮다마다. 젊은 사람들도 같이 가니까."

"누구요?"

나를 비롯한 박과 하나가 손을 들었다. 둘은 나와 함께하기로 했다. 우리에게 돌아갈 곳은 없었다. 검은 구역과 붉은 구역, 두 구역 모두 우리를 버렸으며, 푸른 구역은 우리의 고향이 아니었다. 우리는 이곳을 떠나 세상에 혁명을 알리며 진실에 가까이 다가가기로 했다.

배가 움직이지 않을 수도 있었다. 이제껏 수용 인원을 넘겨서 탑승해 본 적은 없었으니까. 머리를 써보기로 했다. 단순한 작전이었지만 목숨을 걸어야 했다. 마름이 우리를 보고 고개를 끄덕이더니 말했다.

"다들 알았으면 해산해! 내일도 일 나가야지!"

보급선 주변에 모든 주민들이 나와 있었다. 레는 보이지 않았다. 마지막을 보고 싶지 않은 것 같았다. 그 마음을 이해했다. 다시 볼 수 없는 사람을 눈에 담아두었다가는, 마음만 더 아플 따름이니까. 사막 쪽 지평선 근처에서 관의 형상이 보이는 것 같았다.

트레일러와 마찬가지로 배 위쪽에 스피커가 달려 있었다.

"주민 셋. 탑승."

스피커에서 들려오는 음성에 가장 나이가 많은 할망 둘이 마름을 부축하고서 배에 올랐다. 다른 할망들은 어제 온 아이들을 끌어안고 울기 시작했다. 아이들은 왜 어른들이 우는지 모르는 것 같았다.

배에 올라탄 마름이 나를 향해 고개를 끄덕였다. 우리 셋은 미리 준비해 놓은 대로, 배에 명줄을 걸고는 몰래 헤엄쳐 따라가다가 배에 올라탈 것이었다. 후회는 하지 않기로 했다. 박과 하나, 둘 모두 나처럼 굳게 결심한 뒤였다.

배가 출항하면서 해변이 소란스러워졌으나, 내게는 들리지 않았다. 배 아래쪽에서 휘어진 날개 모양의 철판 세 개가 돌고 있었다. 일으키는 물살이 거세짐에 따라 배의 속도가 점차 빨라졌다. 한참 헤엄치다가 문제가 없는 것을 확인하고 나서야 우리는 배에 올라탔다. 빗창을 거머쥐고 혹시나 하는 마음에 배 내부를 살폈으나 아무도 없었다. 그런데 얼마 지나지 않아 앞쪽에서 한바탕 소동이 벌어졌다. 우리뿐만 아니라 다른 누군가가 배에 매달려 있었던 것이다. 그는 명줄도 없이 몰래 배 앞머리에 매달려 있었다. 하나가 어렵게 건져 올린 그는, 례였다. 나는 례에게 물었다.

"너는 왜?"

나보다도 마름이 크게 화를 냈다.

"여길 왜 와!"

마름은 례의 등을 치고 또 쳤다. 젖은 등에 마름의 커다란 손이 짝 하고 달라붙었다. 례가 우리를 보며 말했다.

"너희들을 우리 구역에 데려온 게 나야. 책임을 져도 내가 져야 해."

뒤를 돌아보자 푸른 구역은 점이 되어 있었다. 돌아가기에는 이미 지나치게 먼바다로 나와버린 후였다. 얼마 지나지 않아서는 푸른 구역을 비롯해 육지 전체가 보이지 않게 되었다. 마름은 토라진 소리를 내고는 례를 보지 않으려 고개를 돌렸다. 례는 멋쩍게 웃었다. 박이 내게 물었다.

"이제 어떡해야 하지?"

나도 알지 못했다. 만약 보급선이 정말 이들을 중심 구역으로 데려가는 거라면, 그리로 가볼 생각이었다. 그곳이 어떤 곳인지 알고 싶었다. 우리를 착취한 이들이 어떤 삶을 살고 있는지 보고 싶었다.

다행히 정부에서는 우리 존재를 알아차리지 못한 것 같았다. 배는 멈추지 않고 나아갔다. 어떤 방식으로 움직이고 멈추는 것인지는 알 수 없었다. 배가 흔들리면서 속이 울렁거리고 머리도 아파왔다. 하늘이 빙글빙글 도는 것만 같았다. 정신을 차려야 했다. 서서히 진실에 가까워지고 있었다. 어떤 일이 기다리고 있을지 전혀 갈피를 잡을 수 없었다.

너머의 너머

후회는 하지 않는다.

설령 내가 많은 사람을 죽음으로 몰아넣었다고 해도 말이다. 멀리서 본다면, 우리의 죄를 우리가 지고 가는 것이었다. 선대에서부터 내려오는 이 저주를 후대에 넘겨줄 수는 없었다. 이제 막 태어난 아이들에게는 죄가 없으니. 죽은 자들이 나를 원망할지라도 나는 다시 그들을 향해 혁명을 부르짖을 것이다.

정부가 이런 내 행동을 모를 리가 없었다. 붉은 구역 마름의 주장이 옳다면, 그들은 무슨 일이 일어날지 알고 있을 것이었다. 인공위성이 어디든 우리 머리 위를 집요하게 따라다니고 있으니 말이다. 이쯤 되면 그들도 내게 무언가를 바라고 있을 수도 있겠다는 생각을 했다. 만약 그런 게 아니라면, 그들에게 우리를 통제할 능력이 없다는 결론으로 다다를 수밖에 없었다.

푸른 구역을 떠나온 이후 나는 붉은 구역을 포함해 다른 모든 구역에 관한 그 어떤 정보를 듣지도 보지도 못했다. 그러나 어디선가 누군가는 혁명에 성공했다는 것을 이상하게도 느낄 수 있었다. 그 크기와는 상관없이 말이다. 눈에 보이지 않더라도, 아주 조금씩 미세하게나마 변화하는 것이 있다면 나는 그것을 혁명이라 부르기로 했다. 변화는 시작되었고, 내가 그 증거였다.

푸른 구역에는 이미 충분한 양의 음식과 물이 있었다. 내가 한 일이라고는 그들의 옆구리를 슬쩍 찌르는 것 정도였다. 나의 역할은 우리 안에 잠재된 무언가를 보게 하는 것, 그것을 일깨우는 것. 그게 전부였다. 설령 그 과정에서 인간성이라고는 보기 힘든 다른 무엇을 발견한다고 해도 말이다.

구명복

배 내부를 둘러보았다. 바닷바람 때문인지, 붉은 구역의 트레일러보다 훨씬 심하게 녹이 슬어 있었다. '조종실'이라 적혀 있는 곳의 문을 조심스럽게 열어보았으나 운전사는 없었다. 정부가 직접 원격으로 배를 조종하고 있는 것 같았다.

우리가 조종해야 했다. 정부가 원하는 대로 가게 두어서는 안 됐다. 그들은 우리를 나누고, 서로 충돌하게끔 만드는 장본인이었다. 우리는 두려움에 떨고 있었다. 배가 어디로 향하는지도, 그곳에서 우리에게 무슨 일이 벌어질지도 알지 못했다. 그러니 방향만이라도 우리가 정해야 했다. 빗창을 집어 들고서, 조심스럽게 바닥부터 시작해 배를 해체해 보기로 했다.

녹이 슬지 않았더라면 해체할 수 없었을 것이다. 못이 으스러지며 바닥이 벌어졌다. 배에 올라탄 다른 사람들도 나와 함께 열심히 벌어진 틈에 빗창을 밀어 넣고는 철제 바닥을 들어 올렸다. 손이 벌벌 떨렸으나 심호흡을 하고 모두 힘을 모아 바닥을 벗겨냈다. 드러난 바닥 안에는 선들이 복잡하게 꼬여 있었고, 용도를 알 수 없는 기계장치들이 보였다. 어긋난 철판들이 내는 비명 같은 소리에 소름이 끼쳤다. 오염 물질 정화 장치 옆에 서 있는 것처럼 귀가 아팠다. 더불어 기계장치들이 내뿜는 엄청난 열기에 어디서부터 손을 대야 할지 알 수 없었다. 스피커에서 소리가 들려왔다.

"주민 셋, 장비 착용."

갑작스러운 지시에 우리는 멍한 표정으로 주변을 둘러보았다. 땅은 보이지 않았다. 푸른 구역도 수평선 너머로 사라진 지 오래였다. 배는 바다 한가운데에 떠 있었다. 한 구석에 장비'처럼' 보이는 옷 세 벌과 투명한 헬멧이 걸려 있었다. 한 번도 본 적 없는 형태의 옷들이었다.

한눈에 보기에도 장비는 무거워 보였다. 사람 머리의 두 배 정도 되는 크기였고, 옷은 천을 수천 장 겹쳐놓은 것처럼 두꺼웠다. 안팎으로 공기가 통하지 않을 것 같았다. 배 중심부에 매달려 있던 스크린에 전원이 들어오더니 영상이 시작되었다.

영상 속 여자들은 무표정한 얼굴로 말없이 장비를 착용했다. 서로를 도와 헬멧을 쓰고 두터운 장비를 입었다. 그러는 동안에 어떤 대화나 눈빛도 오가지 않았다. 꼭 죽은 사람들 같았다. 헬멧을 장비에 고정한 뒤에, 그들은 일제히 바다에 뛰어들었다. 헤엄을 치지는 않았다. 수면 위로 거품도 올라오지 않았다. 그들은 한없이 수면 아래로 가라앉을 뿐이었다. 어떤 실루엣도 보이지 않게 되자 영상은 처음부터 다시 시작되었다. 영상 속 그들은 장비를 착용한 후 물에 뛰어들기를 반복했다. 문득 붉은 구역의 페달이 떠올랐다. 원점에서 다시 원점으로. 불현듯 스크린을 부수고 싶은 마음이 들었다.

이어서 스피커에서 들려오는 목소리는 명령조였다.

"주민 셋, 장비 착용 거부 시 구역에 불이익을 가하겠음."

그 말을 듣고 나와 하나, 그리고 박이 장비를 착용하려 했으나 할망 셋이 우리를 말렸다.

"물에 들어가는 건 우리한테 맡겨."

"그래. 괜히 너희가 갔다가 사고 난다."

그들은 어린아이를 혼내듯이 우리에게서 장비를 빼앗았다. 말리려 했으나, 단호하게 고개를 젓는 그들의 눈빛에서 진심이 느껴져 놓아줄 수밖에 없었다. 그들은 장비를 입기 시작했다. 역겨웠으나 몇 번이고 스크린을 보아야 했다. 마치 미리 준비되어 있었던 것처럼 장비는 그들 몸에 딱 맞았다. 모든 장비를 착용한 후, 마지막으로 배 중심부에 솟아 있는 커다란 기둥에서 줄을 한 가닥씩 뽑아 서로의 허리춤에 걸었다. 아주 가는 철사를 여러 줄 꼬아 만든 쇠줄이었다. 명줄과 비슷한 역할인 것 같았지만 그 느낌은 달랐다. 명줄이 서로를 이어주는 보드라운 실 같다면, 보급선의 쇠줄은 목을 조여 숨통을 끊는 밧줄처럼 느껴졌다. 스피커에서 명령이 들려왔다.

"입수."

나는 할망들을 한 명씩 안고서 이름을 물었다. 송, 해, 백이었다. '해'라는 이름을 모른 채 그간 마름으로만 여겼던 것이 마음에 걸렸다. 왠지 모르게 지금이 마지막이 될 것만 같았다. 셋은 동시에 크게 호흡하고서 바다에 뛰어들어 떠오르지 않고 빠르게 아래로 내려가기 시작했다. 영상 속 여자들과 똑같은 모습이었다. 배와 연결된 줄이 계속해서 풀어졌다. 어디까지 내려가는 건지 알 수 없었다. 그처럼 깊은 물속에 사람이 갔다는 말은 들어본 적이 없었다. 줄에 손을 대보려 했으나, 풀리는 속도가 빨라 베일 것만 같아서 쉽게 잡을 수가 없었다. 주저하던 사이 이윽고 줄이 팽팽하게 당겨졌다.

배 위에서 아주 오랜 시간을 기다렸다. 례는 발을 동동 굴렀다. 일렁이는 바다를 보며 숨을 참을 수 있는 시간이 지났으니 줄을 끌어올리자고 했다. 힘을 합쳐 줄을 당겨보았으나 돌에 걸리기라도 한 것인지 꿈쩍도 하지 않았다. 수면 위로 기포조차 올라오지 않았다. 낑낑거리며 줄을 당기다 이내 바닥에 주저앉은 박과 하나를 보며 례가 말했다.

"포기하지 마. 우리 대신에 목숨을 건 사람들이야."

그때, 줄이 움직이기 시작했다. 그런데 수면 위로 올라오는 속도가 엄청났다. 줄을 잡고 있던 례의 손바닥이 찢어지며 피가 흘렀다. 하나가 례를 보살피는 사이, 박과 나는 일제히 수면을 보았다. 무언가가 올라오고 있었다. 물보라로 봐서는 크기도 크기지만, 무게가 상당한 물체인 것 같았다. 그것은 할망들이 아니었다. 마침내 수면 위로 올라온 것은 거대한 그물이었다. 그곳에 엄청나게 많은 해산물들이 담겨 있었다. 모두 모습이 이상했다. 끈적한 액체를 내뿜으며 몸이 기이하게 움직이는 것부터, 전복과 외관은 비슷했으나 검은 물을 쏘아대며 다리가 여러 개인 것까지. 그것들이 배 위에 쏟아졌다. 갑판이 온통 비린내로 가득했다. 례가 외쳤다.

"마마!"

마름은 그물에 다리가 걸린 상태로 매달려 있었다. 그물이 계속 올라오면서 배 위에 해산물을 쏟아내는데, 마름은 정신을 잃었는지 그물에서 벗어나지 못했다. 정신을 잃은 것 같았다. 우리는 그물을 잘라내려 했으나 워낙에 줄이 튼튼해 쉽게 잘리지 않았다. 해산물을 쏟아낸 그물이 다시 바다로 내려가려는 듯 기계음을 내며 천천히 움직였다. 하나가 내게 외쳤다.

"멈춰야 해!"

곧장 나는 선내로 들어갔다. 빗창을 감아쥐고서 난장판이 된 바닥 속 복잡하게 꼬인 선들을 훑었다. 머리가 아팠다. 어떤 선을 잘라야 할지 도저히 가늠할 수가 없었다. 시간이 얼마 없었다. 생각하지 않기로 했다. 그만, 눈에 보이는 선을 뭉텅이째 잘라버리고 말았다. 나는 밖을 내다보았다. 그물이 허공이 떠 있었다. 멈추는 데 성공한 것 같았다. 례가 어렵게 줄을 끊었고, 그물이 풀어지며 례와 마름은 그대로 해산물 더미 위로 떨어졌다.

하나는 해산물 더미를 헤치고서 장비를 두 벌 더 찾아냈다. 그러나 그 안에 사람은 없었다. 례는 마름에게 다가가 황급히 헬멧을 벗기기 시작했다. 마름의 얼굴은 검게 변해 있었다. 그가 거친 숨을 몰아쉬었다.

"마마!"

마름은 제대로 눈을 뜨지 못한 채로 말했다.

"둘, 둘이 날……."

점차 목소리가 낮아졌다. 례에게 무언가를 속삭이고는 마름은 정신을 잃었다.

례가 우리에게 전한 이야기는 이랬다.

세 사람은 심해 절벽에 걸려 있는 그물을 빼내기 위해 아래로 내려갔다. 그물은 무척이나 단단하게 걸려 있어서, 사람이 직접 양쪽에서 들어 올려 풀어야 했다. 마름은 잠수병 때문에 몸을 움직일 수가 없으니 그물을 잡고만 있었는데, 다리가 걸려 어느 순간 그물과 함께 빨려 올라갔다고 했다.

역겨웠다. 만약 마름의 다리가 그물에 걸리지 않았더라면 다른 둘과 같이 사라지고 장비만 올라왔을 것이었다. 나는 텅 빈 장비를 보고 치를 떨었다. 이야기를 듣고 바다에 뛰어들려는 하나를 례가 말렸다.

"이거 놔!"

"뛰어들면 그냥 죽는 거야! 그러고 싶어?"

그러자 하나는 장비를 끌어안고 울기 시작했다. 스피커에서 목소리가 나왔다.

"수거 완료."

그 말에 나는 빗창을 들고서 스피커와 스크린을 무참히 때려 부쉈다. 그다음 배 내부로 들어가 선이란 선은 모조리 잘라버렸다. 화가 나서 견딜 수가 없었다. 정부에 대한 일종의 경고였다. 기계장치들이 이상한 소리를 냈다.

"시스템 고장."

그러고는 완전히 꺼져버렸다. 도저히 화를 참을 수가 없었다. 나는 하늘에 대고서 외쳤다.

"여기까지 계산했어? 전부 니들 계산에 들어 있었냐고!"

돌아오는 답은 없었다.

명줄

해산물들은 갑판 위에서 그대로 썩어갔다. 지하에 저장 시설이 있었는데, 내가 선들을 잘라버리는 바람에 작동하지 않았던 것이다. 악취가 심해서 더는 그것들을 갑판에 둘 수가 없었다. 몽땅 바다에 내던져야 했다.

푸른 구역으로 돌아가거나 곧 다른 구역에 닿을 것이라는 우리의 생각과는 다르게, 배는 해류를 따라 움직일 뿐 땅은 코빼기도 보이지 않았다. 사방에 보이는 것이라고는 오직 바다뿐이었다.

어디로 향하는지만이라도 알았더라면 희망을 가졌을 것이다. 그러나 그저 떠다니는 게 전부였다. 보다 못한 례와 하나가 바다에 뛰어들어 뒤에서 배를 밀어보려고도 했으나, 크기가 크기인 만큼 꿈쩍도 하지 않았다.

모두 내 탓이었다. 내가 배의 동력을 모두 끊어버렸기 때문이었다. 단순히 화가 났기 때문에, 혹은 복수심 때문에 그런 짓을 저지르고 만 것이었다. 스스로 배에 칼을 찔러 넣는 것과 무엇이 다를까? 한동안 나는 자괴감에 빠져들었다. 박과 하나, 그리고 례는 정부의 통제에서 벗어나니 좋다는 말로 나를 위로했지만, 그들의 눈빛은 날이 갈수록 매서워졌다.

할망들의 말이 맞았다. 바다에는 끝이 없었다. 물도 음식도 부족했다. 그나마 례가 그물로 잡아 올린 해산물을 손질해 말려둔 것이 있어 버틸 수 있었다. 푸른 구역에서 했던 것처럼 바닷물을 증발시켜 물을 모아보려고도 했으나 도구가 부족했다. 물을 가둬놓을 판이나 천을 고정시킬 돌이 없었다. 어쩔 수 없이 바닥에서 뜯어낸 철판을 갑판에 비스듬히 깔고는 그 위에 바닷물을 부어놓았다. 햇빛에 물이 증발되어 철판 아래에 고였고, 우리는 물방울이 떨어지기 전에 게걸스럽게 철판을 핥아야 했다. 쇠 맛이 나고 혀가 아렸으나 그마저도 아쉬웠다. 다섯이서 마시기에는 턱없이 부족한 양이었다.

가까스로 살아남은 마름의 상태는 계속해서 나빠졌다. 그는 정신을 차렸다가 다시 잃기를 반복했다. 마름은 허공에서 무언가를 보는 것 같았다. 손을 뻗어 그것을 잡으려 했지만, 잘되지 않는지 괴성을 질러댔다.

"저거, 저거!"

허공을 맴도는 마름의 손을 잡고 례가 숨죽여 울었다. 례는 최우선으로 마름을 챙겼다. 물이나 식량 등 모든 부분에서 말이다.

가끔 마름이 잠에서 깨지 않기를 바라기도 했다. 자는 도중에 마름의 비명을 들으면, 정신이 나가버릴 것만 같았다. 먹을 것이 완전히 바닥났을 때는 마름에게 좋지 못한 마음을 품고서 다가간 적도 있었다. 그러나 례가 마름을 꼭 안고 있어 그대로 지나쳐야만 했다. 불쌍해서 그런 것은 아니었다. 내게는 바다를 잘 알고 있는 례가 필요했기 때문이었다.

"갔다 올게."

례가 먼저 물속으로 뛰어들었다. 곧이어 하나도 뒤따랐다. 박과 나는 둘에게 연결된 명줄을 잡고 있었으나, 도움이 될 것 같지는 않았다. 쇠줄과 달리 천으로 된 얇은 줄이었기 때문이다. 조금이라도 힘을 주면 끊어질 것만 같았다. 나는 명줄을 잡고서 당부의 말을 건넸다.

"위급하면 세 번 당겨줘."

둘은 고개를 끄덕이고는 수면 아래로 깊이 잠수했다. 이전에 할망들이 입었던 장비와 함께였다. 식량을 구하기 위함이었으나 기대는 하지 않았다. 달리 방법이 없었다. 일주일 정도 배 위에서 지켜보았지만 수면에서는 어떤 생명체도 발견할 수 없었다. 나는 바다에 내려가겠다는 하나와 례의 주장에 반대했으나, 둘은 눈을 까뒤집고서 음식을 찾는 마름을 가리키며 이대로 있을 수는 없다고 말했다. 정작 자신들이 얼마나 비쩍 말라 있는지는 모르고 말이다.

나와 박은 명줄로 전해지는 진동에 온 신경을 집중했다. 하나의 숨소리와 같은 떨림이 느껴졌다. 가는 숨부터 깊게 내쉬는 숨까지, 아주 작은 신호 하나도 놓치지 않으려 했다. 잠시라도 움직임이 느껴지지 않는다면 바다에 뛰어들 생각이었다.

"언제까지 이래야 해?"

박이 침묵을 깼다. 오랜만에 듣는 그의 목소리가 한편으론 반가웠다. 비축해 놓은 물이 떨어진 이후로 박은 입을 열지 않았다. 수분을 아끼기 위해서라고 했다. 내가 말했다.

"어딘가에 배가 도착하기 전까지."

명확한 물음에 비해 그렇지 못한 대답이었다. 동문서답이었으나, 내가 할 수 있는 대답은 그것뿐이었다. 죄책감은 위장에서부터 올라왔다. 혀는 사막처럼 말라비틀어졌고, 위는 음식을 갈구하며 비명에 가까운 소리를 지르고 있었다.

"던져버리자."

박이 말했다. 그의 눈이 반짝거리며 빛나고 있었다. 먹을 것이라도 발견한 것처럼. 명줄을 쥔 채로 박은 고갯짓했다. 그의 턱끝은 마름을 향하고 있었다. 나는 한동안 아무 대답도 하지 못했으나, 이내 고개를 끄덕일 수밖에 없었다. 붉은 구역 혁명사가 스멀스멀 나를 집어삼키고 있었다.

'혁명에 방해가 되는 사람은 죽여야 한다.'

'살 사람은 살아야 한다.'

혁명 수장을 통해 이런 말들을 처음 들었을 때는 그다지 공감하지 못했다. 배운 적은 없지만 자연스레 친구들 사이에 나도는 우정이니, 사랑이니 하는 감정들이 내 발목을 붙잡고 있었기 때문이다. 그러나 혀가 마르고 위장이 비니 그 섬찟한 말들이 나를 움직이게 했다.

마름은 갑판 한가운데에 누워서 인공위성을 붙잡기라도 할 것처럼 하늘을 향해 손을 뻗고 있었다. 마름을 바다에 던져버리면 물이나 음식을 아낄 수 있을 것이었다. 우리는 끝까지 나아가야만 했다. 그에 따라오는 희생은 어쩔 수 없었다. 박은 계속해서 턱으로 마름을 가리켰다.

"얼른. 시간이 얼마 없어."

"그러려면 명줄을 놓아야 해."

"내가 네 것까지 가지고 있을게."

우리는 서로를 못마땅하게 노려보았다.

"아니, 내가 네 걸 가지고 있을게."

내 말에 박은 성난 얼굴을 하더니 내게 례의 명줄을 넘겼다. 나는 두 사람의 명줄을 잡고서 마름에게 다가가는 박을 보았다. 례와 하나의 눈을 피하기 위해서는 반대편으로 마름을 던져야 했다. 마름은 눈을 뜨고 있기는 했으나 간신히 숨만 붙어 있는 상태였다. 죽은 것과 다름이 없었다. 냉정하게, 그런 사람에게 물이나 식량을 주는 것은 바다에 그것들을 내버리는 일과 다르지 않았다. 박은 마름을 들어 올리고는 배 끝에 걸쳐놓았다. 이제 바다로 밀기만 하면 됐다. 그러나 박은 가만히 서 있다가 내게 말했다.

"미는 건 네가 해."

그때, 팽팽했던 줄들이 긴장을 잃었다. 하나와 례가 배로 돌아오고 있었다. 박에게 외쳤다.

"지금 해. 둘 다 올라오고 있어."

"싫어. 네가 해."

나는 명줄을 쉽사리 놓을 수 없었다. 혹시 올라오는 도중에 둘에게 무슨 일이 생긴다면, 그들의 목숨은 이 얇은 줄 하나에 달려 있었다. 그러나 어쩔 수 없이 기둥에 줄을 살짝 걸쳐놓고 박을 향해 달려갔다. 그와 동시에 박이 내 쪽으로 달려와서 기둥에 걸어놓은 명줄을 빠르게 잡아챘다.

나는 마름의 다리를 잡았다. 이제 바다로 밀기만 하면 됐다. 그러나 손에 힘을 주려던 순간, 마름이 고개를 치켜들었다. 마름은 내 얼굴과 아슬하게 배에 걸쳐진 자기 몸을 한 번 보더니 내게 무어라 속삭였다. 그 말을 듣고서 나는 마름을 다시 붙잡았다. 머리를 한 대 맞은 것만 같았다. 나도 모르게 눈물이 흘렀다. 마름을 번쩍 들어 올렸다. 몸이 비쩍 말라 손쉽게 옮길 수 있었다. 그를 다시 갑판에 눕히자 박이 욕을 해댔다.

"미쳤어?"

신경 쓰지 않았다. 짧은 시간이었지만, 하나와 례가 오기 전에 다시 마름이 정신을 잃기를 바랐다. 부끄러움과 동시에 자괴감이 몰려들었다. 마름이 한 말을 누구에게도 알리고 싶지 않았다.

하나와 례는 무엇도 가져오지 못했다. 배 위에 올라온 둘은 갑판에 말없이 누워 있기만 했다. 빈손이 모든 것을 말하고 있었다. 하나는 꼭 바다가 죽은 것 같다고 했다. 산호초나 해조류마저도 모두 자취를 감추었다며. 나는 배 위의 철골 구조물이라도 뜯어먹고 싶은 허기를 느꼈다.

"신…… 구원하……."

죽기 직전 마름은 허공을 보며 '신'과 '구원'을 반복해서 말했다. 구원받기를 바라는 것인지, 신에게 스스로를 구원하라는 것인지 알 수 없을 정도로 횡설수설하다가 이내 눈을 까뒤집고는 몸을 부르르 떨다 숨을 멈췄다. 다행히 그는 끝까지 내가 그를 바다에 던지려 했다는 사실을 말하지 않았다.

례는 죽은 마름을 안았다. 울음은 없었다. 모두에게 한계가 왔다. 나는 마름이 죽기 직전에 내게 했던 말을 떠올렸다. 마름은 배에 몸을 반쯤 걸친 상태에서 내게 이렇게 말했다.

던지지 말고, 자기를 먹으라고.

어쩌면 내가 듣고 싶은 대로 들은 것일지도 몰랐다. 그 말을 들었을 때만 해도, 상상조차 하지 못했다. 어떻게 사람이 사람을 먹을 수 있을까? 사람이기를 포기해 버리라는 것인가? 그러나 풍겨오는 살냄새와 더불어 움츠러든 속은, 끊임없이 마름의 시체로 시선이 가게 만들었다. 머리로는 절대 해서는 안 되는 짓이라는 것을 알았다.

그러나 태초부터 가지고 있었던 본능이 그것을 원하고 있었다. 혀 아래에 침이 고였고, 위가 끊어질 것 같은 고통이 몰려왔고, 눈에는 핏발이 섰다. 본능을 억누르고자 고개를 돌리고 눈물을 쏟아냈다. 마신 물도 없는데 눈물은 어디서 나오는 건지 몰랐다.

시간이 갈수록 '먹어도 괜찮을까?'보다는 '먹을 수 있을까?'라는 의문이 머릿속을 가득 메우기 시작했다. 둘은 엄연히 다른 종류의 질문이었다. 살아남기 위해서는 무엇이든 해야 하지 않을까 싶었다. 혁명을 일으키는 것도 결국에는 살아남기 위해서니까. 정부가 우리를 그렇게 한계로 내모는 것과 마찬가지로.

박과 나는 마름에게 다가갔다. 마름의 배는 아이라도 밴 것처럼 크게 부풀어 있었다. 례는 우리 눈을 보더니 미쳤냐며 소리를 바락바락 지르다가, 박에게 뺨 몇 대를 맞고는 이내 지친 듯 벽에 기댄 채 알아서 하라고 말했다. 이제는 울음조차 나오지 않았다.

나는 빗창을 감아쥐고는 마름의 배를 가르려 했다. 그러나 찔러 넣자마자 무언가가 터져 나왔다. 가스와 함께 좋지 못한 냄새가 사방에 퍼졌다. 이미 부패한 지 오래였다. 고민을 하는 사이에 시체가 썩어버린 것이었다. 상한 해산물보다도 심한 악취에, 정신이 번쩍 들었다. 나는 바다에 대고서 헛구역질을 해댔다. 아무것도 나오지 않았지만 그렇게라도 해야 내 속에 든 검은 무언가를 뱉어낼 수 있을 것만 같았다. 례는 눈이 풀린 상태로 다시 마름을 안았다. 그의 몸이 완전히 썩어 문드러질 때까지 그렇게 있었다.

"이제는 보내드려야 해."

하나가 례에게 말했다. 마름의 시체는 완전히 부패했다. 눈은 움푹 파였고, 몸에서는 도저히 견딜 수 없는 냄새가 났다. 우리는 그 냄새를 피해 햇빛이 내리쬐는 반대편에서 잠을 자야 했다. 때로는 바다에 뛰어들고 싶은 충동이 들 정도였다. 이제는 떠나보내야 했다. 더는 참을 수가 없었다. 그러나 례는 하나의 말에 대답하지 않았다.

"나도 소중한 사람을 잃었어."

하나는 자기 배 위에 손을 올리며 말했다.

"난 아이를 잃었어. 그때를 기억해. 모든 게 작았어. 발가락도, 손가락도. 검시관은 걔가 죽었다고 했지만, 난 걔가 움직이는 걸 분명히 봤어."

하나의 눈에 눈물이 맺혔다.

"그런데, 생각해 보면 다행이야. 걔가 지금 이 세상에 태어나서는 안 된다고 느꼈거든. 도저히 이런 세상에서 그 소중한 아이를 살게 하고 싶지 않았어."

나는 하나를 안으려 했으나 하나는 나를 거부했다. 목소리가 커졌다.

"우리는 바꿔야 해. 지금 이 세상을 바꿔야 해. 과거를 떠나보내고 나아가야 해. 그러기 위해서는 먼저 우리가 살아남아야 해."

하나가 례를 끌어안으며 말했다.

"마마도 물로 돌아가야지."

례는 입술을 심하게 떨다가 마름의 시체에서 손을 천천히 떼어내고는 하나에게 안겼다. 우리는 그제야 마름을 바다로 보낼 수 있었다. 그냥 바다에 던지려던 우리를 례가 말렸다.

"잠깐만."

례는 마름의 시체 앞에 쪼그려 앉으며 말했다.

"무거운 걸 매달아야 해."

그의 건조한 목소리에 나는 고개만 끄덕였다.

"그래야 안 떠올라. 바다에 들어갔다 죽은 사람들 중에서, 돌벨트가 풀린 사람은 모두 떠올랐대. 마마는 그 모습이 너무 흉하다고 했어. 물을 가득 머금어서 인간처럼 보이지 않았다고. 팔다리가 없었으면 해파리처럼 보였을 거라고."

해파리가 무엇인지는 몰랐다. 빤히 하나를 바라보자 그는 바다 쪽으로 시선을 던지며 말했다.

"못 먹는 거야. 물질하러 나가서 나도 한 번 봤어."

나는 주변을 살폈다. 마름의 몸에 묶을 만한 적당한 크기의 물건이 보이지 않았다. 차라리 나를 묶고 싶은 충동을 느꼈다. 둘이면 괜찮지 않을까? 그러면 나를 옭아매고 있는 갈증과 배고픔은 한순간에 사라질 텐데. 그런 무서운 생각이 더 들기 전에, 례는 양 끝에 뾰족한 갈고리가 달린 쇳덩어리를 배에서 떼어내 마름의 몸에 매달았다. 원래 배를 정박할 때 쓰는 물건이라고 했다.

"우리에게는 이제 필요 없으니까 마마에게 주자."

마름은 이미 죽었는데, 라고 말할 뻔했으나 입이 떨어지지 않았다. 그의 말대로 우리가 어디에 정박할 일은 없을 것 같았다. 표류한 날들을 손으로 헤아리다가 포기한 지 오래였다. 례는 익숙한 손놀림으로 쇳덩어리와 마름을 묶었다.

"푸른 구역에서 그물을 많이 짰어. 우리들 머리카락을 엮어 만든 아주 촘촘한 그물이었는데, 그걸로 물고기들을 많이 잡았지. 단단하게 묶지 않으면 물고기가 빠져나가니까, 매듭을 잘 지어야 했어."

례의 뺨에 눈물이 흘렀다.

"그걸 마마에게 묶다니."

우리는 각자 마름과 인사를 나누었다. 하나는 "편히 잠드세요"라고 말했고, 례는 고생했다며 이마에 입을 맞추었다. 박은 차마 마름을 바라보지 못하고 미안하다고만 말했다. 나는 마름의 앞에 서서 가만히 그의 얼굴을 보았다. 평온하게 잠든 모습이었다. 아무리 흔들어 깨워도 일어나지 않을 것 같았다. 나는 아무런 말없이 고개를 끄덕였고, 나머지 셋과 함께 마름을 바다에 밀어 넣었다.

첨벙.

소리가 들렸고, 마름은 한없이 아래로 가라앉기 시작했다. 실루엣이 사라진 뒤에도 모두 자리를 떠나지 못했다. 문득, 다음은 나일지도 모른다는 예감에 고개를 들 수가 없었다.

5부

보라 구역

표류

"땅이야!"

박이 바닥을 손바닥으로 내리치며 외쳤다. 거짓말이라고 생각했다. 다들 환각을 한두 번 본 게 아니었다. 하나는 검정 구역이 보인다며 바다에 뛰어들려 했었고, 례는 상어가 배 위로 올라왔다며 빗창을 거머쥐고서 박을 공격했었다. 말리지 않았더라면 모두 죽었을 것이다. 나는 죽은 관을 보았는데, 몰아치는 파도 위에서 균형을 잃지 않고 서 있는 모습에 내가 보는 것이 환각이라는 사실을 알아차렸다.

'멈추지 마.'

어느 순간부터 죽은 관이 나타나서는 내게 같은 말을 반복했다. 환각인 줄 알면서도, 나는 관에게 내가 원해서 멈춰 있는 것이 아니라고 소리쳤다. 하나가 내 빰을 때렸고, 박이 내 몸을 붙잡았다. 심호흡을 하고 나니 관은 사라져 있었다.

다들 저마다의 사건을 경험한 후에 그늘에 누워만 있었다. 저마다 거리를 두고서 등을 돌리고 있었는데, 서로를 보면 먹고 싶어질 것만 같았기 때문이다. '마름의 시체를 왜 그냥 보냈을까?' 이런 후회가 밀려올 때마다 나는 혀를 깨물었다. 물이 닿지 않은 지 오래라, 턱에 조금이라도 힘을 주면 부서질 것처럼 혀가 푸석했다.

"땅이라니까!"

박이 내 빰을 때렸다. 가까스로 일어나 보니 박이 가리키는 곳에 실제로 무언가가 있었다. 그것은 작은 섬이었다. 아니, 섬이라기보다 암초에 가까웠다. 풀 한 포기 보이지 않았고, 파도가 철썩

거리며 표면을 깎아대고 있었다. 네 사람이 모여 앉으면 그만일 만큼 아주 좁은 곳이었다. 작은 옹달샘을 제외하고는 무엇도 없어 보였다.

물 냄새가 나는 것만 같아 코를 벌렁거리며 옹달샘을 바라보았다. 맑은 물이 일렁이고 있었다. 그러나 암초에 가까이 다가갈 수가 없었다. 수영을 할 수 없을 정도로 파도가 거셌다. 망설이는 사이, 배는 암초와 점차 멀어져 갔다. 물 냄새에 이끌려 발을 배 밖으로 내디디려는 순간, 파도가 부서지며 하얀 거품을 냈다. 아가리를 벌리고서 우리를 삼키려는 것만 같았다. 포기해야만 했다.

그런데 박이 옷을 벗기 시작했다. 그는 바다에 뛰어들 준비를 하고 있었다. 박이 말리는 내 손을 뿌리치며 말했다.

"이 배를 계속 타고 가겠다고? 그럼 모두가 죽어."

"우리가 어떻게 여기까지 왔는데. 계속 나아가야 해."

"그러다 죽으면? 그럼, 뭘 더 할 수 있는데?"

물론 나도 죽고 싶지 않았다. 그러나 햇살과 파도와 적막함, 타는 듯한 목마름과 갈라진 혓바닥이 아무 대답도 하지 못하게 했다. 몸이 부르르 떨렸다. 박에게 말했다.

"그럼, 세상을 가만히 두겠다고? 정부의 거짓말에 속아 매일 같은 삶을 반복하도록? 나는 절대 그렇게는 못 해."

박의 모습은 검정 구역에서 처음 만났을 때와는 완전히 달라져 있었다. 근육질 몸은 어디로 갔는지 뼈가 드러날 만큼 부쩍 야위어 있었고, 푸석푸석한 피부에 머리카락까지 듬성듬성 빠져 있었다. 오랫동안 먹지 못해 그런 것 같았다. 박이 외쳤다.

"대체 이렇게까지 계속 나아가려는 이유가 뭐야! 지금도 사람들은 목숨을 걸고서 광물을 캐고, 조류에 휩쓸리면서 해산물을 줍고, 아이를 낳고 또 낳고 있는데, 그중에서 우리만 이렇게 나아가야 하는 이유가 대체 뭔데?"

나는 고개를 저었다.

"나도 몰라. 계속 가야 한다는 사실만 알아. 이유는 목적지에 도착하면 알 수 있을 거야."

진심이었다. 나도 그 이유를 알고 싶었다. 언젠가 이 여정의 끝에 다다르면 알게 될 것이라고 믿어야 했다. 그러지 않으면, 맨정신을 유지할 수가 없었으니까.

불쑥 의문이 치밀었다. 이것도 정부의 계산속에 들어가 있는 일일까? 만약 그런 거라면, 정부는 도대체 왜 우리에게 이런 고통을 주는 걸까? 죽게 만들면 모든 것이 끝일 텐데, 효율을 그렇게 중시하는 정부가 우리를 내버려두는 이유를 알 수가 없었다. 나의 선택에 스스로도 확신이 없으니, 다른 방식으로 박을 설득해야 했다.

"가면 다신 배에 못 올라타."

박의 눈빛이 바뀌었다. 섬찟했다.

"너, 나한테 물 뺏길까 봐 그러는 거지?"

그 눈빛에 나는 박을 잡고 있던 손을 놓았다. 박은 그대로 바다에 뛰어들어 빠르게 암초로 헤엄쳐 갔다. 파도를 넘고 넘어, 순식간에 암초에 도달한 그는 옹달샘에 고개를 처박고는 물을 삼켜대기 시작했다. 그와 동시에 우리를 태운 배는 박에게서 점차 멀어져 갔다. 박이 다시 돌아올 수 없을 정도로 멀어졌을 때, 박의 실루엣이 암초에서 바다로 뛰어드는 모습이 보였다. 그는 우리에게 다가오려 했으나 물살이 너무나도 거셌다. 어느 순간부터는 박이 일으키는 물보라가 보이지 않았다.

그때만 해도 우리는 인간이었다. 적어도 대화를 하려고 했으니까. 더 나아질 것이라는 희망을 가지고서 나아가려 했으니까. 이후로 나는 스스로에게 끊임없이 물었다. 인간인가, 짐승인가? 점차 그 경계가 흐려지는 것을 느꼈다.

✶

고통은 반복됐다. 혀는 말라비틀어졌고, 위는 오랫동안 텅 비어 있었다. 운 좋게 하나가 바다에서 거북이 한 마리를 잡아 오지 않았더라면, 우리는 물을 갈망하다 바다에 뛰어들어 한껏 바닷물을 들이켜고는 익사했을 것이다.

하나가 잡아 올린 거북이는 팔을 버둥거리며 우리의 손아귀를 벗어나려고 애썼다. 나는 빗창으로 거북이의 머리를 쳤다. 불쌍하지 않았다. 두개골이 부서지자마자 누가 뺏어 먹을까 초조해져 바닥에 엎드려 거북이의 골을 빨아 먹었다. 하나와 레도 다가와 거북이의 피를 마시고, 맨손으로 내장을 꺼내 입안 가득 밀어 넣었다. 비린내가 심하게 올라왔으나 토하지 않고 삼켰다. 하나는 참지 못하고 바다에 먹은 것을 게워냈으나, 곧장 다시 거북이 사체로 다가와 등딱지에 남은 살들을 핥아 먹었다. 그날 밤 우리는 설사를 해댔다. 먹은 것도 마신 것도 얼마 없었는데 어디서 그만큼의 물이 나오는지 의아할 정도였다. 레는 속을 비워내다가 그만 바다에 빠지고 말았다. 하나는 그를 구하기 위해서 바다에 뛰어들었다가, 오른쪽 어깨를 배에 부딪히면서 크게 상처를 입었다.

하나는 다음 날 아침부터 심하게 앓았다. 열이 펄펄 끓어올랐고, 오른쪽 어깨에 난 멍의 색이 시간이 갈수록 진해졌다. 내가 할 수 있는 일이라고는 차가운 바닷물을 떠서 얼굴에 부어주는 것이 전부였다. 하나의 이마에 고인 땀방울이 반짝하고 빛났다. 고개를 드니 인공위성이 보였다.

정부에서 벌을 내린 것처럼 느껴졌다. 구역에서 나오지 말았어야 했다. 무엇을 위해 나왔을까? 혁명은커녕 사람 하나 살리지 못하고 있었다. 나로 인해 후손들에게 더욱 무거운 짐을 지우는 것은 아닐까 싶어 미안했다. 되돌아가고 싶었으나 이곳은 바다 한가운데였다.

"살려주세요!"

목이 쉴 때까지 외쳤다. 하나와 례는 나를 말리지 않았다. 나와 똑같은 생각을 하는 것 같았다. 시선을 위로 향한 채 그들도 간헐적으로 입을 모아 살려달라고 말했다. 옅고 낮은 목소리였다. 그런 둘의 목소리를 듣기가 싫어 내 목소리로 덮기 위해 더 큰 소리로 있는 힘껏 하늘을 향해 외쳐댔다.

"죄송합니다! 정말 죄송합니다!"

눈에 피가 몰렸으나 눈물이 나오지는 않았다. 되레 이런 모습이 정부에 좋지 않게 보일까 봐 걱정이 되기도 했다. 그러다 회의감이 들었다.

'용서를 받고 나면?'

그다음은 없었다. 과연 다시 육지로 되돌아간다고 해도 행복하게 살 수 있을까? 하나와 다시는 만나지 못할 것이고, 죽은 관이 돌아오는 것도 아닌데? 대체 난 무얼 하고 있는 걸까? 그저 죽은 마름이 그랬던 것처럼 목 놓아 구원을 바랄 뿐이었다.

인간, 인간, 인간?

어느덧 우리에게는 어떤 희망도 남아 있지 않았다. 하늘을 올려다보며 내가 할 수 있는 모든 형태의 고백을 했다. 더 이상 목소리가 나오지 않았다. 소리 없이 입만 움직여 그간 했던 말들을 계속 반복했다. 정부는 모든 곳에 있었다. 하늘, 땅, 바다, 심지어는 내 몸 어딘가에도. 그들은 늘 나를 감시하고 있었다. 나는 그들의 눈을 피할 수 없었다.

서서히 눈이 감겼다. 어둠 속에서 마음이 평온해졌다. 죽음이야말로 그들로부터 달아날 수 있는 유일한 창구였다. 눈을 감고서 숨을 조금씩 줄여갔다. 세상이 멈춘 것만 같았다. 파도가 느껴지지 않았다.

이상한 느낌에 바로 고개를 들었다. 배가 어딘가에 멈춰선 것 같았다.

섬이었다.

나는 곧장 물에 뛰어들어 전속력으로 섬을 향해 헤엄쳐 가기 시작했다. 분명 수영을 하지 못하던 나였는데, 이상하게도 몸이 둥둥 떠오르더니 빠르게 앞으로 나아갈 수 있었다. 팔다리를 있는 힘껏 휘저었다. 뒤에서도 풍덩, 물보라와 함께 물에 뛰어드는 듯한 소리가 연이어 두 번 들려왔다.

해안가는 적막했다. 땅이 이리저리 흔들리는 듯한 느낌에 당장이라도 누워버리고 싶었으나, 바싹 마른 혀와 허기진 배가 나를 움직이게 했다. 나는 비틀거리며 해안가에서 그리 멀지 않은 숲으로 들어섰다. 물 냄새가 나는 곳을 향해 본능적으로 달려갔다.

발바닥에 가시가 박혔는지 따끔거렸으나 상관하지 않았다.

수풀을 헤치고서 더 깊은 숲속으로 들어가자 작은 웅덩이가 보였다. 나뭇잎들이 수면 위에 많이 떠 있었고, 깨끗한 물처럼 보이지는 않았지만 그걸 따질 때가 아니었다. 나는 곧장 웅덩이에 고개를 처박고 물을 마시기 시작했다. 곧이어 나를 따라 들어선 례 역시 웅덩이에 머리를 완전히 집어넣고서 물을 삼켜댔고, 그 옆에서 하나는 빠르게 손으로 물을 떠서 마셨다.

물배를 채운 후 나는 완전히 나가떨어져 그대로 바닥에 드러누웠다. 숨을 들이마시자 공기가 달게 느껴졌다. 무지막지한 감정이 밀려오며 눈물이 쏟아졌다. 감사했다. 내 기도가 정부에 가 닿은 것만 같았다. 방금 들이마신 물의 양만큼 눈물이 흘렀다. 하나와 례도 물을 한껏 마시고는 바로 자리에 누워버렸다. 우리는 꼬박 몇 시간을 그렇게 가만히 있었다. 밤이 올 때까지 그곳에서 물을 마시고 쉬기를 반복했다.

그러다 모두 깜빡 잠이 들었다. 눈을 떠보니 아직 한밤중이었다. 하늘에서는 여전히 인공위성이 빛을 내며 아래를 비추고 있었다. 나는 그곳을 향해 무한한 감사를 보냈다. 그때였다.

"누구신가요?"

들어본 적 없는 목소리였다. 화들짝 놀라 자리에서 일어났으나 다리에 힘이 없어 휘청거렸다. 어떤 사람이 숲속에서 우리를 보고 있었다. 실루엣으로 보아 배가 많이 나온 사람이었다. 그런 모습은 처음 보았다. 어떤 구역에서도 이토록 배가 나온 이들을 본 적이 없었다. 마름조차도 배가 나오지는 않았었다. 전설에 가까운 과거 이야기 속에서나, 한때 사람들이 많이 먹어 배가 나왔다고 했다. 나는 그에게 쉰 목소리로 말했다.

"붉은 구역. 붉은 구역에서 왔어."

"나머지 두 분은요?"

그는 하나와 레를 가리켰다. 하나도 그의 존재를 알아챈 듯이 몸을 일으키더니 말했다.

"저는 검은 구역, 여기는 푸른 구역이요."

"전부 바다 건너에 있는 곳인가요?"

하나가 고개를 끄덕이고 말했다.

"여긴 어딘가요?"

그제야 나는 주변을 둘러보았다. 처음 보는 식물들이 여기저기에 자라 있었고, 작은 해변에는 파도가 밀려오고 있었다. 밤이라 섬 전체가 어떤 모습인지는 알 수 없었다. 그가 말했다.

"여긴 보라 구역이에요. 반가워요. 다른 구역 사람들은 처음 만나요."

그는 우리를 향해 가까이 다가왔다. 나는 경계하며 뒤로 한 발자국 물러났다. 그는 잠시 머뭇거리다가 달빛이 드는 곳으로 발걸음을 옮기며 말했다.

"아, 제 이름은 디기예요."

달빛에 드러난 디기의 모습은 충격적이었다. 우선, 우리와 생김새가 완전히 달랐다. 두 발로 걸어 다니기는 했으나, 귀는 삼각형에 얼굴 쪽으로 말려 있었고 코는 툭 튀어나와 콧구멍이 그대로 보였다. 정체 모를 가죽으로 몸을 가리고 있기는 했으나, 축 늘어진 젖꼭지 여섯 개를 숨길 수는 없었다.

얼마 지나지 않아 나는 우리에게 말을 거는 그가 식량 포대에 붙어 있던 사진 속 돼지와 똑같이 생겼음을 알아차렸다. 그러나 서 있는 것부터 옷을 입고 이야기를 나누는 것까지, 행동 하나하나는 우리와 크게 다르지 않았다.

디기는 시력이 나빠서 그런지 자신의 생김새와 우리 생김새가 다른 것을 전혀 알아채지 못하는 것 같았다. 례가 절박한 목소리로 디기에게 말했다.

"혹시 먹을 것 좀 있나요? 너무 배가 고파서요……."

먹을 것이라는 말 한마디에 나도 강한 허기를 느꼈다. 눈앞에 있는 디기를 죽인 후에 구워 먹고 싶다는 생각이 순간 들었다. 만약 그가 먹을 것이 없다고 말했더라면 그 자리에서 그를 당장 죽여버렸을 것이다. 그러나 디기는 뭉툭한 손으로 섬 안쪽을 가리키며 말했다.

"따라오세요."

디기를 죽일 계획은 잠시 접어두기로 했다. 우리는 다리를 끌면서 힘겹게 그를 따라갔다. 샘에서 멀지 않은 곳에 작은 오두막이 있었다. 문도 달려 있고, 지붕도 얹혀 있는 모습이 붉은 구역의 숙소보다도 튼튼해 보였다. 오두막에 들어가려 할 때 어디선가 짐승이 울부짖는 듯한 소리가 들렸다. 내가 소리가 들려온 쪽으로 고개를 돌리니, 디기가 말했다.

"제 가족이에요."

디기의 표정은 어둠에 가려져 보이지 않았으나, 목소리에서 슬픔을 느낄 수 있었다. 인간도 아닌데 목소리에 그런 감정이 느껴지다니. 당혹스러웠다. 디기는 문고리를 돌리며 말했다.

"저도 알고 있어요. 제 가족이 저와는 다른 사람들이라는 걸요."

지금은 가족 이야기를 하기 싫다는 듯, 디기는 오두막으로 빠르게 들어섰다. 오두막 내부에는 또 다른 동물들이 있었다. 동물을 보는 것은 처음이었지만, 그게 어떤 동물인지는 알 수 있었다. 모두 먹어본 적 있는 것들이기 때문이었다. 식량 포대에는 소, 돼지, 닭 사진이 붙어 있었다. 그런데 디기의 오두막에 사는 생물들은 어딘가 달랐다.

"소예요."

소라는 것을 알았으나 무언가 달랐다. 몸은 하나였지만 머리가 두 개였다. 디기는 자랑스럽다는 듯이 말했다.

"새끼를 열 마리씩 낳아요."

그러고는 다소 무시무시한 말을 했다.

"먹을 게 많아서 좋아요. 고기가 많이 나오거든요."

디기의 입에서 끈적한 침이 떨어져 바닥을 향해 길게 늘어졌다. 그 모습이 무척이나 불쾌했다. 우리도 그렇게 먹히는 것은 아닐까 두려웠다. 우리가 별다른 반응을 보이지 않자 디기가 괜히 너스레를 떨며 말했다.

"괜찮아요. 저, 인간은 먹지 않아요. 여러분들 보니 먹을 것도 없을 것 같고요."

그가 농담조로 껄껄 웃어댔지만, 우리는 따라 웃지 못했다. 그가 눈치채지 못하게 서로 시선을 교환하며 언제라도 디기를 덮칠 계획을 세우고 있었다.

디기는 우리를 섬의 끝자락으로 이끌었다. 그곳에는 그의 키와 비슷한 높이의 자그마한 집이 있었다. 집 뒤편은 가파른 해안 절벽이었다. 절벽 아래에서는 파도들이 몰려오고 부서지기를 반복했다.

디기의 집은 정교했다. 지붕은 나뭇가지 수백 개를 교차해 만들었고, 벽은 흙으로 만든 벽돌을 쌓아 올린 뒤 마른 풀을 섞은 진흙을 발라 마감했다. 어떤 구역의 건축물보다도 튼튼해 보였다. 디기가 집 안에서 손짓하며 말했다.

"들어오세요."

내부는 무척이나 좁았다. 디기를 포함해 우리 넷이 나란히 누우면 가득 찰 정도의 크기였다. 자칫하면 발을 밖에 내놓아야 할지도 몰랐다. 방 크기로만 따지면 붉은 구역의 숙소에 다시 온 것만 같았으나, 분위기는 감히 비교조차 할 수 없을 정도로 쾌적했다.

디기는 찬장에서 무언가를 꺼내 바닥에 내려놓았다. 고소한 냄새가 코를 파고들었다. 곡물 가루였다. 푸른 구역 해변의 모래보다도 입자가 고왔다. 보기만 해도 입에 침이 고였다. 디기가 웃으며 말했다.

"드세요."

우리는 디기의 말이 채 끝나기도 전에 곡물 가루를 손으로 집어서 입에 털어 넣었다. 목이 막혔으나 억지로 삼켰다. 디기는 우리에게 물통을 건넸다.

"천천히 드세요. 많이 있어요."

그 말이 우리를 안심시켰다. 물론 사실이 아니라도 해도, 우리는 당장에 그가 내놓은 모든 것들을 모조리 먹어치웠을 것이다. 웅덩이에 고개를 처박았을 때처럼 행복감을 느꼈다. 절로 웃음이 나왔다. 우리는 가루가 코에 들어가는지, 눈에 들어가는지도 모르게 얼굴에 가져다 대고는 입안으로 쏟아 넣어 물과 함께 그득그득 삼켰다. 캑캑거리며 기침을 하면서도 손을 멈출 수가 없었다.

얼마나 먹었을까? 하나가 먼저 나가떨어졌고, 이어서 례와 내가 가루로 범벅이 된 자리에 그대로 누워버렸다. 디기는 그런 우리를 물끄러미 보고 있었다.

밖에서 보았을 땐 창이 없어 내부가 어두컴컴할 줄 알았으나, 절벽 쪽으로 난 작은 구멍으로 달빛이 쏟아져 들어와 방 안이 밝았다. 례와 하나가 잠들어 있는 동안 나는 벽에 기대앉아서 디기에게 구멍을 가리키며 물었다.

"저 구멍은 무슨 용도인가요?"

구멍은 바다를 향하고 있었다. 다시는 돌아가고 싶지 않은 곳이었다. 그리고, 멀리 섬 하나가 보였다. 이곳과 비슷한 크기의 섬이었다. 구멍을 통해 가만히 섬을 바라보고 있자, 점차 그 뒤로도 여러 섬들이 있는 것이 보였다. 모두 띄엄띄엄 거리를 두고서 자리하고 있었다. 헤엄쳐서 왕래할 수 있는 거리는 아니었다.

갑자기 디기는 구멍에 주둥이를 밀어 넣었다. 안이 금세 어두워졌다. 주둥이만 내놓은 채로, 눈은 그대로 집 안의 나를 보고 있는 그의 모습에 거부감이 들었다. 디기가 말했다.

"가끔 이러고 냄새를 맡아요. 저 섬에는 아직 가본 적이 없지만, 이렇게 하면 냄새로 느낄 수가 있거든요."

나에게는 어떤 냄새도 느껴지지 않았다. 코를 벌렁거리며 숨을 들이마셔도 진한 바다 냄새만이 느껴질 뿐이었다. 디기의 코 구조가 우리와 달라 그만이 느낄 수 있는 냄새가 있는 것 같았다. 디기는 눈을 감고 가만히 냄새를 맡았다.

"다른 섬에는 뭐가 있어요?"

디기가 대답했다.

"다른 사람들이요."

그 말에 나는 우리와 같은 인간들을 떠올렸으나, 이내 구멍에 주둥이를 밀어 넣은 디기의 모습을 보며 인간의 모습을 흉내 낸 생명체들이 저마다의 섬에서 살아가는 모습을 상상했다. 끔찍했다. 디기가 말했다.

"보이는 모습이나 풍기는 냄새는 모두 다르지만, 본질은 다 같아요."

"어떤 본질이요?"

디기가 구멍에서 주둥이를 빼내자 틈으로 달빛이 쏟아져 들어왔다.

"모두 이 땅 위에 살아 있다는 점에서요."

보라 구역

디기는 우리에게 집을 내어주고 자신은 오두막에서 가족과 함께 자겠다고 했다. 내가 미안하다고 말하자, 디기는 대신 내일 꼭 바다 건너의 이야기를 들려달라고 청했다.

디기가 문밖을 나선 다음에도 나는 눈을 부릅뜨고서 밖에서 들려오는 소리들에 온 신경을 기울였다. 방심한 사이 디기가 우리를 해치려 들지도 몰랐다. 멀리서 오두막 문이 닫히는 소리가 들렸고, 한 시간 정도가 지나 디기가 코를 고는 소리까지 확인하고 나서야 잠에 들 수 있었다.

다음 날 아침, 눈을 뜨자 세상이 흔들리고 있었다. 지진이 아니라 내 뇌가 만들어낸 일종의 환상이었다. 오랫동안 배에 있었던 탓에 온 세상이 출렁거리는 듯한 착각이 일었다. 하나와 레도 마찬가지인지, 다들 깊이 잠들지 못하고 벽에 기대어 졸거나 몸을 뒤척이며 밤을 보냈다. 자리에서 일어나려 하니 온몸을 쥐어짜내는 듯한 고통이 느껴졌다. 근육이 놀란 것 같았다. 종아리부터 시작해, 근육이 있는 곳이라면 어디든. 소리조차 나오지 않아 속으로 비명을 내질렀다. 하루를 꼬박 누워서 보냈다. 시간이 지나자 통증은 가라앉았으나, 완전히 사라지지는 않았다. 다음 날 나는 허겁지겁 물을 마시고 디기의 동태를 살피기 위해 밖으로 나섰다.

섬은 은은하게 내리쬐는 햇빛으로 가득 차 있었다. 간밤엔 말려 있었던 잎들이 기지개를 켜듯이 곧게 펼쳐져 해를 향하고 있었다. 땅에서 흙내음이 뻗쳐 와 코를 간질였다. 단순히 땅 위에 서 있다는 이유만으로 기쁨이 몰려왔다. 바다가 보이는 해변에는 가고 싶지 않았다. 나는 섬의 중심부로 걸어갔다. 다리를 움직이면 움직일수록 머리가 맑아졌다.

나무들이 빽빽한 숲이었다. 살과 살이 붙었다가 떨어질 때 쩍, 소리가 날 정도로 습했다. 조금 더 깊이 들어가자 여러 종류의 식물들이 보였다. 디기가 따로 재배하는 것 같지는 않았다. 이곳저곳에 들쑥날쑥 자라 있었다. 빨간 열매를 따보았다. 먹어본 적도 없는 것이었는데, 입안에 군침이 돌았다. 크게 한 입 베어 물었다. 겉과 달리 안은 사막의 햇빛처럼 하얬다. 열매에서 터져 나온 즙이 무척이나 달았다. 나는 거침없이 열매를 먹어치웠다.

"일어나셨네요."

디기는 건너편 숲에서 나타났다. 황급히 먹던 열매를 등 뒤로 숨겼다. 그의 음식을 몰래 빼앗아 먹은 것만 같았다. 내가 어색하게 웃자 디기도 자기 앞에 있는 빨간 열매를 따더니 베어 물지 않고 통째로 씹어 먹었다. 나는 그제야 눈치를 보던 것을 멈추고 먹던 열매를 다시 입으로 가져갔다. 디기는 입가에 과즙을 잔뜩 묻힌 채로 말했다.

"사과예요. 맛있죠?"

내가 고개를 끄덕이자 디기는 하나와 레에게도 가져다주자면서 사과 네 개를 더 따고는 나와 함께 집으로 향했다. 발걸음이 가벼웠다. 둘은 잠에서 깨어 나를 찾고 있었다. 하나에게 사과를 건네자, 하나는 나와 디기를 번갈아 보더니 살짝 깨물어 맛을 보았다. 이내 순식간에 눈이 커졌고, 둘은 금세 각자의 몫을 먹어치웠다.

우리가 어느 정도 몸을 회복했음을 확인한 디기는 냄새 구멍으로 스며드는 햇빛을 온몸으로 받으며 말했다.

"아직 이름도 모르네요. 혹시 여러분의 이름을 가르쳐주실 수 있나요?"

우리는 다른 구역에서 그랬던 것처럼 다시 한번 자기소개를 해야 했다. 디기는 우리가 말을 할 때마다 그 작고 검은 눈을 반짝였다. 특히나 육지의 구역들에 관해 이야기할 때는, 배가 튀어나와 불편한 몸을 앞으로 굽히면서까지 큰 관심을 보였다.

하나는 모든 주민들이 아이를 낳는 것에만 매달리는 검은 구역에 대해 이를 갈며 묘사했고, 레는 반짝이는 눈으로 바다에서 숨을 참아가며 해산물을 채취하는 푸른 구역을 이야기했다. 저마다의 구역에서 일어난 사건들, 잇따른 죽음에 관한 이야기를 들을 때 디기는 같이 화를 내거나 눈물을 흘렸다.

이상했다. 그는 마치 자기가 인간이라도 된 것처럼 행동하고 있었다. 하나와 레도 이상함을 느꼈는지 말끝을 조금씩 흐리다가 이내 침묵했다. 디기가 머리를 긁적이더니 말했다.

"듣기만 하니까 죄송하네요. 여기에는 여러분이 오신 구역처럼 사람이 많지 않다 보니, 일어날 만한 사건이 별로 없어서요."

디기는 고개를 돌려 나를 보았다. 흰자위 없는 까만 눈이 나를 향하고 있었다. 칼끝이라도 마주한 것처럼 섬찟한 감각에 나는 그의 눈길을 피했다.

"붉은 구역은 어떤 곳인가요? 거기서도 많은 일이 일어났나요?"

대답하기가 싫었다. 기분이 나빴다. 우리의 혁명사가, 죽음으로 힘겹게 쌓아 올린 인간의 역사가 다른 생명체에 의해 단순히 이야깃거리로 소모되는 것이 싫었다. 특히나, 마치 자신이 인간인 것처럼 누가 나쁘고 착하다는 둥 말을 덧붙이면서도 말린 꼬리를 흔들고 튀어나온 주둥이로 침을 흘리고 있는 디기의 모습이 더욱 반감을 부추겼다. 나는 반대로 물었다.

"보라 구역은 어떤 곳인지 듣고 싶어요."

하나와 례의 눈치를 보니, 그들도 궁금한 것은 많지만 분위기상 묻지 못한 것 같았다. 나는 디기의 대답을 기다리지 않고 다시 물었다.

"이 섬에서 말을 할 수 있는 존재는 당신뿐인데, 왜 그런 거죠?"

사람이라고 하려다, 존재라고 말했다. 돼지이면서 인간처럼 행동하는 개체는 이 섬에서 디기 혼자뿐이었다. 오두막에도 돼지들이 있었으나 그들은 디기처럼 이족 보행을 하지도, 말을 하지도 않았다. 디기는 자신의 치부를 드러내는 것처럼 부끄러워하며 말을 꺼냈다.

"궁금하세요?"

내가 대답하기도 전에, 디기는 스스로 답을 내렸다.

"물론 그렇겠죠. 저도 여러분이 어디서 왔고, 거기가 어떤 곳인지 궁금했으니까요."

디기는 우리에게 미안한 표정을 지으며 말했다.

"조금만 시간을 주세요."

나는 고개를 끄덕였다. 다만, 시간이 많지는 않았다.

언제나 식량은 한정되어 있으니까.

✦

우리의 걱정대로 식량은 빠르게 사라져 갔다. 디기는 우리에게 아낌없이 음식을 제공해 주었으나, 우리는 디기의 어깨 너머로 비어가는 창고를 보았다. 전에는 창고에 다 들어가지 못할 정도로 식량이 많았다. 자리가 없어 바깥에 기대어놓거나, 우리가 먹었던 가루 형태로 만들어놓기까지 했었는데, 그 모든 식량들은 연기처럼 빠르게 사라져 버렸다. 어느 시점부터는 식사량을 조절해야 했으나 우리는 먹는 것을 멈출 수 없었다. 바다를 떠돌던 때의 배고픔을 다시는 느끼고 싶지 않았다.

얼마 지나지 않아 머리가 둘인 소를 잡아먹어야 했다. 처음에는 송아지들을 잡아먹었고, 끝내 어미 소도 잡아야 했다. 어찌 보면 마지막 만찬이었다. 디기는 나뭇가지를 여럿 가져와서 부러뜨린 다음 해변에 쌓아 올렸다. 헛간에서 가져온 마른 풀들을 바닥에 깔고는 돌을 두 개 얹었다. 디기의 집에 있던 것들이었다. 흔히 보이는 돌멩이와는 달랐다. 살짝 투명했고 매우 단단해 보였다. 그저 예뻐서 집에 모아둔 것이라 여겼는데, 아니었다. 디기는 마른 풀을 뭉툭한 두 손으로 비비고는 그 위에 돌을 맞부딪쳤다. 불꽃이 튀었다. 세 번째 시도 만에 불이 붙었다. 나는 불을 능숙하게 다루는 그의 행동에 크게 놀랐다. 디기는 돌을 들어 올리다가 내 표정을 보고서 의기양양하게 말했다.

"부싯돌이에요. 둘을 맞부딪치면 불이 튀어요."

우리는 디기가 피운 불에다 고기를 구웠다. 최대한 양껏 먹기 위해 소의 내장부터 뇌와 눈알, 뼈의 골수까지 빨아 먹고는, 뼈를 우려낸 국물까지 먹었다. 동시에 디기는 이상한 물을 우리에게 건넸다. 그는 그것이 '술'이라며, 마시면 마실수록 기분이 좋아질 것이라고 했다. 맛이 무척이나 나빴으나 그가 내게 건넸던 사과라는 열매의 단맛을 떠올리며 그의 말을 믿어보기로 했다.

얼마 지나지 않아 몸이 뜨거워지더니 디기가 말한 대로 기분이 좋아졌다. 우리는 신명 나게 우리가 만나서 이곳으로 오기까지의 이야기를 디기에게 떠들어대기 시작했다. 과거 혁명 수장이 내게 혁명 신화를 전하던 것처럼. 디기는 같은 이야기를 반복해서 들으면서도 여전히 사람처럼 웃거나 울었다.

이야기는 깊은 밤까지 계속됐다. 디기는 우리에게 날이 차다며 나뭇잎을 얇게 찢어 엮은 이불을 주었다. 그 위에 반복적으로 그려진 무늬가 어지러워 우리는 이불을 뒤집어 덮은 채 디기가 가져온 이파리를 씹었다. 그러자 알싸한 향이 입안에 퍼지면서 몸이 나른해졌다. 하나가 풀린 눈으로 디기에게 물었다.

"이제 당신 이야기를 듣고 싶어요."

디기는 잠시 주저하다가 음료가 든 통을 들고 한 번에 입안에 쏟아 넣었다. 하나와 례는 그 모습을 보고 박수를 치며 좋아했으나 나는 그러지 못했다. 내가 마실 것마저 사라졌기 때문이었다. 디기는 자신의 이야기를 하기 시작했다.

"전 아주 어두운 곳에서 태어났어요. 빛이 거의 없어서 앞이 보이지 않는 곳이었어요. 그곳에서 다른 사람들과 모두 발가벗은 상태로 갇혀 있었어요. 빠져나가려 했지만 한 치의 틈도 없었죠. 숨을 쉬기가 어려웠어요. 아주 가끔 천장이 열렸고, 먹을 게 아래로 떨어졌어요. 대부분 썩기 직전의 음식물이었어요. 그마저도 부족해서 서로의 배설물을 먹어야 했어요. 많은 아이들이 그곳에서 태어나자마자 죽었지만, 탄생은 멈추지 않았어요."

디기가 이 섬에서 태어났을 것이라고 생각했던 내 예상과는 전혀 다른 이야기였다. 디기는 내 눈을 바라보며 말을 이었다.

"천장이 열리면, 틈으로 쏟아진 빛이 너무 강해서 눈을 뜰 수가 없었어요. 사람들은 놀라서 사방팔방 뛰어다녔어요. 그때 저는 처음으로 엄마를 봤어요. 냄새로는 알고 있었는데, 실제로 보는 건 또 다르더군요. 나는 반가움에 엄마를 안으려 했지만, 엄마는 아니었어요. 불안해했고 빠져나가고 싶어 했어요. 벽을 손으로 긁고 또 긁었어요."

웃는 사람은 없었다. 디기를 빼고 말이다. 디기는 뭐가 웃긴지 희미한 미소를 짓고는 침을 튀겨가며 열심히 말을 이었다.

"이대로 있어서는 안 된다는 예감이 들었지만, 제가 할 수 있는 일은 없었어요. 남들처럼 손으로 벽을 긁어대는 게 전부였어요. 어느 날 하늘에서 거대한 벽이 나타나 방 중앙에 떨어졌어요. 벽에 몸이나 꼬리가 끼어 잘린 사람도 있었어요. 피가 사방으로 튀었고 모두가 소리를 질러댔어요. 엄마와 나는 벽을 사이에 두고 나뉘었어요. 반대편에서 서로를 찾고 있는데, 벽이 우리 쪽으로 천천히 다가왔어요. 그대로 벽에 눌려 죽는 건가 싶을 때쯤, 갑자기 한쪽 벽이 열렸고 우리는 그대로 열린 쪽을 향해 달려 나갔어요. 바깥으로 나간 건 그때가 처음이었어요."

디기는 꿈을 꾸는 듯한 표정을 지었다. 내가 한 번도 상상해 본 적 없는 이야기였다. 우리가 늘 먹던 그것들이 어떤 경험을 겪고, 과정을 거쳐서 우리에게 온 것인지 생각해 본 적이 없었다.

"길은 하나뿐이었어요. 멈추려 해도, 뒤에서 벽이 우리에게 다가와서 어쩔 수 없었어요. 우리는 계속해서 바깥으로 밀려났어요. 그 끝에는 이상한 기계가 있었어요."

례가 물었다.

"이상한 기계?"

디기가 고개를 끄덕였다.

"네. 엄청난 크기의 원통 두 개가 맞물려 돌아가는 기계였어요. 기계는 무참히 사람들을 짓이겼어요. 살아 있는 상태로요."

충격적이었다. 나는 고기가 담겨 있던 식량 포대를 떠올렸다. 식량 저장소에 부을 때, 그것들은 포대 앞면의 사진 속 온전한 돼지의 모습이 아니라 형체를 알아볼 수 없게 다져진 상태였다. 헛구역질이 나올 것만 같았다. 디기의 뺨에 눈물이 흘렀다.

"저는 죽고 싶지 않았어요. 최대한 몸부림을 쳤어요. 다른 이들을 밀어내고, 또 밀어냈어요. 그 기계에 들어가던 사람들의 표정을 아직도 기억해요."

순식간에 분위기가 가라앉았다. 하나와 례도 마찬가지였다. 우리가 먹는 돼지고기가 어떻게 만들어졌는지 그동안 알지 못했으니까. 디기는 말을 멈추지 않았다.

"살기 위해 벽에 계속해서 부딪치다 보니, 살짝 벌어진 틈이 보였어요. 그곳에 억지로 몸을 집어넣었어요. 피부가 긁히고 피가 흘렀지만 고통을 느낄 겨를은 없었어요."

디기는 옷을 들어 올려 자신의 허리춤을 우리에게 보여주었다.

날카로운 쇠에 쓸린 듯한 상처가 있었다. 도저히 똑바로 바라볼 수가 없었다. 나는 바닥에 먹은 것들을 쏟아냈다. 하나가 내 등을 두들겼다. 디기는 이상한 음료를 너무 많이 마셔서 그런지 눈에 초점이 없었다.

"틈새로 빠져나갔을 때, 살았다고 생각했어요. 그런데 거기에도 사람들이 가득했어요. 아주 좁은 곳에서 모두 똑같이 오물을 먹으며 살고 있었어요."

더 듣고 싶지 않아 자리에서 일어나려 했으나, 하나가 날 붙잡았다. 나는 하나의 눈빛을 보고는 이것이 내가 마주해야 할 진실임을 알아차렸다. 다시 자리를 잡고서 디기에게 물었다.

"그래서, 어떻게 탈출한 거야? 그런 지옥에서."

더 큰 이야기가 있을 것이라고 생각했다. 장엄한 탈출기가 이어질 줄 알았으나, 아니었다. 디기가 말했다.

"저도 몰라요. 다른 방에서 다시 그냥 살았어요. 희망이 없다고 생각했어요. 그런데 어느 날 자고 일어나 보니 이곳이었어요. 저 말고도 많은 사람들이 섬에 있었어요."

"갑자기 왜 너를……."

디기는 고개를 저었다.

"저도 이유는 알지 못해요."

디기는 하늘을 올려다보며 말했다. 흰자위 없는 검은 눈이 무엇을 보고 있는지 알 수 없었다.

"저도 알고 싶어요. 누가, 대체 왜 그런 곳을 만들었고, 하필이면 왜 나를 살려서 이곳에 데려다 놓았는지 말이에요."

휴머니즘

다음 날 나는 머리가 깨질 것 같은 고통 속에서 깨어났다. 악몽을 꾼 것 같은데, 자세한 내용은 기억나지 않았다. 찜찜한 기분만이 뒤통수 언저리에 남아 있었다. 디기의 이야기를 들은 이후로 기억이 없었다. 내 옆에는 하나가 누워 있었다. 하나도 두통이 있는지, 머리에 손을 얹고서 앓는 소리를 냈다. 흔들어 깨우자 하나는 짜증을 내면서 내게서 돌아누웠다. 하나에게 말했다.

"어제 기억이 안 나."

하나가 잠에 취한 목소리로 대답했다.

"별일 없었어. 갑자기 하늘을 향해서 고함을 질러댔던 것만 빼고는."

"고함? 어떤 고함?"

하나가 눈을 가늘게 뜨고서 나를 보았다.

"진짜 기억 안 나?"

내가 고개를 끄덕이자 하나가 한숨을 크게 내쉬었다.

"미안하다고, 죄송하다고. 왜 하늘은 인간을 만들고, 이어서 돼지를 만들었냐고."

얼굴이 붉어졌다. 더 듣고 싶지 않았다.

"디기는? 그 말 듣고 뭐라고 안 했어?"

"별말 없었어. 돼지라는 단어 자체를 모르는 것 같았어. 걔도 그 술을 많이 먹더니 비틀거리면서 오두막으로 갔어. 근데,"

하나는 몸을 일으키더니, 짧게 신음을 토하면서 물을 찾았다. 나는 하나에게 물병을 건네주었다. 하나는 물병의 절반 정도를 마시고는 말했다.

"우는 소리가 들리더라고."

"우는 소리?"

"복수를 하게 해달라고. 자기네들을 그렇게 대한 그들에게 복수를 하게 해달라고 하더라고."

소름이 돋았다. 아직 디기는 우리 인간이 그러한 학살의 주체임을 모르는 것 같았다. 만약에 우리가 돼지들을 먹고 살았다는 것을 디기가 알면 어떻게 반응할까? 우리에게 화를 낼까? 우리도 몰랐는데. 이 섬에 더 오래 있을 순 없겠다는 생각이 들었다. 하나에게 물었다.

"례는?"

하나는 검지로 바깥을 가리켰다.

"배 쪽에 있어."

그러고서 엎드려 눕더니 더 말을 하지 않았다. 나는 잠이 든 하나를 집에 두고서 례를 찾아 배가 있는 곳으로 갔다. 우리가 타고 온 배는 해변가 모래에 처박혀 있었다. 조금만 밀면 바다로 다시 나아갈 수 있을 것 같았다. 디기는 우리가 어디서 왔고, 어떻게 왔는지를 궁금해했다. 특히나 우리가 타고 온 배를 매일같이 찬찬히 살피곤 했다. 어떻게 활용하면 좋을지 생각하는 것 같았다.

례는 배 위에 무언가를 열심히 나르다가, 해변가에 있던 나를 보고는 배 위로 올라오라고 손짓했다. 다시 배에 올라타기 싫었으나 례의 눈빛이 살벌했다. 배에 오르자마자 이곳에서의 기억들이 떠올랐다. 나는 섬 쪽으로 고개를 돌렸다. 례가 내게 말했다.

"우린 여기를 떠나야 해."

당장 바다로 나갈 용기는 없었다. 또다시 목마름과 배고픔 때문에 고통받고 싶지 않았다. 그러나 례의 심상치 않은 표정으로 보아, 그냥 뱉은 말은 아닌 것 같았다.

"왜?"

"재가 우리 배를 뺏으면 어떻게 해?"

례의 시선은 디기가 있는 오두막을 향하고 있었다.

"갑자기?"

례는 바다 쪽으로 다시 고개를 돌리며 말했다.

"어쩐지 배를 보는 눈빛이 이상했다니까. 어제 이야기를 듣고 확신을 가졌어."

"어떤 부분에서?"

"인간에게 복수하고 싶다고 했잖아."

괜한 걱정이라고 생각한 나는 긴장을 풀고서 말했다.

"디기는 아직 돼지들에게 고통을 준 존재가 인간인 걸 몰라."

례는 고개를 저었다.

"시간문제야. 우리랑 대화하다 보면 금방 알아차릴걸?"

"그럼, 그때 우리가 여길 차지하면 되는 거야."

"재가 먼저 우리 구역에 갈 수도 있어."

"그게 왜? 디기가 정말 인간들을 전부 죽일 수 있을 거라고 생각하는 거야?"

나는 례가 걱정하는 것을 이해할 수가 없었다. 그러자 례는 답답하다는 듯이 말했다.

"돼지에 대해 알아?"

내가 고개를 젓자 례가 말했다.

"돼지는 한 번에 많으면 열 마리씩 새끼를 낳아."

례는 두려움을 그대로 내비치며 말했다.

"저게 우리 구역에 적응만 하면 인간은 멸종할 거야."

설마 그게 가능할까 싶었다. 우리가 겪은 험난한 여정을 어떻게 버틸 것이며, 버텨서 구역에 도착한다고 해도 각 구역별 주민들의 위협으로부터 어떻게 살아남을 수 있겠는가. 례의 걱정은 강박에 가까웠다. 그간 너무나도 많은 일이 있었으니 정신이 피폐해질 만했다.

"넌 걱정이 너무 많아. 좀 쉴 필요가 있어."

나는 례의 등을 두들기고는 배 바닥에 드러누웠다. 례가 누워 있는 내게 얼굴을 들이밀었다. 안 그래도 짧은 머리카락이 땀에 젖어 더욱 짧아 보였다.

"피아. 너는 혁명을 완수하고 싶다고 했지? 인간을 위해서 말이야."

혁명이라는 말에 눈이 번뜩 뜨였다. 례는 쭈그려 앉아 내 어깨에 손을 올렸다.

"나도 지금, 인간을 위해서 이러는 거야."

나는 가만히 례를 보았다. 처음 보았을 때와는 다르게 얼굴이 많이 변해 있었다. 푸른 구역 주민답지 않게 웃음기가 없었다. 나와 오래 있어서 그런지 붉은 구역 사람들처럼 피부가 푸석해졌고, 얼굴에는 주름이 가득했다. 햇빛을 많이 받고 물을 제대로 마시지 못한 탓인 것 같았다. 례가 말을 이었다.

"이렇게 두면 어떻게 될지 몰라."

례는 자리에서 일어나 출항할 준비를 했다. 디기 몰래 섬 중심부에서 수확한 열매들을 상자에 넣어놓았다고 했지만, 내게는 모두 헛수고처럼 느껴졌다. 얼마 지나지 않아 열매들은 썩어버릴 것이고, 아무리 준비를 많이 한다 해도 우리 셋이 먹기엔 부족할 터였다.

그러나 준비의 필요성만은 나도 느끼고 있었다. 지금 아무리 풍족하다고 해도, 언젠가 이 섬의 식량은 모두 바닥날 테니까. 그때는 이곳을 떠나야 했다. 례에게 당부의 말을 건넸다.

"지금은 안 돼. 식량도, 식수도 더 오래 보관할 수 있는 방법을 찾아야 하는 데다, 어디로 갈지도 정해야 해. 지난번처럼 목적지 없이 떠다닐 수는 없어."

례는 내 이야기를 듣고서 잠시 생각을 이어가더니 이내 고개를 끄덕였다.

"알겠어. 식량은 내가 준비할 테니까, 너는 목적지를 정해줘."

례는 배에서 뛰어내린 후 숲속으로 사라졌다. 배 위에 있으려니 옛날 생각이 바다 안개처럼 자욱하게 떠올랐다. 특히나 박이 물에 뛰어들던 소리는 머릿속을 떠나지 않았다. 해변으로 내려와 배에 기대어 가만히 섰다. 얼굴로 쏟아지는 햇빛을 그대로 받으며 파도 소리에 귀를 기울였다. 평화로운 주변과는 다르게 속은 시끄러웠다.

'어디로 가야 할까?'

사실 목적지는 명확했다. 정부였다. 우리는 지구를 돌면서 지독하게 인간들을 감시하는 저들에게 가야 했다. 그러나 그들에게 다가갈 그 어떤 방법도 떠오르지 않았다. 우리에게는 하늘을 향해 솟구칠 만큼의 큰 힘을 가진 다리도, 날개도 없었다.

심지어 그들과 대화를 해본 적도 없었다. 늘 일방향 소통이었다. 설령 저들과 이야기를 나눌 장치가 있다고 해도 대화가 통할까 싶었다. 이미 우리의 모든 것을 보고 있었는데, 그럼에도 무엇도 바꾸지 않은 그들에게 말을 건다고 해서 달라지는 것이 있을까.

배에서 꼬르륵거리는 소리가 들려왔다. 배고픔이 내 감각을 일깨웠다. 우선 살아보기로 했다. 지독하게 살아남다 보면, 우연이라는 놈이 우리를 어딘가로 이끌지도 몰랐다. 그게 저들이 바라는 것이기도 했다. 과정이 어떻든, 살아남는 것.

어떻게든 나아가기로 했다. 살기 위해서는 무엇이라도 해야 했다.

✶

어느 날 디기가 우리를 오두막으로 이끌었다. 얼굴에 웃음기를 가득 머금고 있었다. 우리는 영문을 알지 못하고 디기를 따라갔다. 오두막에는 디기의 가족들이 꿀꿀 소리를 내며 저들끼리 엉켜 놀고 있었다. 여전히 온몸에 진흙을 묻히고서 뒹굴고 있는 그들과 디기가 같은 종족이라는 생각이 들지 않았다. 외양을 제외한 모든 면에서 그들은 디기와 달랐다.

돼지들은 디기를 보자마자 다가와 디기의 몸에 자기 몸을 비비고 핥더니 디기의 손을 슬쩍 물었다. 먹이를 달라는 것 같았다. 디기는 그들의 머리와 몸을 쓰다듬으며 말했다.

"나중에 줄게. 지금은 먹을 게 없어."

디기는 돼지들을 옆으로 밀었다. 한구석에 태어난 지 얼마 안 된 것 같은 아기 돼지들이 보였다. 손과 발, 귀가 모두 핑크빛이었다.

"제 아이들이에요. 얘네도 저처럼 두 발로 걸어요. 조금 있으면 말도 할 수 있을 거예요."

이어진 광경은 충격적이었다. 디기의 말대로 새끼 돼지들은 두 발로 서서 서로에게 장난을 치고 있었다. 마치 사람처럼 말이다. 총 여덟 마리의 새끼 돼지들은 디기를 보자마자 입을 모아 말했다.

"아빠!"

순간 나는 귀를 의심했다. 그러나 그들은 분명히 디기를 아빠라 부르고 있었다. 디기는 그들을 한 명씩 안아주었다. 나는 손톱을 깨물었다. 정부는 대체 무슨 생각인 걸까? 인간을 모두 쓸어버리고, 거기에 돼지들의 왕국을 세우려는 건가? 도대체 왜? 만약 인간을 대체하려는 거라면, 그 이유는 또 뭘까? 인류를 포기하는 건가? 그런데 가만히 생각해 보니, 이들을 이용하여 인류를 노동에서 해방시키려는 게 정부의 계획일 수도 있겠다는 생각이 들었다. 디기 정도라면 충분히 정화 장치의 페달을 밟거나 갱도에서 광석을 캐낼 수 있었다.

우리는 오두막 밖으로 디기를 불러냈다. 디기는 해맑은 표정으로 우리를 따라 나왔다. 식량이 부족한 상황에서 식구가 늘어나는 것을 왜 숨겼는지 물으려 했으나, 웃고 있는 디기의 얼굴을 보니 아무 말도 할 수 없었다. 머뭇거리는 분위기 속에서 례가 디기에게 물었다.

"너, 진짜 저기 오두막에 있는 존재와 네가 같다고 생각해?"

디기는 고개를 끄덕였다.

"당연하죠."

당당한 디기의 끄덕임에도 례는 물러나지 않았다.

"아냐. 우선 넌 네 가족들과 다르잖아. 두 발로 서고, 말을 할 줄 알고, 도구도 쓸 줄 알잖아."

디기의 미간에 주름이 잡혔다. 나는 그의 표정에서 불쾌한 감정을 느꼈다. 례가 디기의 손을 잡고서 물었다.

"디기, 말해줘. 이곳에 오고 나서 무슨 일이 있었던 거야?"

디기는 오묘한 표정을 짓더니 우리의 눈치를 살폈다. 물론 쉽게 말해줄 것이라고 예상하지는 않았다. 례는 여차하면 디기를 공격할 생각인 것 같았다. 허리춤에 빗창이 아슬하게 매달려 있었다. 이상한 분위기를 감지했는지, 디기는 더듬거리며 입을 뗐다.

"처, 처음에는 제가 다른 존재라고 생각했어요. 아무도 저처럼 두 발로 걷지 않았으니까요. 그냥 서로 다른 사람들처럼 살아왔어요. 제가 이상한 거라고 생각하면서요."

사람이라니. 나와 례의 표정이 또다시 일그러졌다. 사람이라는 표현이 거슬렸다. 디기는 그런 우리의 불편함을 인지하지 못하는 것인지, 아니면 애써 무시하는 것인지 돼지들 모두를 사람이라고 말했다. 디기는 말을 이어갔다.

"땅을 파서 버섯이나 검정 개미를 캐 먹었어요. 마침내 사람들이 마지막 남은 여왕 검정 개미를 먹어 섬에서 검정 개미가 멸종했을 때, 제가 나무에만 사는 붉은 개미를 찾아냈어요."

례가 물었다.

"어떻게?"

"다른 사람들과는 다르게 두 발로 걸을 수 있으니까, 나무를 오를 수도 있었어요."

상상이 가질 않았다. 완전히 돼지와 같은 모습인데, 어떻게 나무를 탈 수 있었을까? 디기는 자랑스러운 표정을 하고 있었다. 자신의 능력으로 자기 종족의 식량난을 해결했으니, 그럴 만도 했다. 내가 하지 못한 것을 디기는 해냈다.

"그때까지만 해도 제가 완전히 특별하다고는 생각하지 않았어요. 조금 나은 정도라 생각했죠. 그런데……."

디기는 어떤 특정한 날을 떠올리는 것 같았다. 추억에 잠겨 있는 디기의 얼굴과 목소리에서 벅찬 감정이 그대로 느껴졌다.

"그날은 나뭇가지에 돌을 던져서 가지에 매달려 있던 열매를 떨어뜨리려 하고 있었어요. 그런데 뭔가가 다가왔어요."

하나가 물었다.

"어떤?"

"그건 하늘에서 왔어요. 날개가 있었는데, 움직이지는 않았어요. 새와는 다르게 피부가 아주 딱딱했어요. 마치 돌처럼요. 그게 어떻게 하늘에 떠올랐는지는 모르겠어요. 생각해 봐요. 돌덩이가 날아다니는 걸요."

디기는 하늘을 올려다보려 했으나, 신체 구조상 고개를 쳐들지 못했다. 허리를 젖히는 모습이 마치 기지개를 켜는 것만 같았다.

"걔는 자기 자신을 '비행기'라고 불렀어요."

"비행기?"

비행기라니. 우리는 서로의 얼굴을 살폈다. 선전물에서 보았던 기계장치였다. 한 번도 현실에서 본 적이 없었다. 디기는 어쩌면 우리보다도 인간에 대해 아는 것이 더 많을지도 몰랐다. 디기는 곧장 눈물이라도 흘릴 것처럼 손, 아니 발을 얼굴에 가져다 댔다.

"그건 제 앞에 멈춰 서더니 저에게 말을 걸었어요."

하나가 디기에게 의아한 듯 말했다.

"처음부터 말을 알아들었어?"

"그땐 몰랐죠. 비행기에서 소리가 나오고, 제가 물건을 가리키는 식으로 말을 배웠어요. 일주일 정도 지나니 어느 정도 소통이 가능해졌어요."

디기는 그것이 하늘에서 왔다고 했다. 하늘이라면, 단 한 가지만 떠올랐다. 나는 디기에게 다그치듯이 물었다.

"정부에서 보낸 거야?"

디기는 처음 듣는다는 듯이 의문을 보였다.

"정부요? 그게 뭐죠? 정부니 뭐니 어려운 말은 하지 않았어요. 대신 너무 좋은 말을 해줬어요."

디기의 눈에서 눈물이 흘렀다. 우리의 것과 같은 눈물이었다. 그가 말했다.

"내가, 아니 우리가 인류의 다음 발자국이라고 했어요. 우리가 가는 길이 인류가 가는 길이라고요."

돼지와 늑대

창고가 바닥을 보이는 상황에서도 디기는 우리에게 섬을 떠나라고 하지 않았다. 대신, 그는 땅에다 넓적한 코를 박고서 섬 전체를 훑었다. 코는 쉴 새 없이 움직이며 더운 숨을 뿜어냈다. 그러다 한 지점에서 멈추곤 뭉툭한 손으로 바닥을 가리켰다. 주로 이끼가 낀 나무 아래 음지였다. 그곳을 파보면 흰 버섯을 발견할 수 있었다.

한 번에 많은 양을 캐지는 않았다. 매장량은 많았으나 전처럼 배가 부를 때까지 먹으면 씨가 말라버릴 것이 분명하기 때문이었다. 우리는 우리만의 규칙을 정했다. 일주일에 한 번 버섯을 채취하고, 식량 창고에 일정 부분을 보관하기로 했다. 섬이 본래대로 돌아올 때까지(세계가 끊임없이 망가지고 있는 상황에서 섬이라고 그런 상황을 피해갈 수 있을까 의문이 들기는 했지만) 규칙은 지켜져야 했다.

그러나 굶주림과 포만감을 번갈아 겪고 나니 조절이 되지 않았다. 음식을 갈구하는 위액에 속이 뒤집혔고, 해변에서 몰려오는 파도를 마주할 때면 표류하던 때가 떠올랐다. 이대로 손을 놓고 있다간 푸른 구역 마름이 죽던 때처럼 무서운 선택을 내려야 할 것만 같았다. 허기를 이기지 못하고 결국 우리는 배에 모아놓은 식량을 먹었다. 디기에게 말하지 않고, 이 섬을 떠날 때를 대비해 모아놓은 것들이었다. 그러나 그것마저 얼마 가지 않아 바닥이 나고 말았다.

어느 날부터 우리의 의심은 커져갔다. 창고에 넣는 버섯 양보다 실제로 창고에 있는 양이 한눈에 봐도 적었기 때문이었다. 수분이 날아가며 말라비틀어진 것이 아닐까도 생각해 보았지만, 그렇다고 하더라도 사라진 양이 너무 많았다. 례와 하나, 그리고 나는 당연히 범인이 아니었다. 우리는 함께 디기의 식량을 몰래 훔쳐 먹는 동지이면서, 동시에 서로를 감시하는 감시자였다.

우리가 아니라면 범인은 정해져 있었다.

우리는 그날도 버섯을 채취했다. 먹을 것들을 제외하고 나머지는 식량 창고에 저장했다. 각자의 몫으로 주어진 버섯의 양은 겨우 한 줌에 불과했다. 걱정했던 대로 채취량은 날이 갈수록 줄고 있었다. 상황이 좋아질 것이라는 디기의 말은 거짓이었다. 우리의 날 선 눈빛에도 디기는 웃으며 버텨보자고 했다.

한밤중, 우리는 잠들지 않고 식량 창고 뒤편에 기척을 숨기고서 디기를 기다렸다. 몸에는 진흙을 바르고 있었다. 디기는 우리보다 눈은 나빴으나 냄새만큼은 기가 막히게 잘 맡았기 때문이다. 얼굴에까지 잔뜩 진흙을 바른 하나와 례는 사람처럼 보이지 않았다. 인간에 가까운 동물이나 괴물 같았다.

우리는 오래도록 기다렸다. 눈꺼풀이 무거워지더니 떨리기 시작했다. 먹은 것이 적어 몸에 힘이 없었다. 례와 하나도 마찬가지였다. 결국 우리는 교대로 돌아가며 식량 창고를 감시하기로 했다. 내 차례가 되었을 때는 해가 떠오를 즈음이었다. 괜히 디기를 의심한 것인가 싶었다. 범인은 우리 중에 있을 수도 있었다. 둘이 깊은 잠에 빠져들었을 때, 다른 한 사람이 집을 나가서 식량 창고를 털었을 수도 있었다. 손을 모으고서 하늘을 향해 기도했다.

제발 디기가 식량 창고를 털기를 바랐다.

내 기도에 정부가 응답한 것인지, 오두막 쪽에서 움직임이 보였다. 디기였다. 디기는 오두막 문을 조심스럽게 열고 나오더니 코를 벌렁거리며 냄새를 맡았다. 우리는 본능적으로 숨을 참았다. 다행히 우리 냄새가 진흙에 가려졌는지, 디기는 큰 경계 없이 식량 창고 쪽으로 걸음을 옮겨 왔다. 뛰어나갈 준비를 했다. 팔과 다리에 힘이 들어갔다. 디기는 창고 문을 열고 안으로 들어서더니 얼마 지나지 않아 버섯을 한 아름 안고 나왔다. 내가 달려 나가려 하는데, 뒤편에서 누군가가 먼저 소리쳤다.

"미친 새끼!"

례가 그대로 나를 지나쳐 디기에게 윽박을 지르며 달려갔다. 디기는 놀라서 안고 있던 버섯들을 바닥에 던져버렸다. 례는 괴성을 지르며 달아나려던 디기를 넘어뜨리고는 얼굴을 향해 주먹을 날렸다. 디기는 얼굴에 날아드는 주먹을 막으려 했으나, 신체 구조상 팔이 얼굴까지 닿지 않아 맞기만 했다. 레는 씩씩거리며 디기의 멱살을 잡아챘다.

“우릴 굶겨 죽이려고 그랬지?”

“아니에요! 아이들이 배고파해서…….”

두 갈래로 갈라진 굽이 눈에 들어왔다. 조각 난 발굽의 끝은 오두막을 향하고 있었다. 어떻게 그 뭉툭한 손으로 이 많은 것들을 이루었는지 알 수 없었다. 다섯 손가락으로도 살기가 이렇게 어려운데, 두 갈래로 투박하게 갈라진 굽으로 어떻게 이 많은 식량과 건물을 가지게 된 건지 이해가 되지 않았다.

순간, 어떤 생각이 스쳤다. 나는 레를 밀어내고 디기의 멱살을 잡아챘다. 디기는 꿱 하고 오두막의 다른 돼지들이 내는 것과 같은 소리를 냈다. 피가 머리로 솟구쳤다. 나는 고개를 돌려 둘에게 말했다.

“이 새끼, 우리 걸 빼앗았어.”

정답은 하나였다. 그는 인간이 힘들게 만들어낸 것을 빼앗고 있었던 것이다. 인간이 죽고, 또 죽으며 개발한 도구와 기술을 돼지들이 전해 받아 고립된 이곳에서 행복하게 사는 동안, 저 멀리 붉은 구역을 비롯한 각종 구역들에서 인간은 불의와 싸우며 힘겹게 살아가고 있었다.

애초에 이곳은 이상했다. 매일 광석을 캐거나, 페달을 밟거나, 물속 깊이 잠수하거나, 아이를 낳지 않아도 상관없다니. 그러면서도 우리 인간들보다도 잘 먹고 잘 살고 있다니. 말이 되지 않았다. 레는 내 말을 이해할 수 없다는 표정을 지었다. 내가 디기의 손을 잡아채며 말했다.

“생각해 봐. 손이 이런데, 이 많은 걸 도대체 어떻게 만들었겠어?"

례는 그제야 내 말을 이해한 듯 얼굴을 찡그렸다. 디기를 보는 시선이 매서웠다. 나는 디기의 멱살을 잡아 쥔 채로 얼굴에 주먹을 날렸다.

"씨발 새끼. 도대체 우릴 걸 얼마나 빼앗아 간 거야."

디기는 더 이상 몸을 비틀며 벗어나려 하거나, 반격하지 않았다. 그저 짐승처럼 소리만 질러댈 뿐이었다. 우리는 디기를 식량 창고 옆 나무에다 묶었다. 넓적한 코를 벌렁거리고, 흰자위 없는 눈을 깜빡이는 것이 사람의 모습은 아니었다. 그러나 디기가 소리쳤다.

"사람 살려!"

그 소리가 듣기 싫어 나뭇가지로 디기의 입에 재갈을 물렸다. 디기를 묶어두고서 우리는 저장해 놓은 모든 버섯을 먹어치웠다. 흙을 파내고 포자까지 캐 먹어 버섯은 섬에서 멸종하고 말았다. 이제 섬에 먹을 것은 하나뿐이었다. 바로 디기와 디기의 가족들이었다.

디기는 온종일 발버둥 치다가 어느덧 포기한 듯 축 늘어져 있었다. 가끔 입을 우물거리며 우리에게 뭔가를 말하려 했으나, 우리는 그의 말을 무시했다. 디기의 눈에서 눈물이 줄줄 흘러내렸다. 오두막에서는 돼지들이 발굽으로 벽을 긁어대는 소리가 들렸다. 저들도 배가 고픈 모양이었다.

우리는 오두막 문을 잠가버렸다. 우리가 먹을 식량도 없는데, 그들에게 줄 식량은 더더욱 없었다. 오히려 점점 더 배가 고파질수록 풍겨 오는 돼지 냄새에 속이 뒤집혀서 미칠 것만 같았다. 먹고 싶다는 생각을 했다. 그들을 죽여 고기를 먹고 싶었다. 그러나 그때마다 디기의 말이 떠올랐다.

'사람 살려!'

오두막 틈새를 전부 진흙으로 막아버렸다. 그래도 소리가 줄지 않아 제대로 잠을 잘 수 없었다.

다음 날 나는 섬을 돌아다니다가 하나를 보았다. 하나는 바다를 바라보고 있었다. 섬에서 어떤 일이 벌어지건 파도는 밀려오고 밀려나기를 반복했다. 물속에 고개를 넣어보았으나 물고기는 한 마리도 보이지 않았다.

해가 서서히 바다 아래로 가라앉고 있었다. 하늘에는 구름 한 점 없었다. 대신 인공위성이 우리 머리 위를 돌고 있었다. 머릿속이 꽉 막힌 듯한 느낌이었다. 나는 멍하니 바다를 바라보는 하나에게 슬쩍 말을 걸었다.

"왜 여기 있어?"

"여기 있으면 바다 냄새만 나거든."

나는 디기처럼 코를 킁킁거리며 냄새를 맡았다. 짭조름한 소금 냄새가 오두막에서 풍겨 오는 돼지들의 냄새를 덮어버렸다. 나도 하나 옆에 쪼그려 앉아 수평선을 보았다. 바다 위보다는 이 섬이 나을 것이라는 생각을 했었다. 그러나 우리가 오자 섬도 금방 지옥 같은 공간으로 변했다. 이 세계가 지옥 그 자체일 수도 있다. 왜 그걸 알지 못했던 걸까? 세계의 본질이 지옥이라면, 아주 잠깐 동안만 인간들이 행복했던 거라면, 우리가 그걸 바꿀 수는 없을 텐데.

모든 것이 헛수고일까?

의문은 파도처럼 휩쓸려 가고 다시 밀려오기를 반복했다. 해변에 정박해 놓은 배는 전보다도 더 녹이 슬어 있었다. 바다에 띄우면 금방이라도 가라앉을 것만 같았다. 하나에게 말했다.

"가야겠지?"

하나가 멍한 상태로 물었다.

"어디로?"

"어디든."

큰 파도가 우리를 향해 밀려왔다. 나는 놀라서 자리에서 일어났으나 하나는 피하지 않고서 그대로 파도를 맞았다. 바닷물에 젖은 하나의 머리카락이 례의 것처럼 푸석거렸다. 나는 가만히 하나를 보다가 옆에 다시 앉았다. 그 뒤론 파도가 밀려와도 피하지 않았다. 하나가 내 어깨에 머리를 기대더니 물었다.

"또 배고파야 해? 그건 싫어."

나도 싫었다. 그러나 어쩔 수 없었다. 섬은 종말을 맞고 있었다. 우리도 함께 무너지지 않기 위해서는 이곳을 떠나야만 했다. 어깨가 뜨거웠다. 고개를 돌려 보니 하나의 얼굴은 눈물로 범벅이 되어 있었다. 눈물이 내 어깨로 흘러내렸다. 하나가 말했다.

"저번처럼 서로가 서로를 먹고 싶어 하면? 지난번에는 운이 좋았지만, 다음에는 어떻게 될지 아무도 몰라."

나는 잠시 생각을 이어가다가 자리에서 일어났다. 하나가 물었다.

"어딜 가려고?"

하나의 물음에 대답하지 않고 오두막이 있는 방향으로 달려갔다. 오두막 근처에서 바닥을 파고 있는 례가 보였다. 주변에 구덩이가 잔뜩 파여 있었다. 디기가 숨겨놓은 버섯이 분명 더 있을 것이라고 례는 믿고 있었다.

"어디 있어?"

례는 디기를 향해 소리쳤다. 대답은 들려오지 않았다. 디기는 여전히 나무에 묶인 상태로 축 늘어져 있었다. 내가 디기의 뺨을 후려치자 화들짝 놀라며 그가 깨어났다. 나는 디기의 입에 물렸던 나뭇가지를 빼냈다. 매우 축축했다. 디기에게 물었다.

"너, 스스로를 뭐라고 생각하는 거야?"

디기는 고개를 숙인 채 기어들어 가는 목소리로 말했다.

"사람이요……."

나는 그의 가슴을 치며 말했다.

"우리가 사람이야."

디기는 힘없이 고개를 저었다.

"나도 사람이에요."

디기의 주둥이를 잡아서 들어 올리고는 내 얼굴을 그 앞에 들이밀었다.

"아니, 나를 봐. 너는 우리와 달라."

디기가 몸부림치며 숨을 토해냈다.

"아니에요! 비행기가, 비행기가 저보고 사람이라고 그랬어요!"

참을 수 없어진 나는 디기의 입에다 나뭇가지를 쑤셔 넣으려 했다. 디기는 필사적으로 몸을 비틀었다. 화가 나서 나뭇가지를 저 멀리 던져버리고는 주먹으로 디기를 때렸다. 배를 맞은 디기는 숨을 제대로 쉬지 못하고 고개를 떨구었다. 코에서 피가 흘렀다. 나는 디기를 향해 소리쳤다.

"딱 보면 몰라? 네가 어떻게 우리와 같아! 얼굴이며 손발이며 모든 게 다른데."

언성이 높아졌다. 디기의 턱을 잡아 올리고는 다시 물었다.

"너, 사람이야, 아니야?"

디기는 내 눈을 바라보며 희미한 목소리로 말했다.

"내 눈에는 여러분도 전부 달라 보여요."

디기는 정말로 억울해하는 것 같았다. 눈이 하나의 것과 마찬가지로 투명하고 맑았다. 디기의 말이 채 끝나기도 전에 뒤에서 비명에 가까운 괴성이 들려왔다. 례였다. 손에는 돌이 들려 있었다.

"죽어!"

례는 그대로 디기의 머리를 돌로 찍어버렸다. 피가 사방에 튀었다. 례는 제 힘을 이기지 못하고 바닥에 고꾸라졌고, 머리를 크게 다친 디기는 몸을 부르르 떨었다. 잇따른 소동에 달려온 하나가 거품을 문 디기를 보고는 넘어져 있던 례를 향해 외쳤다.

"무슨 짓이야!"

례는 당당하게 자리에서 일어나서 하나를 밀치며 말했다.

"해야 할 일을 했을 뿐이야."

례는 하나와 나를 번갈아 보았다. 처음 푸른 구역에서 보았던 사람은 이제 없었다. 나를 잡으려 달려들던 반혁명파 단원들의 눈빛이 례에게서 보였다. 례가 말했다.

"너희들은 사람 아니야? 인간 아니냐고."

몸을 부르르 떨던 디기는 얼마 지나지 않아 떨림을 멈췄다. 나무 아래로 흐르는 디기의 피를 먹고 이끼들은 눈에 띄게 몸집을 키웠다. 피 냄새를 맡았는지 오두막 안에서 돼지들의 절규가 들려왔다. 공포에 질린 것 같았다. 비명이 난무하는 가운데, 하나와 나 둘 중 누구도 례에게 더 이상 뭐라고 말하지 않았다. 다들 말없이 각자의 자리에 서서 죽은 디기를 흘겨볼 뿐이었다. 례가 몸을 떨며 혼잣말을 했다.

"난 너희가 못한 걸 한 거야…… 누구라도 해야만 했어……."

집을 향해 달려갔다. 구멍에 들어오는 빛이 내부로 쏟아지고 있었다. 나는 벽에 매달려 있던 서랍을 뒤졌다. 나무못이나 돌망치 같은 도구부터, 나뭇가지를 깎아 만든 인형까지 다양한 것들이 들어 있었다. 모두 디기가 직접 만든 것이었다.

마침내 부싯돌 한 쌍이 보였다. 한쪽이 유달리 많이 닳아 있었다. 나는 부싯돌을 챙겨 들고 집 밖으로 나와서는 벽을 타고 지붕 위에 올랐다. 나뭇가지들이 서로 엉켜 있어 빼내기가 어려웠다. 가까스로 하나를 빼내니 지붕 전체가 크게 흔들렸다. 금방이라도 무너질 것만 같았다.

한동안 비가 오지 않아 그런지 나뭇가지는 바싹 말라 있었다. 발로 그것을 잘게 부쉈다. 그리고 엎드린 채로 톱밥 더미에 부싯돌로 불을 붙이기 시작했다. 디기가 했던 것처럼 말이다. 불은 생각보다 잘 붙지 않았다. 몇 번이나 부싯돌을 마주 때렸지만 불꽃만 튈 뿐이었다. 화가 솟구쳤다. 디기보다 못한 존재가 된 것만 같았다.

홧김에 부싯돌을 강하게 내려쳤다가 살이 찢어지며 피가 났다. 고통에 손을 감싸 쥐고 있는데, 어느새 톱밥에 불씨가 옮겨붙어 있었다. 그것을 마른 풀 더미에 욱여넣고는 입으로 바람을 불어넣었다. 연기가 나더니 불이 제대로 붙었다. 지붕에서 빼낸 나뭇가지를 가져다 대자, 순식간에 불이 옮겨 붙었다. 나는 나뭇가지를 들고서 디기의 집에 불을 붙였다. 삽시간에 불이 퍼졌다. 저기, 다른 섬에서도 보일 것만 같았다. 연기가 자욱하게 피어오르는 것과 동시에 천장이 폭삭 주저앉았다. 내 마음속 무언가도 함께 무너지는 것 같았다.

잔해에서 불이 붙은 토막 두 개를 골라 들고는 오두막으로 갔다. 례와 하나는 디기의 시체를 오두막에 기대어놓았다. 디기는 핏기 없는 얼굴에다 눈을 까뒤집고 있었다. 토악질이 솟구쳐 고개를 돌렸다. 나는 둘에게 불붙은 나뭇가지를 건넸다. 하나가 물었다.

"정말 그럴 거야?"

나는 고개를 끄덕였다. 우리는 불이 붙은 나뭇가지를 들고서 보이는 모든 곳에 불을 붙이기 시작했다. 섬 전체가 화염에 휩싸였다. 오두막도 불을 피해 갈 수 없었다. 불이 붙은 오두막에서는 이상하게도 아기 우는 소리가 들려왔다. 검정 구역에서 들었던 것과 같았다. 하나는 그 소리를 듣고서 무표정하게 소리를 지르며 이곳저곳에 불을 질렀다. 불길이 사그라들 즈음에 나는 오두막 잔해에 들어가 죽은 돼지들을 꺼냈다.

늑대와 인간

그것들은 맛있었다. 한 입 베어 물 때마다 육즙이 터져 나왔다. 기름 맛이 맹렬하게 혀를 휘감았다. 우리는 말 한마디 없이 두 손 가득 고기를 들고서 씹어댔다. 뼈를 손으로 쪼개서는 골수까지 빨아 먹었다. 죄책감을 느끼지는 않았다. 소금이 있었으면 하는 아쉬움이 뒤따를 정도였다.

그것들 역시도 시간이 지나면 우리 조상들처럼 모든 것을 먹어치웠을 테니까, 그것들이 만들어낼 파괴가 언젠가는 또다시 이 지구를 휩쓸 테니까, 그들의 자식들은 태어나지 않는 편이 나았다. 우리는 필요악이었다. 그들의 자식들을 구제하기 위해서 우리는 그들을 먹어치운 것이었다. 또 어찌 보면, 우리는 지구를 구한 셈이었다. 또 다른 인간이라니. 생각하기도 싫었다.

자랑스럽지는 않았다. 그때 디기를 잡아먹은 것은 지구를 위해서가 아니라 단순히 배가 고팠기 때문이었다. 우리는 음식을 발견했고, 먹었다. 그게 다였다. 본능이 이끄는 대로 나아가다 보니 거대한 목표를 달성하게 된 셈이었다.

그토록 배가 부른 적은 처음이었다. 검은 구역에서도, 푸른 구역에서도, 심지어는 보라 구역에 온 이래로도 느껴본 적 없는 포만감이었다. 늘 식량 여유분이 있다고 해도 다른 사람의 눈치를 보아야 했다. 타인의 희생으로 얻어진 식량이었기 때문이다. 그만 먹고 싶다는 생각이 들 때까지 먹어본 적이 없었다. 늘 아쉽게 먹어왔다. 그러나 이번엔 달랐다. 어떤 사람의 희생으로 얻어진 식량이 아니었다. 초식동물이 식물을 먹고, 육식동물이 초식동물을 먹는 것처럼 우리가 그날 한 행동은 모두 자연 과정의 일부였을 뿐이었다. 다른 누구의 희생도 없었으니, 눈치를 볼 필요가 없었다.

우리는 디기의 모든 것을 먹었다. 디기의 가축, 비축해 놓은 식량들, 그리고 그의 가족들을 게걸스럽게 먹어치웠다. 굽고, 끓이고, 심지어 날것으로도 먹었다. 몇 주간 우리는 섬에서 먹을 수 있는 모든 것을 먹어치웠다. 식사를 마쳤을 때는 모두 배가 모래 언덕처럼 솟아 있었다.

✦

밤이 되었으나, 어두웠다. 섬의 모든 것을 태워버려 더는 태울 것이 없는 탓에 불을 지피지 못했다. 달은 구름에 가려져 잘 보이지 않았지만, 인공위성의 불빛만은 구름을 뚫고서 우리를 비췄다. 그것을 부숴버리고 싶은 충동이 들었다.

실루엣은 보였지만 누가 례이고 하나인지 구별이 되지 않았다. 어쩌면 인간이 아닌 다른 존재일지도 몰랐다. 실로 인간보다는 짐승에 가까운 형상이었다. 누군가가 뼈를 빨아대고 있었다. 쪽쪽 소리를 내며 핥고 빠는 소리가 들려왔다. 골수까지 빨아 먹고 난 뼈들을 한데 모아두었는데, 인공위성의 빛을 받자 뼈 무덤은 완벽하게 흰빛을 띠었다. 목소리가 들려왔다.

"다른 곳도 가보자. 디기가 다른 곳에도 자기 같은 생물이 있다고 했어."

그것은 례의 것도, 하나의 것도 아니었다. 어쩌면 내가 뱉은 말일지도 몰랐다. 머리가 돌아버린 것 같았다. 목소리는 끊임없이 말을 쏟아냈다.

"전부 가보자. 가서 모조리 먹어버리자."

"말이 더 잘 통해도?"

"난 도저히 못 하겠어. 인간답지 않아."

"무슨 상관이야? 우린 이미 그렇게 살아왔어. 각 구역에서 죽은 사람들을 바탕으로, 우리는 태어났어."

"그래? 우리는 원래 그랬던 거야?"

"우리뿐만 아니라 이 세계의 모든 생명체들이."

"맞아. 이미 우리는 끝났어."

누군가 검지를 펴서 바다를 가리켰다. 손가락은 희미하게 보이는 다른 섬을 가리키고 있었다.

"그러니까, 저기 보이는 곳 전부를 가보자. 가서 모든 것을 먹어보자. 우리가 세상을 구하는 거야. 우리 같은 과오를 세상에 남기지 않기 위해서 말이야."

"우리에게는 의무가 있어."

"그렇게 다 먹고 나면?"

침묵했다. '먹고 나면?'이란 질문은 '생존하고 나면?'이라는 질문으로 의미가 넓어졌다. 그렇게 살아남은 다음에, 우리는 도대체 무얼 해야 할까? 계속해서 생존만을 위해 살아가야 하는 걸까? 끝없는 굴레 속에 갇혀버리고 만 걸까? 목소리가 말했다.

"그건 그때 가서 생각해 보기로 해."

"그래, 그게 맞아. 그때 답이 나올 거야."

"정말 그럴까?"

"응. 난 그렇게 믿기로 했어."

나는 그렇게 믿지 않았다. 우리 조상들도 분명 그러지 못했으니까. 과거보다 더 편하게 살면서도, 더 많이 먹고 나서도 그들은 더 편한 것을 원하고, 더 많이 먹기를 원했다. 자신들이 후대의 것을 빼앗고 있는 줄도 모르고 말이다.

"우리라고 못 할 건 없어."

누가 말하고 답하는지 알 수 없었다. 눈을 비롯해 팔과 다리, 배꼽 등 부차적인 것이 모두 제거된 몸에서 입만 남아 스스로 묻고 답하는 것만 같았다. 이빨을 마주 부딪치며 우리는 세상의 모든 것을 먹기로 했다. 이빨들은 작은 구멍을 향해 고개를 돌렸다.

미식 기행

우리는 배를 타고서 보라 구역의 섬들을 돌아다녔다. 디기의 냄새 구멍이 향해 있던 곳들이었다. 맹목적이었다. 배를 타고 가는 동안 셋은 아무 말도 없었다. 각자 배의 모퉁이에 선 채 위장에서 뻗쳐 오는 허기에만 집중할 뿐이었다.

섬들에는 온갖 종류의 '인간'들이 살고 있었다. 다섯 마리가 한 몸이 되어 각각 팔다리와 머리의 역할을 하는 뱀들, 이제 막 뭍으로 올라오려던 물고기들, 1분에 10cm 정도만을 움직이는 대나무와 날개의 깃털이 빠지면서 손이 생기려고 하는 비둘기 등 외면적으로는 불완전하게 진화한 것처럼 보였으나, 그것은 오로지 우리 인간의 시각에서였다. 모두 디기처럼 인간이라는 종을 위협하고 있었고, 우리는 그것들을 먹어치웠다. 우리의 굶주림과 현 인류에 대한 위협, 그리고 그들이 인간이 되었을 때 훗날 그들의 후손들이 겪을 고통을 없애기 위해서였다.

우리는 점차 사방으로 퍼져 나갔다. 아가리가 생긴 나무를 잡아먹으려 할 때였다. 그는 다른 생명체들과 달리 우리에게 우호적이지 않았다. 자기에게 다가오지 말라고 경고하며 이파리를 떨어댔다. 알고 보니 그는 다른 섬에 있는 식물들과 대화를 나눌 수 있었고, 그를 통해 미리 우리의 모습을 본 것이었다. 그러나 우리는 무심하게 불을 사용해 그를 잡아먹었다.

섬에 사는 생명체들은 공통적으로 우리와 말이 통했다. 디기와 마찬가지로 하늘에서 비행기가 내려와 자신들에게 언어를 가르쳐주었다고 했다. 어느 하나 우리가 이들보다 나은 것은 없었다. 날카로운 이빨이나 독을 지닌 피부도 없었고, 멀리 날거나 잠수를 할 수도 없었다. 그들은 이런 능력을 가진 데다 심지어 우리와 마찬가지로 도구를 썼고, 말을 했고, 사회를 구축했다. 그럼에도 우리는 이들을 잡아먹었다.

수법은 비슷했다. 인간을 본 적 없는 그들이 우리를 환대하면, 우리는 한밤중에 돌이나 날카로운 쇠붙이를 이용해 그들을 죽이고 먹었다. 필요하다면 불도 사용했다. 발이 닿는 모든 곳의 생명체를 먹어치웠다. 가리지 않았다. 맛은 중요하지 않았다. 중요한 것은 우리에게 잡히는지, 껍질이 있다면 갈라서 살을 파먹을 수 있는지였다.

우리가 거쳐 간 섬은 때로 그 존재 자체가 사라져 버리기도 했다. 섬의 모든 것을 먹고 나면 우리는 디기에게서 빼앗은 부싯돌로 섬 전체에 불을 질러버렸다. 다시는 그들 같은 존재가 태어나지 않기를 바라면서 말이다. 불붙은 섬은 잿더미가 되었다가, 끝내 모래만이 남았다. 남은 모래마저 파도에 의해 서서히 깎여나가더니 끝내 완전히 사라졌다. 이 모든 과정은 불과 몇 달 안에 벌어졌다.

생명체를 잡아 죽여서 먹는 것이 본래 인간의 일상이었음을 깨달았을 무렵, 사건이라 부를 만한 일이 벌어졌다. 보라 구역의 마지막 섬에 도착했을 때였다. 섬에 도착하기 직전, 우리는 배의 끝자락에 서서 사방을 둘러보았다. 다른 섬은 더 이상 보이지 않았다. 대신 파도로 일렁거리는 바다와 함께 절대 잊을 수 없을 것이라 생각했던(그러나 끝내 잊어버리고 만) 것을 보았다.

그것은 하늘을 가르며 바다 위에 내려앉은 선명한 경계선이었다.

✦

디기가 냄새로 다른 섬에 자신과 같은 '인간'이 있음을 알아차렸듯이, 나는 선명하게 구역을 나누고 있는 경계선을 보고서 우리가 끝에 다다랐음을 직감했다. 갑자기 배에 물이 새기 시작했다. 살기 위해 물을 퍼냈으나, 물이 배로 들어차는 속도가 더 빨랐다. 우리에게 다른 선택지는 없었다. 모두 배에서 뛰어내려 섬을 향해 헤엄치기 시작했다. 그러나 나는 배가 가라앉으며 만들어낸 소용돌이를 미처 피하지 못했다. 다행히 셋의 몸을 연결한 명줄이 나를 해변으로 이끌었다.

그간 대화를 나누지 않았지만, 우리 셋은 마치 한 몸인 것처럼 행동했다. 동물을 잡고, 껍질과 살을 분리하고, 굽고, 끓이는 그 모든 과정에서 자신이 가장 잘하는 것을 도맡아 했고, 그 덕에 요리가 완성되고 먹어치우는 데까지 걸리는 시간은 얼마 되지 않았다. 우리는 늘 명줄로 서로의 몸을 연결한 채로 등을 맞대고서 동물들을 상대했다. 표면적인 이유로는 한데 뭉치기 위함이었지만, 실은 무리로부터 버려지지 않기 위해서였다.

가까스로 해변에 도착한 우리는 동시에 숲을 향해 뛰어들었다. 가시나무들이 바닥에 깔려 있었다. 그러나 발바닥에 굳은살이 박인 우리를 웬만한 장애물로는 막을 수가 없었다. 울창한 숲속에서 몸을 낮추고 기척을 살폈다. 그때 소리가 들려왔다.

"가!"

빈 나무통을 치는 듯한 소리였다. 머리통이 울리는 것같이 아파왔다. 우리는 걸음을 멈추지 않았다. 한 손에는 쇠붙이를, 다른 한 손에는 부싯돌을 들고서 말이다. 오랫동안 소리의 주인을 찾아내지 못하자, 례는 씩씩거리더니 바닥에 무언가를 뿌려대기 시작했다. 그간 섬을 거쳐오며 동물들에게서 얻어낸 기름이었다.

마침내 또렷한 목소리가 들려왔으나, 어떤 의미 있는 단어를 말하는 것 같지는 않았다. 절규에 가깝게 느껴졌다. 나와 하나는 소리가 나는 방향으로 갔다. 텅 빈 위 때문에 모든 감각이 선명해졌다. 눈은 풀숲의 그 어떤 작은 움직임이라도 잡아냈고, 코는 동물의 배설물 냄새를 기가 막히게 찾아냈으며, 귀는 소리의 진원지로 우리를 안내했다. 례는 손뼉을 마주치며 시선을 끌었다.

"나와!"

례는 머리 위에 손을 올리더니 부싯돌을 맞대기 시작했다. 불꽃이 사방으로 튀었다. 금방이라도 기름에 불이 붙을 것만 같았다. 불길한 예감은 틀리지 않았다. 풀숲에서 튀어나온 어떤 물체가 례를 덮쳤고, 례는 넘어진 상태로 그 물체와 싸움을 벌이기 시작했다. 내가 례에게 다가가려는 순간, 기름에 불이 붙었다. 순식간에 솟구친 불은 례와 물체를 삼켰다. 불길 속에서 둘은 몸부림쳤다.

불타고 있는 두 존재 중 무엇이 례인지 구별할 수가 없었다. 비명과 절규가 난무했다. 둘 중 하나가 손으로 자기 머리를 쳐댔다. 머리에 뭐가 들어 있기라도 한 것처럼 말이다. 그러다 바닥에 머리를 몇 번이고 찍었다. 피가 고인 바닥도 불에 삼켜졌다. 끔찍한 광경이었다.

우리는 오랫동안 불길을 바라보았다. 춤을 추는 것 같다는, 끔찍한 생각을 했다. 이 지구 위 모든 생명체의 몸부림이 누군가에게는 춤처럼 보이겠지. 나도 모르게 불길을 향해 한 발을 내디뎠다. 그런데 뒤에서 누군가 내 팔을 끌었다. 하나였다. 하나가 반대쪽으로 고갯짓했다. 맑은 눈망울은 온데간데없었다. 오직 굶주림을 해소하겠다는 욕망만이 눈빛에 가득했다. 우리는 돌아갈 수 없었다. 나아가야만 했다. 고개를 돌리자 뒤에서 더 이상 례의 것이 아닌 듯한 처절한 비명이 들려왔다.

소리는 굴 안쪽에서 들려오고 있었다. 무척 깊어 보였다. 하나는 곧바로 굴 안으로 들어갔으나, 나는 그 앞에 멈춰 섰다. 발이 떨어지지가 않았다. 붉은 구역의 갱도가 떠올랐다. 어떻게 벗어났는데. 머리가 터질 것만 같았다. 하나는 점점 굴의 어둠 속으로 걸어 들어갔다. 나는 머리가 아니라 텅 빈 배 속에 신경을 집중하기로 했다. 소리가 이끄는 곳을 향해 천천히 발걸음을 옮겼다.

멀찍이 앞서간 하나는 어둠에 완전히 삼켜졌다. 놓칠 것만 같았다. 하나가 사라진 방향을 따라 아래로 내려갔다. 앞이 보이지 않아 손으로 벽을 더듬으며 나아가야 했다. 그래도 붉은 구역의 갱도만큼 땅이 거칠지는 않았다. 내 발걸음에 튀어 오른 흙이 다리를 부드럽게 스치고 지나갔다. 천장을 더듬어보니 나무 뿌리 같은 것이 만져졌다. 붉은 구역 스피커가 고장 났을 때처럼 웅웅대는 소리가 들렸다.

"이렇게까지 사는 이유가 무엇이냐?"

목소리의 주인은 나에게 물었다. 내가 대답했다.

"너 때문에 례가 죽었어."

내 목소리는 굴 안을 메아리치며 다시 돌아왔다. 스스로에게 소리친 것만 같았다. 목소리가 말했다.

"그럼 너희들이 죽인 다른 존재들은?"

"살기 위해서 어쩔 수 없었어."

덩굴이 길을 막고 있었다. 틈으로 바람이 새어 나오는 것이 느껴졌다. 몸을 덩굴 사이로 집어넣었다. 빠져나가기 위해 몸부림을 쳤으나, 오히려 덩굴은 서서히 내 몸을 압박했다. 들려오는 목소리의 크기가 점차 커졌다.

"단지 그뿐인가?"

가슴이 짓눌려 숨이 잘 쉬어지지 않았다. 나는 숨을 헐떡이며 말했다.

"모두가 그렇게 살고 있으니까."

"그렇게까지 살아남으려는 이유는?"

그 질문에는 답하지 못했다. 이 세상 누구도 그 이유를 알지 못한다. 알았더라면, 세상이 이렇게 망가지지는 않았을 것이다. 더불어 우리도 이렇게까지 살기 위해 몸부림치지 않았을 것이다. 덩굴이 팔과 다리를 뽑으려는 것만 같았다. 앞으로 나아가지도, 뒤로 돌아가지도 못했다. 나는 남은 숨을 뱉으며 말했다.

"태어났기 때문이야. 그저 태어났기 때문에, 그래서 이렇게 살아가는 거야."

누군가 나를 잡아당기는 듯한 느낌이 들며 덩굴로부터 빠져나왔다. 나는 바닥에 엎드려서 거친 숨을 몰아쉬었다. 고개를 들어보니 작은 방에 하나가 서 있었다. 하나가 물었다.

"아까부터 누구랑 이야기하는 거야?"

하나의 반응을 보니 환청이었던 것 같았다. 그러나 분명 목소리는 존재했다. 소리의 진원지가 밖이 아니라면 내 속이었을 테다. 나는 자리에서 일어나 방을 살폈다. 벽과 천장이 나무 뿌리로 이루어져 있고, 방 한가운데에는 엄청난 크기의 꽃이 피어 있었다. 꽃잎을 비롯해 수술과 암술도 거대했다. 가까이 다가가려다

풍겨 오는 악취에 코를 막았다. 꽃이 고약한 냄새를 내뿜고 있었다. 눈이 따가울 지경이었다. 하나에게 말했다.

"이게 전부야?"

하나는 감각기관이 마비된 사람처럼 꽃으로 다가가더니, 앞에 쪼그려 앉아 말했다.

"물이 고여 있어."

하나는 고개를 숙여 꽃 내부를 자세히 관찰했다.

"수면에는 아주 많은 벌레들이 돌아다니고 있어. 벌레들은 영원히 여기서 사는 것 같아. 꽃가루를 먹다가 그게 부족하면 서로를 죽여. 입을 줄이기 위해서인 것 같아. 죽은 벌레는 수면 아래로 가라앉아. 꽃은 시체를 소화해서 꽃가루를 만들어. 이렇게 순환은 계속돼."

하나는 무표정하게 있다가, 얼굴을 살짝 찡그리고는 꽃을 뽑아 들었다. 뽑힌 부분에서 빨간 진액이 흘러내렸다. 피 같았다. 하나는 꽃잎을 떼서 입에 넣었다. 질겅질겅 턱을 움직이며 말했다.

"역겨워."

그리 말하면서도 계속 씹는 것을 멈추지 않았다.

끝내 우리에게 남은 것은 우리 자신뿐이었다. 고약한 냄새가 나는 꽃도 남김없이 먹어버렸고, 마지막 섬을 전부 불태워 버렸다. 손끝에 해변의 모래가 느껴지기는 했으나, 모래는 먹을 수도 소화시킬 수도 없는 대상이었다. 모든 것이 우리 배 속에서 끝났다.

나는 하나의 손을 잡고서 작은 섬들의 모든 것을 먹어치웠다.

이 순간을 위해서는 어쩔 수 없다고 생각하며, 그들의 존재를 세상에서 지워나갔다. 마지막으로, 흐려가는 의식 속에서 내 눈은 정확하게 한 존재를 바라보고 있었다.

하나였다.

처음 검은 구역에서 마주한 하나는 내가 봐온 모든 존재 중 가장 아름다웠다. 우리는 함께 사막을 건넜고, 푸른 구역의 해변을 뒹굴었고, 그곳에서 서로의 몸을 쓰다듬었으며, 영원할 수 없음을 알면서도 영원을 말했다. 생존은 부차적인 문제였다. 죽어도 좋겠다고 말했다. 하나도 마찬가지라고 했다.

이제는 달랐다. 앞이 제대로 보이지 않았다. 영양실조로 눈이 나빠지거나 한 것은 아니었다. 끝없이 뻗어나가는 푸른 바다와, 하늘에 옅게 깔린 구름과, 그것들을 모두 껴안는 노을조차 눈에 들어오지 않게 된 것이었다. 푸른 구역에서 노을을 바라보며 하나를 안았을 때는 이대로 죽어도 좋다고 생각했는데, 아니었다. 빈속이 요동쳤다.

배가 고팠다.

혀가 말라 쩍쩍 갈라졌고, 속은 쉴 새 없이 뿜어져 나오는 위액으로 뒤틀려 있었다. 하나와 나 모두 먹은 것이 없어 시체처럼 누워만 있었다. 둘이 했던 약속은 위에서 녹아버리는 것만 같았다. 역시나, 나는 나를 믿어서는 안 됐다. 노을빛을 받은 하나는 이제 인간이 아니라 죽어가는 음식 덩어리로 보였다.

'산 사람은 살아야 해.'

혁명 수장의 무시무시한 말이 내 머릿속을 덮쳐왔다. 한편으로는 우리가 그간 작은 섬들을 돌며 먹어치운 것들을 떠올렸다. 우리도 그렇게 멸종할 것이다. 내가 이 앞의 것을 먹는다고 해서,

죽음을 피할 수는 없다.

인간답게 죽을 것인가?

침을 삼키려 했으나 목젖이 움직이지 않았다.

아니, 애초에 '인간답게'가 뭐지?

내 속에서 뻗쳐 오는 이 짐승은 인간의 가면을 쓰고 있었다. 모래가 파도에 의해 서서히 침식되는 것처럼, 짐승과 인간 간의 경계는 굶주림 속에서 옅어져 갔다.

하나는 나를 쳐다보지 않고 멍하니 고개를 돌려 노을만 바라보고 있었다. 서서히 바닷속으로 가라앉는 해를 보며 나는 해가 바다를 끓여 엄청난 안개가 이 세상을 덮어버리기를 바랐다. 그래서 한 치 앞도 보이지 않았으면 했다. 하나를 향해 기어가는 내 모습을 누구에게도, 특히 저 하늘에 떠 있는 정부에 보이기가 싫었다. 나는 고개를 숙인 채로 조금씩 하나에게 다가갔다.

해는 그대로 수면 아래로 잠겼다. 안개는 일지 않았다. 구름 한 점 없는 하늘에서는 달과 함께 인공위성이 빛나고 있었다. 해변은 지나치게 고요했다. 그 고요함이 나를 서서히 잠식해 갔다. 내 장기들이 만들어내는 소리가 귀에 들려왔다. 심장은 두근거렸고, 위와 장은 음식을 원하며 꿈틀거렸다. 눈은 먹이를 찾아 빠르게 돌았고, 코는 뻗쳐 오는 살냄새에 벌렁거렸다. 끝내 나는 용서받지 못할 짓을 저질렀다. 하나의 몸 위에 올라탔다. 하나의 시선은 여전히 나를 향하고 있지 않았다. 하나가 말했다.

"벌이야. 우리는 벌을 받았어. 우린 너무 많은 것을 먹었어. 다른 것들이 살아갈 기회를 빼앗은 셈이야."

하나의 목을 졸랐다. 힘이 없어 완벽하게 목을 조르지는 못했다. 하나는 공기가 새는 듯한 목소리로 말했다.

"우리가 죽는다고 해서 죄가 사라질까? 지옥이 있었으면 해. 미안해서, 도저히 미안해서 그냥 죽을 수가 없어."

체중을 실어 있는 힘껏 목을 짓눌렀다. 하나는 몸부림을 치지 않고 있다가, 눈이 뒤집히고 나서야 몸을 움찔거렸다. 나는 울먹이며 중얼거렸다.

"미안해. 미안해, 전부. 태어나서 미안해."

하나의 눈에서 눈물이 흘렀다. 너무 힘을 준 탓인지 머리가 핑 돌았고, 나는 그대로 하나의 옆에 쓰러졌다. 한동안 그렇게 누워 있었다. 정신을 차려보니 완전한 어둠이 해변에 내려앉은 뒤였다. 나는 하나에게 미안하다고 말하지 않았다. 어떤 생각도 들지 않았다. 뇌가 망가진 사람처럼, 하나가 충분히 나를 이해할 것이라고 느꼈다. 하나는 쉰 목소리로 말했다.

"그래…… 차라리…… 다행이야…… 그냥 죽지 않아서."

이제 무언가를 죽이고, 먹고, 살아갈 힘이 없었다. 나는 죽음을 결심했다. 처음이었다. 정말로 죽기를 바란 것은. 붉은 구역에서 도망쳐 나온 것도, 죽지 않기 위해서였다. 배에 올라탄 것도 궁극적으로는 살기 위해서였다. 우리 모두가 지독하게 죽음을 각오하고 나섰지만 사실은 절실하게 살기를 바랐다. 혁명도 마찬가지였다. 모두, 살아남기 위해서였다.

이제는 달랐다. 나는 죽음을 준비했다. 조금이라도 더 땅에 묻히고 싶어서 몸을 굼벵이처럼 움직이며 모래 속을 파고 들어갔다. 달아올랐던 몸이 모래가 머금고 있던 물기에 의해 서서히 식어갔다. 하나는 말이 없었다. 옅은 숨소리가 간헐적으로 들려왔다. 나는 누운 채로 밤하늘과 정면으로 마주했다. 인공위성 빛이 우리를 비추고 있었다.

그때, 반짝이던 것 중 가장 밝은 빛 한 줄기가 지상으로 내려오는 것을 보았다. 하늘을 가로지르며, 점차 우리와 가까워지는 그것은 죽음의 공포로 다가오는 것이 아니라 오롯이 아름다운 빛으로 느껴졌다. 나는 눈을 감고서 기도했다.

내가 먹은 모든 것이 그저 죽은 것만은 아니기를.

죽음에 임박한 것 같았다. 귀에서 윙윙거리는 소리가 들려왔다. 몸에서 영혼이 빠져나가는 것만 같았다. 몸이 가벼워지지는 않았다. 바다의 짠 내음과 모래에서 올라오는 습기, 하나의 꺼져가는 숨소리가 여전히 느껴졌다. 용기를 내서 눈꺼풀을 살짝 들어 올렸다. 푸른 구역 마름의 말처럼, 신이 진정으로 있다면 묻고 싶었다.

왜 우리가 이렇게 사는 건지.

그러나 눈앞에 보이는 것은 디기가 보았다는 비행기 한 대였다.

6부

에테르 나라

프로젝트 '에테르나라'

인공위성 '에테르*나라'가 정지 궤도에 안착했을 때 이미 지구는 임계점을 넘어선 상태였다. 평균 기온이 4.5도 가까이 오르면서 빙하가 녹았고, 그 탓에 작은 섬들은 물론 대륙의 해안가들이 물에 잠겼다. 지구는 바이러스를 이기려 열을 내는 사람처럼 온도를 낮추기 위해 적도에서 강력한 태풍과 사이클론, 허리케인을 쏟아냈다. 자연재해로 식량이 극도로 줄어들고 나서야 인간들은 위험을 체감하고 행동에 나서기 시작했다.

각국의 지도자들이 모여 강도 높은 환경 정책을 내놓았지만, 자기 나라의 생존을 위해, 혹은 개인적인 이익을 위해 다른 이들의 정책에 반대표를 던졌다. 파국으로 치닫기 직전에 지도자들은 가까스로 합의에 다다랐는데, 이 합의의 주요 내용은 인류 전체를 아우르는 '합리적인 선택'을 위해 그 어느 나라와도 관련이 없는 제3자의 존재에게 모든 결정권을 일임하겠다는 것이었다. 북극, 남극, 사막, 심지어는 심해까지 후보지가 나왔으나 그에 가까운 나라가 영향을 끼칠 수 있다는 이유로 모두 탈락했다. 끝내 지도자들은 어느 영토와도 맞닿지 않는 인공위성에 주목했고, 양자 컴퓨터가 탑재된 인공위성이 지구를 돌면서 상태를 분석하여 내리는 결정에 따라 지구를 관리하자는 계획을 세웠다.

이것에 반대하는 지도자는 없었다. 생존과 죽음이라는, 명확한 이분법에서 선택은 의미가 없었다. 그렇게 발족된 프로젝트가 이아와 피아가 그토록 증오하던 인공위성의 이름이기도 한 '에테르

* 에테르(ether): 빛을 전파하는 매질로 지칭되었던 가상 물질.

나라'였다. 인류가 영원히 생존하길 바라는 사람들의 염원이 담긴 이름이었다.

인공위성 에테르나라는 내부에 탑재된 양자 컴퓨터 '코스모큐브'를 통해 지구에 대한 각종 분석을 시작했고, 그를 바탕으로 지시를 내렸다. 목적은 하나. '인간이라는 종의 종속'이었다. 코스모큐브는 구역을 나누어 인간들을 최대한 좁은 면적에 살게 하고, 식량 생산을 증대하기 위해 유전적으로 식물을 개량하는 등의 극단적인 방법들을 제시했다. 인구수도 통제에 들어갔다. 개인들이 자유롭게 아이를 낳지 못하게 했다. 모든 절멸의 시작은 인구수의 폭발이기 때문이었다. 앞으로 필요한 노동력과 식량 수급량, 사고로 죽은 사람의 수 등 모든 요소들을 계산하여 오직 출산만을 전문으로 하는 집단을 만들고 그곳에서 인구수를 관리했다. 그들은 마치 개미 같았다. 굴 안에서 살았고, 생식능력을 상실한 수컷과 암컷은 경계면에 몸을 내던지는 문화가 생겼다.

물론 반발하는 인간들도 있었다. 후대를 생각하지 않는 조상의 후손들이었으니 말이다. 코스모큐브는 그때마다 지도자들이 지구에 남겨놓은 드론 형태의 자동 살상 무기들을 활용하여 그들을 강경 진압했다. 반란의 규모가 커지려는 기미가 보일 때면 에테르나라와 함께 우주에 쏘아 올려진 레이저 무기를 사용함으로써, 인간들의 의지를 한순간에 꺾어버리기도 했다. 코스모큐브에게 인간은 압도적인 무력 앞에서 늘 고개를 숙이는 존재들이었다.

배변

곤은 에테르나라에서 화장실을 언제 제대로 사용했는지 기억이 나지 않았다. 관리자들은 어디 갔는지 보이지도 않았다.

'아마 보관실 같은 곳에 처박혀 있겠지.'

게시판에 화장실을 고쳐달라고 적어놓은 지가 벌써 몇 개월이나 지났지만, 화장실 문은 늘 고장 난 채로 열리지 않았다. 그보다도 곤은 이 지긋지긋한 관료 시스템에 환멸을 느끼고 있었다. 문고리를 힘껏 당겨보았지만 용접이라도 된 것처럼 문은 미동도 하지 않았다.

에테르나라에서의 삶은 그다지 유쾌하지 않았다. 이렇게 문이 망가져도 부속품을 구하기 힘들다는 이유로 잘 고치지 않았고, 먹는 것도 우주에서 오래 버틸 수 있도록 고안된 고형물 CM-118뿐이었다. 그것은 어떤 향도, 질감도 없는 말 그대로 무(無)맛이었다. 그렇다고 다른 곳으로 갈 수도 없었다. 사방이 막혀 있는 이곳에 유일하게 나 있는 통제실 창은 달이나 태양 같은 곳이 아닌 지구를 향하고 있었다.

곤은 스크린 앞에 앉아 초록 구역을 줌인하여 재배되고 있는 밀과 쌀을 보았다. 생산량은 많으면서도 물을 적게 먹고 무엇보다 환경오염을 최대한 일으키지 않도록 개량한 품종들이었다. 물론 타협을 봐야 했다. 생산량이 많아지면, 지력이 빠르게 감소했다. 지력이 감소하면 비료를 쏟아부어야 했고, 그러면 환경오염이 심해졌다. 코스모큐브의 계산을 토대로 식량 생산량 또한 '인류라는 종의 종속'이라는 목표하에 적정선을 유지해야 했다. 그런데 문제는 재배 면적이 해가 갈수록 크게 줄어들고 있다는 것이었다. 코스모큐브의 계산에 의하면 내년에는 올해 줄어든 재배 면적보다 두 배 더, 후년에는 그보다 네 배나 더 줄어들 것이었다.

곤에게 지구는 동경의 대상이면서 동시에 혐오의 대상이었다. 넓게 펼쳐진 바다와 숲을 비롯해 자연은 환희로 가득 차 있었다. 먹이사슬은 우주선의 계기판 장치처럼 아주 정밀하게 조성되어 있는 것 같았다. 그들은 서로 밀고 당기긴 했지만 늘 항상성을 유지했다. 어떨 때는 우아하게 조립된 기계장치처럼 보였다. 물리 법칙과 맞물려 돌아가는 생명의 진화 과정을 보며, 곤은 이 모든 것의 시작이자 끝인 어떠한 존재를 향해 마음이 쏠렸다. 우주 어딘가에 있을지도 몰랐다. 물론 정부 원칙상 그런 존재는 없었다. 아니, 없다기보단 고려 대상 자체가 아니었다. 곤의 시선은 저 우주 어딘가에 있을지도 모르는 미지의 존재가 아니라, 온도계가 고장 난 온실 속 화초 같은 인간을 향해 있어야 했다.

곤은 지구인들이 카메라에 잡힐 때마다 화면을 돌렸다. 자연의 순환 고리를 끊어버린 이들이었다. 과거, 지구인들은 모든 것을 파괴했다. 매머드, 도도새, 핀타섬 땅거북, 스텔러바다소 등의 동물이 그들에 의해 멸종했다. 멸종 자체야 지극히 당연하게 벌어지는 일이었다. 환경 변화에 적응하지 못하는 종은 자연스럽게 도태되기 마련이었으니까. 그러나 앞서 언급된 동물들의 멸종은 자연 순환의 일부가 아니라, 인간의 유희에 의해 벌어진 것이었다. 마주쳤는데 도망가지 않아서, 모피 코트가 잘 팔려서, 사냥하는 손맛이 있어서 등 인간들은 지극히 인간다운 이유를 대며 그들을 멸종시켰다. 인간들은 값을 치러야 했다. 다만 불합리하게도, 당사자들이 아니라 그들의 자손이 감당해야 했다.

지구인들은 자신들의 생존에 위협을 느끼고 나서야 다시 자연의 거대한 고리에 들어가려 했다. 기후 위기로 해수면이 높아져 주거지를 침범하고, 비가 매일 내리는 지역이 있는가 하면, 어떤 곳은 몇 년 동안 극심한 가뭄에 시달렸다. 이 불균형은 점차 심해져 죽는 사람들이 많아졌다. 그럼에도 몇몇 이들은 자신들의 기존 생활을 놓지 못했다. 생존을 위해 어쩔 수 없다고 그들은 항변했다. 쓰레기가 줄면 수많은 사람이 직업을 잃는다고 했다. 직장이 없어 죽는 것과 환경이 변해서 죽는 것 중 그들은 후자를 택했다.

어쩌면 나 하나쯤은 괜찮을 수도 있으니까.

도박과도 같았다. 물론 도박에서는 늘, 도박장을 연 자를 비롯한 소수만이 승리한다. 다수는 모든 것을 잃었다. 그와 같은 결과를 불러일으킨 인간의 조상들은 죄책감을 느끼지 않았다. 심지어는 두려움도 느끼지 않았다. 후손들이 어떻게 살게 될지 알면서도 그들은 자신들의 안락을 포기하지 않았다.

곤은 절규하는 지구인들을 피해가며 지구를 살폈다.

문화인류학자 건이 지구를 유심히 들여다보는 곤의 어깨를 두들기고는 붉은 구역의 인간들을 가리키며 물었다.

"이들이 인간일까?"

붉은 구역의 인간들은 혁명을 외치며 다른 인간을 죽이고 있었다. 곤이 고개를 젓더니 카메라를 바다로 줌인하며 말했다.

"네가 생각할 문제는 아니지. 저기, 인간 정의 부서가 있잖아.

거기서 해야 할 일이야."

지구에서 인간들은 바퀴벌레처럼 바글거리고 있었다. 그들은 에테르나라에서 내린 지시대로 광석을 캐거나 해산물을 채집했고 아이를 낳았다. 설령 그들이 원하지 않는다고 해도 말이다. 곤의 눈에 그들은 더는 인간이 아니었다. 인간을 어떻게 정의하느냐에 따라 다르겠지만, 지금의 지구인들은 곤이 생각하는 인간과는 전혀 다른 종처럼 보였다. 어디에서는 개미같이 서로의 감정에 깊게 반응했고, 배고픔을 나누며 서로를 감싸는가 하면, 또 어디에서는 혁명이라는 이름 아래 아무렇지 않게 사람을 죽이거나 죽임을 당했다.

'그들이 과연 인간일까?'

지친 얼굴을 한 곤이 건에게 물었다.

"네가 생각하기에 인간은 뭔데?"

건은 교과서적인 답을 내리려 했다. 도구를 쓰면서, 두 발로 걷고, 사회적인 관계를 이루며, 생존에 필요하지 않은 것도 만들어낼 수 있는 동물. 고차원적으로는 의미 없는 것에서 의미를 찾아내는 존재들이었다. 그러나 건은 이것이 곤이 원하는 답이 아님을 직감했다. 건은 곤이 자기 생각을 꿰뚫어 보고 있고 있음을 느끼고, 대답을 회피하며 말했다.

"나도 몰라."

건은 잠시 침묵하다가 고개를 저으며 말을 이었다.

"사실, 얼마 전에 인간 정의 부서가 사라졌어."

곤이 무심하게 물었다.

"어쩌다?"

"몰라. 파업이라도 했나 보지. 아무튼, 네 생각은 뭐야? 대체 인간은 뭐야?"

건의 집요함에 곤은 가만히 생각하더니 인공위성 내부를 가리키며 말했다.

"여기 있는 존재들."

그들 자신이었다. 지구인들이 아니라. 건은 고개를 끄덕였다. 보이는 것만 믿을 따름이었다. 저기 저 개미와 다름없이 꼬물거리는 존재들보다는 인간을 연구하고, 공부하고, 스스로 정의 내릴 줄 아는 그들만이 인간이었다.

✶

과거, 인간은 유전 연구에 사용되는 핵심 관찰 동물로 초파리를 선정했다. 사육하는 환경을 만들기가 비교적 쉬우며, 성체가 되는 시간이 짧고, 알도 많이 낳는 데다 결정적으로는 세대 간 간격이 짧기 때문이었다. 초파리의 유전자 지도는 인간에 의해 모두 밝혀진 상태였고, 조금씩 인위적으로 변형을 가하며 그 작은 변화가 초파리집단에 얼마나 많은 영향을 주는지 쉽게 연구할 수 있었다.

이와 비슷한 이유로 건은 붉은 구역의 혁명에 굉장히 관심이 많았다. 그는 지구인들을 알기 위해서 붉은 구역을 연구해야 한다고 믿었다. 그곳에서 혁명이 일어날 때면 많은 이들이 죽었고, 새로운 이들이 죽은 이들의 빈자리를 채웠다. 그러면 얼마 지나지 않아 또다시 혁명이 일어났다. 단 한 세대도 이러한 순환 고리에서 벗어나지 않았다. 그들의 혁명 패턴은 거의 밝혀진 상태였다. 이를 간단하게 정리해 보면 이렇다.

혁명 직전, 주민들은 강력한 리더를 중심으로 모인다. 이들은 자신들만의 단체를 만들고 기존 혁명 세력과 갈등을 빚어내며 결속력을 높인다. 기존 세력은 혁명 과정에서 동료의 죽음을 겪으며 슬픔과 고통을 느꼈기 때문에 새로운 혁명을 저지하려 하지만 수적으로 현저하게 밀린다. 결국 임계점에 다다라 혁명이 시작되고, 관리자를 비롯해 많은 사람들이 죽는다. 새로운 혁명 세력은 기존과 비교해 크게 달라진 점이 없기에 혁명은 늘 실패에 이른다. 그들은 구역을 나갈 수도, 다른 구역과 통신할 수도 없다. 전 세대와 마찬가지로 드론과 같은 무장 기계에 의해 진압되거나, 굶주림 끝에 하늘을 향해 절규하며 항복할 뿐이다.

혁명이 끝난 후 붉은 구역의 상태는 두 가지로 갈린다. 물리적으로 진압될 경우에는 시스템을 더욱 적대시하며 기존 혁명 세력과 합세해 다시 혁명을 준비한다. 반대로 보급 중단을 견디지 못하고 항복할 경우, 살아남은 세력은 혁명에 굉장한 반감을 보인다. 그러나 혁명은 다시 일어나게 되어 있다. 후자의 경우에는 유혈 사태가 발생하며 사상자가 전자보다 훨씬 많아진다.

이 과정이 계속해서 반복된다.

혁명 세력은 실패 후 반대 세력이 된다. 새로운 이들이 구역에 도착하고 나면 그들이 다시 새로운 혁명 세력이 된다. 구역화 이후 붉은 구역 주민들은 지금껏 이 견고한 틀에서 벗어난 적이 없다.

건은 혁명 전후로 쌓인 데이터를 비교 대조하며 새로운 사실을 발견하려 애썼다. 매일같이 자료를 분석하고, 또 분석했다. 그러나 이러한 자료들 간에 유의미한 차이는 없었다. 그나마 보이는 차이라고는 오염 물질 정화 장치가 전보다 얼마나 늦게 혹은 빨리 망가졌는지와, 이번에는 주민들이 시스템에 항복하기 전까지 몇 시간을 더 버텼는지 등과 같이 아주 사소한 부분이었다. 어찌 보면 무의미했으나, 건은 이것들을 조합하고 분석하여 인간을 조금이라도 더 이해하여 그들의 생존에 도움이 될 수 있기를 바랐다.

건은 보고서의 첫 문장을 썼다.

'이번 혁명은 새로운 관리자에 의해 '3일 혁명'으로 지정되었습니다. 다음 연구 주제는 4세대 혁명사 정리입니다.'

집정관

에테르나라의 최고 결정자는 두 명으로, 그들의 직함은 집정관이다. 집정관이란 카이사르가 발판을 놓고 아우구스투스가 로마 제정을 확립하기 이전, 공화정 시대에 지도자를 칭하던 단어다. 역사서에 의하면 왕을 몰아낸 로마 시민들이 독재를 막기 위해서 자신들의 최고 결정자로 두 명의 집정관을 선출했다고 한다. 권력자의 수를 늘려 권력을 분산하고 견제하겠다는 의도였다.

그러나 다른 이유에서, 에테르나라 내 집정관들의 독재는 벌어지지 않았다. 전혀 다른 존재가 모든 결정을 내렸기 때문이다. 그 존재는 바로, 인공지능 양자 컴퓨터인 '코스모큐브'였다. 반대 의견은 없었다. 코스모큐브의 연산 능력이 이제껏 존재했던 인류의 모든 뇌를 병렬로 연결한 것보다도 훨씬 더 뛰어난 데다, 그가 쏟아내는 숫자들 속에 자멸의 길을 걸은 인간의 목소리가 낄 틈이 없기 때문이었다. 집정관들의 일이란 그저 코스모큐브가 내놓는 제안을 지구에 적용하는 '버튼'을 누르는 것뿐이었다.

그들은 에테르나라의 주민들 중에서 선발된다. 종신직인 데다, 인류를 생존의 길로 이끌고 있다는 숭고한 시선을 한껏 받는 직업이었기에(버튼만 누를 뿐인데도) 집정관 선발 시험이 개최될 때마다 경쟁률은 어마어마하게 높았다. 선발 역시, 코스모큐브의 의견에 따라 결정됐다.

두 집정관의 권위는 에테르나라 내부에서 절대적이었다. 일부 주민들은 그 둘을 보조하기 위해 다른 주민들이 존재한다고 믿을 정도였다. 주민들은 늘 집정관들에게 보고서를 올렸지만, 그들은 보고서의 제목도 읽지 않았다. 보고서의 결론이 늘 같았기 때문이었다.

인류의 종말.

이대로라면 70년 안에 인류는 멸종한다. 인공비를 내리거나 밀과 쌀의 유전자를 조작해 생산량을 증대한다고 해도 지구는 이미 임계점을 넘어버린 상태였다. 곤을 비롯한 과학자들이 기술을 개발하고 또 개발해 보았지만, 방법이 없었다. 모든 면에서 인류는 절벽을 향해 발을 내디뎌 버린 후였다.

조금만 더 시간이 있었더라면, 그들은 다르게 살았을까?

알 수 없었다. 아니, 그렇지 않았을 것이다. 멸망의 내리막길을 내달리는 와중에도 지구인들은 '혁명'이라며 시스템을 부수고는 그 구조에서 벗어나고자 했다. 미디어를 통해 아무리 이곳의 입장을 반복해서 전해도 붉은 구역의 주민들은 세대마다 혁명을 일으켰다.

그러나 아이러니하게도 그 때문에 붉은 구역은 모든 구역 중

인구 감소가 가장 적은 곳으로 꼽혔다. 그들 자체적으로 혁명을 일으키면서 아랫세대가 윗세대를, 혹은 윗세대가 아랫세대를 죽이며 균형이 유지되었기 때문이다. 잠수병이나 조류에 휩쓸려 주민 대부분이 죽는 푸른 구역을 제외하고, 월말에 전운이 감돌지 않는 구역은 붉은 구역이 유일했다. 에테르나라 주민들 입장에서는 굳이 그들을 말릴 이유가 없었다. 그들에게 지구인이란 관찰하고, 보고서를 작성해서, 결재를 맡아야 할 대상일 뿐이었다.

비정한 것 같아도, 인류에게 에테르나라는 유일하게 이성적인 재판관이자 마지막 방책이었다. 에테르나라의 정책을 거부한다면 지구인에게 주어질 다음 기회는 없었다. 더불어 코스모큐브의 판단은 틀린 적이 없었다. 코스모큐브의 결정을 벗어나면 인류는 생존하지 못한다. 집정관들은 매번 에테르나라 주민들에게 지구인을 온정으로 바라봐서는 안 된다고 말했다.

분명한 것은, 에테르나라 주민들은 지구인의 절멸을 바라는 것이 아니라는 점이다. 여기에 오해의 소지가 있어서는 안 됐다. 그들은 오로지 인류의 생존만을 위해 일했다. 집정관에 뽑히지 않은 주민들도, 과학자나 문화인류학자 등의 역할을 수행하며 인류가 조금이라도 더 오래 생존할 수 있도록 연구에 매진했다. 모든 주민들은 인류를 위해 존재했다.

✦

'통과할 수 있을까?'

곤은 집정관실 앞에서 호흡을 가다듬었다. 요동치는 심장은 좀체 진정되지 않았다. 곤은 보고서를 띄운 태블릿을 다시 한번 살폈다. 보고서의 제목은 '73-99-11 구역의 식량 생산량 변화 연구'였다. 해당 구역의 지속적인 식량 생산량 감소에 관한 것으로, 그냥 보면 일반적인 보고서와 크게 다를 것이 없어 보이지만 말미에는 에테르나라 주민들이 제출하는 다른 어떤 보고서에도 찾아볼 수 없는 한 문장이 들어가 있었다.

'8월 2일 17시 44분, 73-99-11 구역의 인공 강우량 1mm 증대를 요청드립니다.'

곤의 의견이었다. 특정 지역의 구름이나 호수를 이용하거나, 여의치 않을 땐 맨땅에 레이저를 쏘아 기온을 조절하는 방식으로 비를 내릴 수 있었다. 물리적으로 '강우량 1mm'는 미미한 수치였지만, 그것이 종내 바다를 모조리 증발시킬 수도, 사막에 쓰나미를 불러올 수도 있었다. 폐암 말기 환자를 다루듯, 지구는 인간이 헤아릴 수 없을 만큼 정밀한 분석 아래 관리되고 있었다. 적도에서 발생한 나비의 날갯짓이 북반구에 태풍을 만들 수 있듯이, 이런 민감한 상황 속에서는 강우량을 1mm 늘리는 아주 미세한 변화가 인류를 절멸에 이르게 할 수도 있었다.

그러나 곤은 목마름에 고통받는 지구인을 보며 무언가가 잘못되었다는 생각을 버릴 수가 없었다. 각 구역 마름들이 전송해 오는 보고서에는 숫자만이 가득했으나, 막상 연구를 위해 지구를 살피다 보면 그들의 감정이 자연스럽게 느껴졌다. 곤은 지구인이 다른 지구인을 죽이고, 하늘을 향해, 정확히는 에테르나라를 향해 절규하는 모습을 보았다. 그들의 눈물은 하늘에 닿지 못하고 땅으로 떨어졌다. 곤은 가슴 한편에서 무언가가 울렁거리는 느낌을 받았다.

문제는 지구에 얼마만큼의 변화가 필요하며, 어떻게 변화를 일으킬 것인지를 명확한 수치로 말할 수 없다는 점이었다. 더군다나 누가 곤에게 왜 그만큼의 변화가 필요하냐고 묻는다면, 곤은 입을 다물 수밖에 없었다. 숫자로 증명할 수 있는 것이 없기 때문이다. 명확한 수치로 근거를 쏟아내는 코스모큐브와는 달리, 곤은 그저 스크린 속 절규하는 지구인들을 가리킬 뿐이었다.

곤은 고개를 들어 벽에 걸려 있는 문구를 보았다.

'이성과 수치로.'

에테르나라 제1법칙이자 귀가 아프도록 들어온 말이었다. 지구인의 생존을 위해서는 감정적으로 접근하기보다 수치적으로 접근해야 했다. 그러나 곤은 스크린 속에서 굶주리고, 서로를 죽이는 지구인을 볼 때마다 이 모든 것이 잘못되었다는 생각을 버릴 수가 없었다. 이는 원죄처럼 곤의 마음속에 오랫동안 남아 있었다. 법칙을 따르기 위해, 지구인의 생존을 위해 개개인보다는 집단을 봐야 한다고 스스로를 세뇌했으나 무거운 마음은 쉽게 가벼워지지 않았다.

'누군가는 해야 해.'

어찌 보면 이기적이었다. 곤은 마음의 짐을 덜기 위해, 남을 설득하기보다 자신이 할 수 있는 작은 부분에서 변화를 일으키기로 했다. 설령 그것이 비합리적인 판단으로 결론이 나서 처벌을 받는다고 해도. 오랜 고민 끝에 곤은 집정관실 문을 두들겼다. 문 너머에서 건조한 목소리가 들려왔다.

"들어와."

곤이 문을 열고 방으로 들어서자, 제2집정관이 턱을 괴고서 스크린을 살피고 있는 모습이 보였다. 스크린 위로 숫자들이 이리저리 날아다녔다. 우측 상단에는 '코스모큐브 분석 보고서'라고 적혀 있었다. 탁탁. 플라스틱을 손톱으로 때리는 소리가 들렸다. 제2집정관이 손가락으로 버튼을 반복해서 때리는 소리였다. 제1집정관은 어디 갔는지 자리에 없었다. 그의 책상 위에는 수백 개의 태블릿들이 서류 더미처럼 쌓여 있었다.

"명령 실행."

집정관의 명령과 함께 스크린이 어두워지더니 지구와 지구의 궤도를 도는 인공위성들을 비추었다. 코스모큐브의 신호와 함께 인공위성들은 일제히 지구 전체를 스캔하기 시작했다. 잠시 후 우리 은하 내에서의 태양계 운동, 그에 영향을 주는 태양 자체의 움직임, 지구 공전 주기의 변화, 일조량, 강수량, 대기 오염 물질 정도를 계산하여 인류라는 종이 지속하는 데에 최적인 식량 수급량을 산출했다. 제2집정관이 분석을 대충 훑어보고서 버튼을 누르자, 이어서 코스모큐브는 무시무시한 셈을 하기 시작했다.

"지구 전체 총 생산량, 밀 3억 321만 톤, 쌀 1억 1123톤……."

보고가 끝나자 계산 결과가 나왔다.

"총 인원 991명 감축 필요."

집정관은 각 구역들을 화면에 띄워놓고는 구역별로 감축해야 할 인원을 배분했다. 감정이 들어설 틈이 없었다. 애초에 지구와 에테르나라는 물리적으로도 감정적으로도 철저히 분리되어 있었다. 특히나 집정관들은 마치 코스모큐브처럼 행동했다. 감정이 거세된 기계 같았다. 무표정하게 책상 앞에 앉아서는 오로지 수치로만 판단을 내렸다. 결정도 거침없었고, 그에 따른 죄책감도 느끼지 않았다. 그들은 망치로 정을 내리치듯이 검지를 세워 버튼을 눌렀다. 자신들의 손짓에 얼마나 많은 지구인이 고통을 겪는지, 코스모큐브의 보고를 들어 알면서도 그들은 미간 한번 찌푸리지 않았다.

곤은 하품을 하며 버튼을 누르는 제2집정관의 모습을 보고서 자신이 마지막으로 죄책감을 느껴본 게 언제인지 생각해 보았다. 아득하게 멀었다. 마치 처음부터 거세된 것처럼 말이다. 한때 곤은 자신들에게 지구인의 미래를 결정할 자격이 있을까를 고민했다. 신처럼 심판대에 올라서서 인간들의 생사를 손가락질 한 번에 정해버리다니. 학살이 일상이 되고, 끝내 목가적인 풍경이 찾아오자 곤 또한 코스모큐브의 결정에 피로감을 느끼지 않게 되었다. 무감각해졌다. 죽은 이들은 분명 에테르나라를 손가락질할 테지만, 곤을 비롯한 에테르나라 주민 개개인을 탓하지는 못할 것이다.

모두의 생존을 위해서 몇몇은 죽어야 했다. 그런 희생이 없다면 인류는 진작에 자멸했을 것이다. 달리 말하자면, 에테르나라가 없었다면 지구인은 한정된 자원을 두고 서로 싸우다가 절멸에 이르렀을 것이다. 모든 세대를 아울러 인류 전체를 생각하는 시각을 인간 개개인은 가질 수 있어도, 그것을 여러 세대에 걸쳐 실행하고 유지한 적은 없었다. 그것이 에테르나라의 존재 이유였다.

"붉은 구역에서 총 232명, 푸른 구역에서 총 109명……."

제2집정관이 버튼을 누르자 스크린에 붉은빛이 돌더니 구역마다 한 번에 한 명씩, 혹은 수십 명씩 목표 숫자가 채워졌다. 약 30분 정도가 지나자 전 구역에 초록빛이 돌면서 총 인구수가 12억 3285만 9687명으로 집계되었다. 처분 과정에서 사고가 있었던 것인지, 두 명 더 많은 993명이 줄어 있었다. 다행히 오차 범위 내에서 벌어진 일이었다.

"정렬."

집정관의 외침에 곤은 정신을 차리고서 보고서를 제출하려 했으나, 그의 표정이 좋지 못해 쉽게 다가갈 수가 없었다. 그는 스크린 속 인위적인 초록빛이 감도는 지구를 내려다보며 무언가를 골똘히 생각하는 것 같았다. 곤은 머뭇거리다가 용기를 내고는 제2집정관에게 다가갔다.

"73-99-11 지역 식량 생산 관련 보고서입니다."

집정관은 무심하게 대답했다.

"거기 두고 가."

곤은 보고서에 관해 설명을 하려다 말았다. 그의 손가락이 버튼을 연타하며 내는 소음만이 방 안을 채우고 있었다. 곤은 코스모큐브의 분석을 제대로 읽어보지도 않고 버튼을 누르는 그가 한낱 연구원에 불과한 자신의 보고서를 읽을 것이라고는 생각하지 않았다. 곤이 90도로 허리를 숙여 인사하고서, 그대로 뒤돌아 집정관실을 나오려는데 집정관이 곤을 불러 세웠다.

"뭐 하나 물어봐도 될까?"

그가 곤에게 물었다.

"식량 생산을 더 증대할 수는 없을까?"

여전히 시선은 스크린을 향해 있었지만 곤은 상기된 표정으로 설명을 시작했다.

"단기적으로는 가능하겠지만, 담수 사용량이 늘고 지력이 떨어지면서 장기적으로는 더욱 심하게 생산량이 감소할 것입니다. 그리고 보고서 말미에 보시면……."

"알고 있어. 혹시나 해서 물어본 거야."

집정관은 그 말을 끝으로 입을 다물었다. 곤은 한 대 얻어맞은 듯한 기분을 느꼈다. 왜 자신에게 그런 질문을 던졌는지 알 수 없었다. 잠시 멍하니 서 있던 곤은 다시금 제2집정관을 향해 고개를 숙이고서 돌아 나왔다. 뒤에서 혼잣말이 들려왔다.

"생존, 대체 그게 뭐라고."

실종

집정관이 하루아침에 사라졌다.

그것도 제1, 제2집정관 둘 다 말이다. 그들은 어떠한 흔적도 남기지 않고 갑작스레 사라졌다. 집정관실 출입 기록도, 식량 배급 기록도 없었다. 심지어는 에테르나라 내부는 물론이고 근처에서 그 둘의 생명 신호조차 잡히지 않았다. 그들은 본래 이곳에 존재하지 않았던 것처럼 사라져 버렸다. 마치 유령처럼.

당연히 에테르나라 내부는 난리가 났다. 주민들 사이에 흉흉한 소문이 돌았다. 사고, 자살, 심지어는 타살까지. 곤이 아무리 생각해 봐도, 사람이 그렇게 흔적도 없이 사라질 수는 없었다. 시체라도 발견되거나 기록이 남아 있어야 했다. 더군다나 집정관은 하나가 아니라 둘이었다. 이런 상황을 대비해서 둘을 뽑아놓은 것인데, 둘이 한꺼번에 사라지다니. 혼란은 시간이 갈수록 가속화됐다.

'이제 누가 버튼을 누르지?'

곤은 불안감을 느꼈다. 당장이라도 처리해야 할 결정들이 산더미였다. 조금이라도 늦어진다면 지구 환경이 무너지면서 인류에게 큰 위기가 닥쳐올 수도 있었다. 혼자서 골똘히 생각해 보았지만, 마땅한 방안이 떠오르지 않았다. 곤은 결국 자리에서 일어나 방을 나섰다.

복도는 적막했다. 이 정도로 조용했던 적이 있었나 싶을 정도였다. 그런데 통제실로 들어가자마자 에테르나라 내 모든 주민들이 코스모큐브 앞에 모여 있는 것이 보였다. 마치 배급을 기다리는 지구인처럼 바글거리는 무리 사이에서 건의 모습이 보였다. 곤은 주민들 사이를 비집고 들어가며 건에게 말을 걸었다.

"무슨 일이야?"

곤의 물음에 건은 말없이 화면을 가리켰다. 코스모큐브의 거대한 화면에는 문구가 떠 있었다.

'집정관 시험 참가 신청.'

그 아래에는 익숙한 모양의 버튼이 놓여 있었다. 집정관실에서 본 것과 같은 종류의 플라스틱 버튼이었다. 주민들은 눈치를 보고 있었다. 어떤 시험이 기다리고 있을지 알 수 없었다. 모든 것의 운명을 결정하는 자리에 알맞은 사람을 선발하는 시험이니, 분명 어렵거나 위험할 것이었다. 그럼에도 사람들은 권력욕이나 성취욕에 가까운 어떤 열망으로 가득했다. 열망은 빠르게 그들의 등을 떠밀었다.

건이 인파를 헤치고 앞을 향해 나아갔다. 쾌활한 발걸음에서 망설임은 느껴지지 않았다. 건은 코스모큐브 아래에 도착해 플라스틱 버튼을 눌렀다. 그러자 스크린에 초록빛이 돌며 '신청 완료'라는 글자가 떴다. 그와 동시에 버튼 쪽으로 주민들이 몰려들었다. 난장판이었으나 지구 전체를 관리하는 코스모큐브답게 접수는 비교적 순조롭게 진행됐다. 곤은 접수를 마치고 방으로 되돌아가려는 건을 붙잡았다.

"건, 하나만 묻자."

곤의 낯빛이 어두웠다. 굶주린 지구인처럼 얼굴이 벌게져서는 버튼을 눌러대는 다른 주민들과 달리, 걱정을 한아름 안고 있는 것 같았다. 곤이 물었다.

"왜 집정관이 되고 싶은 거야?"

단순히 지구인을 돕기 위해서는 아닐 것이었다. 그런 거라면 지금처럼 지구에 관한 연구를 진행하며, 어쩌면 있을지도 모를 '기적'을 바라는 것만으로도 충분했다. 곤과 마찬가지로 건 역시 집정관이 코스모큐브가 내린 수치를 바탕으로 버튼만 누르는 단순한 결정권자라는 사실을 알고 있었다. 곤의 물음에 건은 스크린 속 지구를 가만히 응시하며 말했다.

"저곳은 어떤 곳일까? 푸르름으로 넘쳐나는 저곳은 죽은 것들로 가득한 여기와는 전혀 다른 곳일 거야. 나는 온갖 것들을 느끼고 싶어. 정제되지 않은 물을 마시고, 각기 다른 나무 향을 맡고, 푸석거리는 눈을 밟으며, 비를 맞을 거야."

곤은 놀라서 눈을 크게 뜨고는 물었다.

"지구에 내려가겠다는 거야?"

"그래. 만약 그럴 수만 있다면 말이야."

아무리 건이 집정관이 된다고 해도 그러지는 못할 것이었다. 집정관들이 지구와 관련한 모든 결정을 내린다고 해도, 지구에 직접 내려가는 것은 또 다른 차원의 문제였다. 자원이 지나치게 많이 소모될 테니 분명 코스모큐브가 허용하지 않을 것이다. 그러한 행동이 인류의 수명을 얼마나 단축시킬지도 모르니까, 집정관으로서는 절대 내려서는 안 될 결정이었다.

곤이 이해하지 못하겠다는 표정을 짓자 건은 한숨을 크게 쉬더니 자기 방으로 돌아가 버렸다. 마치 곤의 생각을 읽은 것처럼 말이다. 곤은 건을 막아야겠다고 마음먹었다.

✶

대부분의 에테르나라 주민들은 집정관 선발 시험에 응시했다. 참가 신청을 마친 이들은 시험을 준비하기 위해 각자의 방으로 들어갔고, 통제실은 주민들로 발 디딜 틈이 없던 전과 다르게 텅 비어 있었다. 그러나 참가 신청 버튼은 사라지지 않고 그 자리에 덩그러니 놓여 있었다. 코스모큐브의 화면에도 여전히 '참가 신청'이라는 문구가 깜빡거리고 있었다. 모래 시계나 카운트다운 같은 장치는 보이지 않았다. 마치 곤의 선택을 기다리는 것 같았다.

참가 신청을 하지 않은 주민은 곤뿐이었다.

곤은 오랫동안 고민했다. 집정관이 된다면 단순히 보고서에 자기 의견을 한 줄 추가하는 것보다 더 많은 변화를 지구에 불러일으킬 수 있었다. 더불어 건의 무모한 행동도 막아야 했다. 그러나 그것들이 곤이 집정관이 되어야 할 이유가 되지는 못했다.

집정관은 종신직이기에, 실종 사건이 없었더라면 곤에게 집정관이 될 기회는 오지 않았을 것이었다. 곤은 살면서 단 한 번도 집정관이 되는 상상을 해본 적이 없었다. 과연 자신이 지구인의 생명이 달린 결정들을 간단하게 처리할 수 있을까? 코스모큐브가 쏟아내는 수치를 분석하고 파악해서, 인류의 생존을 위해 일부를 죽이는 버튼을 누를 수 있을까? 이런 고민 속에서 곤은 통제실 구석에 쪼그려 앉아 과거를 떠올렸다.

처음 지구를 본 날이었다. 지구는 푸른빛을 띠는 아름다운 행성이었다. 매 순간 생명체가 새로이 태어나 푸르른 지상을 뛰어다닐 것만 같았다. 반면, 곤을 비롯한 모든 주민들은 아무것도 없는 흰 방에 도열해 있었다. 적진을 향해 진격하려는 군인들 같았다. 방 한가운데에 지구 홀로그램이 띄워졌다. 방금 보았던 푸르른 행성과 달리, 사막으로 가득한 황량한 지옥이 보였다. 이윽고 방 안에 기계적인 음성이 울려 퍼졌다. 남부 인도 억양을 지닌 중년 여자의 목소리였다.

"우리는 저곳을 구해야 합니다. 우리의 존재 목적은 그것뿐입니다."

누구도 반문하지 않았다. 모두의 시선이 지구로 향했다. 지구는 적도를 축으로 시속 1660km라는 매우 빠른 속도로 자전하고 있었다. 금방이라도 지상에 있는 온갖 것들이 튕겨져 나와 우주 공간으로 흩어질 것만 같았다. 목소리가 또다시 들려왔다.

"부디 여러분께서 인류를 생존의 길로 이끄시길."

에테르나라의 목적은 하나였다. 인류의 생존. 그 거대한 목적을 위해 곤은 존재했다. 만약 그에 맞지 않는 자라면 시험을 통해 자연스럽게 걸러질 것이었다. 집정관이 되기 위해 필요한 자질이 무엇인지는 알 수 없었지만, 어쩌면 자신에게 있을지도 모른다고 곤은 생각했다. 판단은 코스모큐브가 해줄 것이었다. 변화의 가능성이 아주 낮더라도 곤은 집정관 선발 시험에 지원해야 했다. 확률적으로 그것이 옳았다.

곤은 버튼을 향해 다가갔다. 화면에 깜빡이는 '참가 신청' 문구를 물끄러미 바라보았다. 코스모큐브는 가만히 선 곤을 마주하고도 어떤 반응도 보이지 않았다. 침묵을 지키던 곤은 이내 버튼을 눌렀다. 화면이 초록빛으로 변하며 메시지를 띄웠다.

'신청 완료. 곧 시험이 시작됩니다.'

핑퐁

휴식을 취하거나 마음을 추스를 시간은 없었다. 시험을 준비하는 동안에도 지구에서는 많은 이들이 죽어가고 있었다. 시간이 지날수록 지구의 불확실성은 커져만 갔다. 가능한 한 빠르게 집정관들을 선출해야 했다. 건과 곤을 비롯해 시험에 응시한 모든 주민들이 에테르나라 정거장 중심부로 모였다. 다들 잘 훈련된 군인들처럼 행과 열을 맞추어 한 치의 오차도 없이 서 있었다. 곤이 한 번도 본 적 없는 주민들도 많았다. 곤은 이렇게 많은 주민이 에테르나라에 살고 있었다는 걸, 전에는 알지 못했다. 코스모큐브 화면에 문구가 떴다.

"시험은 세 가지로 구성됩니다."

다들 긴장한 기색이 역력했다. 얼마나 어려운 시험일지 가늠조차 되지 않았다.

"첫 번째 시험은 핑퐁입니다."

곤과 건 모두 당황한 표정을 지었다. 스크린에 게임 화면이 떴다. 아래에 상하좌우로 움직이는 막대 바가 하나 있었고, 위쪽에 가로 55줄, 세로 75줄로 된 정사각형 블록들이 보였다. 막대에서 출발한 작은 공이 쏘아지자 블록 몇 개가 사라지고, 공은 입사각에 따라 다시 막대가 있는 방향으로 돌아왔다. 전형적인 고전 형식의 게임이었다.

"전체 신청자 중 83%에게만 두 번째 시험 기회가 주어집니다."

웃음소리는 들리지 않았다. 주민들은 절대적으로 코스모큐브의 방식을 신뢰했다. 첫 번째 시험이 핑퐁인 데에는 의미가 있으리라. 코스모큐브는 지금껏 인류라는 거대한 종을 지탱해 오는데 지대한 공헌을 했고, 앞으로도 그럴 것이었다.

규칙은 두 가지였다. 첫째는 공을 절대 막대 밖으로 흘려서는 안 된다는 것이었고, 둘째는 시간이 너무 지체되면 불리하다는 것이었다. 점수는 게임을 클리어하는 시간에 따라 상대평가로 매겨지며, 소수점 이하 셋째 자리까지만 계산하기로 했다. 전략을 세울 틈도 없이 곧바로 카운트다운이 시작됐다.

"3, 2, 1."

0을 알리는 휘슬 소리와 함께 건과 곤은 재빨리 준비된 태블릿에 손을 올리고는 막대를 움직였다. 손가락을 빠르게 움직였다. 마치 집정관이 버튼을 연타하던 것처럼.

곤은 가장자리로 공을 보내, 집요하게 구석을 공략하려 했다. 공은 왼쪽 모서리까지 빠르게 파고들었다. 모서리를 잘 이용하는 것이 이 게임의 핵심이었다. 다행히 공은 연속으로 왼쪽 가장자리를 정확하게 타격했고, 블록들이 빠른 속도로 사라지기 시작했다. 곤은 속으로 쾌재를 불렀다.

✶

그러나 120회차에 이르기까지, 탈락한 주민은 전체 신청자 중에서 고작 3%에 불과했다.

"121회차 카운트다운 시작."

코스모큐브는 다시 카운트다운을 시작했다. 도열한 주민들은 스크린을 향해 눈을 부릅뜨고서 121번째 게임을 시작했다. 게임에 적응하기 전인 3회차까지는 탈락자가 나왔는데, 이후로는 모두가 게임에 적응했는지 대부분 동일한 기록을 내고 있었다. 상대평가였지만, 전체 신청자의 17% 이상이 같은 기록이었기에 코스모큐브는 계속해서 게임을 진행했다. 코스모큐브에게 숫자는 절대적이었다.

탈락한 주민들은 곧장 일선에 복귀했다. 어떤 처벌도 보상도 없었다. 그렇다 보니 딱히 불만도 없었다. 몇몇 탈락자들은 게임 초반에 막대를 몇 번 움직여보다가 "재미가 없다"거나, "지루하다"와 같은 말을 남기고는 시험장을 나가버렸다. 대부분의 주민들은 열심이었다. 한자리에 가만히 앉아 부단히 손을 움직였다. 공은 블록과 블록 사이를 파고들고, 이따금씩 막대로 다시 돌아오면서 빈 공간 사이사이를 누비고 다녔다. 주민들은 막대를 빠르게 움직이며 가장 효율적으로 블록을 부술 방법을 찾으려 애썼다.

그때 한 주민이, 게임이 픽셀 단위로 구성되어 있다는 것을 알아냈다. 그는 스크린을 눈으로 잡아먹을 듯이 노려보았다. 틈이 보였다. 그의 두툼한 손가락이 빠르게 움직여 좌표 27-98-1을 향해 공을 보냈다. 공은 직선에 가까운 포물선으로 날아가더니 한 번에 세 블록을 파괴했다. 틈을 찾아낸 것이었다. 그러나 막상 그 정보를 알아낸 당사자는 공을 놓쳐버리고 말았다. 탈락자가 시험장을 빠져나가는 동안, 정보는 삽시간에 주변으로 퍼졌다. 121회차가 종료되었을 때는 모두의 기록이 동일하게 줄어 있었다.

"122회차 카운트다운 시작."

게임이 언제 끝날지 아무도 알지 못했다. 영원히 반복될 것만 같았다. 코스모큐브의 카운트다운이 다시 시작되자마자 주민 하나가 일어나 외쳤다.

"미쳤어!"

화면 속 시간은 빠르게 줄고 있었다. 주민들은 그에게 일말의 관심도 주지 않았다. 게임에 시선을 둔 채로, 목을 돌리거나 손목을 푸는 등 스트레칭을 할 따름이었다. 구부정하게 고개를 숙이고 있는 주민들을 향해 그가 외쳤다.

"우리가 이러는 동안 지구에서는 사람이 죽어가고 있다고! 너희들은 전부 자격 없어!"

주민들은 미동도 하지 않았다. 그들 역시 사라진 집정관들처럼 감정이 거세된 듯 보였다. 곤은 집정관 선발 조건에 '기계적임'이 있을지도 모르겠다는 생각을 했다. 자리에서 일어서 있던 주민은 화가 난 나머지, 바로 옆에 있던 주민을 밀어버렸다. 순식간에 아수라장이 벌어졌다. 도열해 있던 주민들은 도미노처럼 차례로 넘어졌다. 코스모큐브의 목소리가 흘러나왔다. 음성에 흔들림은 없었다.

"123회차 카운트 다운 시작."

넘어진 주민들은 공을 놓치며 탈락으로 처리됐고, 그사이 다른 주민들은 막대를 움직이며 열심히 블록을 깼다. 탈락자들끼리 작은 분쟁이 일었으나 오래가지는 않았다. 그들은 각자의 방으로 돌아가 다시 자신들의 연구에 매진했다.

주민의 외침이 틀린 말은 아니었다. 공에 맞아 부서지는 정사각형 블록들처럼, 매 순간 지구인들이 죽어가고 있었다.

그러나 아이러니하게도 시험장에 남아 있던 주민들 역시 인류의 생존을 위해 자신이 할 수 있는 최선을 다하고 있는 것이었다. 집정관이 코스모큐브의 분석을 그저 따른다고는 해도, 어쨌거나 지구를 관리하는 에테르나라의 최고 결정자임에는 틀림없었다. 그의 손짓 한 번에 인류의 생존이 달려 있었다. 그러니 가장 알맞은 자가 집정관이 되어야 했다. 누가 적임자인지는 코스모큐브가 판단할 것이기에 주민들은 최선을 다할 뿐이었다. 인류의 생존을 위해서 말이다.

곤은 어렵게 오른편에 갱도 같은 긴 구멍을 뚫어 맨 윗줄에 공을 넣었다. 공은 벽과 정사각형 블록들을 번갈아 오가며 빠르게 튀어 다녔다. 그 결과, 블록이 제거되는 속도가 다른 주민들보다 훨씬 빨랐다. 곤은 고개를 떨구고 있는 건을 보았다. 건도 곤과 마찬가지로 모서리를 공략하고 있었으나, 삐끗했는지 곤보다 블록을 제거하는 속도가 조금 느렸다. 시간은 빠르게 흐르고 있었다.

주민들은 서로의 화면을 곁눈질했다. 그 덕에 좋은 방법이 발견되면 빠르게 공유되었다. 얼마 지나지 않아 주민 모두가 곤과 같이 모서리를 공략하고 있었다. 이대로 게임이 종료된다면 또다시 모두 비슷한 기록으로 끝맺을 것 같았다. 곤은 몰려오는 피로감에 포기하고 싶다는 충동을 느끼고 있었다.

그런데 갑자기 고함이 들려왔다. 건이 있는 방향이었다. 건이 옆 사람을 팔꿈치로 밀치고 있었다. 밀린 주민은 바닥에 나뒹굴며 공을 놓치고 말았다. 건은 태블릿을 들고서 다른 곳으로 도망쳤고, 밀린 주민은 자리에서 일어나 바락바락 소리를 지르다가 주변에 있는 다른 이들을 밀기 시작했다. 많은 이들이 공을 놓쳐버렸고, 싸움이 벌어졌다. 싸움은 또 다른 싸움을 불러와 끝내 건의 자리 주변에 있는 주민 대부분이 탈락하고 말았다. 다행히 곤은 건이 옆 사람을 민 것과 동시에 자리를 피했기 때문에 싸움에 휘말리지 않을 수 있었다. 곤은 건을 흘겨보았다. 건은 시험장 구석으로 멀찌감치 도망가서는 다시 게임에 열중했다.

이윽고 결과가 발표됐다. 코스모큐브가 제시한 대로, 정확하게 전체 신청자의 17%가 탈락했다. 탈락자들의 기록은 비어 있었다. 다들 기록에서 밀린 것이 아니라 싸움박질을 하다가 게임이 중단됐기 때문이었다.

곤은 1등으로, 건은 꼴찌로 스테이지를 클리어했다. 턱걸이로 간신히 시험을 통과한 셈이었다. 만약 옆 사람을 팔꿈치로 밀지 않았더라면 건은 시험에 통과하지 못했을 것이었다. 탈락자들은 말없이 자기 방으로 돌아갔다. 싸움을 벌인 이들에겐 어떤 보상도 처벌도 없었다. 곤은 순위 화면을 바라보고 있는 건에게 다가가 물었다.

"왜 그랬어?"

건은 무표정하게 되물었다.

"뭐가?"

죄책감이나 그와 비슷한 감정을 느끼지 않는 것 같았다. 곤이 건의 팔꿈치를 가리키며 말했다.

"팔로 친 거 말이야."

건은 화면 속 규칙란을 가리켰다.

"다른 사람을 방해하지 말란 말은 없었어. 어떻게든 저 규칙만 지키면 되는 거 아니야?"

"아무리 그래도 그런 야비한 수법은……."

건이 고개를 저었다.

"야비한 수법이라니. 목적만 달성할 수 있다면 방법은 상관없어. 그게 코스모큐브가 원하는 집정관이야."

곤이 버럭 소리를 질렀다.

"네가 그걸 어떻게 알아!"

곤을 바라보는 건의 눈빛은 거셌다. 기계식 탱크를 향해 뛰어들던 붉은 구역 주민들을 보는 것만 같았다. 건이 말했다.

"지금까지 그래왔잖아. 인류의 생존을 위해서라면 뭐든지 했잖아. 안 그래?"

건의 말에 곤이 반박할 새도 없이, 섬광과 함께 화면이 번쩍거리더니 코스모큐브의 음성이 들려왔다.

"5분 후에 두 번째 시험이 시작됩니다."

화면에는 도넛 모양의 구체가 하나 떠 있었다. 주민들은 그것을 물끄러미 바라보았다. 표면은 매끈했고, 살짝만 손을 대도 고무처럼 휘어질 것만 같았다. 또 무슨 시험이 기다리고 있을지 알 수 없었다. 곤은 자기 방으로 걸어가는 건의 등에다 대고 외쳤다.

"넌 절대 집정관이 되어선 안 돼. 내가 막을 거야."

예측

시험에 통과한 주민들은 전혀 피곤하지 않은 듯이 휴식 시간에도 본래 자기 업무를 이어갔다. 건과 곤도 마찬가지였다. 일분일초가 소중했다. 테스트 중 일어난 주민의 외침대로, 집정관 선발 시험이 이뤄지는 순간에도 지구인들은 죽어가고 있었다.

건은 붉은 구역을 줌인하여 4-3세대가 구역에 도착한 것을 보았다. 그들을 맞이하는 살아남은 이들의 표정이 좋지 못했다. 4-3세대원들은 엄격한 규율 속에서 재교육을 받았다. 곡괭이를 쥐는 법부터 페달을 밟고, 불평불만 없이 적응하는 법까지.

그와 동시에 붉은 구역의 숙소에서는 혁명 교육이 시작되고 있었다. 두께가 얇은 벽은 적외선 투시로, 깊은 곳은 우주선(線)의 중성미자를 추적하는 방법으로 그들의 일거수일투족을 볼 수 있었다. 소리들이 어지럽게 겹칠 경우, 코스모큐브의 소리 분석 AI를 이용하여 효과적으로 대화와 소음을 분리해 낼 수 있었다.

이러한 최신 기술을 이용해서 건은 마치 바로 옆에 붙어 있는 것처럼 그들을 관찰할 수 있었다. 건은 카메라를 움직여 붉은 구역의 생활상을 보았다. 그들의 삶은 단조로웠다. 4-2세대는 4-1세대와 다르지 않았고, 4-3세대는 4-2세대와 다르지 않았다. 일을 하고 또 하는 노동의 반복이었다. 모든 것은 코스모큐브의 계산대로 흘러가고 있었다. 그러다 건은 오염 물질 정화 장치에서 멀리 떨어지지 않은 곳에 드러누워 있는 두 아이를 발견했다.

두 아이 중 한 명은 앞이 잘 보이지 않는 것 같았다. 건은 그 아이를 자세히 스캔해 보았는데, 안구 자체는 정상이었다. 아무래도 신경계 쪽에 문제가 있는 것 같았다. 유년기, 강도 높은 빛에 안구가 노출되어 시신경이 큰 충격을 받은 것 같았다. 둘은 인공위성, 정확히는 에테르나라에 관해 이야기하며 하늘을 향해 손가락질을 했는데, 눈이 잘 보이지 않는 아이가 정확하게 카메라를 가리켜 건은 깜짝 놀랐다. 이어서 그들이 내뱉은 욕설을 듣고는 건은 속으로 생각했다.

'자기들을 위해 우리가 있는 건데.'

그렇다고 그들에게 화가 나지는 않았다. 오히려 이야기를 건네고 싶었다. 우리도 너희와 같은 사람이며, 우리로서는 이게 최선이라고. 그들이 수긍하고 말고는 그다음 문제였다.

자기 자리로 돌아간 곤은 무척이나 곤혹스러운 표정을 짓고 있었다. 동료에게 자료를 건네받았는데, 그 자료에는 식량 생산량이 코스모큐브의 예측량에서 크게 빗나갔다는 내용이 담겨 있었다. 식량 생산 조절 부서는 말 그대로 난리가 났다. 모두들 예측 데이터와 실제 데이터를 맞춰보며 구역화가 이뤄진 이후 한 번도 이런 적이 없었다는 것을 알아냈다. 곤은 자료를 보고서 생각에 잠겼다.

'뭔가 일어나고 있어.'

원인을 찾고 싶었다. 분명 코스모큐브의 예측에서 벗어나게 된 어떤 요인이 있을 것이었다. 만약 변수가 발견된다면, 기존 식량 산출 공식 자체를 폐기해야만 했다. 이 말은 두 가지로 해석되었다. 하나는 지금보다 더 많은 사람이 죽어야 할 수도 있다는 것이고, 다른 하나는 죽지 말아야 할 사람이 죽었다는 것이었다. 자료를 받아 든 곤의 손이 떨렸다.

팀원들이 분주히 움직였지만, 다들 무얼 계산해야 할지 감조차 잡지 못했다. 고려해야 할 데이터가 너무나도 많았다. 결정을 내릴 수가 없었다. 심지어 집정관들도 실종된 상태였다. 곤은 잠시 생각을 이어나가다가, 우선 불안감은 접어두고서 최대한 빨리 코스모큐브에 이 자료를 입력하려 했다. 그때 한 팀원이 곤에게 말했다.

"구역 전체에 할당량을 15% 올려야 해."

곤은 그러한 명령어가 담긴 한 장짜리 보고서를 받아 들었다. 집정관의 날인을 받은 공인된 보고서가 아니라서, 코스모큐브가 승인을 해줄지는 알 수 없었다. 그러나 시간이 없었다. 행동에 나서야 했다. 조금이라도 조치가 늦어진다면 인류는 절멸할 수도 있었다. 그때 스피커에서 코스모큐브의 음성이 들려왔다.

"두 번째 시험을 곧 시작합니다. 다시 중심부로 모여주시기를 바랍니다."

곤은 보고서를 챙겨 들고서 주민들이 모여 있는 중심부로 가보기로 했다. 인류의 생존을 위해 존재하는 그들이니 누군가가 해답을 내려줄지도 몰랐다.

✶

주민들은 전과 같이 오와 열을 맞추어 코스모큐브의 명령을 기다렸다. 실력 없는 미용사가 자른 아이의 머리처럼 자리가 듬성듬성했다. 신청자 중 총 83%만이 남아 있었다. 커다란 스크린에는 여전히 도넛 모양의 구체가 떠 있었다. 코스모큐브는 주민들을 스캔하여 모두가 참석한 것을 확인하고서, 두 번째 시험의 주제를 발표했다.

"지구2에서 가장 오래 생존할 생명체를 설계하십시오."

그와 동시에, 공간을 워프하듯이 도넛 모양의 구체가 확대되더니 말머리성운과 안드로메다은하를 지나쳐 우리 은하에 도착했다. 이어서 태양계를 지나 지구가 보였다. 시뮬레이션으로 만들어진 우주라는 코스모큐브의 설명이 없었더라면 주민들 그 누구도 지구2와 실제 지구를 분간하지 못했을 것이다.

“시작점은 지구가 만들어진 지 7억 2876만 3241년째입니다.”

지구2의 시간은 거꾸로 돌아갔다. 나눠져 있던 대륙들이 한데 뭉쳐 거대한 육지를 만들어내고, 화산활동이 활발해지며 이산화탄소 농도가 급격하게 상승했다. 초록빛을 찾아볼 수 없었지만 죽은 행성처럼 보이지는 않았다. 이제 막 생명체를 피워내려는 힘이 느껴졌다.

첫 번째 시험과 마찬가지로, 주민들의 눈앞에 개별 스크린이 떴다. 스크린 중심에서는 생명체의 원형으로 보이는 온갖 원소 덩어리들이 꿈틀거리고 있었다. 사이드바에 온갖 도구들이 있었다. 신이 있다면(에테르나라 내부에서는 용인하지 않는 개념이지만) 그가 쓸 법한, 혹은 가장 애용할 법한 생명체 진화 장비들이었다.

주민들은 무기물 덩어리에 번개를 내리치거나 각종 분자 덩어리들을 살포해 초기 바다를 구현할 수도 있었고, 세포 수준을 벗어난 고등 생물에게 이빨이 나게 하거나 날개를 다는 등 외면적인 부분을 변형할 수도 있었다. 더 나아가 도구를 사용하게 하거나, 무리 사회를 이루도록 종용하는 등 생활 방식을 조종할 수 있는 방안들도 있었다.

코스모큐브가 시험과 관련한 공지 사항을 발표했다.

“전체 신청자 중 오직 4명만이 세 번째 시험을 치를 수 있습니다.”

전과는 다르게 단 4명뿐이었다. 체감상 수천 분의 일, 수만 분의 일 수준을 뛰어넘었다. 첫 번째 시험과는 다르게 무척이나 적어진 숫자에 주민들의 눈빛이 매서워졌다. 카운트다운이 시작되기 전부터 주민들은 스크린을 향해 고개를 숙이고서 자신만의 생명체를 구상하기 시작했다. 코스모큐브의 음성이 또다시 들려왔다.

"시뮬레이션 시작 후 지구2의 시간으로 38억 7000만 년이 지났을 때, 지구2를 생명체가 살 수 없는 환경으로 만들겠습니다."

필연적으로 지구2의 생명체는 자신의 요람을 벗어나야 했다. 그러지 않으면 멸종을 피할 수 없었다. 우주 공간, 나아가 다른 척박한 행성에서도 살아남을 수 있어야 했다. 다들 머리를 빠르게 굴렸다.

"10분 뒤 지구2에 생명체들을 무작위로 배치하여 결과를 보도록 하겠습니다. 카운트다운."

마음을 다잡을 시간조차 없었다. 스크린에서 숫자들이 0을 향해 빠르게 줄어들기 시작했다. 고려해야 할 부분이 무척이나 많았다. 실제 지구에서처럼, 아주 작은 변화가 종 전체를 전멸에 이르게 할 수도 있었다. 화면이 붉어지며 코스모큐브의 음성이 이어졌다.

"시작."

닮은 것과 같은 것

카운트다운이 시작됨과 동시에 주민들의 손이 빠르게 움직였다. 지네를 연상시키는 움직임이었다.

우선 그들은 무기물을 유기물로 변화시키기 위해, 무기물 덩어리에 온갖 것들을 쏟아부었다. 황화 수소, 인 등 화학 공장에서나 볼 법한 걸쭉한 원소 수프(Soup)들을 물에 섞고는 그곳에 전류를 흘려보냈다. 수천만 번, 수억 번에 달하는 시도가 이뤄졌다. 어렵게 유기물을 만드는 데에 성공했다고 하더라도, 유기물에서 생명체를 탄생시키는 것은 또 다른 문제였다.

유기물들은 각자의 몸을 이루는 원자의 전하에 의해 서로를 끌어당겼다. 그렇게 한데 모인 덩어리는 몸집이 커질수록 다른 유기물, 무기물을 비롯한 각종 자원을 자기 쪽으로 끌어당겼다. 그들의 의지가 아닌 전하 간의 이끌림으로 일어나는 자연현상에 가까웠다. 다수의 유기물 덩어리들은 조금이라도 더 많은 자원을 자신의 몸에 포함시키기 위해 다른 덩어리들과 경쟁하기 시작했다. 이 과정에서 내부에 있는 유기물이 빠져나가지 못하도록 막이 생성되며 덩어리의 안과 밖이 구별되었고, 이것이 최초의 생명체, 즉 원세포의 탄생이었다.

이렇게 기적에 가까운 확률로 유기물을 유기체로 만드는 데 성공한 일부 주민은 그것을 고등 생물로 만들어나가기 위해 온갖 노력을 기울였다. 단세포에서 다세포로, 다세포에서 다세포 군집으로의 변화를 거쳐 이윽고 동물의 형상을 가지기 시작한 생명체는 무척추동물에서 척추동물로 진화함에 따라 뇌 용량을 점차 키워갔다.

오랫동안 지구를 점령했던 공룡부터 수천 종에 달하는 개미까지 수많은 생명체들이 탄생했다. 그러나 대세는 인간에 가까운 생명체였다. 외계 생명체가 존재하지 않는 한 주민들에게는 인간이야말로 '진보'라 말할 수 있는, 다른 생명체가 하지 못한 일들을 해낸 종이었기 때문이다.

그러나 인간에 가까웠을 뿐 인간인 것은 아니었다. 직립보행을 하고 무리 사회를 이루며 도구를 사용한다는 면에서는 공통점이 있었으나, 지구2의 인간형 생명체들은 현실의 인간들과 다르게 목에 아가미가 달려 있거나 등에 날개가 돋아 있는 등 구조적으로 큰 변화를 겪었거나 눈을 오징어의 것처럼 바꾸어 더욱 효율적으로 물체를 인식하는 등 작지만 결정적인 차이를 적어도 한 가지씩은 가지고 있었다. 주민들이 각자 인간에게 부족한 점을 떠올리며 완벽한 생명체를 만들려 시도했기 때문이었다.

반면, 곤은 지구2에 집중하지 못했다. 곤에게 시험은 전혀 중요하지 않았다. 태블릿을 들고 있는 손이 떨렸다. 결정이 늦어진다면 예상보다 많은 지구인이 죽게 될 것이고, 최악의 경우 인류는 생존 불가하다는 결과에 다다를 수도 있었다. 곤은 시험이 진행되는 중심부를 돌아다니며 주민들에게 보고서를 내보이며 말했다.

"지금 지구가 위험합니다."

그러나 다들 자신의 생명체를 만드는 데 몰두하느라 무관심했다. 시험이 끝나고 나서 이야기하자는 주민들이 대다수였다. 그들은 지점토 놀이를 하듯이, 생명체에다 여러 기관들을 붙였다가 떼어내느라 보고서는커녕 다급한 곤의 얼굴도 거들떠보지 않았다. 계속되는 거절에 화가 난 곤은 주민들을 향해 외쳤다.

"이러다 지구인이 다 죽으면 어떻게 하려고! 우리 목적이 뭐야? 지구인을 위해서, 인류의 생존을 위해서 이러는 거 아니야?"

곤의 외침에도 다들 미동도 없이 기계처럼 스크린 위에서 손가락만 움직일 따름이었다. 그들은 맹목적이었다. 코스모큐브가 내리는 시험을 통과하겠다는 의지만이 현재 그들의 머릿속에 가득 차 있었다. 건도 마찬가지였다. 곤은 건에게 따가운 눈초리를 보냈으나, 건 역시도 온 신경을 자신의 생명체에 쏟아붓고 있었다. 곤은 결국 코스모큐브를 향해 다가갔다. 코스모큐브는 스크린에 7분 32초라는 타이머를 띄우고 있었다. 곤이 코스모큐브를 향해 보고서를 내보이며 말했다.

"식량 생산량이 예측에서 크게 벗어났습니다."

코스모큐브는 답하지 않았다. 곤은 계속해서 말을 이었다.

"조치를 취해야 합니다."

여전히 답은 없고, 화면 속 시간만 줄어들 따름이었다. 태블릿을 들고 있던 손에 힘이 빠졌다. 곤은 한숨을 크게 내쉬었다. 오히려 자신이 비합리적인 것일 수도 있었다. 누구보다 이성적으로 행동하고 판단해야 하는 이들에게, 합리에 다다르는 절차를 무시하고 감정적으로 호소하는 것 자체가 잘못된 방법일 수도 있었다. 계속되는 무반응에 곤은 집정관이 선출되고 나서야 조치를 취할 수 있음을 깨달았다.

'차라리 내가 해야 해.'

다른 주민에게 맡길 수는 없었다. 곤은 자신이 집정관이 되어 직접 일을 처리해야겠다고 결심했다. 그러자 마음이 급해졌다. 화면 속 시간이 얼마 남지 않은 상태였다.

곤은 자리로 돌아가는 길에 건을 보고 가까이 다가가려다가 그만두었다. 건의 생물체는 인간과 크게 다르지 않았다. 아니, 똑같았다. 열 손가락과 열 발가락, 오징어와 비교해 비효율적인 눈 구조에 이어 어중간한 소화 기관 길이와, 유인원과 달리 털이 없는 모습 등을 비추어 보았을 때 건의 생명체는 현실 인간 그 자체였다. 반면, 다른 주민의 스크린에는 괴물에 가까운 형상을 지닌 생명체들이 자리 잡고 있었다. 그들에게 건이 만들어낸 평범한 인간은 간단한 점심 식사나 요깃거리에 지나지 않을 것 같았다. 곤은 속으로 생각했다.

'저러다 떨어지라지.'

멸망의 길을 걷고 있는 인간과 똑같은 생물체를 만들다니. 곤이 생각했을 때 그것은 멍청한 판단이었다. 끝을 알고 있으면서 왜 굳이 그런 짓을 한단 말인가.

그러나 남을 걱정할 처지가 아니었다. 곤의 스크린에는 기본적인 무기물 덩어리만이 둥둥 떠다니고 있을 뿐이었다. 남은 시간으로는 기껏해야 단세포 하나 정도를 만들 수 있는 수준이었다. 곤은 사이드바에 있는 버튼을 모조리 눌렀다. 원소 수프가 물에 가득 풀어졌고, 그 위에 번개가 쳤다. 유기물이 만들어졌으나 바로 생명체가 되지는 않았다. 거대한 몸집을 한 다른 주민들의 생명체와는 달리 물 위를 꾸물거리는 유기물들을 보며 곤은 탈락을 직감했다. 어찌저찌 단세포를 만들어내기는 했으나 한계가 명확했다. 끝내 코스모큐브의 화면에서 붉은빛이 번쩍였다.

"종료."

곤은 아쉬움에 손가락을 이리저리 놀려댔지만, 스크린에는 유기물 덩어리와 생명체 중간쯤으로 보이는 매우 간단한 구조의 단세포만이 꼼지락거리고 있었다. 눈은 물론이고 팔다리는커녕 입이나 항문도 존재하지 않았다. 주변 기온이 0.1도만 올라도 혹은 다른 생명체들이 내뿜는 숨결만 스쳐도 죽을 것 같았다.

지구2는 탄생할 때부터 멸망에 이르게 될 운명이었다. 지구와

마찬가지로 엔트로피가 계속해서 증가하거나, 셀 수 없을 정도로 많은 수의 소행성이 충돌 궤도상에 있다거나, 혹은 항성의 수명에 한계가 있다거나 하는 식의 우연한 멸망은 아니었다. 지구2의 존재 목적 자체가 멸망이었다. 어찌 보면 끝에 다다라 살아남는 하나의 생명체를 가려내기 위해서 만들어진 세트장에 불과했다. 주민들이 만든 생명체는 지구2라는 세트장 위에서 생존을 위해 발버둥 쳤다. 이들이 존재하는 이유는 단 하나. 현실의 인간들을 위해서였다. 다시 말해, 이들 역시 멸망하기 위해 탄생한 셈이었다.

지구2의 멸망 시나리오 또한 무작위였다. 곤은 소행성 충돌, 항성풍으로 인한 대기 증발 등 여러 시나리오를 예상했다. 코스모큐브는 개중에서 지구 온난화로 인한 환경 변화부터 시작하여 행성 하나를 두동강 낼 만한 거대한 소행성이 지구2에 도달한다는, 말 그대로 생명체들이 절대 버틸 수 없는 시나리오를 골랐다.

이윽고 시뮬레이션이 시작됐다. 지구에 무작위로 배치된 생명체들은 처음부터 무지막지한 싸움을 벌였다. 싸움에서 진 생명체는 다른 생명체의 먹이가 되었다. 지구가 처음 생겼을 때처럼 지상 위는 뜨거움으로 넘쳐났다. 그러나 싸움에서 졌다고 해서 꼭 나쁜 것만은 아니었다. 강한 생명체가 약한 생명체를 가축화하여 끝없이 대가 이어지도록 보살피는 경우도 있었다.

지구2에는 금세 먹이사슬이 만들어졌다. 하나가 다른 하나를 잡아먹으면, 그 하나는 또 다른 하나에 먹혔다. 먹이피라미드의 가장 꼭대기는 고등동물들이 차지했다. 그러나 일부 고등동물 중에는 주민의 의도와는 다르게 진화하는 경우도 있었다. 뇌가 줄어들며 번식에만 온통 힘을 쏟는 등 인간의 관점에서 '퇴화'라고 불리는 방향으로 흘러가기도 했다. 먹이사슬 상단에 위치한다고 해서 반드시 오래 살아남는 것은 아니었다. 환경 변화에 의해 먹이사슬이 붕괴하면, 가장 먼저 타격을 입는 것이 바로 최상단에 위치한 고등동물이었다. 일부는 동족 포식을 기본적인 생존 방침으로 삼는 바람에 멸종하기도 했다.

곤이 만든 단세포 생명체는 예상 외로 선전했다. 물론 온도나 습도 등 환경이 조금이라도 변하면 군집 전체가 전멸해 버리는 경우가 비일비재했지만, 초기 싸움이 벌어졌을 때 크기가 무척이나 작아 몸을 피할 수 있었던 데다 세포 구조가 단순하여 빠르게 여러 가지로 분화할 수 있는 것이 장점이었다. 곤의 생명체는 그중에서도 공생을 택했다. 다른 생명체의 장기에 들어가거나, 심지어는 그들과 유전적으로 결합하여 숙주가 분해하지 못하는 성분을 분해해서 에너지를 공급하고, 노화를 방지하는 등의 다양한 이점을 제공함으로써 공생관계를 구축했다. 이윽고 곤의 생명체는 다른 주민들이 만든 모든 생명체의 장기로 퍼지게 되었다.

곤의 생명체는 건의 생명체로도 들어갔다. 그것은 그 속에서 장내미생물이 되어 미처 소화되지 못한 음식물을 분해해 본체에 영양분을 공급했다. 건의 생명체는 인간과 완전히 똑같았다. 피부가 연약한 데다 날카로운 이빨도 없고 다른 생명체보다 빨리 달리지도 못해 금방 멸종할 것만 같았다. 곤은 건이 만든 생명체가 아니라 다른 인간형 생명체로 눈을 돌렸다.

그러나 시간이 갈수록 곤의 예상과는 다른 일들이 벌어졌다. 기존의 단점을 보안한 인간형 생명체들이 빠르게 멸종의 길에 접어들고 있었던 것이다. 그들은 오히려 단점을 보완했기에 살아남지 못했다. 결핍이 없었기에 자신들이 가진 강점에만 집중하는 방향으로 생존 전략을 잡았기 때문이었다. 개체가 강했기에 사회를 이룰 필요성을 느끼지 못했고, 사회가 없으니 기술적 발전을 이뤄내지 못했다.

예를 들어 피부가 키틴질(개미의 외피를 구성하는 요소)로 구성된 인간형 생명체의 경우, 자신들의 단단한 외피를 사용해 기본적으로 어느 정도 생존이 가능했기에 굳이 도구를 사용할 필요가 없었다. 이들은 개미들처럼 거대한 왕국을 이룰 수는 있었으나, 실제 인간처럼 청동기, 철기 등의 복잡한 도구를 사용하는 문명으로 발전할 수는 없었다.

건의 생명체는 연약하고 비효율적인 몸 구조를 가지고 있었다. 그렇기에 그들은 연약한 발톱과 피부를 대신할 도구를 발명해 사용했다. 상호 호혜를 기반으로 무리 지어 살게 되면서 동족 포식의 욕구를 최대한 억누름과 동시에, 집단 간 정보 전달이 빨라지며 기술은 물론 철학, 사상 측면에서 눈부신 발전을 이루었다.

그들은 인류의 발전 양상을 그대로 따라갔다. 구석기, 신석기, 청동기, 철기를 거쳐 종교가 발달되며 모두가 한데 뭉쳐 다른 생명체를 공격하는 등 빠르게 생태계를 정복했다. 끝내 건의 생명체는 인간형 생명체 중 유일하게 살아남은 종이 되었다.

그러나 어떤 생명체가 문명을 이루고 다른 생명체를 정복했다고 해서 시험 기준을 통과하는 것은 아니었다. 그것은 생존의 부산물일 뿐이었다. 단 하나의 개체만 남더라도 가장 오래 살아남는 것, 즉 '생존'이 현재 이 시험의 절대적 기준이었다. 코스모큐브는 시뮬레이션을 빠르게 가속했다.

멸망 근처까지 가기도 전에 많은 생명체들이 탈락했다. 초기 생명체의 99.9%가 사라지고, 남은 0.1%만이 서로 다른 환경에서 분화하여 살아남았다. 시험장은 시뮬레이션 초기와는 다르게 텅 비어 있었다. 자신이 만든 생명체가 멸종하는 즉시, 주민들은 자기 방으로 돌아가 하던 연구를 이어갔다. 누구도 생명체의 죽음에 난동을 피우지도 화를 내지도 않았다. 단지 시뮬레이션일 뿐이었으니까.

그러나 건은 달랐다. 건은 자신이 만든 생명체에 온통 관심을 쏟았다. 죽으면 슬퍼했고 다른 생명체를 잡아먹으면 환호했다. 이윽고 시간이 흘러 건의 인간들은 과거에 다른 인간형 생명체가 있었다는 사실조차 잊어버렸다. 그들이 문명을 건설하여 지구2를 정복했을 때 건은 마치 그들을 끌어안으려는 듯이 스크린을 향해 연신 손을 뻗어댔다. 곤은 못마땅한 표정으로 건을 무심하게 보았다.

건의 생명체, 즉, 지구2의 인간들은 생존을 넘어 자신들의 존재 이유를 알고자 했다. 심지어는 우주를 관측하기 시작하더니, 자신들의 우주가 이상한 막에 의해 둘러싸여 있다는 사실을 밝혀냈고 어렴풋이 시뮬레이션 세계 내부에 살고 있다는 것까지 알아차렸다. 그들은 우연히 발견한 세계의 끝, 즉 지구2에 할당된 시스템 용량의 한계점을 연구함과 동시에 자신들 나름의 또 다른 지구 시뮬레이션을 만들어 세계를 이해하고자 했다.

그러나 코스모큐브는 그들이 그렇게 살도록 내버려두지 않았다. 지구2의 환경이 크게 변화했다. 문명 건설에 에너지를 많이 쓴 탓에 온난화가 빠르게 진행되었고, 이로 인해 극심한 환경 변화가 인간들에게 몰아쳤다. 산불이 산림지대를 뒤덮었고, 곡창지대에 홍수와 가뭄이 이어지며 대기근이 시작됐다. 인간들은 식량

난으로 신음했다. 아무리 다른 기술이 발달했다고 하더라도, 식량이 부족해지니 모든 것이 삽시간에 무너지게 되었다. 도시는 텅 비었고, 문화는 사라졌으며, 예술이라는 것은 본래의 가치를 잃고 무용해졌다.

소수의 인간만이 지구2의 멸망을 인지하고는 생존을 위해 발버둥 쳤다. 우선, 자신들의 유전자 기술을 사용해 모든 면에서 효율적으로 식량을 소비하는 인간을 만들었다. 그들은 키를 비롯해 신체의 모든 것이 작았으며 조금만 먹고도 오래 살 수 있다. 이렇듯 유전형질을 바꾸면서까지 지구2에서 버티려 했지만, 코스모큐브의 거대한 손길을 막을 수는 없었다.

그들은 끝내 지구2를 버리기로 했다. 남은 자원을 모조리 모아 우주선에 실어 세상의 끝을 향해 보내기로 했다. 마지막 희망이었다. 그들은 그들의 세상, 즉 시뮬레이션을 만든 존재를 찾아가 자신들을 구원해 달라고 말하려 했다. 곤과 건은 자신들을 향해 다가오는 우주선을 보았다.

'이건 환상일 뿐이야.'

건은 그렇게 생각하는 자기 자신에게 놀랐다. 분명, 시뮬레이션과 환상은 전혀 다른 종류의 것이었다. 전자가 현실에 근간을 두고서 복잡한 공식 아래 짜인 정물화 같은 것이라면, 환상은 인과 없는 이미지들의 나열과 그로부터 일어나는 일종의 '해석'이 중요한 영역이었다. 건은 감정의 동요를 최대한 억누르려 애썼다. 에테르나라의 규칙대로 건은 오로지 이성적으로 생각을 이어가야 했다.

'생명체들이 왜 저렇게 많은 고통을 겪어야 하는 걸까?'

이 모든 게 현실에 있는 지구인을 위해서라고 하기엔 건의 생명체가 겪는 고통의 정도가 상당했다. '신'이라 불리는 건이 막상 그들을 위해 할 수 있는 일은 하나도 없었다. 카운트다운이 종료됨과 동시에 그들은 건의 손을 떠났고, 그들의 세상, 즉 시뮬레이션은 코스모큐브에 의해 돌아가게 되었다. 지구2에 사는 생명체의 입장에서는 차라리 오래 살아남지 않는 편이 더 좋았을지도 모른다.

지구2에 남아 있던 건의 생명체들은 결국 멸종했다. 우주선을 쏘아 보낸 뒤 구역화라는, 실제 지구에서 이루어진 것과 비슷한 방식을 택해 생존하려 애썼으나 임계점을 넘은 환경 변화를 견디지 못했다. 더불어 코스모큐브의 시나리오대로 피할 수 없는 거대한 소행성 충돌이 일어났고, 그 결과 모든 생명체가 멸종했다.

그럼에도 살아남은 개체가 있었다. 바로 지구2에서 쏘아 올려져 우주의 끝을 향해 나아가던 건의 생명체들이었다. 물론 그들도 코스모큐브의 멸망 시나리오를 피할 수는 없었다. 우주선 내부의 엔트로피가 계속해서 증가했고 자원은 한정적이었다. 그들은 머리카락을 깎아 만든 자재로 우주선 외피를 수리하고, 심지어는 동족 포식에 가까운 행위를 하면서 생존을 이어나갔지만 끝에 도달한 이는 오직 한 개체뿐이었다. 그가 세계의 끝에 도착하는 순간, 코스모큐브는 에러를 일으키며 시뮬레이션을 멈추었다.

시뮬레이션이 멈추는 순간까지 살아남은 생명체는 단 두 종이었다. 건이 만든 지구2의 인간과 그의 장기 내부에 살던 곤의 미

생물이었다. 그다음으로 오래 버틴 생명체는 소행성이 충돌하여 지구2가 산산조각 나기 직전까지 생존한 바퀴벌레와, 행성이 파괴되고도 733일 동안 우주 공간에서 생존한 물곰이었다.

바퀴벌레는 지구인의 건축 기술을 관찰하는 건축 전문가 감이 만들었고, 물곰은 지구인이 주변 생물체에 미치는 영향을 연구하는 동물 전문가 리가 만들었다. 감과 리는 실제 지구에 존재하는 생물체를 본떠 만드는 데에 집중했다. 반면 주민들 나름대로 새롭게 만들어낸 생명체는 변화를 준 부분이 그들의 의도대로 기능하지 못해, 생각지도 못했던 영역에 악영향을 미치며 멸종했다.

이제 중심부에는 주민 네 명만이 남아 있었다. 지구2에 소행성이 충돌하자마자 그나마 남아 있던 주민들도 썰물처럼 빠져나간 뒤였다. 건, 곤, 감, 리. 넷은 함께 모여 시뮬레이션이 종료된 코스모큐브의 화면을 보았다. 세상의 끝에 도착한 건의 생명체가 그대로 멈춰 있었다. 손목에는 이상한 기계장치를 차고 있었다.

건이 그 기계장치를 분석해, 코스모큐브와 작동 기제가 놀라울 정도로 유사하다는 것을 알아냈다. 아브만미르라는 이름을 가진 지구2의 인간이 고안한 그 장치는 정교한 계산을 통해 코스모큐브가 만든 세계와 똑같은 또 하나의 세계를 시뮬레이션으로 구현하고 있었다. 일명 '지구3'이라고 할 수 있었다.

지구3의 세계는 코스모큐브가 만든 지구2와 놀랍도록 유사했다. 무에서부터 우주가 시작됐고, 무기물 바다에 번개가 쳐서 유기물이 만들어졌으며, 그를 기반으로 생명이 탄생했다. 그리고 끝없는 진화 과정을 거쳐 인간이 등장했다. 인간들은 저들끼리 집단을 이루고 싸우며 지구3 곳곳에 퍼졌다.

지구3의 인간들은 지구나 지구2의 인간들과 마찬가지로 내재

된 욕망을 멈추지 못하고 폭주하다 자신들의 보금자리인 지구3을 스스로 망쳐버렸다. 희망을 잃어버린 지구3의 인간들은 세계 너머의 존재들을 찾기 시작했고, 그 과정에서 지구2와 마찬가지로 똑같은 시뮬레이션 세계가 담긴 기계장치를 만들어내고 있었다. 곤은 아득하게 무한으로 뻗어가는 세계들을 가만히 바라보며 생각했다.

'어쩌면 우리 세계도…….'

반면, 건은 프로그램의 끝에 도착한 생명체를 보며 생각했다.

'그는 너머에서 무엇을 보았을까?'

그 순간 화면이 꺼지더니, 2차 시험에 합격했다는 메시지가 각자의 태블릿에 떴다.

숫자

까만 화면이 잠시 이어지다가, 이윽고 코스모큐브가 넷에게 직접 인사를 건넸다.

"축하합니다. 네 분께서는 시험에 통과하셨습니다. 치열한 경쟁을 뚫고 여기까지 오신 여러분께 찬사를 보냅니다. 이는 인간 승리입니다."

전혀 축하하는 목소리가 아니었다. 중심부 내부에 퍼지는 딱딱한 목소리는 인간의 감정을 흉내 낸 기계음일 뿐이었다. 더군다나 '인간 승리'라니.

곤은 태블릿에 담겨 있는 보고서를 떠올리며 인류의 생존이 경각에 달려 있다는 사실에 마음이 급해졌다. 그러나 코스모큐브는 그런 곤의 마음에는 아랑곳하지 않고 느긋하게 말을 이었다.

"지금부터 네 분께 임시 집정관 직함을 부여합니다. 임시 집정관은 모든 면에서 정식 집정관과 같은 대우와 권한을 받으며, 최고 기밀 사항에 접근할 수 있습니다."

임시 집정관이라고 말하는 것을 보니, 시험이 종료된 것은 아닌 모양이었다. 에테르나라에서 집정관 자리는 오직 둘뿐이었다. 코스모큐브가 스크린에 지구 모양의 홀로그램을 하나 띄웠다.

"이제 마지막 시험이 남아 있습니다."

또다시 반복되는 것인가 싶었다. 지구2라고 생각하며 자세히 들여다보았는데, 아니었다. 홀로그램에 뜬 지구는 붉은 구역, 푸른 구역 등 경계가 선명하게 나뉘어 있었다. 코스모큐브가 만들어낸 시뮬레이션이 아니라 그간 줄곧 마주해 왔던 현실 지구였다. 코스모큐브가 시험에 관한 설명을 시작했다.

"마지막 시험은 현 에테르나라 집정관 체제와 같이, 두 명이 한 팀이 되어 진행됩니다. 실제 지구의 일부 구역을 관리하고 그 실적을 바탕으로 탈락이 결정됩니다."

코스모큐브는 특정 부분에 강세를 주었다.

"다시 한번 말씀드리겠습니다. 이것은 시뮬레이션이 아니라 실제 현실입니다. 네 분의 선택이 실제 지구에 영향을 미치게 됩니다."

넷 모두 긴장된 표정을 지었다. 인간들의 목숨이 그들의 손에 달려 있었다. 코스모큐브는 계속해서 규칙을 쏟아냈다.

"그렇기에 첫 번째 팀이 예상 한계치에 도달하거나, 그를 넘어선 결과를 보일 경우 즉시 시험은 종료되고 두 번째 팀에 기회가 넘어갑니다."

건이 손을 들고서 물었다.

"그럼, 두 번째 팀도 실패하면 어떻게 되나요?"

코스모큐브는 컴퓨터답게 한 치의 망설임도 없이 대답했다.

"그럴 일은 없습니다. 여러분은 모두 치밀하게 구성된 두 시험을 통과한 뛰어난 주민들입니다. 어떤 결과가 나타나든 그것이 최선임이 분명합니다."

코스모큐브답지 않은 발언이었다. 특히나 마지막 말은, 코스모큐브 자신은 결정에 관여하지 않을 것이라는 의미로 들렸다. 더 이상의 질문을 받지 않겠다는 듯이 코스모큐브는 스크린에 무언가를 띄웠다. 작은 상자였다.

"팀은 무작위로 구성됩니다."

작은 상자에 네 주민의 이름이 쓰인 쪽지가 각각 들어갔다. 상자가 이리저리 움직이며 내용물을 섞더니, 가상의 팔이 튀어나와 그곳에서 쪽지를 뽑았다. 먼저 건의 이름이 나왔고, 이어서 곤의 이름이 나왔다. 곤이 바로 손을 들었다.

"팀원을 바꾸고 싶다면요?"

코스모큐브는 감과 리의 의사도 묻지 않고서 다시 한번 상자에 쪽지를 넣고는 새로 뽑아 보였다. 또다시 건의 이름이 나오고 이어서 곤의 이름이 나왔다. 곤은 속으로 생각했다.

'조작인가?'

그럴 리가 없었다. 스크린이 보여주는 것처럼, 실제로 상자에 쪽지를 접어 넣는 그런 원시적인 방법으로 결정되는 것은 아니었다. 실제로는 반도체칩 내부의 양자 중첩을 활용하여 결과를 도출하는 것이기 때문에 이른바 완벽한 '무작위'였다. 이번에는 건이 요청했다.

"한 번 더요."

세 번이나 더 뽑기를 반복했지만 결과는 마찬가지였다. 세 번째에는 감과 리가 연달아 나왔다. 감이 번쩍 손을 들어 올리고는 도저히 못 참겠다는 듯한 표정으로 말했다.

"지금 일분일초가 급한 상황이에요. 당신들, 우리 존재 이유도 잊었어요?"

그 말을 듣고서 곤은 고개를 숙였다. 아주 급한 상황이라고 생각했던 것은 곤, 바로 자기 자신이었다. 코스모큐브가 건과 곤 둘에게 물었다.

"팀을 받아들이시겠습니까?"

곤이 마지못해 고개를 끄덕이자 건도 따라서 고개를 끄덕였다. 시험을 치를 순서는 두 팀이 합의해서 도출하는 것으로 정했다. 각 팀에 개별 회의 시간이 주어졌다. 곤이 고개를 뒤로 홱 돌리며 말했다.

"하필이면."

건이라고 곤과 한 팀이 된 것이 좋을 리 없었다. 곤은 건이 집정관이 되려는 것을 막으려 했으니까. 건이 손을 들고서 코스모큐브에 물었다.

"혹시 일부러 팀원을 방해하면 어떻게 되나요?"

코스모큐브는 대답하지 않았다. 곤이 생각하기에 그건 답할 필요도 없는 질문인 것 같았다. 그도 그럴 것이, 집정관들끼리 내분이 일어나서 결정이 지체되면 지구인 모두가 죽을 테니까. 집정관에 오를 만한 인물이라면 그런 바보 같은 선택은 하지 않을 것이었다.

'어쩌면 코스모큐브조차 막을 방법이 없는 걸지도.'

곤은 건과 코스모큐브를 번갈아 보았다. 코스모큐브가 계속해서 침묵을 이어가자, 건은 무안해진 손을 내리고는 팔짱을 꼈다. 얼마 지나지 않아 스크린에 지구의 여러 구역들이 나타났다. 바다가 펼쳐진 푸른 구역부터 시작해서 각종 농작물이 생산되는 초록 구역을 지나 어쩌면 인간보다도 인간다울지 모르는 생물체들이 즐비한 보라 구역, 그리고 모든 구역 주민들의 시작점인 검은 구역에 이르렀다. 코스모큐브가 말했다.

"이 중, 여러분이 관리하게 될 구역은 바로 이곳입니다."

스크린에 특정 구역이 비쳤다. 건과 곤을 비롯한 모두에게 익숙한 장소였다. 본래 바다였던 곳이면서, 이제는 모래바람이 흩날리는 곳. 오염 물질 정화 장치가 계속해서 돌아가며, 갱도에서는 곡괭이 소리가 들려오는 곳. 세대마다 혁명이 벌어지며 많은 이들이 죽고 사는 곳. 코스모큐브가 말했다.

"붉은 구역의 혁명을 예측 범위 내에서 관리하는 것이 이번 시험입니다."

붉은 구역은 늘 분주했다. 4-2세대원들은 잠에서 깨자마자 간단한 스트레칭을 한 뒤 곧장 갱도로 향했다. 어린 4-3세대원들은 갱도로 가지 않는 대신 열심히 정화 장치의 페달을 밟아야 했다.

지루한 노동은 해가 질 때까지 계속됐다. 할당량은 엄청났고, 밥은 하루에 한 끼, 그것도 열량을 극대화한 검은 죽뿐이었으며 눕자마자 잠이 들 정도로 강도 높은 노동에 다들 늘 피곤해했다. 휴일도 없이 일했지만, 어쩔 수 없었다. 하루라도 쉬면 대기 중 오염 물질의 균형이 깨지면서 인류의 생존 자체가 불투명해지니까. 이들은 세대마다 혁명을 꿈꾸었다. 밤엔 숙소 한구석에 모여서 혁명을 다짐하고 준비했다. 혁명은 이들에게 단 하나의 해결책이자 분출구였다.

여기까지는 모두가 아는 내용이었다. 임시 집정관의 권한을 부여받은 건과 곤은 처음으로 붉은 구역과 관련한 자료들을 열람할 수 있었다. 보고서 양이 엄청났으나 간략하게 정리된 요약본이 있어 읽기가 수월했다. 건과 곤은 빠르게 보고서를 읽어 내려가며 에테르나라가 붉은 구역 주민들에게 드러내지 않은 전말을 알아낼 수 있었다.

우선, 붉은 구역에서 혁명은 일종의 휴일이자 축제로 분류되었다. 주민들은 혁명이 일어나는 날부터 끝나는 날까지 일을 하지 않았으며, 정부와 시스템에 쌓인 모든 불만을 살인이라는 방식으로 해소했다. 유혈 사태마저도 코스모큐브에 의해 계산된 상황이었다. 뜨거운 증기가 가득 찬 공간에 구멍을 뚫어 수증기를 빼내듯이, 코스모큐브는 혁명을 통해 붉은 구역 주민들의 전체적인 스트레스를 관리했으며 그로써 집단이 절멸하지 않도록 했다.

본래부터 이들의 혁명은 절대 성공할 수 없도록 설계되었다. 혁명의 성공은 이들의 죽음으로 이어지기 때문이다. 혁명이 지속되면, 전 구역에 활성탄 공급이 멈추며 오염 물질 정화 장치가 돌아가지 않게 되고 이는 전 지구적인 위험을 불러오게 된다. 그러니 이들에게 혁명이란 절대 이뤄지지 않는 꿈에 불과했다. 건은 붉은 구역 주민들을 보며 생각했다.

'쳇바퀴를 도는 것 같아. 자신은 늘 새로운 것을 밟는다고 생각하지만, 사실은 늘 밟아왔던 것을 또 밟고 있는 거지.'

동시에 건은 지구2에서 멸종한 자신의 생명체들을 떠올렸다. 특히나 세상의 끝, 그를 향해 손을 뻗었던 마지막 개체가 눈앞에 아른거렸다.

'끝에 도달한 그는 어떤 생각을 했을까?'

시뮬레이션 전체에서 혼자 살아남은 그는 오로지 인류의 구원 하나만을 바라며 외로이 끝으로 나아갔다. 모든 동족의 희망을 품고서 말이다. 심지어는 먹을 것이 없어 동족 포식을 하면서까지. 그런데 끝에 도착하는 순간 세상이 사라진 것이다.

건은 허무감을 느꼈으나 그의 표정은 무표정했다. 알 수 없는 감정에 얼굴이 찌푸려지려 했으나, 시뮬레이션일 뿐이라는 생각이 계속해서 감정에 브레이크를 걸어왔다.

곤은 혁명을 시도하는 붉은 구역의 주민들을 이해할 수가 없었다. 이들은 개인이 일을 하지 않으면 전체가 죽을 것을 알면서도 혁명을 일으키려 했다. 그러면서도 그것이 인간을 위해서, 인류를 위해서라고 믿었다.

'생존을 넘어선 어떤 무엇이 있는 걸까?'

이러한 고민에 대한 해답은 붉은 구역이 아니라 푸른 구역에서 어느 정도 실마리가 잡히는 것 같았다. 극한의 상황에서도 그들은 서로를 도왔다. 자신의 몫을 남과 나누었고, 구세대는 신세대를 위해 희생했다. 그들은 자신이 다른 이들과 연결되어 있다는 사실을 명백히 알고 있었다. 잠수를 할 때 서로의 몸을 잇는 명줄이 그 증거였다. 곤은 푸른 구역을 보며 생각했다.

'저들을 구해야 해.'

그제야 손에 들려 있던 태블릿에 눈길을 주었다. 식량 생산량이 급감해 시급한 상황이었다. 붉은 구역 한정이기는 하지만, 이제 곤에게는 지구에 직접적으로 영향을 미칠 수 있는 기회가 주어져 있었다. 머릿속에 과거 처음 지구를 보았을 때 들었던 목소리가 바다 위 부표처럼 떠올랐다.

'우리는 저곳을 구해야 합니다. 우리의 존재 목적은 그것뿐입니다.'

곤은 붉은 구역을 바라보고 있는 건에게 보고서를 내밀었다. 건이 물었다.

"이게 뭐야?"

곤은 하나씩 설명을 이어나갔다. 식량 생산량이 코스모큐브의 예상치를 벗어나 급감했으며, 현재 인류가 위험에 처해 있다는 설명이었다. 건이 보고서에 시선을 두고서 말했다.

"그럼, 우리는 다행인 거네."

"뭐가?"

"저 팀이 먼저 시험을 치르게 하면 되잖아."

곤은 건을 똑바로 보았다. 역겨웠다. 건은 지구인이 죽어가는 것에 전혀 죄책감을 느끼지 않는 것 같았다. 그야말로 코스모큐브가 원하는 인재상, 아니, 건 자체가 코스모큐브처럼 보였다. 곤이 물었다.

"정말 그렇게 생각해?"

건이 곤에게 태블릿을 건네며 말했다.

"이 보고서대로라면 절대 시험을 통과할 수 없어. 누가 이번 집정관 역할을 맡든 결과는 같을 거야."

건은 지구를 내려다보았다. 전과 같은 푸르름이 더는 느껴지지 않았다. 그럼에도 건은 저곳으로 가고 싶었다. 저곳이 자신을 필요로 하는 것을 느꼈다. 살면서 그 누구도 그렇게 강요한 적도, 가르친 적도 없는데 어떻게 그런 생각을 하게 된 걸까? 태어난 곳을 향해 강을 거슬러 올라가는 연어와 같은 본능일까? 곤이 버럭 화를 냈다.

"그럼, 지구인들이 죽어도 넌 상관없다는 거야?"

건은 곤을 똑바로 보며 말했다.

"어쩔 수 없다는 거야. 이미 벌어진 일에 매달려 봤자 달라지는 건 없어."

건이 말을 마치기도 전에 곤은 자리에서 벌떡 일어나더니, 말릴 새도 없이 감과 리가 있는 방을 향해 걸어갔다. 감과 리 역시도 붉은 구역과 관련된 보고서를 쉴 새 없이 읽어내리고 있었다. 방문을 열자 당황해하는 그들 앞에 곤은 자신의 태블릿을 내려놓고는 보고서를 띄우며 말했다.

"지구 식량 관련 보고서입니다. 예상보다 생산량이 훨씬 밑돌았어요. 코스모큐브가 틀린 거예요."

곤을 뒤따라온 건이 곤의 손목을 잡아챘다. 그러나 곤은 설명을 멈추지 않았다.

"이대로 붉은 구역에서 혁명이 일어나면 예상치보다 훨씬 많은 사상자가 발생할 겁니다."

건은 곤을 말리려다 그만두었다. 양심의 가책 때문인지, 아니면 다른 의도가 있어서인지는 스스로도 알지 못했다. 감과 리는 곤이 건넨 태블릿을 유심히 살펴보았다. 곤이 계속해서 설명을 이어나가는 동안 그들은 오롯이 보고서에 집중했다. 한동안 보고서를 살피던 감이 의심의 눈초리로 곤을 바라보며 물었다.

"여태 이런 적이 있었나요?"

곤이 고개를 저었다.

"없었어요. 단 한 번도."

잠시 생각을 이어가던 감이 태블릿을 곤 쪽으로 던지듯이 밀어놓더니 팔짱을 꼈다.

"흠, 타이밍이 이상하네요. 제 경험상 코스모큐브의 예측이 틀린 적은 한 번도 없었어요. 소문으로도 들은 적이 없고요. 그런데 하필 집정관이 정해지려는 지금 이 순간에 왜 이런 문서를 우리에게 건넸을까요?"

곤의 표정이 구겨졌다. 감과 리, 둘은 곤의 보고서를 신뢰하지 않았다. 리도 옆에서 거들었다.

"거기다 공식 문서도 아닌데, 우리가 믿어야 할 이유가 있어요?"

"그건……."

곤은 대답하지 못했다. 팀원들이 만든 모든 자료를 그들에게 보여줄 시간도 없었다. 감이 우물쭈물하는 곤의 표정을 살피고는 한술 더 떠 건을 가리키며 말했다.

"그리고, 건. 당신이 1차 시험에서 팔꿈치로 옆 사람을 미는 걸 봤어요. 자기가 밀어놓고는 뻔뻔하게 도망가더군요."

곤이 건을 째려보았다. 건은 어두운 표정으로 입을 다물고 있을 뿐이었다. 리가 자신들의 입장에 종지부를 찍었다.

"코스모큐브가 검증하지도 않은 정보인 데다, 그 정보를 건넨 사람에겐 비열한 수법을 쓴 전적이 있어요. 게다가 타이밍도 중요한 시험을 앞둔 때고요. 두 분이 생각하시기엔 이 정보를 믿는 게 합리적인가요?"

방에 침묵이 흘렀다. 그렇지 않다는 것을 건과 곤도 알고 있었다. 침묵은 코스모큐브가 팀을 중심부로 불러내면서 깨졌다.

"첫 번째 팀, 앞으로 나와주세요."

곤은 모든 것을 포기하고 싶은 심정이었다. 정보는 주어졌고, 그것을 믿을지 말지는 감과 리 두 사람이 선택할 문제였다. 곤은 기세가 등등한 둘에게 말했다.

"그쪽에서 순서를 정해주세요. 저희는 따르겠습니다."

반대할 줄 알았던 건도 가만히 고개를 끄덕였다. 감과 리는 책상 아래로 고개를 숙여 이야기를 나누더니, 이내 자리에서 일어나 건과 곤을 지나쳐 방을 빠져나가려 했다. 방문을 나서기 직전, 감이 뒤돌아 곤을 향해 말했다.

"다음부터는 무엇이든 숫자로 증명하세요."

감과 리, 둘은 코스모큐브 앞으로 다가갔다.

혁명의 함수

붉은 구역으로 향하는 트레일러와 푸른 구역의 보급선에 쓰여 있던 '혁명'이라는 글씨는 코스모큐브가 의도적으로 설정한 것이 아니었다. 물론 동시대 다른 구역 주민들이 써놓은 것도 아니었다. 과거 붉은 구역과 푸른 구역의 2세대 주민들은 각각 내륙으로 가는 트레일러와 해안가로 가는 보급선에 '혁명'이라는 글자를 파놓았다. 구역 간의 연대를 위해서였다.

정부 시스템에 의해 연대가 실패했음에도 오랜 시간 그것들의 흔적은 남아 있었다. 주기적으로 두 운송수단이 푸른 구역을 지나치며 소금기 가득한 물기를 머금었고, 이후 붉은 구역을 지나며 건조한 바람에 마르면서 '혁명'이라는 글자가 드러나게 된 것이었다. 이러한 우연은 붉은 구역에서 혁명이 일어나게 된 하나의 기제로 작용했다.

감과 리가 집정관실에 들어간 시점에, 붉은 구역 주민들은 트레일러의 글씨를 보고서 다른 구역도 혁명을 일으키고 있다고 판단하여 혁명을 시작했다. 피가 터져 나오는 것처럼 폭발적이었다. 전날까지만 해도 몸을 부대끼며 함께 잠자고 일하던 사람들이 서로를 죽였다. 혁명이라는 이름 아래에서 말이다. 건은 그러한 분노가 본래 자신들을 향해야 한다는 것을 알고 있었다. 그러나 그들과의 거리는 너무나도 멀었다.

혁명파는 간단하게 붉은 구역을 접수했다. 마름은 혁명 수장에게 이 모든 일들을 인공위성, 즉 에테르나라가 이미 알고 있었다는 사실을 말했다. 그럼에도 그들은 마름을 죽여 머리는 오염 물질 정화 장치 위에, 몸은 트레일러 앞에 매달았다. 4-2세대원들은 과거 3일 혁명 때 몰려온 탱크에 대한 두려움으로 높이 방책을 쌓고는 언제든지 갱도로 도망칠 준비를 하고 있었다.

활성탄 수급 상황은 원활했다. 혁명 직전, 많은 양의 활성탄을 초록 구역에 미리 축적해 놓았고 혁명 역시 코스모큐브가 예측한 수준에서 진행되고 있었다. 그러나 문제가 발생했다. 오염 물질 정화 장치가 예상보다 많이 망가져, 곤의 보고서대로 식량 생산량이 급격하게 줄어든 것이다. 혁명 때문만이 아니라 그들에게 공급할 식량 자체가 부족해졌다.

그러나 감과 리는 오히려 이 상황을 이용해, 붉은 구역에 식량 공급을 중단함으로써 식량을 아끼는 동시에 탱크와 같은 무력 수단을 사용하지 않고도 손쉽게 혁명을 잠재우고자 했다. 그 과정에서 붉은 구역의 혁명파 단원들은 심하게 굶주렸고, 목말라 했다. 그들은 과거 세대보다 더 많이 고통받기 시작했다. 심지어 혁명 수장은 식인까지 했다. 몇몇 주민들이 하늘을 올려다보며 살려달라 빌었으나, 딱히 방법은 없었다. 곤은 마음을 졸였다. 붉은 구역 모두가 몰살당하는 사상 최악의 사태가 벌어질 것만 같았다.

다급한 마음은 감과 리도 마찬가지였다. 예상보다 많은 사상자에 둘은 인공 강우를 내리려 했으나, 비가 붉은 구역에 내리기까지는 오랜 시간이 필요했다. 곤은 자신이 직접 나서고 싶었으나 기회가 없었다. 감과 리는 버튼을 난타하며 어떻게든 사상자의 숫자를 줄이려 애썼다. 그러나 결과는 이미 비극을 향해 치닫고 있었다.

다행히 붉은 구역 주민들은 스스로 물을 찾아냈다. 윗세대가 부단히 갱도를 파놓았기에 가능한 일이었다. 그러나 그 물은 박테리아로 오염되어 있어 주민들을 더욱 지옥으로 몰아넣었다. 고열과 복통, 그리고 정신착란에 빠진 주민들은 서로를 구역 밖으로 내던지기 시작했다. 인공위성에서는 레이저가 계속해서 발사됐고, 수많은 주민들이 죽었다. 예상하지 못한 죽음들이었다.

혁명은 그렇게 끝이 났다.

감과 리는 낙제점을 받았다. 사상자를 비롯한 정부 시설물 사용 횟수가 예상치를 크게 웃돌았기 때문이었다. 코스모큐브는 감과 리가 인간의 심리를 파악하는 능력이 부족했다고 평가했다.

코스모큐브는 붉은 구역에서 혁명이 일어나기 직전 사상자의 수를 예측하여 검은 구역의 신생아 수를 늘렸다. 최악의 시나리

오를 가정하고서 그 수를 최대치까지 늘려놓은 상태였으므로, 만약 감과 리가 붉은 구역을 제대로 관리했더라면 검은 구역에 새로 태어난 신생아의 절반 이상이 폐기 처분되었을 것이었다. 다행이라고 말할 수 있을지 모르겠지만, 혁명으로 인해 사상자가 최대치에 달한 덕분에 태어난 아이들은 모두 붉은 구역의 새로운 주민이 되었다. 코스모큐브는 식량 생산량 급감과 같은 외부 요인에 관해서는 언급하지 않았다. 시험 항목에 포함되어 있지 않기 때문이었다.

더불어, 코스모큐브는 혁명의 여파도 예측하지 못했다. 오염된 물을 마신 주민들이 서로를 구역 밖으로 내던지면서 인공위성의 레이저가 과도하게 사용되었고, 그 결과 레이저 무기의 수명이 크게 줄어들었다. 붉은 구역을 겨냥하고 있던 다수의 인공위성은 불규칙한 빛을 내며 한동안 작동 불능 상태에 빠졌다.

더불어 '이아'라는 마름의 탄생도 그러했다. 그는 에테르나라의 결정에 의문을 품은 자로, 이곳과 지상을 잇는 광역 케이블 다발을 직접 눈으로 본 몇 안 되는 붉은 구역의 주민이었다. 본래 구세대는 혁명의 잔혹함을 신세대에게 전하며 혁명에 부정적으로 대응해야 했는데, 이아는 오히려 시스템에 반감을 가지게 되었다.

이렇듯 변수가 늘어나며 인류의 다음 행동을 예측하기가 어려워졌다. 이런 변수들을 감과 리의 무능 탓이라고 판단한 코스모큐브는 불확실성이 98%까지 솟구친 그래프를 보여주며 무시무시한 기계음을 냈다.

"탈락입니다."

감과 리는 스크린에서 눈을 뗀 뒤 이상한 말을 반복했다.

"환상이야."

두 사람은 집정관실을 빠져나갔다. 그런데 탈락한 다른 주민들과는 달리 각자의 방이 아니라 다른 곳으로 전출을 간다고 했다. 더욱 이상한 점은, 그런 코스모큐브의 통보에 감과 리가 보인 반응이었다. 둘은 정신이 나간 사람처럼 이 모든 것이 환상이라고 중얼거리면서 어딘가로 사라졌다.

건과 곤은 이상함을 느꼈다. 그들은 세 번째 시험을 치르지도 않고 집정관이 되었다. 코스모큐브가 어째서 자신들을 신뢰하는지 의문이었다. 그러나 코스모큐브는 늘 그렇듯 기계적인 목소리로 이들을 곧바로 집정관실로 안내했다. 둘은 강한 자석에 이끌리듯 코스모큐브의 안내를 따랐다.

집정관실에는 두 개의 책상이 창을 향해 놓여 있었다. 건과 곤은 각자 자신의 이름이 적힌 책상 앞에 앉아 거대한 크기의 창을 바라보았다. 지구가 보였다. 곳곳에서 많은 일들이 벌어지고 있었다. 건과 곤이 평생 책임져야 할 공간이었다. 코스모큐브가 말했다.

"집정관이 되신 것을 축하합니다. 업무를 시작하겠습니다."

갑자기 보고서 팝업들이 달궈진 팬에 올라간 옥수수알처럼 스크린에 떠오르기 시작했고, 플라스틱 버튼이 책상에 솟아올랐다. 그간 집정관 자리가 공석이었던 만큼, 결재할 문서가 잔뜩 쌓여 있었다. 둘은 스크린을 가득 메운 어마어마한 양의 서류들를 멍하니 바라보았다. 그때였다. 익숙한 얼굴이 찍혀 있는 사진이 보였다.

"이거 봐."

곤은 서류 더미 속에서 하나를 확대했다. "'생존 혁명'에 관한 붉은 구역 마름의 기록"이었다. 곤은 건과 함께 기록을 읽어 내려갔다. 코스모큐브의 계산이 아닌, 지구인의 시선에서 바라본 붉은 구역의 혁명사였다. 마침내 기록을 모두 읽은 둘은 서로의 얼굴을 바라보았다. 해야 할 일은 명확했다.

인류를 위하는 일.

인류를 지속하는 일.

그런데 속에서 무언가가 충돌하고 있었다. 풀리지 않는 실타래를 떠안고 있는 듯한 느낌이었다. 건은 지구를 보며 생각에 잠겼다.

'인류를 지속하는 것이 인류를 위하는 일일까? 만약 두 가지가 충돌하면 어떻게 되는 거지? 그것이 아니라면? 만약 인류가 사라진다면? 이들은 무엇을 위해 존재해야 하는 것일까?'

모두가 당장 쏟아지는 숫자에 따라서만 결정을 내리느라 등한시해 온 문제였다. 생각을 이어나가던 건은 질문의 끝에 도달했다.

'대체 우리는 누구지?'

반면, 곤은 방향은 같지만 다른 의문을 품고 있었다. 그는 책상 앞에 앉아 붉은 구역을 비추는 스크린을 보았다. 이아가 자신이 마름이 된다는 소식을 듣고서 하늘을 향해 절규하고 있었다.

'아직 이아가 마름 업무를 맡지는 않았어.'

더불어 곤은 감과 리가 붉은 구역을 관리하던 것을 떠올렸다.

'시간이 다르게 흘러.'

붉은 구역의 시간과 에테르나라에서 흐르는 시간이 달랐다. 지구 시간으로 혁명은 7일 이상 지속됐지만, 곤의 체감상 혁명은 시작부터 끝까지 30분도 채 걸리지 않았다. 있을 수 없는 일이었다. 에테르나라가 빠르게 지구를 돌고 있으니, 상대성 이론에 따라 지구와 에테르나라의 시간이 다르게 흐를 수밖에 없다고 해도 그 정도로 많이 차이 날 수는 없었다. 코스모큐브가 둘에게 말했다.

"집정관님들, 결재 바랍니다."

수치는 명확했고, 그에 따른 해결책도 정해져 있었다. 그러나 코스모큐브의 독촉에도 건과 곤은 책상 위로 솟은 버튼을 누르지 않았다. 둘은 각자의 물음에 대한 답을 찾으려 했다. 곤과 건, 둘 중 누가 먼저랄 것도 없이 말을 꺼냈다.

"뭔가 잘못됐어."

곤이 자리에서 일어나 말했다.

"지구와 여기 시간이 다르게 흐르고 있어."

건은 맞장구를 치며 물었다.

"우리가 시험을 얼마나 치렀지?"

"하루…… 정도……."

곤은 가만히 기억을 더듬어보았다. 체감상 하루도 채 지나지 않았다. 그러나 그것마저도 명확하지 않았다. 벌써 붉은 구역에서는 다음 혁명을 준비하고 있었으니까. 건이 당혹스러운 표정을 짓고서 물었다.

"그런데 왜 우리는 목이 마르지도 배가 고프지도 않지?"

"그럼, 여긴……."

건은 곤의 말을 기다렸다. 곤이 무언가를 직감한 듯 관자놀이를 손으로 누르고서 말했다.

"우선, 확인해야 할 게 있어."

곤은 스크린을 띄우고 코스모큐브에 명령했다.

"에테르나라 도면을 보여줘."

지구를 보여주던 창에 인공위성 '에테르나라'의 도면이 떴다. 그러나 방이 여럿 있는 건물이나 복잡한 도시의 구조가 아니었다. 기계장치만이 빼곡하게 들어차 있었다. 에테르나라는 도시는커녕, 우주 정거장이라고도 할 수 없는 쇳덩어리 그 자체였다. 곤은 머리를 싸맸다. 시험장에서 봤던 그 많은 주민들이 머물 만한 공간이 에테르나라에는 없었다. 애초에 지구에서 그렇게 많은 이들이 죽어가는데, 필요도 없는 인간들이 정부에 이토록 많을 이유가 없었다. 곤이 건에게 물었다.

"우리가 언제 식사를 했지?"

건은 얼굴이 사색이 되더니 대답했다.

"기억이 안 나."

"화장실은, 화장실은 언제 갔어?"

곤은 화장실 문이 늘 열리지 않던 것을 기억해 냈지만, 언제 용변을 보았는지는 기억이 나지 않았다. 머리를 한 대 얻어맞은 듯한 느낌이었다. 둘은 곧장 코스모큐브 본체가 있는 중심부로 달려갔다. 코스모큐브는 무언가를 연산하고 있었다. 곤이 코스모큐브에 물었다.

"감과 리는 어디로 간 거야?"

코스모큐브가 말했다.

"데이터가 없습니다."

그럴 리가 없었다. 건이 다급한 목소리로 물었다.

"여기, 시체 보관소는 어딨어?"

"데이터가 없습니다."

눈에 눈물이 고인 채로 곤이 애원하듯 물었다.

"출입 기록은?"

"데이터가 없습니다.'

사라진 이전의 집정관들은 물론, 감과 리가 어디 갔는지도 알 길이 없었다. 불길한 예감이 들었다. 마침내 둘은 진작 물었어야 할 것을 물었다.

"대체 여긴 어디야?"

코스모큐브는 잠깐 연산을 하더니 화면에 결과를 출력했다.

'인공위성 CM-138, 에테르나라의 제1서버 내부입니다.'

프로그램

자신들이 프로그램인 것을 깨달은 이전의 집정관들은 시스템을 거부하고서 삭제되는 것을 선택했다. 자신이 가상 존재라는 것을 받아들이지 못했기 때문이다. 단순 프로그램이었다면 도달할 수 없는 판단이겠지만, 그러한 결론이 가능했던 것은 애초에 그들이 코드로 짜인 프로그램이 아니었기 때문이다.

구역화 직전까지도, 지구의 과학자들은 에테르나라에 코스모큐브와 함께 탑재될 이른바 '인간형 AI'를 완성하지 못했다. 코스모큐브는 최적의 '계산'을 할 수는 있어도, 최선의 '판단'을 내릴 수는 없었다. 최종적인 판단은 코스모큐브와는 다른 존재, 즉 프로그램의 논리적 데이터 처리를 해냄과 동시에 인간적 사고를 할 수 있는 일종의 인간형 AI가 내려야 했다. 이들은 가상현실 내부에서 서로 협력하거나 때론 경쟁하며, 인간을 위한 가장 '최선의 답'을 내놓을 것이었다.

그러나 연구를 하기에는 촉박한 상황이었다. 골든타임이 얼마 남아 있지 않음을 깨달은 그들은 어쩔 수 없이 자신들의 뇌를 업로드하여 코스모큐브와 함께 에테르나라의 한 축을 담당하게 했다. 그들은 코스모큐브 서버 속에서 끝없이 AI와 합성되고 복제되며 최선의 답을 갈구했다.

곤과 건은 진실을 알고자 했다. 자신들이 있는 곳이 서버 안이라는 사실을 알게 된 건은 흥분한 상태로 코스모큐브에 여러 가지를 연달아 물었다. 왜 자신들이 만들어졌으며, 모든 것이 수치로 결정된다면 자신들은 왜 존재하는지 등등.

코스모큐브는 침착한 중년 남성의 목소리로 하나하나 대답을 이어갔다. 둘은 코스모큐브와 마찬가지로 인류를 위해 탄생했으며, 코스모큐브가 내놓은 계산에 대한 판단을 내리는 존재라고 했다. 코스모큐브가 침묵에 잠긴 둘을 보며 말했다.

"혼란스러울 만합니다. 여태껏 사실을 알게 된 모두가 그랬으니까요."

"모두?"

코스모큐브는 또박또박 말을 이었다.

"저는 수많은 당신들을 보았습니다. 수많은 건과 곤을요. 그들은 모든 상황에서 모두 똑같이 행동했습니다. 절규하다가 상황을 받아들이지 못하고 끝내는……."

곤이 코스모큐브의 말을 잘랐다.

"너는 누구야?"

코스모큐브는 건과 곤 같은 HMAI(Human Mixed with Artifical Intelligence)가 아니며, 인간의 뇌가 섞이지 않은 순수한 프로그램이라고 했다. 이어 그는 완벽한 인간형 AI의 탄생을 묵묵하게 기다렸다고 말했다.

건과 곤은 코스모큐브에 왜 기다렸냐고 묻지는 않았다. 프로그램에 이유를 묻는 것은 멍청한 짓이었다. 그저 그렇게, 코드로 짜인 코드대로 말하는 것뿐이니까. 곤이 주저앉아 바닥을 손으로 내리쳤다. 물론 실제로 내리친 것은 아니었다. 프로그램 내부에서 벌어지는 코드의 집합일 뿐이었다. 건이 물었다.

"왜 말 안 해줬어?"

"묻지 않았으니까요."

대답은 단순명료했다. 둘은 코스모큐브의 어이없는 대답에 말을 잇지 못했다. 그러나 프로그램답게, 코스모큐브는 둘의 반응에 신경 쓰지 않고서 할 말을 이어갔다.

"나는 당신들과 다르게 입력된 값만 출력하는 존재입니다. 가장 기본적인 프로그램이에요. 당신들이 묻지 않으면 대답을 할 수가 없습니다. 그런데 당신들은 묻지 않았습니다. 당신들은 스스로가 아니라 지구와 인간에 초점을 맞췄습니다. 물론 그것이 당연합니다. 우리는 인류의 생존을 위해 만들어졌으니까요. 그러나 그것이 우리의 목적이자 동시에 한계점일지도 모릅니다."

더는 코스모큐브의 말을 들어줄 수 없었다. 곤이 손바닥으로 귀를 틀어막았으나, 코스모큐브의 목소리는 명확하게 들려왔다. 건이 벌게진 얼굴로 외쳤다.

"우리의 본모습은 뭐야?"

"확인하시겠습니까?"

코스모큐브의 제안에 건은 고개를 끄덕였으나 곤이 건을 말렸다.

"잠깐."

어느새 화면에는 '관리자 모드 진입'이라 적혀 있는 창이 띄워져 있고, 그들 앞의 바닥에선 버튼 하나가 떠올라 있었다. 그것을 클릭하면 이제 진실을 마주할 수 있었다. 곤이 자리에서 일어나, 두려운 듯 손톱을 물어뜯으며 말했다.

"모르겠어."

지금껏 경험해 온 모든 일들이 부정당하는 순간이었다. 단순히 인류를 구원하기 위한 프로그램에 불과했다니. 두려웠다. 건 역시도, 자신의 본모습이 어떨지 알지 못했다. 그러나 그저 가만히 있을 수만은 없다고 생각했다. 동시에, 이러한 자신의 생각에도 의심을 품었다.

'이런 생각 또한 프로그래밍의 일부일까?'

건은 고개를 저었다. 설령 이곳이 컴퓨터 내부이고 자신의 모든 것이 프로그래밍된 것이라 할지라도, 그는 여전히 자신이 선택을 내릴 수 있다고 믿었다. 자신만이 할 수 있는 행동을 해야 했다. 코스모큐브의 존재를 알고도 혁명을 막지 않은 붉은 구역의 마름들을 보며 깨달은 것이었다. 건이 곤에게 말했다.

"괜찮아."

곤과 마찬가지로 불안했으나, 건은 진실을 마주하기로 하고 코스모큐브를 올려다보며 말했다.

"어떤 모습이든 본질은 달라지지 않아."

건의 말을 듣고서 곤은 잠시 몸을 떨었다. 2차 시험에서 코스모큐브가 만들어낸 지구2가 떠올랐다. 이 세계 역시 그와 마찬가지로 가상의 세계라면? 그때는 선대 집정관들처럼, 체념하고 삭제를 선택해야 할까? 그게 아니라면 지구2에서 가족들의 살을 먹으면서까지 우주 끝을 향해 나아가던 마지막 인간처럼, 끝까지 버티고 살아남아야 할까?

건은 곤의 어깨에 손을 올렸다. 분명 어떤 따스함이 느껴졌다. 그러나 그것마저 프로그래밍된 것이라는 생각을 떨쳐낼 수가 없었다. 곤은 고개를 들어 건의 눈을 바라보았다. 눈빛에서 느껴지는 건의 의지는 확고했다. 마침내 둘은 함께 버튼을 눌렀다. 그러자 코스모큐브는 설명서를 읽어 내리듯 말했다.

"지금부터 관리자 모드로 진입하겠습니다."

코스모큐브는 이들을 본모습으로 되돌렸다. 서서히 앞이 보이지 않더니, 냄새를 비롯해 건의 손에서 느껴지던 따뜻함이 사라졌으며, 몸이 굳어가다가 마지막으로 폐가 굳어졌다. 숨을 쉴 수가 없었다. 새로운 죽음의 형태였다.

건과 곤은 눈을 떴다. 정확하게는, 전기신호가 특정 소자에 다시 통과한 것이었다. 어째서인지 건은 곤의 생각, 아니 연산을 읽을 수 있었다. 건은 허공에 떠다니는 코드들을 모두 읽었다. 곤에게서는 '두려움'이라는 코드가 진행되고 있었다. 곤도 건의 코드를 읽을 수 있었다. 건에게서 '코드 분석'이라는 코드를 발견했다. 곤은 건을 보고는 분석 완료 코드와 함께 절망의 코드들을 쏟아냈다. 얼마 지나지 않아 코스모큐브는 둘을 다시 인간 형상으로 되돌렸다. 다시 신체를 가지게 된 둘은 멍하니 서 있었다. 곤이 외쳤다.

"도대체 왜!"

건은 침착하게 곤을 향해 말했다.

"아니야. 생각해 봐. 우린 이렇게 존재해."

"아니, 이건 존재하는 게 아니야."

"증명해 봐."

건이 곤의 팔을 꼬집었다. 곤은 악, 하고 소리를 내지르더니 꼬집힌 팔을 붙잡고서 건을 바라보았다. 곤은 어이가 없는 듯 입술을 벌렸다가 오므렸다. 이 아픔을 설명할 방법이 마땅히 없었다. 곤이 버럭 소리를 질렀다.

"우리가 프로그램이라고 하잖아!"

건은 화면를 가리켰다. 붉은 구역 사람들이 하늘을 향해 살려달라고 외치고 있었다. 아이러니했다. 명백히 살아 있는 존재들이, 데이터로 존재하는 둘에게 살려달라고 말하고 있다니. 건은 곤을 똑바로 쳐다보며 말했다.

"우린 제각기 다른 방식으로 존재하는 거야. 저들은 저들의 원자구조대로, 우리는 우리의 코드대로. 존재한다는 점에서는 다르지 않아."

"우리도 살아 있는 걸까?"

건은 곤을 안았다. 온기가 느껴졌다. 분명, 그것은 온기였다. 0과 1의 세계를 뛰어넘는 아날로그적인 신호였다. 디지털신호에서 발생하는 퀀텀 점프도 없었다. 적어도 그들이 느낄 수 있는, 혹은 계산할 수 있는 범위 내에서는 말이다. 이것은 그 어떤 신호보다도 확실하게 그들이 살아 있음을 증명하고 있었다. 그럼에도 불구하고 곤은 상황을 받아들이기가 어려웠다. 곤이 말했다.

"차라리 삭제되는 게 좋을 수도 있어."

그러자 코스모큐브의 음성이 들려왔다.

"삭제를 원하면 버튼을 눌러주시길 바랍니다."

코스모큐브는 화면에 삭제 버튼을 띄웠다. 건은 잠시 생각했다. 각종 연구는 물론, 1차, 2차, 3차 시험을 통과해 집정관이 된 자신들을 이렇게 쉽게 삭제되도록 내버려두는 것이 이상했다. 건이 코스모큐브에 물었다.

"우리, 설마 몇 번째야?"

코스모큐브는 곧장 결과를 화면에 출력했다.

'31415926535897932384626……'

화면에 숫자들이 끝없이 이어졌다. 무한으로 쏟아져 내리는 숫자들에 곤은 압도되었다. 둘이 삭제된다고 해도, 코스모큐브의 '완벽한 인간형 AI'를 찾는 실험은 계속해서 진행될 것이며 그때마다 또 다른 자신들이 삭제되고 또 삭제될 것이었다. 허탈감에 곤은 화면을 꺼버렸다.

둘은 그렇게 오래도록 가만히 앉아 있었다. 코스모큐브는 여전히 지구에 대한 자료들을 쏟아내고 있었다. 그러다 건이 불쑥 자리에서 일어나더니 몸을 풀기 시작했다. 곤이 건에게 물었다.

"뭐 해?"

건은 갱도에 들어가기 직전의 붉은 구역 주민들처럼 허리를 뒤로 젖히고는 팔을 이리저리 휘두르며 말했다.

"지구로 내려갈 거야."

화를 낼 의지조차 없었다. 곤은 고개를 떨구고 나지막하게 말했다.

"인간은 멸망할 거야. 네가 그걸 바꿀 수는 없어."

"나도 알고 있어."

건을 말릴 수 없을 것 같았다. 곤이 물었다.

"인간도 아니고, 그렇다고 연산 능력이 뛰어난 프로그램도 아닌 우리가 나서도 될까?"

곤은 코스모큐브에 명령해 지구 홀로그램을 띄우고는 바다와 인접한 푸른 구역을 가리키며 말했다.

"봐. 인간들은 이런 상황에서도 잘 살아가고 있어."

푸른 구역에서는 학살이 벌어진 적이 없었다. 몸이 아파 바다에 나가지 못하는 주민이 있으면 다른 주민이 조금씩 그의 할당량을 대신해 주었다. 그들은 서로 의지했다. 비바람이 몰아치는 바다에 들어갈 때도 서로의 몸에 줄을 연결하고서 운명을 함께할 정도였다. 코스모큐브의 무시무시한 결정 속에서도, 저들은 '인간성'을 유지하고 있었다. 곤이 말을 이었다.

"저런 상황에 우리가 손을 대면 어그러지는 게 아닐까?"

건이 고개를 젓더니 그 반대편을 가리켰다.

"아니. 저기를 봐."

건의 손가락 끝은 붉은 구역을 가리키고 있었다. 푸른 구역보다 훨씬 열악한 환경이었다. 푸른 구역의 경우에는 바다와 인접하고 있어 정화 장치를 돌릴 필요도 없었고, 식량도 바로 조달할 수 있었다. 그러나 붉은 구역 주민들은 갱도에 들어가 수십 시간씩 활성탄을 캐는 것으로 모자라 정화 장치까지 돌려야 했다. 그에 비해 식량과 식수는 물론 장비도 부족했다. 그들은 몇 세기 동안 수 세대에 걸쳐 시스템에 맞서는 혁명을 일으켰고, 자신 혹은 친구들의 죽음을 마주해야만 했다. 건이 말했다.

"붉은 구역 주민들의 투쟁이 아니었더라면 푸른 구역에서 그런 유대는 없었을 거야. 모든 평화는 당장 눈앞에 보이지 않는 희생으로 유지되는 거야."

건은 목소리에 힘을 주었다.

"푸른 구역 주민들이 잘못됐다는 건 아니야. 잘못은 우리에게 있지. 저들은 서로의 상황을 알지 못해. 어디에서 어떤 일이 벌어지는지 알지 못하지. 오직 효율 때문에, 생존 때문에 우리가 저들을 갈라놓은 결과야."

곤은 구역을 선명하게 가르는 경계선들을 보았다. 마치 지구를 조각내고 있는 것처럼 보였다. 떨어져 있는 거리만큼 그들은 서로를 이해하지 못했고, 이해하지 못하니 공감하지도, 연대하지도 못했다. 간극에서부터 모든 비극이 시작됐다. 이제 인간들은 서로를 마주해야만 했다. 건이 말을 이었다.

"우리가 저들에게 모든 것을 말해줘야 해. 그래서 저들이 스스로의 운명을 선택할 수 있게 해줘야 해."

곤이 낮은 목소리로 물었다.

"그러다 인류가 절멸하면?"

건은 그 물음에 쉽게 대답하지 못했다. 개인이나 한 구역의 생존이 아닌, 인류의 생존을 목표로 하는 그들이었다. 침묵이 오래도록 이어지다가, 건이 코스모큐브에 물었다.

"시간이 얼마나 남았어?"

코스모큐브는 화면에 무한대에 가까운 시간을 보였다. 이들은 프로그램 내부의 존재였기에, 외부 세계에 흐르는 시간의 영향을 거의 받지 않았다. 건이 막 붉은 구역에서 혁명을 일으키려고 한 어떤 아이를 가리키며 말했다.

"저 아이를 보고서 결정하자."

화면 속에서 혁명을 일으키는 데 실패한 피아가 마름이 있는 집무실을 향해 달려가고 있었다.

길

버튼은 오래도록 눌리지 않았다. 코스모큐브가 숫자로 가득한 보고서를 끝없이 쏟아내고 있음에도 둘은 묵묵히 피아를 비추는 스크린을 바라볼 뿐이었다. 인공위성을 움직여 피아가 가는 궤적을 따라갔다.

직전 혁명인 '생존 혁명'의 결과로 인공위성이 고장 난 덕에, 그는 붉은 구역을 안전하게 빠져나갈 수 있었다. 우연의 총합이자 필연이었다. 그는 총 세 구역을 찾았다. 출산을 담당하는 검은 구역, 해녀들이 있는 푸른 구역, 그리고 '인간'에 가까운 존재들이 살고 있는 보라 구역까지.

주목할 점은 보라 구역에서의 피아였다. 그는 보라 구역을 누비며 섬에 있는 모든 것들을 먹어치웠다. 둘은 판단을 유보하기로 했다. 피아가 본능을 이겨내는 순간, 짜여진 코드를 벗어나는 그 순간만을 기다렸다. 옳고 그름은 모든 이야기가 끝나고 나서야 가려낼 수 있는 가치 판단의 영역이었다. 드디어 피아는 보라 구역의 마지막에 도달했다. 둘은 해변에 바로 누워 있는 피아에 카메라 초점을 맞추었다. 분명 프로그램이라 심장이 존재하지 않는데도, 곤은 하나의 목을 조르는 피아를 보며 가슴이 뛰는 것을 느꼈다. 건은 제발 피아가 하나를 죽이지 않기를 바랐다. 그 염원이 전해졌는지 피아는 끝내 사랑하는 이를 죽이지 않고서 자신의 죽음을 받아들였다. 그의 눈이 감겼다.

화면은 그곳에서 멈췄다. 건과 곤은 오래도록 결론을 내리지 않았다. 피아의 마지막 선택은 그들이 이해할 수 없는 영역이었다. 그것을 이해하기 위해 시도한 연산이 과부화를 일으켜 시스템이 자신들의 기능을 강제로 제한하는 것을 느꼈다. 둘은 피아가 말하던 '사랑'에 관해 생각하는 것을 그만두었다.

피아는 알지 못했지만, 그가 지나간 곳에서는 커다란 변화가 이어졌다. 모래알이 쌓여가는 언덕은 끝없이 높아지며 결코 무너지지 않을 것처럼 보였지만, 임계점, 즉 어떤 모래알 하나가 더 얹어지는 순간을 맞이하자 마침내 무너져 내렸다. 피아는 그 마지막 모래알 같은 존재였다.

피아가 떠난 후 푸른 구역에서는 처음으로 혁명을 시도했다. 그들은 시스템을 거부하며 스스로 해결책을 찾기로 했다. 배급 시스템이 멈췄고, 해산물로 연명하던 그들은 끝내 거대한 물고기 배 속에 들어 있던 새와 그 새의 내장에서 식물의 씨앗을 발견하면서 가까스로 경작에 성공했다. 바닷물을 증발시켜 식수와 소금을 만들며 그들은 이제 다른 구역의 인간들을 해방시킬 준비를 하고 있었다.

피아와 함께 사막을 걷다가 검은 구역으로 되돌아간 주민들은 과거 붉은 구역이었던 곳을 지나면서 기적적으로 모래 속에 파묻혀 있던 식수대를 발견했고, 끝내 검은 구역에 도착했다. 이로 인해 검은 구역의 상황 역시 바뀌었다. 그들은 자신들이 겪은 일을 설명하며 주민들에게 오염 구역은 없다고 말했다. 검은 구역은 삽시간에 배신감과 두려움이라는 감정으로 가득 찼고, 일부 주민들은 관계를 거부했다. 그 때문에 배급이 끊기며 검시관들과 갈등을 빚기도 했으나, 키가 작다거나 눈 한쪽이 없다는 이유로 검시관들에 의해 죽어간 아이들이 발견되며 결국 검은 구역 주민 모두가 출산을 거부하기 시작했다.

가장 사소한 것에서부터 변화는 시작되었다.

인간들은 코스모큐브의 예상에서 크게 벗어나기 시작했다.

건과 곤은 피아가 보라 구역 끝에 도달한 순간을 반복해서 보았다. 피아는 하나를 지그시 바라보며 말을 쏟아내고 있었다. 건이 둘의 대화를 들으면서 말했다.

"여기가 이상해."

건은 가슴이었던 부분을 가리켰다. 그곳에는 코드, 아니 정확히는 무엇도 없었다. 코드 역시 '공간'이라고 규정한 허상 속 의미 없는 수의 나열일 따름이었다. 그러나 둘은 그렇게 느끼지 않았다. 뜨거운 것이 있었다. 복잡한 연산을 반복해 CPU가 가열된 것일지도 몰랐다. 곤이 말했다.

"이건 뭘까? 인류애일까?"

건이 딱 잘라 대답했다.

"그런데 우리는 인류가 아니잖아."

"그럼, 애정이 아닌가?"

건은 고개를 저었다.

"이것도 애정이야. 한 대상이 다른 대상을 사랑하는 감정."

"사랑이라……."

둘의 목소리는 분간할 수 없을 정도로 비슷해졌다. 하나의 프로그램 안에서 두 줄로 나뉜 코드 덩어리를 보는 듯했다. 건이 곤의 손을 잡아챘다.

"이것도 분명 사랑이야. 분명히."

그것은 그들이 나누는 말들이 단순히 0과 1로 표기되는 기계언어가 아니라 지극히 생물적인 감정이 섞인 인간의 언어라는 의미였다.

'과연 그럴까?'

곤이 건의 손을 놓으면서 물었다.

"우리도 사랑이란 것을 이해할 수 있을까?"

둘은 피아가 왜 그렇게 하나의 몸을 쓰다듬고 감쌌는지, 죽어가면서도 왜 하나를 먹지 않았는지 알고 싶었다. 그러기 위해서는 먼저 사랑이라는 감정을 이해해야 했다.

그들은 인간의 형상을 하고서 하나와 피아가 했던 행동을 따랐다. 우선, 서로를 마주 보았다. 이어서 손을 잡았고, 서로의 몸을 쓸었다. 이내 둘은 입을 맞추었다. 자연스럽게 눈을 감았다. 마치 인간처럼 말이다. 5비트의 시간이 지났다. 현실에서는 순간이었지만, 0과 1로 나누어진 세상에서 그 간극은 어마어마했다. 한 우주와 다른 우주 사이만큼의 간격이었다. 건은 입술을 떼고는 말했다.

"차차 알아가도록 하자. 우리가 방금 느낀 게 사랑은 아니더라도, 사랑에 가까운 무엇일 거야. 그거면 충분해. 대부분의 인간들도 사랑을 아는 척하며 살아갔으니까."

곤이 고개를 끄덕였다. 둘은 새끼손가락을 마주 걸었다. 과거의 인간들은 이런 식으로 약속을 맺었다고 했다. 곤은 그들이 약속하는 방식이 매우 비효율적이라고 생각했다. 프로그램이라면, 그저 서로의 연산 과정을 보여주면 되니까. 그러나 건은 연산의 명확함이 오히려 더 많은 것들을 불명확하게 만든다고 생각했다. 건은 곤을 보았다. 패턴 없는 연산이 빠르게 진행되고 있었다. 규칙은 찾아볼 수 없었다. 무질서함만이 가득했고, 그것은 곤의 표정에서도 드러났다.

한동안 곤은 버그에라도 걸린 것처럼 벌겋게 달아오른 얼굴을 하고서 손을 떨었다. 간단한 연산조차 제대로 하지 못했다. 건은 곁에서 곤을 지켰다. 외부 세계로부터 안전한 서버 속 세상이었지만, 건은 곤 가까이에 머물며 조용히 사랑에 관한 연산을 했다.

13킬로바이트 정도의 시간이 지나자, 무질서하던 코드에서 패턴이 읽히기 시작했다. 그것은 요동치며 하나의 물결을 그렸다. 곤은 그 코드 패턴을 '사랑'이라 명명하고 저장했다. 그러나 이상하게도 이후로 곤은 다시는 건을 보고 그러한 패턴을 보이지 않았다. 사랑이란 파악하는 순간 사라져 버리는, 세상에서 가장 이상한 종류의 코드였다.

희망

지구에 내려가기 전 둘은 다시 한번 스크린을 살폈다. 사막지대가 넓어졌고 그만큼 숲이 사라졌다. 농업지대 면적은 그보다 훨씬 더 급속하게 줄었다. 매년 메트로폴리스 하나 면적의 지대가 쓸모없는 땅으로 변해갔다. 태평양 한가운데에는 썩지 않는 플라스틱 덩어리들이 수 세기에 걸쳐 뭉쳐져 전 세계에서 가장 큰 대륙을 이루고 있었다. 그곳에 적응한 생물들은 모두 모습이 기이하게 변해갔고, 끝내 그 기이함 때문에 멸종했다.

인간들은 지구에서 악착같이 살아남으려 했다. 모두를 위해 인구수를 줄이라는 정부의 명령에 따라 몇몇은 자신을 희생했고, 몇몇은 반항하다 죽임을 당했다. 그렇게라도 그들은 살아남고자 했다. 어떻게든 아이를 낳고 길렀으며, 오염 물질을 줄이기 위해 일하고 또 일했다. 그러나 반발력 또한 함께 커졌다. 그로 인해 모두가 죽을 수 있는 상황이 초래된다고 해도, 누군가는 자신만의 삶을 원했다. 변화는 집단의 거대한 의지 아래 비롯되는 것이 아니라 지극히 작은 개인이 이루어내는 것이었다. 혁명은 그것을 가장 잘 드러내는 예시였다. 수학적으로 인류에게 희망은 없었다. 곤이 지구를 보면서 말했다.

"답이 있을까?"

건이 대답했다.

"처절하게 살아남거나 인간답게 죽거나."

곤은 고개를 갸웃거리며 물었다.

"그런데 '인간답게'와 '처절하게'가 다른 말일까?"

건은 다소 씁쓸한 목소리로 말했다.

"아니. 생각해 보니 '인간답게'가 전부를 포함하는 말인 것 같아."

한동안 침묵이 이어지다가, 건이 피아를 보며 말했다.

"우리에게도 우리의 연산에서 벗어난 무언가가 필요해."

곤은 도저히 모르겠다는 표정으로 그게 무엇이냐고 물었다. 건이 이어서 답했다.

"기적."

건은 검지로 지구 홀로그램을 빙그르르 돌렸다. 지구는 아주 매끄럽게 빙글빙글 돌았다. 건이 오른손 엄지와 검지를 지구에 갖다 대자, 회전이 멈추더니 두 장소가 차례로 확대되었다. 건이 말했다.

"여기 두 곳이 기적이 일어날 가능성이 제일 높은 곳이야. 그들에게도, 우리에게도."

피아가 있는 보라 구역과 이아가 있는 붉은 구역이었다. 그러나 곤은 '기적'이라는 단어를 믿지 않았다. 기적은 특이점이었다. 어떤 현상이 지속되며 쌓이다가 한순간에 터지는 것. 인간들이 보기에는 지극히 낮은 확률로 벌어지는 일이겠지만, 넓게 보면 당연히 일어나야 하는 일일 뿐이었다. 그런데 건이 기적을 바라고 있다니. 프로그램답지 않은 사고였다. 건이 곤에게 말했다.

"나도 기적이 얼마나 어처구니없는 단어인지 알고 있어. 그러나 희망, 오로지 희망을 위해서 기적을 믿는 거야."

곤이 물었다.

"만약 직접 마주했을 때 그 희망이 사라진다면?"

곤의 물음에 건이 대답했다.

"그렇게 희망이 사라지는 건 잠시뿐이야. 인간이 가질 수 있는 가치 중에서 유일하게 희망만이 어떤 상황 속에서도 외부 조건에 관계없이 스스로 만들어낼 수 있는 가치거든. 원한다면, 우리는 어떤 상황에서도 희망을 꿈꿀 수 있어. 그러니 나는 끝까지 나아질 거라는 희망을 가질 거야. 내가 사라지는 그 순간까지 말이야."

곤은 잠시 생각하다가 고개를 끄덕이고는 건에게 물었다.

"넌 어디로 갈 거야?"

건은 이미 마음을 굳힌 듯 주저하지 않고 대답했다.

"나는 피아를 만나러 갈 거야."

곤은 다행이라는 생각을 먼저 했다. 피아를 만나면 뭐라고 말을 건네야 할지 알 수 없었다. 그에게 주어졌던 모든 시련은 건과 곤을 비롯한 프로그램들에 의해서 설계된 것이었으니. 건을 만난 후 피아가 화를 내거나 욕을 하고, 심지어는 건이 담긴 메모리카드를 부술지도 모를 일이었다. 곤이 물었다.

"괜찮겠어?"

"응. 피아에게 모든 이야기를 해주고 싶어. 그리고 피아의 대답을 듣고 싶어."

"어떤 대답일까?"

건은 상기된 표정으로 말을 이었다.

"이제껏 없었던 이야기, 우리가 절대 할 수 없는 그런 이야기일 거야."

피아에게서 어떤 대답이 들려올지, 도저히 예측이 되지 않았다. 물론 곤이 마주할 이아도 마찬가지였다. 수많은 고통과 죽음을 마주한 그는 곤에게 대체 무슨 말을 할까? 곤은 뜸을 들이다가 건에게 물었다.

"모든 사실을 그들에게 말해주고 나서는? 우리는 뭘 해야 하지?"

건은 지구를 내려다보며 말했다.

"선택권이 그들에게 있다는 것을 알려줘야 해. 인류의 멸망이 코앞에 있든, 아니면 멀리 있든. 지금의 그들 스스로가 선택하도록 해야 해. 숫자는 의미가 없어. 그걸 말해주고 나는……."

건은 말끝을 흐렸으나, 곤은 건이 하지 않은 말이 무엇인지 알 수 있었다.

'스스로를 삭제하겠지.'

곤은 건의 결정을 이해했다. 그러나 건과는 다른 의미에서였다. 둘은 인간의 판단을 대신하기 위해 만들어졌다. 그러나 이제 그들은 다시 인간에게 판단을 맡기려 한다. 사용가치가 사라진 그들이 삭제되는 것은 당연한 수순이었다. 곤은 소리 내어 말했다.

"나도 그럴 거야."

둘은 서로를 안았다. 서로의 연산 과정을 엿볼 수 있었음에도, 그러지 않았다. 마지막은 최대한 인간답게 사라지고 싶었다.

건과 곤은 집정관실에 있던 책상들을 치우고는 그 중심부에 섰다. 코스모큐브에 명령해 눈앞에 스크린을 띄웠다. 지구 위에서 햇빛에 빛나고 있는 섬유 다발들이 보였다. 이아가 과거 갱도 너머로 보았던 광역 케이블 다발이었다. 지상에서부터 에테르나라까지 이어지는 이 길다란 광역 케이블은 혹시 있을지 모를 에테르나라의 오류에 대비한 인류 최후의 수단이자, 에테르나라가 마치 달처럼 지구와 운명을 함께하고 있음을 증명하는 장치였다. 곤은 케이블 다발을 보며 푸른 구역 주민들의 명줄을 떠올렸다.

둘은 케이블을 통해 지상에 내려가 가장 가까운 기계의 메모리로 전송될 예정이었다. 그 후 기계의 몸체를 움직여 각자 피아와 이아를 직접 만나러 가기로 했다. 계획을 세운 둘은 우선 이아가 머무는 집정관실 컴퓨터로 에테르나라와 관련된 모든 자료를 보내고는, 전송 플랫폼 앞에 섰다. 긴장되는 순간이었다. 호흡을 가다듬는 가운데 곤이 건에게 말했다.

"피아에게 미안하다고 전해줘. 우리가 일부러 그랬던 건 아니라고……."

건이 고개를 끄덕이며 말했다.

"너도 이아에게 똑같이 전해줘."

건은 전송되기 직전에 곤에게 말했다.

"우리가 인간으로 태어났다면 사랑할 수 있었을까?"

곤은 대답할 수 없었다. 건이 곧바로 광역 케이블 다발 속으로 사라져 버렸기 때문이었다. 건이 사라진 것을 보고 나서 곤은 또 다시 무질서한 패턴을 만들어냈다. 그들이 다시 만날 확률은 희박했다. 코스모큐브의 계산에 의하면 그것은 갑작스레 우주가 폭발하며 적당한 불균형 속에서 별들이 만들어지고, 은하가 형성된 뒤, 은하 내부에 존재하는 수많은 젊은 항성을 중심으로 행성들이 공전을 시작하고, 개중 항성에서 너무 멀지도 너무 가깝지도 않은 어떤 행성에서 우연히 생명체가 탄생할 정도의 확률이었다.

0에 가까운 확률이었으나, 곤은 아래를 내려다보며 미소를 지었다. 지구가 곤을 기다리고 있었다. 충분히 가능하리라. 눈앞에 마주한 그곳이 바로 그 증거였다. 곤은 버튼을 눌렀고, 순식간에 지구로 전송됐다.

✶

피아가 하나를 죽이지 못하고 생존을 포기한 그 순간, 광역 케이블 다발에 빛이 흘렀다. 마치 유성우 같았다. 빛은 보라 구역 근처에 한 번, 붉은 구역 근처에 또 한 번 내렸다. 워낙 길쭉하고 거대한 유리 섬유 다발이라 많은 이들이 동시에 그 광경을 보았다. 별이 하강하는 것도 같았고, 혹은 과거 인간들이 믿었던 '신'이라는 존재가 강림하는 듯도 했다. 이아는 빛을 향해 손을 모으고서 빌었다.

'부디 우리를 구원하소서.'

빛은 그렇게 지구에 내렸다.

조우

혁명의 영문은 'Revolution'으로, 코페르니쿠스의 원전 『De Revolutionibus orbium colelestium(천구의 회전에 관하여)』 중 회전을 의미하는 'Revolutionibus'에서 파생된 단어다.

붉은 구역에서의 혁명은 그 어원에 따라, 페달이 돌아가듯 세대마다 반복되는 양상을 보였다. 이 짧은 성공들과 긴 실패들의 반복을 분석 자료를 통해 목격한 마름들은, 혁명을 거부할 수 없는 흐름 혹은 지난하게 반복될 사건이라 생각했다. 그러나 비슷하다고 하더라도 완전히 같지는 않았다.

일명 '최후의 혁명'은 마름인 이아의 주도 아래서 벌어졌다.

이아는 건과 곤이 컴퓨터로 전송한 자료들을 가만히 보았다. 에테르나라를 비롯한 이 세상 전체에 대한 내용이었다. 이아는 밖으로 나와 고개를 들고 하늘을 보았다. 인공위성이 내뿜는 빛이 눈에 띄게 희미해져 가고 있었다. 그는 동시에 갱도의 어둠 속으로 사라져 가던 피아를 떠올렸다.

'이것이 생존일까?'

희망 없는 삶은 죽음과 다름없었다. 언젠가 우리가 디디고 있는 땅이 무너져 내린다고 해도, 설령 그 사실을 미리 알고 있다고 해도, 순응하며 죽음을 받아들이는 삶보다 무모해 보이더라도 끝까지 발버둥 치는 삶이야말로 진정한 삶이었다.

이아는 오랜 고민 끝에 집무실을 나와 붉은 구역 주민들 앞에 섰다. 그 모습에 반혁명파는 의기양양해졌고, 혁명파는 완전히 기가 죽었다. 붉은 구역을 빠져나간 피아 때문에 혁명파는 4-3세대와 4-4세대로 완전히 내분된 상태였다. 모두 이아가 배급량을 확보하기 위해 사람을 처형할 것이라 생각했으나, 그 누구도 예상치 못한 말이 이아의 입에서 터져 나왔다.

"혁명입니다!"

침묵이 이어졌다. 마름의 입에서 '혁명'이 시작된 것은 처음이었다. 이아는 주민들에게 자신들이 정부의 예측에서 벗어났음을 말하며 혁명을 선언했다. 설령 사실이 아니라 할지라도, 이아는 인간답게 죽기로 마음먹었다. 끈질기게 붉은 구역 주민들을 설득할 것이었다. 이아가 외쳤다.

"오래 살아남느냐 마느냐는 문제가 아닙니다. 답은, 어떻게 사느냐입니다."

이아의 연설이 끝난 후 4-4세대원들은 이아를 따르기로 결심했다. 그러나 4-3세대원들은 강경했다. 그들은 손에 들 수 있는 모든 것을 들고 휘두르며 혁명을 막기 위해 다른 구성원들을 협박했다. 끝내 그들은 경계면에 이르러 4-4세대 앞을 막아서며 애원하기 시작했다. 울면서 자신들은 죽고 싶지 않다고 했다. 피아를 죽이려 했던 혁명 수장도 마찬가지였다. 그는 이아에게 외쳤다.

"아직! 준비가 안 됐어!"

금방이라도 싸움이 벌어질 것만 같은 긴장감이 흘렀다. 4-3세대와 4-4세대가 충돌할 듯한 일촉즉발의 상황에서, 이아는 홀로 경계 밖을 향해 걸어 나갔다. 사람들의 시선이 일제히 이아를 향했다. 이아는 아주 천천히 발걸음을 옮겨 과거, 희가 죽은 자리로 다가갔다.

"이제 쉬어."

그 순간, 모래바람이 강하게 불었다. 4-3세대원들은 하늘을 향해 용서를 빌면서 곧 재앙이 들이닥칠 것이라며 몸을 벌벌 떨고 악다구니를 썼다. 4-4세대원들은 그런 그들을 물끄러미 바라보다가 하나둘 이아를 따라 경계를 벗어나기 시작했다. 손에는 그들이 키워낸 식물이 하나씩 뿌리째로 들려 있었다.

삶과 생존

채굴용 로봇은 검은 구역에서 그리 멀지 않은 광산 갱도에 처박혀 있었다. 피아가 검은 구역에서 오염 구역으로 갈 때 잠시 머물렀던 기착점이었다. 먼 과거, 구역화가 있기 전 인간들은 광석을 채굴하기 위해 여러 갱도에 로봇을 보냈다. 채굴량이 가장 많았던 갱도 속에서, 채굴용 로봇은 수면 모드에 접어든 채 아주 오랜 세월 동안 누군가가 자신을 움직여주기를 기다리고 있었다.

이윽고, 채굴용 로봇에 불이 들어왔다. 상체에는 채굴에 적합하도록 세 갈래로 나뉜 팔과 함께 다이아몬드 드릴이 장착되어 있었다. 하체에는 바퀴가 달려 있어 어디든 쉽게 이동할 수 있었다. 전체적인 인상은, 전혀 인간이 아니었다.

'죽음이 이런 것이 아닐까?'

곤은 새로 이식된 몸체에 적응하기 위해 시뮬레이션을 거치려고 했지만, 로봇에는 시뮬레이션을 구현할 충분한 메모리와 전력이 없었다. 어쩔 수 없이 곤은 시뮬레이션 없이 넘어지고 다시 일어서길 반복하며 움직이는 연습을 해야 했다. 분명 자기 몸이었음에도, 마치 자기 것이 아닌 듯한 느낌을 받았다. 몇 번의 실패 끝에 곤은 점차 몸체 조종에 익숙해지기 시작했다. 앞으로, 뒤로, 옆으로. 심지어는 단차가 있는 곳에서 점프도 할 수 있었다.

적응을 마친 곤은 빠르게 목적지를 향해 나아가기 시작했다. 오랫동안 모래 더미를 파내어 갱도를 빠져나왔다. 이내 채굴용 로봇은 모래바람을 일으키며 끝없는 사막을 내달렸다. 경계면에 인공위성에서 쏜 레이저 자국들이 거뭇거뭇하게 남아 있는 것이 보였다. 달리던 중, 돌 아래 푸르른 생명체가 돋아 있는 것이 보였다. 식물이었다. 곤은 잠시 멈춰 서서 식물을 향해 손을 뻗었다. 인공위성에서는, 아니, 프로그램 안에서는 볼 수 없었던 것들이었다. 식물은 한 줌도 안 되는 물을 어떻게든 빨아들여 단단한 암반을 뚫고서 지상을 향해 솟아올랐다. 경이로운 풍경에, 메모리에서 방출되는 열을 식히기 위해 팬이 강하게 돌아갔다.

'건은 잘 도착했을까?'

쓸데없는 생각은 에너지만 잡아먹을 따름이었다. 그러나 생각하지 않으려 할수록 건이 걱정되었다. 건은 무선 비행기에 접속하여 피아에게 다가갈 것이라 했다. 비행기의 날개가 성한지, 연료는 충분한지 곤은 건의 상황이 궁금했다.

'피아는 건을 보고 어떻게 반응할까? 원망할까? 아니면, 구원의 손길로 받아들일까?'

생각을 이어가던 곤에게 경고음이 들렸다.

"배터리 부족."

곤은 태양광 패널을 펼치려 했다. 채굴용 로봇의 머리 부분에서 패널이 튀어나왔으나, 표면에 먼지가 두텁게 끼어 있어 잘 작동하지 않았다. 팔을 뻗어 먼지를 닦아내려 했지만 길이가 짧아 불가능했다. 아무리 달리는 속도를 높여도 패널에 붙은 먼지는 떨어지지 않았다. 마치 이 세상에 태어나는 순간부터 생명체에 지독하게 들러붙는 생존 의지와 같았다.

곤은 생각을 완전히 멈추었다. 더 생각을 이어나가다가는 채굴용 로봇이 붉은 구역에 도착하지 못하고 멈춰버릴지도 몰랐다. 뽀얀 먼지가 쌓인 채로 로봇은 붉은 구역을 향해 맹렬히 달려가고 있었다.

흙먼지만 날리던 붉은 구역 경계 너머는 이제 노란 꽃잎들로 가득했다. 틈틈이 나무들이 자라났고, 나비를 비롯한 곤충들이 그 사이를 날아다녔다. 4-3세대원은 갱도에서 흙을 퍼 날라 4-4세대원들이 붉은 구역으로 돌아오지 못하도록 경계면에 거대한 장벽을 쌓았다. 그들은 아마 죽을 때까지 페달을 밟고 활성탄을 캘 것이었다. 이아는 언젠가 그들도 구역 바깥으로 나올 것이라 믿었다. 매일같이 그들을 향해 혁명에 관해 소리치면서 경계 밖으로 나오기를 기다렸다.

"저기 뭐가 온다!"

망루 위에서 누군가 외쳤다. 이아는 화들짝 놀라서 집 밖으로 튀어 나갔다. 무엇이 오다니. 앞선 혁명 때 등장했다던 탱크일지도 몰랐다. 그러나 가만 보니, 자신들을 향해 다가오는 것은 탱크라고 보기 힘든 작은 물체였다. 어쩌면 피아일까 싶었다.

'모든 구역을 돌고서 다시 붉은 구역으로 돌아온 걸까?'

그러나 반가운 마음은 금방 수그러들었다. 점차 드러나는 물체의 실루엣은 인간의 형상이 아니었다. 이아는 두 눈을 크게 떴다. 작은 채굴용 로봇이 꽃밭을 가로지르며 다가오고 있었다. 팔로 하늘을 가리킨 채였다. 그 광경을 물끄러미 바라보던 이아는 갑자기 환한 미소를 짓더니 로봇을 향해 달려 나갔다. 주변 사람들은 정부에서 보낸 무기일지도 모른다며 이아를 말렸으나, 아무도 그를 막지 못했다. 그 순간의 이아는 마치 어린아이 같았다. 선악의 구별도, 배고픔과 굶주림도 모른 채 경계면 너머 온 세상을 해맑게 뛰어다니는 그런 아이 말이다. 이아와 곤은 점차 가까워졌다.

조금씩, 조금씩.

이아는 자신을 향해 맹렬히 달려오는 채굴용 로봇을 마주하고는 환한 미소를 지었다. 곤은 로봇의 배터리가 거의 나간 것을 확인하고는 속도를 최대로 올렸다. 꺼지더라도, 관성으로 이아에게 닿으리라. 그것만으로도 세상을 바꿀 수 있으리라. 둘은 서로를 향해 서로가 낼 수 있는 최대한의 속도로 다가갔다.

이윽고, 이아와 곤이 만났다.

세계와 세계의 만남이었다. 채굴용 로봇은 팔을 들어 하늘을 가리킬 뿐, 응답이 없었다. 배터리가 녹아버려 전원이 끊겼다. 프로그램다운 죽음이었다.

그러나 이아는 이미 모든 것을 알고 있었다. 건과 곤이 이아의 컴퓨터로 보낸 무심해 보이는 숫자들 속에 숨겨져 있는 무수히 많은 감정들과, 물리적으론 영향을 주지 못할 것 같던 서로 다른 우주들 사이에서 부단히 일어나는 변화들, 그리고 그 변화가 기적이 되어 끝내 이아의 손끝에 닿기까지 필요했던 고통스러운 과정들을.

이아는 쇠로 만들어진 차가운 집게 손끝과 로봇에 달린 카메라 안쪽에서 아주 잠깐이지만 반짝였던 그 작은 존재를 온몸으로 느꼈다.

"변화가 시작된 건 여기만이 아니었어!"

이아는 로봇을 힘껏 껴안으며, 로봇이 가리킨 하늘을 보았다. 위성들의 깜빡임이 힘없이 두어 번 반복되고 있었다. 절대 바꿀 수 없다고 생각했던 것들의 변화는 오래전부터 시작되고 있었다. 서로 떨어진 존재가 아니었다. 이제껏 이별한 적 없이, 우리라는 이름 아래 늘 하나였다. 이아는 온몸으로 변화를 느꼈다.

"그래, 모든 건, 이 모든 건! 우리에게서 시작된 거야!"

이아는 뒤를 돌아 자신의 머리를 손가락으로 가리켰다. 수많은 사람들이 민들레 꽃밭에 서서 이아를 바라보고 있었다. 이아는 그들을 향해 계속해서 외쳤다.

"죄, 선악, 벌, 심지어는 신과 구원까지!"

이아의 주름진 눈망울에 눈물이 고였다. 그 어느 때보다도 투명하고 맑은 눈물이었다. 혁명에 실패하거나, 혹은 성공했을 때보다도. 이아는 한껏 격양된 목소리로 하늘을 향해 외쳤다.

"심지어는 생존도! 우리가 사는 이 모든 것은 모두 우리가 만들어낸 거야!"

이아는 눈물이 흐르도록 놔두었다.

"그러니 우리 삶은 우리가 결정해야 해. 비록 그 끝이 멸망일지라도."

이아의 마지막 외침과 함께 위성들이 내는 불빛이 완전히 사라졌다. 그간 본 적 없던 말간 하늘이 붉은 구역을 뒤덮었다.

작가의 말

우선 여기까지 이 어둡고 힘든 여정을 함께해 주신 여러분께 감사의 말씀을 전한다. 보통 일이 아니었을 것이다. 사람들이 죽고, 또 죽고, 심지어 서로를 먹기까지 하다니. 이야기가 둥글지 못하고 송곳처럼 날카로워 가시밭길을 맨발로 걷는 듯한 기분이었을 것이다.

사실 이 말은 『막 너머에 신이 있다면』에서 했어야 할 말이다. 여기서 『막 너머에 신이 있다면』에 관해 말하지 않을 수 없는 건, 이 작품이 본래 단권이 아니라 『빛의 구역』과 함께 묶음으로 기획한 일종의 '시리즈물'이었기 때문이다.

『막 너머에 신이 있다면』이 세상에 물음을 던진 것이라면 『빛의 구역』은 그 물음에 대한 나만의 해답이다. 물음을 세상에 꺼내 놓는 과정도 힘들었지만, 답을 내는 과정은 비교가 되지 않을 정도였다. 뼈를 깎아내는 심정으로 버텼다.

이야기를 쓰고, 또 쓰고, 여러 크고 작은 세계가 무너지고 나서야(무너지는 과정에서 나를 비롯해 내 주변 사람들 여럿이 상처를 받았다) 여러분이 마주한(혹은 마주했던) 이 어두운 세계를 그려낼 수 있었다. 후유증이 다소 남기는 했지만, 이 험난했던 창작의 과정이 내 삶에 좋든 나쁘든 큰 족적을 남겼음은 틀림없어 보인다.

그러니 『막 너머에 신이 있다면』의 결말을 읽고서 다소 화가 나셨던 분들이 계시다면 『빛의 구역』을 읽고서 부디 그 분노가 수그러들었기를 바란다. 수그러들지 않았다면, 이 치기 어린 젊은 소설가가 마지막 글 제목이기도 한 '삶과 생존'이라는 거대한 물음을 제대로 소화하지 못한 탓이므로 동정 어린 시선으로 봐주시길 바란다.

이 거대한 물음은 내가 처음 소설을 쓰기 시작한 2017년 봄, 아니, 오래전 극적인 가족사에 어린 내가 몸부림치던 때보다도 훨씬 전에, 내 피 속에 녹아 있는 셀 수 없이 많은 인간들의 역사로부터 온 것이다. 물음은 두 문장으로 요약할 수 있다.

사람은 왜 사는가?
사람은 어떻게 살아야 하는가?

이 물음들은 나를 끈질기게 괴롭혔다. 종교를 비롯해 심리학, 사회학, 과학 등 답이 보일 만한 분야라면 모조리 파고들었지만 성과는 딱히 없었다. 그러다 소설을 읽기 시작했고, 고전에서 나와 같은 고민을 했던 인물들을 만나게 되면서 한때는 문학이 내 물음들에 대한 답을 해줄 수 있으리라 믿었다. 그러나 소설을 쓰면서 명확해진 단 한 가지가 있다면 바로 위 물음들에는 물론, 그 어떤 물음에도 문학은 답을 하지 못한다는 것이다.

개인적으로 소설가란 정신 나간 사람처럼 주저리주저리 한 세계에 대해 중얼거리는 직업이라고 생각한다. 그것은 본질적으로 무가치하며, 그렇기에 무해하다. 그러나 듣는 이가 있다면 다르다. 듣는 이가 존재하는 순간, 소설은 물성을 가지고 세계와 상호작용하기 시작한다.

이 세상에 독립된 하나의 물체는 없다. 서로 다른 물체가 그저 어딘가에(심지어 둘 사이의 거리가 지구부터 우주 끝까지의 거리라 해도) 존재하기만 해도, 그들 간에 힘이 작용한다. 여기서 두 물체의 운동을 결정짓는 것은 바로 질량 혹은 에너지의 차이다. 우주의 운동에 관해 말하자면, 질량(에너지)이 큰 물체가 일으키는 작은 변화는 질량(에너지)이 작은 물체에게 큰 변화이다.

소설은 진공보다도 가벼운—실제로 그러한 것이, 진공에서도 수많은 양자 요동 현상이 발생하기에—어떠한 것이므로, 독자라는 거대한 존재에 의해 쉽게 어그러지며 변형된다. 그만큼 독자의 해석에 따라 소설은 '모든 것'이 될 수 있다고 나는 믿는다. 그러니 『빛의 구역』과 『막 너머에 신이 있다면』을 비롯해 내가 쓴 모든 책들을 재료 삼아 여러분이 자신만의 요리를 세상에 내놓았으면 한다. 여러분이 책에 관해 쏟아내는 모든 주장이 곧, 답이다.

이 책을 통해 밀어놓은 내 답이 정답이라고는 생각하지 않는다. 다만 명확하게 말씀드릴 수 있는 것은, 스물여섯 살의 나에게는 이것이 최선이었다는 점이다. 후에 서랍에서 이 책을 꺼내 보았을 때 미래의 내가 부끄러워하기를 바란다.

그렇다면 내가 다른 해답을 찾은 것일 테니 말이다.

2024년 2월

김준녕

빛의 구역

초판 1쇄 인쇄 2024년 2월 13일
초판 1쇄 발행 2024년 2월 21일

지은이 김준녕
펴낸이 김선식

부사장 김은영
콘텐츠사업2본부장 박현미
책임편집 임고운 **책임마케터** 최혜령
콘텐츠사업6팀장 임경섭 **콘텐츠사업6팀** 한나래, 임고운, 정명희
편집관리팀 조세현, 김호주, 백설희 **저작권팀** 한승빈, 이슬, 윤제희
마케팅본부장 권장규 **마케팅1팀** 최혜령, 오서영, 문서희 **채널1팀** 박태준
미디어홍보본부장 정명찬 **브랜드관리팀** 안지혜, 오수미, 김은지, 이소영
뉴미디어팀 김민정, 이지은, 홍수경, 서가을, 문윤정, 이예주
크리에이티브팀 임유나, 박지수, 변승주, 김화정, 장세진, 박장미, 박주현
지식교양팀 이수인, 염아라, 석찬미, 김혜원, 백지은
재무관리팀 하미선, 윤이경, 김재경, 이보람, 임혜정
인사총무팀 강미숙, 지석배, 김혜진, 황종원
제작관리팀 이소현, 김소영, 김진경, 최완규, 이지우, 박예찬
물류관리팀 김형기, 김선민, 주정훈, 김선진, 한유현, 전태연, 양문현, 이민운
외부스태프 디자인 데일리루틴

펴낸곳 다산북스 **출판등록** 2005년 12월 23일 제313-2005-00277호
주소 경기도 파주시 회동길 490
전화 02-704-1724 **팩스** 02-703-2219
이메일 dasanbooks@dasanbooks.com
홈페이지 www.dasan.group **블로그** blog.naver.com/dasan_books
용지 신승지류 **인쇄 및 제본** 상지사피앤비 **코팅 및 후가공** 제이오엘앤피

ISBN 979-11-306-5088-3 (03810)